Lisa und Laura Roecker
Die Lügengesellschaft

MIX
Papier aus verantwortungsvollen Quellen
FSC® C014496
FSC
www.fsc.org

Dieser Titel ist auch als E-Book erschienen.

Titel der amerikanischen Originalausgabe: »The Liar Society«

Originalverlag: Sourcebooks, Naperville, IL

Lektorat: Greta Steenbock
Umschlaggestaltung: Manuela Städele unter Verwendung von Motiven
von shutterstock: © shutterstock/Tischenko Irina, © shutterstock/Luba V Nel
Satz: Helmut Schaffer, Hofheim a. Ts., mit einem Motiv von Fotolia:
© Mariia Pazhyna – Fotolia.com
Gesetzt aus der Adobe Garamond Pro
Druck und Einband: GGP Media GmbH, Pößneck

Printed in Germany
ISBN 978-3-8339-0184-3

5 4 3 2 1

Sie finden uns im Internet unter www.baumhaus-verlag.de
Bitte beachten Sie auch www.luebbe.de

Lisa und Laura Roecker

Die Lügengesellschaft

Übersetzung aus dem Englischen
von
Anja Hackländer

Baumhaus

Für Mike,
der über uns alle wacht.

Kapitel 1

Ihre E-Mail rührte oder verflüchtigte sich nicht. Sie tat überhaupt nichts, was man von der E-Mail eines Geistes erwarten würde. Sie war einfach nur da.

Sie existierte.

An: KateLowry@pemberlybrown.edu
Gesendet: Dienstag, 23:59
Von: GraceLee@pemberlybrown.edu
Betreff: (kein Betreff)

Kate,
ich bin hier …
Mehr oder weniger.
Sprich mit Cameron.
Er weiß Bescheid.
Ich sollte dir nicht schreiben.
Du darfst niemandem davon erzählen.
Sie werden dir wehtun.

Die Worte verschwammen vor meinen Augen, und meine Hände wurden schlaff. Mein Handy fiel klappernd zu Boden, der Akku sprang raus und rutschte unters Bett.

Tote beste Freundinnen schicken keine E-Mails.

Ich schüttelte vehement den Kopf, um meine Gedanken zu ordnen. Heute war Grace' Todestag, und ich vermisste sie mehr als alles andere. Vielleicht spielte mir mein Verstand nur einen Streich. Vielleicht passierte das gar nicht wirklich.

Ich atmete tief durch, griff nach meinem Laptop und aktualisierte den Posteingang. Erschrocken schlug ich mir die Hand vor den Mund, als Grace' Name erneut auf dem Bildschirm erschien. So sehr ich mir auch wünschte, dass die E-Mail tatsächlich von Grace stammte, mochte mein Verstand doch nicht so recht daran glauben.

Vielleicht war das Ganze nicht mehr als ein schlechter Scherz, aber irgendwie schien mir eine solche Grausamkeit unmöglich. Außerdem verteidigte jede von uns ihr E-Mail-Passwort mit dem Leben, und niemand wäre einfach so in der Lage, sich in die Schuldatenbank einzuklinken.

Als ich die Worte erneut überflog, erwachte tief in mir drin – begraben unter all der Wut und Schuld – ein wohlvertrautes Gefühl. Es kam mir vor, als hätte ich das ganze letzte Jahr in einem Nebel aus Trauer und Bedauern verbracht, der sich mit einem Mal lüftete. Mein Zimmer sah immer noch aus wie zuvor, doch das Blau der Wände war mit einem Mal intensiver, das Weiß der Bettdecke strahlender.

Ich hatte Grace im Laufe des letzten Jahres Hunderte von E-Mails geschickt. Ich hatte versucht, ihr zu sagen, wie sehr ich sie vermisste, wie mies mein Leben ohne sie war und wie verzweifelt ich mir meine beste Freundin zurückwünschte. Ich war darauf gefasst, dass die Schule ihr E-Mail-Konto irgendwann löschen würde und meine Mails als unzustellbar zurückkämen. Doch dazu war es bislang nicht gekommen. Konnte es sein, dass Grace mir nach all der Zeit, nach all den E-Mails, tatsächlich antwortete?

Ich bin hier …

Wo hier? In meinem Zimmer? Ein Schweißtropfen lief mir über die Brust und jagte mir einen Schauer über die Beine.

»Grace?« Meine Stimme brach.

Sobald das Wort meine Lippen verließ, bereute ich es. *Im Ernst, Kate? Ein Geist?* Kein Wunder, dass mich meine Eltern zu einem Seelenklempner schickten.

Ich war kurz davor durchzudrehen. Was, wenn Grace überhaupt kein Geist war? Was, wenn sie noch lebte? Ihre Beerdigung war mir vorgekommen wie einer dieser stummen Schwarz-Weiß-Filme. Die Lippen der Menschen bewegten sich, aber ich konnte sie nicht hören. Meine Erinnerungen waren verschwommen und bruchstückhaft, so als hätte jemand vergessen, die einzelnen Abschnitte eines gerissenen Filmstreifens wieder zusammenzusetzen. Und doch sah ich ein Bild klar und deutlich vor mir: das ihres geschlossenen Sargs vorm Altar, eine hölzerne Kiste, die mir viel zu klein erschien, um den Körper meiner besten Freundin zu enthalten.

Vielleicht war das alles nur ein schreckliches Missverständnis … vielleicht war Grace in Wirklichkeit irgendwo da draußen.

Ich las ihre Nachricht ein weiteres Mal, und diesmal stach mir ein einzelnes Wort ins Auge. Ein Name.

Cameron.

Ich sprang von meinem Stuhl auf, überschätzte den Abstand zur Tischplatte und knallte mit dem Knie gegen die Holzkante.

Für einen Moment kniff ich die Augen zu. Die schwüle Septemberluft hing schwer im Raum und drohte mich zu ersticken. Verzweifelt versuchte ich Grace' Botschaft zu ergründen. Die E-Mail war eindeutig ein Hinweis – *der* Hinweis, nach dem ich ein Jahr lang gesucht hatte. Irgendwer oder irgendwas versuchte mir etwas mitzuteilen, das ich in meinem Herzen längst gewusst hatte: Grace' Tod war mehr als ein schrecklicher Unfall.

Sie brauchte meine Hilfe.

Mein Stuhl kratzte über den Fußboden, als ich ihn vor den Kleiderschrank schob, um hinaufzuklettern und die große Kiste herunterzuholen, die die Artefakte unserer Freundschaft enthielt. Ich fuhr mit den Fingern über das Wort »Erinnerungen«, das ich sorgsam darauf geschrieben hatte. Eine fette Träne fiel auf das »U« und ließ den Buchstaben größer aussehen. Mir war nicht einmal bewusst gewesen, dass ich weinte. Ich drückte meine Handflächen gegen die Augen und zwang die Tränen zum Rückzug. Ich musste mich konzentrieren.

Über mir surrte der Deckenventilator in seinem aussichtslosen Kampf gegen die Hitze. Ich hob den Deckel der Box an, und einige der E-Mails, die ich Grace im letzten Jahr geschrieben hatte, flatterten hinter mir aufs Bett. Die verbliebenen Zettel schob ich ungeduldig beiseite, während ich mich fragte, warum ich sie überhaupt je ausgedruckt hatte.

Vermutlich wollte ich damit sicherstellen, dass meine Worte echt waren. Manchmal reichte es eben nicht aus, meine Gedanken an Grace in die virtuelle Welt des Internets zu schicken. Die E-Mails waren der handfeste Beweis, dass Grace tatsächlich existiert hatte und – was mich betraf – immer noch existierte. Und so verrückt es auch klingen mochte, ein Teil von mir hoffte, dass sie meine Nachrichten tatsächlich irgendwie, irgendwo las.

Ich nahm die rosa- und lilafarbene Schmuckschatulle heraus, die mir Grace zu meinem siebten Geburtstag geschenkt hatte. Früher war sie überfüllt gewesen mit halben Herzanhängern, die unsere Freundschaft symbolisierten: Armbänder, Ketten, sogar Ohrringe, obwohl Grace sie nicht tragen konnte, weil ihre Eltern ihr nie erlaubt hatten, sich Ohrlöcher stechen zu lassen. Doch inzwischen befand sich in der Schatulle nur noch ein einziges Schmuckstück: Grace' Perlenkette. Ich hatte sie nicht angerührt, seit ihre Mutter sie mir bei der Beerdigung tränenreich ums Handgelenk geschlungen hatte wie einen Rosenkranz.

Ich öffnete den Verschluss und hob den Deckel an. Die lange Perlenschnur füllte fast die gesamte Schatulle aus, und ich musste daran denken, wie Grace sie sich immer um den Finger gewickelt hatte, wenn sie in Gedanken versunken war oder einen ihrer berüchtigten Pläne ausheckte. Ich schlang mir die Kette dreimal um den Hals, so wie Grace es immer getan hatte. Das Gewicht der Perlen war seltsam beruhigend und verlieh mir die nötige Kraft, um das gerahmte Foto auszugraben.

Und da war sie.

Grace.

Genau genommen zeigte das Bild uns drei – mich, Maddie und Grace. Beste Freundinnen fürs Leben. Es war vor gut zwei Jahren entstanden – bevor sich alles und jeder verändert hatte.

Keine von uns war für das Foto bereit gewesen, als Grace' Mutter auf den Auslöser drückte. Wir flehten und bettelten, sie solle noch ein weiteres Bild machen, während wir uns vor der Kamera zusammenkuschelten. Ich zeigte auf meine zusammengekniffenen Augen, weil ich so lachen musste; Maddie schmollte und zog unglücklich an der Haut unter ihrem Kinn, weil sie ihr Gesicht für zu fett hielt; und Grace beschwerte sich, wir seien zu alt für solche Fotos, und drohte, das Bild zu löschen. Doch Mrs Lee hielt die Kamera außer Reichweite und wedelte abwehrend mit der Hand. Sie versicherte uns, das Bild habe alles eingefangen, was wir von jenem Sommer in Erinnerung behalten wollten.

Und sie hatte recht. Das Bild war absolut perfekt.

Ich nahm den Rahmen in die Hand und betrachtete Grace' Augen – ihr attraktivstes Merkmal. Sie waren dunkel und mandelförmig, und obwohl Make-up bei den Lees verboten war, sah Grace immer so aus, als würde sie Eyeliner benutzen.

Unsere strahlenden Mienen waren absolut echt; ich konnte unser Lachen fast hören. Kurz vor der Oberstufe waren wir auf eine naive Art glücklich, weil es noch cool war, mit dem Fahrrad zum Schwimmbad zu fahren oder in einem Zelt im Garten der Freundin Wahrheit oder Pflicht zu spielen, während wir tütenweise Gummibärchen und Chips verputzten.

Ich vermisste diese Art von Glücklichsein.

Mir fiel eine Strähne meiner pink gefärbten Haare ins Gesicht – ein weiterer Hinweis darauf, wie sehr ich mich im letzten Jahr verändert hatte. Ich legte das Foto beiseite und grub tiefer in der Kiste, bis ich das kleine weiße Notizbuch fand, das mit Glitter, Strass und Schaumfarbe dekoriert war. Es sah aus, als hätte man einen ganzen Bastelladen darüber ausgekippt.

Ich erinnerte mich noch genau daran, wie ich in der siebten Klasse bei Grace übernachtet und wir beschlossen hatten, ein Freundschaftsbuch zu führen, um unsere tiefsten und dunkelsten Geheimnisse festzuhalten. Auf jeder Seite stand eine Frage, deren »streng geheime« Antworten wir in unterschiedlicher Farbe notiert hatten. Grace hatte wie immer Orange gewählt.

Mein Magen verkrampfte sich, als ich das Buch langsam durchblätterte und ihre schnörkelige Schrift überflog.

Lieblingskleidung?
Dunkle Jeans und irgendwas Oranges
Beste Freunde?
Kate und Maddie (Logisch!)
Traumurlaub?
Weißer Sandstrand und türkisblaues Wasser
Traumberuf?
Broadwaykünstlerin oder Ärztin. Oder beides?

Schließlich fand ich die Seite, nach der ich gesucht hatte: Schwarm? Und direkt darunter, in Grace' nervig orangefarbener Glitzerschrift, stand sein Name.

Cameron Thompson

Cameron war Grace' unmittelbarer Nachbar, und da wir jede freie Minute seit dem Kindergarten bei Grace' zu Hause verbracht hatten, waren wir sozusagen miteinander aufgewachsen. Und seit wir uns entschlossen hatten, Jungs gut zu finden, hatte Grace sich entschlossen, Cameron gut zu finden. Es war ein offenes Geheimnis. Ich wusste es, Maddie wusste es, selbst Cameron wusste es.

Trotz ihrer extrem strengen Eltern bekam Grace meist was sie wollte. Cameron bildete da keine Ausnahme.

Doch Grace wollte Vieles.

Meine Gedanken wanderten zurück zu den Tagen unmittelbar vor ihrem Tod – ihrem geheimnisvollen Lächeln, ihren heimlichen SMS. Maddie und ich hatten gewusst, dass sie irgendetwas ausheckte, aber Grace hatte nur gelacht und gesagt, sie würde es uns schon erzählen … irgendwann.

Ich dachte daran, wie ich Cameron nach ihrem Tod auf dem

Schulkorridor gesehen hatte, die Augen blutunterlaufen von zu langen Partys, frühmorgendlichem Nachsitzen und zu wenig Selbstkontrolle. Ich schätze, er war wohl der Einzige, der Grace ebenso sehr vermisste wie Maddie und ich, doch bis heute war mir nie in den Sinn gekommen, dass er vielleicht noch mehr zu verbergen hatte als ein übles Drogenproblem. Nämlich die Wahrheit.

Ich legte unser Freundschaftsbuch beiseite und zog die Knie an die Brust. Als ich meine Beine umschlang, spürte ich einen Schmerz an der Stelle, wo ich mich gestoßen hatte. Obwohl das Zimmer einer Sauna glich, lief mir ein eiskalter Schauer über den Rücken.

Ich nahm meinen Laptop vom Schreibtisch und balancierte ihn auf dem Schoß in der Erwartung, die E-Mail wäre vielleicht verschwunden. Ich meine, es bestand schließlich die Möglichkeit, dass das Ganze nicht mehr war als ein psychotischer Anfall.

Doch die E-Mail war immer noch da.

Mich beschlich ein seltsames Gefühl – ein Gefühl, das ich schon für immer verloren geglaubt hatte.

Hoffnung.

Vielleicht konnte mir ja tatsächlich gelingen, was der Polizei misslungen war. Vielleicht konnte ich aufdecken, was in jener Nacht passiert war, und vielleicht würde dann wieder alles so werden wie früher.

Vielleicht.

Kapitel 2

Letzten Herbst

Der große Moment. Das Aufnahmeritual in die Oberstufe der Pemberly Brown Academy. Nur eine von vielen Traditionen oder *Sacramenta*, die die Schüler der PB seit vielen Generationen pflegten. Jedes Jahr um Mitternacht vor Schuljahresbeginn versammelte sich alles, was Rang und Namen hatte, an Station 10, Farrow's Arches, um sich zu *Nativitas* aus den Klamotten zu schälen. Dieser hochtrabende lateinische Name bezeichnete nämlich nichts anderes als ein mitternächtliches Bad im See der Pemberly Brown Academy.

Grace hatte es irgendwie geschafft, uns davon zu überzeugen, bei Nacht und Nebel quer durch die Stadt zu laufen, da wir ansonsten keine offiziell anerkannten Oberstufenschüler seien. Also bereitete ich mich entgegen aller Vernunft darauf vor, inmitten der versammelten PB-Elite in den See zu rennen.

Maddie, Grace und ich hatten vorerst hinter einem Busch Schutz gesucht, da wir noch nicht bereit waren, uns den Blicken der Oberstufenmädels auszusetzen, die in schwarzen Spitzen-BHs und Strings herumstolzierten, verfolgt von den Rufen und Pfiffen begeisterter Jungs in Boxershorts. Oberstufenschüler sahen offenbar keinerlei Notwendigkeit für Badebekleidung, was mich in meiner eigenen Kleidungswahl extrem verunsicherte. Zu Hause war mir mein pink-weiß-getupfter Bikini noch süß vorgekommen, aber neben Mädels, die ungeniert in Victoria's-Secret-Unterwäsche herumsprangen, kam ich mir in meinen Rüschen und Bändern vor wie ein Unterstufenbaby.

»Wessen Idee war es noch mal, vorher dieses Minzschokoeis zu essen? Ihr wisst ganz genau, dass ich abnehmen will, und jetzt bin ich total aufgedunsen.« Maddie kniff sich in ihren pummeligen Bauch und kämpfte mit ihrem Jeansrock, der mindestens zwei Nummern zu klein war.

»Oh, bitte, Maddie! Du siehst aus wie eine griechische Göttin mit süßen Kurven. Du musst nur endlich dazu stehen!«

Grace streifte ihr orangefarbenes Sommerkleid ab und enthüllte einen gestreiften BH und eine passende Panty.

»Hey! Wo ist denn dein Badeanzug?« Maddie warf einen wütenden Blick auf Grace' schlanken Körper, der in ihrer Unterwäsche perfekt zur Geltung kam. Grace war Maddie und mir wie immer eine Nasenlänge voraus.

»Ups! Den hab ich wohl vergessen.« Grace lachte. »Außerdem müsst ihr zugeben, dass das hier viel cooler aussieht als mein öder Badeanzug.«

Grace ließ ihr Kleid fallen und trat auf die Menge zu, die sich auf der anderen Seite des Gestrüpps versammelt hatte. Ich packte ihre Schulter.

»Du hast doch wohl nicht ernsthaft vor, in deiner Unterwäsche da rauszugehen?«

Grace schenkte mir einen ihrer berüchtigten »Fang endlich an zu leben!«-Blicke. »Jetzt krieg dich wieder ein! Ist doch fast dasselbe wie ein Bikini.« Sie blickte auf ihre schlanken Beine hinab und warf mir einen verschmitzten Blick zu. »Jetzt beeil dich und zieh die Klamotten aus, sonst verpassen wir noch das Reinlaufen.« Sie reckte neugierig den Hals, vermutlich auf der Suche nach Cameron Thompson.

Cameron war ein wahrer Rebell ohne Grund. Er war reich und verwöhnt und auf eine verwegene Art gut aussehend, die Grace offenbar unwiderstehlich fand. Obwohl seine Eltern versuchten, die perfekte Bilderbuchfamilie darzustellen, geriet Cameron ständig in Schwierigkeiten. Das schwarze Schaf? Wohl eher die Schwarze Pest. Aber Grace »liebte« ihn nun mal. Manchmal fragte ich mich, ob sie das Image des bösen Buben nicht mehr liebte als den bösen Buben selbst.

Zwei tätowierte Arme schlangen sich um Grace' cremeweißen Körper. Die Schwarze Pest nahm sich, was sie für ihr Eigen hielt.

»Cameron!«, kreischte Grace, während sie sich umdrehte, um auf der Stelle mit seinen Lippen zu verschmelzen. Man konnte nicht leugnen, dass es zwischen den beiden heftig knisterte, aber die Intensität ihrer Beziehung machte mir ein bisschen Sorgen. Nach mehreren Sekunden wilder Knutscherei wich Grace glücklicherweise zurück und stieß Cameron spielerisch von sich.

Ich war mir nicht sicher, aber ich hatte irgendwie den Eindruck, etwas in ihren Augen aufblitzen zu sehen. Verärgerung? Langeweile? Angst? Was auch immer es war, es deutete darauf hin, dass Grace sich irgendwann nach besseren Typen umsehen würde. Eher früher als später. Ich konnte mir mein Gefühl der Erleichterung nicht verkneifen.

»Okay, Leute, wir sehen uns im Wasser!« Sie nahm Camerons Hand und trat hinaus in den Park, während das Echo ihres Lachens hinter ihr verhallte.

Jenseits unseres Gebüschs übertönte eine laute Stimme die Geräusche der Menge. Es war eine Art Mischmasch aus Latein und moderner Umgangssprache, der typisch war für die Verbindung von uralten Traditionen und modernen Lastern an der PB.

»Na los, Maddie. Jetzt oder nie.« Ich zog mir mein T-Shirt über den Kopf und rückte die Träger meines Bikinis zurecht.

Maddie folgte mir widerwillig aus dem schützenden Dickicht. Sie ließ ein wenig die Schultern hängen, ihre blasse Haut strahlte im Mondlicht. Ich wollte ihr sagen, dass sie deutlich schlanker aussähe, wenn sie wenigstens aufrecht ginge, aber ich brachte es nicht übers Herz.

Wir stellten uns zwischen unsere Mitschüler, und ich gab mir Mühe, die älteren Mädels in ihren knappen Strings und die Jungs mit ihren gebräunten Oberkörpern nicht zu sehr anzugaffen. Verlegen zog ich meinen Pferdeschwanz straff und wartete auf das Zeichen. Schließlich rief jemand: »Incedo!« Der Aufruf setzte einen Mob halb nackter Jugendlicher in Bewegung, der auf den See zustürmte.

Getrieben von einem Instinkt und meinem jahrelangen Tennistraining, setzten sich meine Beine in Bewegung. Die warme Augustbrise verwehte all meine Unsicherheit, und ein Lächeln zerrte an meinen Mundwinkeln, während meine bloßen Füße über den Rasen trommelten. Inmitten der Menge streifte mein Arm die warme Haut eines Mitschülers. Als ich mich umsah, wurde ich von einem Lächeln überrascht. Das Weiß seiner Zähne hob sich strahlend vom hellbraunen Teint seiner Haut ab, und seine Augenfarbe glich dem Nachthimmel über uns.

Bradley Farrow.

Er war einer der beliebtesten Typen unserer Schule, Captain des Lacrosseteams und Jahrgangsstufensprecher der Klasse über uns.

Ach ja, und er war nebenbei zum Anbeißen schnuckelig.

Er grinste und zog herausfordernd die Augenbrauen hoch, sodass ich mein Tempo unwillkürlich verringerte. Der Typ war echt *extrem* gut aussehend. Bradley lachte und zog mühelos an mir vorbei, um mit den anderen in den See zu stürmen. Als ich meinen Rückstand endlich aufgeholt hatte, sprang ich ebenfalls ins kühle Nass, umnebelt von allen möglichen Bradley-Fantasien. Ich meine, wir hatten da gerade irgendetwas miteinander geteilt, oder? Das trübe Nass umspülte mich mit einer Flut von aufregenden Möglichkeiten. Als ich wieder auftauchte, suchte ich den See nach ihm ab, aber Bradley war bereits in der Menge verschwunden.

Stattdessen entdeckte ich Maddie, die in der Nähe des Ufers kauerte und verzweifelt versuchte, ihren Körper zu verbergen. Wie üblich. Im nächsten Moment erblickte ich Grace. Ich wollte gerade nach ihr rufen, als mir auffiel, dass Porter Reynolds direkt neben ihr schwamm. Porter erreichte ungefähr eine sieben auf der Skala heißer Typen, und sein Blut war blauer als das Blau meines Malkastens.

Er benahm sich wie der ultimative Hipster und versuchte mindestens so cool, wenn nicht cooler zu sein als sein älterer Bruder Alistair, amtierender König der Pemberly Brown Academy.

Porter und Grace bespritzten sich gegenseitig mit Wasser, bis Porter innehielt, um ihr die Tropfen von der Stirn zu wischen. Sie lehnte sich ihm mit einem schmalzig ernsten Gesichtsausdruck entgegen, und ich hätte schwören können, dass Porter kurz davor war, sie zu küssen, doch im selben Moment wurde ich von einer Welle abgelenkt. Cameron hockte direkt neben mir und starrte Grace mit einem unheimlich durchdringenden Blick an.

»Hey, Cameron!«, sagte ich überschwänglich, um seine Aufmerksamkeit von Grace abzulenken, obwohl Porter bereits verschwunden war.

»Sie ist so was von hübsch, oder?« Er wandte den Blick keine Sekunde von ihr ab. »Grace, meine ich.«

»Ähm, ja. Ist sie.« Ich hoffte insgeheim, dass er die kleine Szene zwischen ihr und Porter nicht mitbekommen hatte.

Ohne jede Vorwarnung drückte sich Cameron vom Boden ab und schwamm auf Grace zu. Als er sie erreichte, ergriffen seine Arme und Lippen erneut von ihr Besitz. Ich sah, wie sie ihn sanft zurückstieß, während ihr Lachen über das Wasser schallte. Irgendetwas an der Art und Weise, wie er sie berührte, weckte in mir das Bedürfnis, zu den beiden hinzuschwimmen und meine beste Freundin zu retten, doch stattdessen machte ich mich auf die Suche nach Maddie. Lieber hörte ich mir das Gejammer über ihre zu dicken Oberschenkel an, als weiter mit ansehen zu müssen, wie Grace mit diesem zwielichtigen Typen rummachte.

Das versprach ein turbulentes Jahr zu werden.

Kapitel 3

Heute

Mittwochmorgen. Die Linie 315 fuhr rüttelnd und ächzend durch die imposanten Wohnviertel, die die Pemberly Brown Academy umgaben. Mein Kopf knallte gegen die mit Fingerabdrücken beschmierte Scheibe, und die Luft im Bus stank nach billigem Aftershave, das die Jungs in irgendwelchen Anzeigen der *Maxim* entdeckt hatten.

Das ruckartige Anfahren des Busses und der schwere Geruch brünstiger Teenager verpassten mir Kopfschmerzen. Wellen von Übelkeit erfassten meinen Magen, und ich war kurz davor, Seth Allen vollzukotzen, meinen dürren Nachbarn, der wie immer neben mir saß.

Seth hatte sich mit seiner Garderobe heute besonders viel Mühe gegeben. Das Hemd seiner Uniform war zerknittert und einzelne Zipfel strategisch aus der Hose gezupft, womit feststand, dass seine kontrollbesessene Mutter wohl heute Morgen etwas Besseres zu tun gehabt hatte. Seth' Wangen waren wie immer fiebrig gerötet und sein rotes Haar wild zerzaust, obwohl er mindestens eine halbe Tube Gel hineingeklatscht hatte, um es zu bändigen.

Trotz der makellosen Bügelfalte in der Mitte seiner Hosenbeine und den blendend weißen Pumas, musste man ihm zumindest einen kleinen Bonuspunkt für seine fruchtlosen Bemühungen geben.

»Deshalb bin ich mir ziemlich sicher, dass Mr Lansdowne in irgendeiner Sekte ist«, verkündete Seth zwischen zwei Bissen Brot. Auch ohne zu fragen, war ich mir absolut sicher, dass es nicht sein erstes Frühstück war. Solange ich Seth kannte, hatte er versucht, ein bisschen »zuzulegen«. Aber seiner Sechzig-Kilo-Figur nach zu urteilen, schien das Ganze nicht zu funktionieren. Kauend beäugte er Grace' Perlenkette. Ich fasste mir instinktiv an den Hals, mit einem Mal verunsichert. Aus einem Impuls heraus hatte ich die Kette heute Morgen angelegt, in der Hoffnung, sie würde mir Mut machen, um Cameron anzusprechen, doch ich bereute den Entschluss jetzt schon.

»Mr Lansdowne ist in keiner Sekte, er geht einfach nur gern nachts spazieren.« Ich verdrehte die Augen und beschäftigte mich damit, Cameron eine allerletzte verzweifelte SMS zu schreiben. Meine Eltern würden durchdrehen, wenn sie erfuhren, wie viele SMS ich innerhalb der letzten vierundzwanzig Stunden verschickt hatte, aber ich musste nun mal dringend mit ihm reden. Und zwar allein. Die Vorstellung, ihn über Grace auszufragen, war schon schlimm genug – es vor seinen Kifferfreunden zu tun, absolut undenkbar.

»Klar, ist schließlich nix Besonderes, nachts in langen schwarzen Umhängen spazieren zu gehen.« Seth starrte schon wieder auf meine Kette. Ich wollte etwas erwidern, aber der Bus fuhr durch ein Schlagloch, und Seth' Knie stieß unerwartet gegen meins. Ich rutschte etwas näher zum Fenster.

»Das ist ein Bademantel, du Depp.« Durften alte Leute etwa nicht mehr exzentrisch sein? Das einzig Positive daran, fünfundsiebzig zu werden, war doch wohl die Tatsache, dass man sich total verrückt aufführen konnte, ohne sich darum zu scheren, was der Rest der Welt dachte. Ich für meinen Teil konnte es gar nicht abwarten, als verrückte alte Dame mit pinken Haaren meinen Hund Gassi zu führen. In meinem Lieblings-Versace-Morgenmantel. Und mit meinen Perlen.

Ich lehnte meinen Kopf gegen die Scheibe und schloss die Augen in der Hoffnung, Seth würde den dezenten Hinweis verstehen und mich endlich in Ruhe lassen, damit ich mich darauf konzentrieren konnte, mich nicht zu übergeben. Andererseits, wenn ich ihn wirklich vollkotzen würde, wäre er zumindest gezwungen, mich wie alle anderen zu meiden. Und seine Schuhe würden endlich ein bisschen benutzter aussehen.

Seit Grace' Tod behandelten mich in der Schule alle wie eine Aussätzige, doch Seth ließ sich aus irgendeinem Grund nicht abschrecken. Er versuchte regelmäßig, mich in irgendwelche Verschwörungstheorien über unsere Nachbarn zu verstricken, und stellte mir Fragen über Grace und meine Gefühle (daher auch der starre Blick auf die Perlenkette).

Derjenige Teil von mir, der sich verzweifelt abzuschotten versuchte, wollte, dass Seth mich endlich in Ruhe ließ, doch ein anderer Teil, der sich nach einem Freund sehnte, brannte geradezu darauf, ihm die E-Mail zu zeigen. Ich meine, wenn mir jemand glauben würde, dann Seth. Doch im selben Moment ging mir Grace' Warnung durch den Kopf: *Sie werden dir wehtun.* Und ich schluckte das Bedürfnis, ihm mein Herz auszuschütten, rasch herunter.

Ein Alufolienball traf Seth von hinten am Kopf, und seine Wangen erröteten noch mehr. Ich verdrehte genervt die Augen. Konnten diese Armleuchter in der letzten Reihe sich nicht mal was Besseres einfallen lassen, um andere zu ärgern? Ohne groß darüber nachzudenken, drehte ich mich um und entdeckte zwei kichernde Oberstufen-Erstis, die sich ihre Schulkrawatten um den Kopf geschlungen hatten.

»Hey, Dumm und Dümmer!« Die beiden erstarrten und sahen mich unsicher an, als wüssten sie nicht, wie sie reagieren sollten. »Ich dachte, es interessiert euch vielleicht, dass ihr gerade den einflussreichsten Typen der Pemberly Brown verärgert habt«, fuhr ich fort, während ich auf Seth' Lockenschopf deutete. »Das hier ist zufällig Seth Allen *Brown*. Seine Familie hat die Schule sozusagen gegründet«, log ich. »Er schreibt dem Schulleiter vermutlich gerade eine SMS, um euch von der Schule fliegen zu lassen. Viel Glück!«

Dumm sah aus, als würde er gleich heulen, und Dümmer murmelte hastig eine Entschuldigung. Selbstzufrieden setzte mich wieder neben Seth, der mich mit offenem Mund anstarrte. Seine Gesichtszüge bildeten eine eigenartige Mischung aus Verlegenheit, Bewunderung und (Gott bewahre!) Liebe.

»Danke, Kate.«

»Schon gut.«

»Ähm … die Kette da …« Er starrte erneut auf die Perlen. »Ist das …«

Aber ich hatte ihn bereits ausgeblendet und mir Kopfhörer in die Ohren gesteckt. Mein Magen zog sich wie immer zusammen, als der Bus durch das schmiedeeiserne Schultor fuhr und die lang gestreckte Allee hinunterruckelte. Das schattige Gewölbe der uralten Eichen überspannte die Ränder der Straße, auf der wir langsam am Gebäude der Unterstufe und dem der Mittelstufe vorbeifuhren, um schließlich auf das Oberstufengebäude zuzusteuern.

Der letzte Wegabschnitt war mir immer irgendwie magisch vorgekommen, so als würde man in eine andere Welt eintauchen. Doch inzwischen kam mir das Schulgelände nur noch vor wie ein einziger Friedhof. Ein Friedhof, auf dem es von Erinnerungen an Grace nur so spukte. Ich atmete scharf ein, als der Bus an der dichten Baumreihe vorbeifuhr, hinter der sich die Ruine der Kapelle befand. Ich konnte nicht anders, als mein Gesicht gegen die Scheibe zu pressen, überzeugt davon, Grace irgendwo im Dickicht zu erspähen, wenn ich nur genau genug hinsähe. Doch wie üblich entdeckte ich nur Schutt und Asche.

Wir waren angekommen.

Kapitel 4

Als wir aus dem Bus stiegen, ließ ich meinen Blick über die im Tudorstil errichteten Gebäude gleiten. Der Efeu an den Wänden bedeckte fast das gesamte Mauerwerk. Pemberly Brown war eine jener selbstherrlichen Privatschulen, die sich extrem ernst nahmen, und diese Tatsache spiegelte sich in jedem Quadratzentimeter des Schulgeländes wider. Hier zur Schule zu gehen, war ein bisschen so, als würde man durch eine Filmkulisse spazieren, die die perfekte Privatschule darstellen sollte: Torbögen, Kopfsteinpflaster und antike Metalltafeln mit abgedrehten lateinischen Inschriften.

Grace' lange Perlenkette klopfte mir mit jedem Schritt rhythmisch gegen die Brust. Ich schenkte Seth einen »Meine Musik ist zu laut, ich kann dich nicht hören«-Blick, als dieser Anstalten machte, mich über meinen Stundenplan auszufragen. Ehe ich durch das Hauptportal trat, schlug ich routinemäßig mit der Handfläche gegen die Tafel der ersten Station, eine Bronzeplatte mit der Inschrift: *Aut disce aut discede.* »Lerne oder weiche.«

Die zwölf Stationen der Schule waren an Schlüsselstellen über den gesamten Campus verteilt, um der Philosophie ihrer Gründer Ausdruck zu verleihen. Natürlich auf Latein. Gar nicht hochtrabend, was? Die meisten Schüler sparten sich die Mühe, die lateinischen Inschriften zu übersetzen, aber als eine von nur zehn Schülern, die das fragwürdige Glück hatten, eine tote Sprache zu lernen, fühlte ich mich gewissermaßen dazu verpflichtet, jede der Inschriften auswendig zu kennen. Ich habe vermutlich ein Talent dazu, mir unnütze Informationen zu merken. Ich Glückspilz.

Einer der zahlreichen PB-Mythen besagt, dass es Glück bringt, eine der Stationstafeln zu berühren, wenn man beispielsweise auf eine Eins in einem Test hofft oder die Hauptrolle in einem Schultheaterstück absahnen will. Doch heute ging es mir nicht darum, irgendeinen Test zu bestehen, sondern herauszufinden, wie meine beste Freundin gestorben war. Eine ziemliche Herausforderung für ein schlichtes Glücksritual, würde ich sagen.

Kein Mensch hätte vermutet, dass es gerade mal sieben Uhr war. Schüler riefen sich quer durchs Foyer zu, klopften einander auf die Schultern und unterhielten sich lautstark. Ich bereute meine Entscheidung, mir heute Morgen keinen Latte macchiato gegönnt zu haben. Grace' E-Mail hatte alle Gefühle wieder hochkommen lassen, die meine zwölfmonatige Therapie hatte auslöschen sollen. Schlaflose Nächte waren nur eine Nebenwirkung von vielen.

Ich hatte mit Grace nicht nur *eine* Freundin verloren – ich hatte alle Freunde verloren. Genau genommen hatte ich alles verloren. Als hätte jemand eine gigantische Schere genommen und mein Leben sauber entzweigeteilt. Es gab ein Davor und ein Danach, und mir war immer noch unklar, wer ich in diesem Leben danach überhaupt war.

Ich hatte das ganze Jahr über versucht, meine Eltern davon zu überzeugen, dass Grace' Tod mehr war als ein mysteriöser Unfall. Anstatt mir zu helfen, hatten sie mich zu endlosen Sitzungen bei meinem Seelenklempner Dr. Lowen verdonnert, den ich insgeheim

Dr. Depri nannte. Meine Eltern hielten mich für verwirrt, verstört, verschlossen. Sie waren der Meinung, als ich Grace verloren hatte, hatten sie zugleich ihre Tochter verloren.

Was ihnen dabei entging, war die Tatsache, dass ich mich selbst verloren hatte.

Ich warf einen letzten verstohlenen Blick auf mein Handy, bevor ich es auf Lautlos stellte. Obwohl ich Grace letzte Nacht eine E-Mail nach der anderen geschickt hatte, sah es nicht danach aus, als wollte sie mir helfen. Sie hatte erneut den Status eines stummen Geistes angenommen. Gott, ich hoffte nur, es ging ihr gut. Wo auch immer sie sein mochte. Doch die E-Mail hatte mir immerhin neuen Antrieb verliehen. Ich war nicht mehr einfach nur traurig oder wütend. Versteht mich nicht falsch, ich war *durchaus* wütend, aber meine Wut hatte endlich ein Ziel bekommen. Ich konnte sie mir zunutze machen.

Aus dem Augenwinkel bemerkte ich Bradley Farrow, der lässig an seinem Spind lehnte und attraktiv lächelte, während ihm seine Freunde an den Lippen hingen. Ein wohlbekanntes Schuldgefühl breitete sich in mir aus, wie jedes Mal, wenn ich ihn sah. Ich hätte an jenem Abend bei Grace sein müssen, um sie zu retten, aber ich hatte mich für Bradley entschieden.

Ich hatte meine Freundin im Stich gelassen – genau wie alle anderen.

Als ich den Blick zu Boden zwang, um unbeachtet an Bradley vorbeizugehen, bemerkte ich Maddie, die an der Seite ihrer neuen besten Freundin stand: Pemberly Browns amtierende Bienenkönigin, Taylor Wright. Ihr gemeinsamer Bodyguard, Bethany Giordano, stand etwa einen halben Meter von den beiden entfernt, um sie vor dem niederen Volk zu schützen, das an Station 4 abhing, dem Computerraum.

Taylor und Konsorten hatten sich mit Sicherheit nie die Mühe gemacht, die Bedeutung der lateinischen Inschrift zu entschlüsseln: *Liberae sunt nostrae cogitationes.* »Die Gedanken sind frei.« Irgendwie schien mir Gedankenfreiheit nicht zu den Tugenden von Königin Taylor und ihren treu ergebenen Tussen zu gehören.

Bethanys Blick wanderte langsam von meinem Scheitel hinunter zu meinen schwarzen Ballerinas, um jeden Quadratzentimeter meines Körpers zu mustern. Ein abschätziges Grinsen breitete sich über ihre finsteren Züge und weckte in mir das Bedürfnis, ihr eine zu verpassen. Natürlich würde ich das nie wagen. Bethany war gebaut wie ein Footballspieler – keineswegs fett oder hässlich, aber extrem groß und stämmig.

Sie war die Jüngste von sieben Geschwistern einer riesigen italienischen Familie, und ihre sechs älteren Brüder waren allesamt Verteidiger in irgendwelchen College-Footballteams. Grace, Maddie und ich hatten ihr letztes Jahr den Spitznamen »Beefany« verpasst, nachdem sich herausstellte, dass ihr die Hälfte der Jungs im Lacrosseteam nicht das Wasser reichen konnte.

Während ich vor meinem Spind kniete, konnte ich es mir nicht verkneifen, einen Blick auf Maddie zu werfen und über unseren kleinen Insiderwitz zu lächeln. Ich betrachtete ihre ausgehungerten Beine, die unter dem Karorock ihrer Schuluniform herausragten. Sie sah aus, als würde sie von nichts anderem leben als von Luft und Cola light. Es war kaum zu glauben, dass dies das gleiche Mädchen war, das mal mit mir eine ganze Packung Minzschokoladeneis verputzt hatte. Maddie bemerkte, dass ich sie anstarrte, und ignorierte mich. Dann wandte sie sich Taylor zu und flüsterte ihr etwas ins Ohr.

Taylors strahlend blaue Augen waren eiskalt, als sie sich zu mir umdrehte, um mich eingehend zu mustern. Sie war die Jüngste der drei Wright-Schwestern, die gemeinhin als die drei Ts bekannt waren und das gesellschaftliche Leben an der PB bestimmten. Gerüchten zufolge hatten die beiden älteren Schwestern, Tinsley und Taegan, einen ganzen Sommer über mit Taylor trainiert, um ihre ganz eigene Version des taylorschen Eisblickes zu vervollkommnen. Das Training hatte sich eindeutig gelohnt.

Obwohl Taylor dieselbe langweilige Uniform trug wie wir alle, schien sie mit ihrem Tiffany-Schmuck und ihren Chanel-Ballerinas – ganz zu schweigen von ihrer butterweichen Handtasche, die vermutlich mehr wog als Maddie – geradezu reif für den Laufsteg.

Die drei musterten mich einige qualvolle Sekunden lang, dann brach Taylor in schallendes Gelächter aus. Es hatte Zeiten gegeben, in denen mich ihr Lachen ohne Weiteres dazu veranlasst hätte, den Rest des Tages in der Mädchentoilette zu verbringen, aber heute hatte ich etwas Besseres zu tun, als mich wegen der Eiskönigin und ihrer Lakaien in irgendetwas reinzusteigern. Ich knallte meinen Spind zu und warf einen Blick auf die Uhr.

Man muss eben Prioritäten setzen. Und an erster Stelle stand für mich Cameron.

Ich entdeckte ihn, als er gerade im Begriff war, mit seinen zweifelhaften Freunden durch eine der Seitentüren zu verduften. Kurz bevor die Tür hinter ihm zufiel, drehte er sich noch einmal um. Unsere Blicke begegneten sich quer durch das überfüllte Foyer. Obwohl er derselbe Typ war, mit dem ich in der sechsten Klasse Brennball gespielt hatte und in den Grace seit der Mittelstufe verknallt war, kam er mir vor wie ein Fremder.

Aber ich erinnerte mich noch an den Cameron, mit dem wir aufgewachsen waren. Ich erinnerte mich daran, wie er Grace auf eine verzweifelte, fast unheimliche Art geliebt hatte. Und ich erinnerte mich an seine krankhafte Eifersucht, wenn sie mit anderen Typen flirtete.

Grace hatte in den Wochen vor ihrem Tod irgendein Geheimnis gehütet. Ich war immer davon ausgegangen, dass sie einen Anderen kennengelernt hatte und mit Cameron Schluss machen wollte. Aber nach dieser E-Mail war mir klar geworden, dass Cameron offenbar mehr über Grace' Geheimnis wusste, als er bislang zugegeben hatte.

Er legte den Kopf schräg, während seine Hand an der Türklinke ruhte, und sah mich herausfordernd an. Dann trat er hinaus und ließ die Tür hinter sich zufallen. Cameron wusste ganz genau, dass ich nicht den Mumm hatte, ihn vor seinen Freunden zur Rede zu stellen, doch er konnte nicht ahnen, dass ich einen erstklassigen Ersatzplan im Ärmel hatte.

Kapitel 5

Ich ging zu Station 3, dem Sekretariat, und berührte im Hineingehen die kühle Bronzetafel. *Faber est suae quisque fortunae.* »Jeder ist seines Glückes Schmied.« In einer Ecke entdeckte ich Seth, der irgendwelche Unterlagen sortierte. Sein Schultag begann mit einer Freistunde, doch anstatt wie jeder normale Schüler länger zu schlafen, sein Frühstück zu genießen oder – was weiß ich – vielleicht zu lernen, verbrachte er seine freie Zeit damit, im Sekretariat auszuhelfen.

»Hallo«, sagte ich, während ich den Schulterriemen meiner Tasche zurechtrückte.

Seth steckte den Kopf zur Tür heraus und grinste bis über beide Ohren. Dann warf er einen Blick auf die Uhr. »Ich dachte, du hättest in der ersten Stunde Englisch?«

Ich spielte mit Grace' Perlen und fühlte mich ertappt, als Seth' Blick erneut auf die Kette fiel. Er öffnete den Mund, um etwas zu sagen, doch ich war schneller.

»Ja, das ist *ihre* Kette. Könntest du jetzt bitte aufhören, mich anzustarren?« Ich bereute meine Worte, sobald ich sie gesagt hatte.

Genau das meinte Dr. Depri mit »Ich solle meine Worte besser abwägen«. Seth schien verletzt, daher versuchte ich meine Aussage ein wenig abzumildern.

»Tut mir leid, es ist nur … ich bin einfach … ich weiß auch nicht … irgendwie müde. Ich bin nicht gekommen, um mich mit dir zu streiten. Ich wollte nur … ähm … noch mal Hallo sagen.« … *und die Zahlenkombination von Cameron Thompsons Spind herausfinden.*

Seth lehnte sich gegen den grauen Metallschrank, verlor irgendwie das Gleichgewicht und fiel fast hin. Als er sich wieder gesammelt hatte, griff er in die Jackentasche seines Blazers und zog ein randloses Erdnussbuttersandwich heraus, völlig unbeeindruckt von seiner eigenen Trotteligkeit. In gewisser Weise musste man ihn dafür bewundern.

»Schon okay. Ich wollte nur sagen, dass sie dir steht. Die Kette, meine ich.«

Ich widerstand dem Drang, die Augen zu verdrehen. Stattdessen rang ich mir ein qualvolles Lächeln ab. »Oh«, erwiderte ich und griff an die Kette. »Danke.«

»Hey, ich hoffe, du hast einen Passierschein von deinem Englischlehrer. Sinclair ist in letzter Zeit knallhart, was das Zuspätkommen angeht. Und ich weiß, was deine Eltern von Verwarnungen halten.«

Genau das war der Grund, weshalb Seth nie den Sprung vom Nachbarn zum Freund geschafft hatte. Er merkte sich alle unangenehmen Fakten über mein Leben, insbesondere die, die ich dringend vergessen wollte.

»Mir geht's nicht so gut. Mädchenprobleme.« Das sollte ihn zum Schweigen bringen.

Tat es auch. Seth lief knallrot an, sodass seine Sommersprossen für einen Moment verschwanden, und stopfte sich den Rest seines Butterbrots in den Mund.

»Oh, okay«, erwiderte er mit vollem Mund. »Bist du hier, um mit der Krankenschwester zu reden? Ich kann ihr Bescheid sagen.« Er fingerte an seinem nunmehr leeren Butterbrotbeutel herum, während sein Kiefer den letzten Bissen Brot vernichtete.

»Nein, nein«, erwiderte ich ein wenig überhastet. »Ich wollte nur … also, das ist mir jetzt irgendwie peinlich, aber … ich habe die Kombination von meinem Spind vergessen. Das ist so eine seltsame Nebenwirkung dieser monatlichen Geschichte … man wird total vergesslich.«

Sein Blick wanderte spontan zur Decke, als würden ihm auf unerklärliche Weise Eierstöcke wachsen, wenn er mich nur ansähe. »Also … ähm … ich weiß zufällig, wo ich das nachgucken kann. Welche ist deine Spindnummer?«

»Fünf, vier, drei«, log ich, ohne mit der Wimper zu zucken. Ich hoffte inständig, dass er zu verwirrt war, um sich an meine echte Spindnummer zu erinnern.

Seth verschwand in einem Hinterzimmer und tauchte kurz darauf wieder auf. Er nannte mir atemlos die Kombination, entweder weil er im Büro auf und ab gerannt war oder weil er mit einem Mädchen sprach. Schwer zu sagen.

Ich bedankte mich und rannte den Gang hinunter, während ich die Zahlen im Kopf wiederholte.

Minuten später stand ich vor Camerons Spind. Mein silbernes Armband klapperte gegen den Metallschrank, während ich die Kombination einstellte.

Das Schloss sprang mit einem Klick auf.

Ich war drin.

Ohne zu wissen, wonach ich eigentlich suchte, griff ich in den Spind und wühlte hektisch darin herum. Schweißperlen traten mir auf die Stirn, und mein Herz trommelte gegen den Brustkorb. Ich lauschte angestrengt und hoffte, trotz meines pochenden Herzens zu hören, wenn sich auf dem Gang Schritte näherten.

Ich schob zahlreiche Bücher, Hefte und ein dreckiges Sweatshirt beiseite. Wenn ich auch nicht wusste, wonach ich suchte, war ich mir doch ziemlich sicher, dass es kein grauer Baumwollpulli war, der nach Junge stank.

Irgendwo fiel eine Klassentür zu und zerriss die Stille auf dem Gang. Der Ausdruck »sich zu Tode erschrecken« bekam mit einem Mal eine ganz neue Bedeutung. Ich reckte den Hals und atmete erleichtert aus, als ich feststellte, dass es nur ein Ersti war, der auf die Toiletten zusteuerte.

Ich lenkte meine Aufmerksamkeit wieder auf den Spind und zog eine kleine grau-weiß marmorierte Kladde hervor. Hastig schlug ich die Seiten auf, in der Hoffnung, es könnte Camerons Tagebuch sein. Doch bevor ich irgendein Wort lesen konnte, hörte ich hinter mir auf dem Gang Stimmen, begleitet von Schritten. Meine Zeit war abgelaufen.

Als ich die Kladde zurück in den Spind steckte, rutschte ein Zettel heraus und segelte langsam auf den Holzboden. Ich erblickte Grace' Namen und eine Art Zeichnung.

Die Schritte kamen erbarmungslos näher, daher rückte ich den Krempel in Camerons Spind zurecht und stand rasch auf, während ich den Zettel mit dem Fuß verdeckte.

Hinter mir räusperte sich jemand, und ich schwöre, ich hätte mir fast in die Hose gemacht. Als ich mich umdrehte, blickte ich in das Gesicht von Schulleiter Sinclair.

Verdammt.

Kapitel 6

Letzten Herbst

Es war die erste Woche des neuen Schuljahrs, und ich litt unter akuter Erstiritis, wie die älteren Schüler es nannten. Es traf ausnahmslos alle Mädchen, die in die Oberstufe der Pemberly Brown kamen, nachdem sie sich in den Sommerferien gemausert und ihre Zahnspangen, den Babyspeck und die Peinlichkeiten der Mittelstufe abgelegt hatten.

Die gängigsten Symptome waren Herzflattern, rote Wangen und unkontrolliertes Kichern, sobald einer der älteren Jungs einen zufällig ansah. Tragischerweise gab es kein bekanntes Gegenmittel.

Meine Symptome überschlugen sich immer dann, wenn ich Bradley Farrow begegnete. Seit unserem »gemeinsamen Moment« an *Nativitas* war ich hoffnungslos verknallt, unrettbar verloren, wahnsinnig vor Liebe. Bradley war der mit Abstand heißeste Typ der ganzen Schule. Perfekter mokkafarbener Teint, Wimpern wie Pinsel und ein muskulöser Oberkörper, der in der Mädchentoilette für Gesprächsstoff sorgte.

Mein Spind war genau sieben Schränke von Bradleys entfernt, was den Vorteil hatte, dass ich ihn jedes Mal, wenn wir die Räume wechselten, aus den Augenwinkeln beobachten konnte. Zum Glück war mein peripheres Sehen ziemlich gut ausgeprägt.

Ich befand mich gerade zwischen Englisch und Latein, und während ich abwechselnd heimliche Blicke in Bradleys Richtung warf, peinlich errötete und meine Bücher sortierte, hörte ich lautes Kichern, das unweigerlich den Auftritt von Grace und Maddie ankündigte.

»Genießt du die Aussicht?«, gluckste Grace so laut, dass Bradley zu uns herübersah und schelmisch den Mund verzog.

Ich hatte ihr gestern nach der Schule haarklein von meinen Schwärmereien berichtet und es seither jede Sekunde bereut. Es war keineswegs so, als wollte ich nicht, dass sie es wusste. Grace war meine beste Freundin, und ich konnte gar nicht anders, als ihr jedes kleinste Detail über Bradley zu erzählen. Aber sie konnte nun mal kein Geheimnis für sich behalten. Es war nur eine Frage der Zeit, bis an der ganzen Schule Gerüchte über meine lächerliche Schwärmerei kursierten.

»Schhhh! Der steht doch da«, zischte ich und riss die Augen auf.

»Krieg dich wieder ein, Kate. Der weiß doch nicht mal, dass wir existieren«, sagte Maddie. Sie zupfte an den Knöpfen ihrer Bluse, um die Tatsache zu vertuschen, dass einige von ihnen kurz davor waren abzuspringen. Maddie gehörte zu den Mädchen, die eigentlich Größe L tragen sollten, sich aber lieber in S zwängten.

»Schon klar, Maddie.« Ich seufzte theatralisch und warf einen Blick auf Grace, um mir bei ihr Unterstützung zu suchen, doch die zuckte nur mit den Schultern.

»Sei nicht so empfindlich. Ich hab geniale Neuigkeiten!« Grace packte mich am Arm und hüpfte auf und ab wie ein kleines Kind, das dringend aufs Klo muss. »Willst du's wissen? Willst du's wissen? Hmmm? Willst du?«

Ich konnte mir ein Grinsen nicht länger verkneifen, also gab ich nach. Wie immer. Niemand konnte Grace lange böse sein; sie war einfach viel zu unterhaltsam. »Okay, okay. Verrat uns deine genialen Neuigkeiten!«

»Ich hab keinen Hausarrest mehr und darf am Freitag doch mit zum *Spiritus*-Feuer kommen! Ich hab meinen Eltern eingeredet, es wäre für Erstis Pflicht, die Traditionen der Schule zu pflegen.«

»Und das haben sie dir abgekauft?«, fragte ich, während ich mir mein langes braunes Haar wie üblich zu einem Pferdeschwanz zusammenband.

Grace' Eltern waren irre konservativ. Betonung auf irre. Seit sie zwölf war und ihr Interesse für Jungs, Make-up und andere streng verbotene Dinge entdeckte, hatte sie so ziemlich jedes zweite Wochenende unter Hausarrest verbracht. Mr und Mrs Lee hatten nicht die geringste Ahnung, dass Grace mit Cameron zusammen war, ansonsten hätten sie ihr vermutlich Hausunterricht erteilt.

»Na ja, es gibt da ein paar Bedingungen«, gab Grace zu.

»Von Bedingungen hast du mir gar nichts erzählt«, meckerte Maddie, während sie ihren Rock gewaltsam einen Zentimeter tiefer zog. Wenn sie sich endlich mal die richtige Größe kaufen würde, wäre es vielleicht nicht ganz so offensichtlich, wie unwohl sie sich in ihrer Haut fühlte.

»Also, sie wollen mich unbedingt hinbringen und wieder abholen. Aber wenn wir drei zusammen fahren, ist das doch eigentlich halb so wild ...« Sie ließ den Satz verklingen und schenkte uns ihr schönstes »Bitte, bitte, ich bin auch brav«-Lächeln, das so überzeugend war, dass ich mich fragte, ob sie es wohl jeden Morgen vor dem Spiegel übte.

Ihre dunklen Augen funkelten hoffnungsvoll, ihre Mundwinkel verzogen sich zu einem nervösen Grinsen, und ihr glattes schwarzes Haar hing ihr wie ein Vorhang über den Rücken. Wer konnte ihr da schon widerstehen?

Offenbar Maddie.

»Vergiss es, Grace«, sagte Maddie, während sie ihren Rock glatt strich. »Alistair Reynolds nimmt uns mit.«

Grace und ich starrten sie mit offenem Mund an. Alistair Reynolds war … na ja, eben Alistair Reynolds. Er tat eigentlich den ganzen Tag nichts anderes, als sich jüngeren Mädchen an den Hals zu werfen, aber er entstammte einer der ältesten Familien in PBs illustrer Ahnenreihe. Die Tatsache, dass er nicht nur extrem gut aussah, sondern obendrein einen fetten Treuhandfonds besaß, zementierte sozusagen seine unangefochtene Spitzenstellung in der Hackordnung der Pemberly Brown Academy.

»Wie kommst du dazu, von Alistair Reynolds mitgenommen zu werden? Der nimmt doch nicht mal Porter mit, und das ist immerhin sein Bruder!« Grace konnte ihr Entsetzen nicht verbergen.

Maddie verdrehte die Augen. »Entschuldigung. Mir war nicht bewusst, wie abwegig es ist, dass jemand wie ich uns eine Mitfahrgelegenheit bei einem Typen wie Alistair organisiert.«

Ich eilte Grace zu Hilfe. »Komm schon, Maddie. Du weißt ganz genau, wie sie das meint. Das ist immerhin Alistair Reynolds. Der weiß doch nicht mal, dass es uns gibt, oder?«

»Also, wenn ihr es genau wissen wollt, meine Eltern gehen am Freitag mit den Reynolds essen, und die haben gesagt, Alistair würde uns mitnehmen, wenn wir wollen.«

»Seine Eltern zwingen ihn also, dich und deine Freundinnen mitzunehmen, damit sie sich im Country Club volllaufen lassen können, wie?« Jetzt wurde Grace wütend.

»Meine Eltern lassen sich überhaupt nicht volllaufen …«

»Schon klar. Und Evian gibt's jetzt auch mit Wodka-Geschmack.« Grace hatte zu Beginn der Sommerferien den Fehler gemacht, aus Mrs Greenes Wasserflasche zu trinken, und so unfreiwillig das Geheimnis ihrer langen Nachmittagsnickerchen gelüftet.

»Schluss jetzt!« Ich ergriff spontan die Rolle des Schlichters und wandte mich an Grace. »Mrs Greene ist total nett, sie ist nur manchmal … na ja, ein bisschen müde. Also hör endlich auf.« Dann wandte ich mich an Maddie. »Und du weißt, dass wir nicht mit Alistair fahren können, also sag deinen Eltern einfach, dass uns Grace' Vater bringt.«

Maddie schob ihre Unterlippe vor wie ein kleines Kind. »Aber das ist doch gar nicht der Punkt. Ich meine, wir reden hier von *Alistair Reynolds*!«

»Irrtum, wir reden hier von deiner besten Freundin! Jetzt komm schon, mit Alistair können wir ein anderes Mal fahren.« Grace warf mir einen dankbaren Blick zu. Es war ihr extrem wichtig, zumindest ein halbwegs normales Sozialleben zu führen. Ich würde niemals zulassen, dass ihr Maddies sozialer Aufstieg dabei in die Quere kam.

»Meinetwegen«, erwiderte Maddie, immer noch schmollend. Sie murmelte diverse Satzfetzen wie »nicht fair« und »Ich muss leiden« oder »Grace' dämliche Eltern«, während wir zu unseren Klassenräumen schlenderten.

»Ein Hoch auf Kate Lowry! Die Ananas-Pizza geht auf mich.« Grace lachte, während sie rückwärts vor Maddie hertrippelte, um sie zum Lachen zu bringen. »Du kannst mir doch gar nicht böse sein, wenn deine Lieblingspizza dabei herausspringt. Stimmt's, Maddie? Stimmt's?«

Diesmal konnte sie ihr nicht widerstehen. Niemand konnte das. Maddies Schmollmund verschwand, und ihre schmalen Lippen verzogen sich zu einem Lächeln.

»Ich wusste, dass ich dich rumkriegen würde!« Grace' Lachen hallte über den Flur, doch es riss abrupt ab, als Cameron sie von hinten umschlang und uns drei auseinanderdrängte.

»Ich hab gehört, wovon ihr geredet habt«, sagte er. Dann machte er eine Pause, in der wir uns fragten, wie viel er wohl gehört hatte und warum er uns überhaupt belauschte. »Du hast mir gar nicht erzählt, dass du jetzt doch zu *Spiritus* darfst.« Er redete mit Grace, als wären wir anderen unsichtbar.

»Oh, ich hab's erst heute Morgen erfahren«, sagte Grace, während sie Maddie und mich anlächelte. »Aber es soll ein reiner Mädchenabend werden. Das verstehst du doch, oder?«

Irgendetwas in Camerons Blick sagte mir, dass er das ganz und gar nicht verstand. »Na sicher, Babe«, erwiderte er nickend. »Ich weiß doch, wie *wichtig* dir deine Freunde sind.« Man konnte seine Missbilligung deutlich heraushören. »Ich kann die Zeit gut nutzen, um auch mal wieder mit meinen Kumpels abzuhängen.«

Maddie und ich wechselten einen Blick. Wir wussten beide, dass Cameron doch nur den ganzen Abend damit verbringen würde, Grace zu beschatten.

Als wir uns dem Fremdsprachentrakt näherten, fiel mir auf, dass ich mein Lateinheft vergessen hatte und noch mal zurückmusste. »Mist, ich hab was im Spind vergessen. Wir sehen uns in der Pause.«

Grace drückte Cameron einen Kuss auf die Wange, aber sie legte ihren Arm um Maddie. Ich rannte zurück zu meinem Spind, erleichtert, dass Grace ihre Zeit lieber mit uns verbrachte als mit Cameron; er war einfach extrem besitzergreifend. Dabei war mir durchaus klar, dass es sicher nicht leicht war, zwischen seinem Freund und seinen Freundinnen zu jonglieren. Immerhin war niemand gern bereit, Grace zu teilen.

Zum zweiten Mal gab ich meine Spindkombination ein und griff in den Schrank, um mein Heft herauszuholen. Doch auf dem chaotischen Haufen von Büchern und Schulsachen lag ein makellos cremeweißer Umschlag, auf dem in kunstvoller Handschrift mein Name stand.

Ich griff danach und sah mich auf dem überfüllten Gang um. Vor einer Minute war dieser Umschlag noch nicht da gewesen. Wer konnte ihn so schnell in meinen Spind geschmuggelt haben? Er passte definitiv nicht durch die Schlitze, und Grace und Maddie waren die Einzigen, die meine Kombination kannten.

Das Umschlagpapier war seidig weich. So musste sich »sündhaft teuer« anfühlen. Ich machte ihn vorsichtig auf und gab mir Mühe, das hübsche Papier nicht zu zerreißen.

Die Einladung war in derselben wunderschönen Handschrift geschrieben wie mein Name. Und in der rechten unteren Ecke befand sich eine kleine Zeichnung.

Katelyn Olivia Lowry,

deine Anwesenheit wird erwünscht. Komm am Freitag, den 13. September bei Einbruch der Dunkelheit zu Station 11. Wenn du dich für würdig erachtest, tritt durch das Siegel ein. Sag niemandem etwas davon.

Allem Anschein nach würde ich wohl selbst ein bisschen jonglieren müssen.

Kapitel 7

Heute

»Miss Lowry, wenn ich mich recht entsinne, befinden Sie sich im zweiten Oberstufenjahr. Können Sie mir bitte erklären, was Sie im Spind eines Schülers der Abschlussklasse verloren haben, wenn Sie eigentlich im Unterricht sitzen sollten?«

Schulleiter Sinclair war nicht gerade groß. Genau genommen war er wohl höchstens eins siebzig, wenn ich bedachte, dass ich bei meinem letzten Arztbesuch eins neunundsechzig gemessen hatte und ihm geradewegs in die Augen sehen konnte. Er stolzierte immer über die Gänge wie ein verstörter Pfau. Grace und ich hatten ihm letztes Jahr akutes Schrumpfsyndrom im fortgeschrittenen Stadium attestiert.

»Oh, hallo, Mr Sinclair. Cameron hat mich gebeten, ihm sein Englischheft mitzubringen. Er ist nach Hause gegangen, weil es ihm nicht gut ging, und er braucht dringend seine Notizen, um für einen wichtigen Test zu lernen … über …« An dieser Stelle dachte ich scharf nach. Ich habe mal irgendwo gelesen, dass man eine gute Lüge mit möglichst vielen Details ausschmücken soll – oder waren es möglichst wenige Details? Auch egal. Ich schätze, es ging wohl in erster Linie darum, die Nerven zu behalten. »*Beowulf* … glaube ich zumindest.« Meine Stimme klang sicher und fest.

Der Schulleiter schien nicht besonders überzeugt, aber glücklicherweise war Cameron nicht in der Nähe, um ihn eines Besseren zu belehren. Aus dem Augenwinkel sah ich, wie jemand aus der Jungentoilette kam. Ohne groß nachzudenken, nutzte ich die Gelegenheit, um mehrere Schritte zurückzutreten.

»Hoppla! Vorsicht.« Ich rannte geradewegs in Liam Gilmour hinein.

Liam gehörte zu den Schülern, die nur deswegen auf die PB gingen, weil sie von der staatlichen Schule geflogen waren. Es kursierten wilde Gerüchte über die Art und Weise, wie er vor ein paar Jahren auf die Schule gekommen war, aber ich bezweifelte stark, dass irgendetwas davon stimmte. Ich meine, wäre er tatsächlich ein Schwerverbrecher gewesen, der Schulleiter Sinclair bestochen hatte, dann sollte er doch wohl in Jugendhaft sitzen, oder?

»Ich hoffe, Sie haben einen Passierschein, Mr Gilmour.«

»Wie Sie sehen.« Liam streckte ihm ein ausgestopftes Gürteltier entgegen, das einer der Naturkundelehrer als Passierschein für die Toilette benutzte.

»Dann zurück in den Unterricht mit Ihnen. Sie können es sich nicht erlauben, irgendwelchen Stoff zu verpassen.«

»Stimmt, ich wollte Ihnen nur Bescheid sagen, dass da im Jungenklo gerade heftig was danebengeht. Die hintere Toilette läuft mal wieder über. Ich dachte, das sollten Sie wissen.«

Mr Sinclair murmelte etwas in sich hinein, das verdächtig nach einem Fluch klang, und verschwand in Richtung Hausmeisterbüro.

»Ich verlasse mich darauf, dass Sie die Kombination umgehend vergessen, Ms Lowry«, rief er mir über die Schulter hinweg zu. »Und jetzt zurück in den Unterricht. Alle beide.« Mr Sinclair warf uns einen letzten durchdringenden Blick zu und verschwand um die nächste Ecke.

Meine Hände zitterten, als ich mich bückte, um den Zettel unter meinem Schuh aufzuheben und ihn in die Tasche zu stecken. Als ich mich wieder aufrichtete, musste ich mich geradezu zwingen, Liam in die Augen zu blicken. Ich war mir nicht sicher, was ich von ihm halten sollte.

»Die Toilette läuft über, was?«

Er lachte leise. »Na ja, das ist keine richtige Lüge. Sie ist immerhin letzte Woche übergelaufen. Und du sahst mir so aus, als könntest du eine kleine Verschnaufpause brauchen.«

»Das kann man wohl sagen. Danke für die Ablenkung. Ich weiß es echt zu schätzen.« Ich musterte ihn aufmerksam. Liam verhielt sich im Allgemeinen unauffällig. Das einzig Bemerkenswerte an ihm – mal abgesehen von seinem fantastischen Haar – war das Gerücht, dass sein Vater angeblich ein Gangster war. Die meisten Mädels an der Schule gingen ihm trotz seines umwerfenden Aussehens aus dem Weg. Ich schätze, sie hatten irgendwie Angst vor ihm.

Ich hatte komischerweise keine. Vielleicht weil ich ihn mal dabei beobachtet hatte, wie er in einer Freistunde eine unglaublich detaillierte Zeichnung von Beefany anfertigte, einschließlich Hörnern und Schnurrbart. Selbst, wenn die Gerüchte stimmten und er ein Krimineller war … jemand, der Taylors Leibwächter als fiese Teufelsbraut darstellte, musste mir einfach sympathisch sein.

»Also, danke noch mal.« Ich widerstand dem Drang, ihm die Hand zu reichen. Händeschütteln war für mich so was wie eine krankhafte Angewohnheit. Mein Vater drängte mich ständig dazu, einen starken Händedruck zu üben, und obwohl ich sicher war, dass mir das eines Tages mal nützen würde, war Händeschütteln an der Highschool nun mal das Allerletzte.

»Kein Problem.« Er deutete mit dem Kinn auf Camerons Spind. »Hast du gefunden, wonach du gesucht hast?« Seine Augen hatten jene außergewöhnliche Tönung, die sich je nach Farbe des Hemds veränderte. Heute wirkten sie sturmblau, aber morgen konnten sie genauso gut grün oder grau aussehen. Ich hatte mir solche Augen immer gewünscht. Meine waren langweilig braun.

»Kann sein.« Mühsam riss ich den Blick von ihm los. Von seinen Augen wurde mir irgendwie schwindelig.

»Also, bis dann.« Er drückte meine Schulter und drehte sich um.

Ein flüchtiger Blick aufs Handy bestätigte mir, dass ich die Schwelle des Zuspätkommens längst überschritten hatte und mich nun auf offiziellem Schulschwänz-Territorium befand. Ich hoffte insgeheim, Seth würde im Sekretariat für mich Wunder wirken, zum Beispiel in Form einer gefälschten Entschuldigung der Schulkrankenschwester. Vielleicht würde er sich sogar einen ganzen Block mit vorgefertigten Entschuldigungen »ausborgen«. Die mochten sich vielleicht noch als nützlich erweisen – nur zum Zwecke der Wahrheitsfindung, versteht sich.

Anstatt zu meinem Klassenraum zu gehen, schlüpfte ich durch eine Seitentür hinaus auf den Schulhof, um mein Diebesgut zu mustern. Die Luft hatte sich bereits drückend schwül aufgeheizt. Anscheinend war der Sommer noch nicht bereit, dem Herbst die Zügel zu überlassen. Ich ging schnellen Schrittes auf den schützenden Schatten zu und spürte, wie mir Grace' Perlen wütend um den Hals sprangen.

Mein Ziel war Station Nummer 10, Farrow's Arches, im schuleigenen Park gelegen. Eine PB-Legende besagte, wenn man unter einem der Bögen einen Jungen küsste, würde man ihn später mal heiraten.

Amor vincit omnia. »Die Liebe besiegt alles.«

Meine Gedanken wanderten zurück zu Liam und seinen sturmblauen Augen. Ich schüttelte den Kopf. Ich musste mich dringend konzentrieren. Ich durfte nicht zweimal denselben Fehler machen.

Der Park erstrahlte in den feurigen Rot- und Orangetönen der Blätter und dem dunklen Violett der Herbstastern. Ich streckte meine Hände seitlich aus und ließ die Finger an den Hecken entlanggleiten, die den Pfad links und rechts säumten. Schließlich erreichte ich ihre Bank.

In Gedenken an Grace Elizabeth Lee.

Ich fuhr mit dem Finger über die Vertiefung ihres Namens; dann zog ich den Zettel aus der Tasche. Grace' Name stand in jungenhafter Blockschrift über einem sorgfältig in schwarzer Tinte gezeichneten Wappen. Auf den ersten Blick glich es dem Pemberly-Brown-Wappen, doch bei näherem Hinsehen entdeckte ich feine Unterschiede.

Die Initialen *P* und *B* fehlten, und auf einer Tür unterhalb einer prunkvollen Krone stand der Buchstabe *S*. Ich hatte keine Ahnung, was damit gemeint war, aber ich war mir sicher, dass der Unterschied eine wichtige Rolle spielte. Warum sollte Cameron den Zettel sonst aufbewahren?

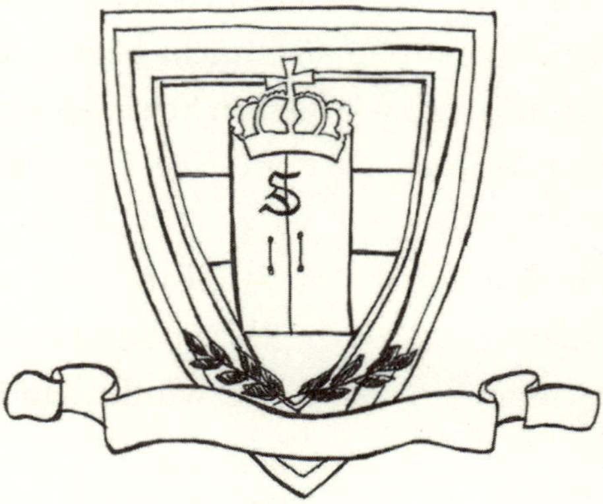

»Was ist nur mit dir passiert, Grace?«, flüsterte ich in den Garten hinein. Trotz der für die Jahreszeit untypischen Hitze wurde mir mit einem Mal kalt. Als ich aufblickte, um zu sehen, ob eine Wolke vor die Sonne getreten war, bemerkte ich hinter einem nahen Busch das Aufblitzen eines Karorocks, gefolgt von langen schwarzen Haaren. Grace.

Ich sprang auf und reckte den Hals, um über die Zweige zu spähen, doch da war niemand. Im Gebüsch herrschte Stille, abgesehen von ein paar fetten Hummeln, die sirrend und summend von Blüte zu Blüte flogen.

Mein Puls raste und pochte in meinem Hals. Anstatt allen zu beweisen, dass ich nicht verrückt war, bekam ich plötzlich Halluzinationen. Das war kein gutes Zeichen. Als ich endlich wieder normal Luft bekam, rannte ich schleunigst zurück zum Gebäude. Die nervtötende Langeweile des Unterrichts war tausendmal besser, als hier im Park auf einen Geist zu warten.

Kapitel 8

Das Tennistraining nach der Schule erwies sich diesmal als besonders zermürbend, zumal die Zeichnung aus Camerons Spind ein Loch in meinen Rucksack zu brennen schien. Als mich der letzte Schulbus endlich zu Hause absetzte, machte ich mir nicht mal die Mühe hineinzugehen. Ich ließ mich auf die Verandaschaukel sinken und strich den zerknitterten Zettel auf meinem Oberschenkel glatt. Das Papier fühlte sich weich und abgegriffen an, so als hätte Cameron den Zettel immer wieder gefaltet, immer wieder gelesen. Während ich müßig hin und her schaukelte, staunte ich erneut über die Ähnlichkeit zwischen der Zeichnung und dem offiziellen Schulwappen.

Die beiden Abzeichen sahen einander extrem ähnlich, aber die lateinische Inschrift war eine andere. Statt dem Motto *Veritas Vos Liberabit*, »Die Wahrheit macht frei«, standen auf der Zeichnung die Worte *Audi, Vide, Tace.* »Höre, siehe, schweige«, übersetzte ich im Kopf, zum ersten Mal dankbar dafür, dass mein Lehrer in der fünften Klasse behauptet hatte, ich sei eine gute Kandidatin für Latein.

Ich wurde das Gefühl nicht los, dass ich die Worte schon einmal irgendwo gesehen hatte. Verzweifelt starrte ich die Skizze an, um meiner Erinnerung auf die Sprünge zu helfen. Das Wappen zeigte die gleiche Tür, die alle PB-Schüler seit der Unterstufe über ihrem Herzen trugen. Doch sie war nicht identisch.

Ich kramte meinen zerknautschten Uniformblazer aus den Tiefen meiner Tasche hervor und verglich das Schulwappen mit dem von Camerons Skizze. Eine Krone über der Tür ersetzte den Schlüssel auf dem Wappen meines Blazers. Und anstatt der Initialen *P* und *B* stand auf der Tür ein einzelnes *S*. Ich fragte mich, ob Cameron sich vielleicht geirrt hatte.

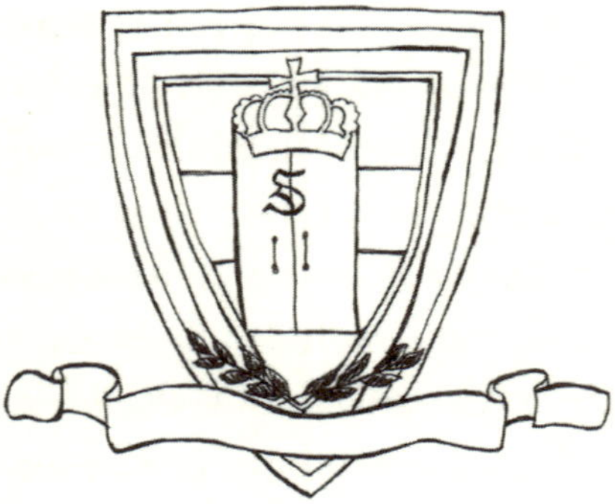

Pemberly war früher eine reine Mädchenschule, die 1890 von Frauenrechtlerinnen gegründet worden war. In den frühen 50er-Jahren wurde die Schule mit der örtlichen Knabenschule, Brown, zusammengelegt, um eine der renommiertesten Privatschulen des Mittleren Westens zu gründen – daher die Initialen *P* und *B*. Die Geschichte der Schule war so reich an Legenden und bizarren Bräuchen, dass es mich kaum gewundert hätte, wenn das Wappen ebenfalls eine besondere Rolle spielte.

Ich hatte die Worte »Pemberly Brown anderes Wappen« gerade in die Suchmaschine meines Smartphones eingetippt, als hinter mir ein Paar Füße auf den Boden donnerte. Ich fuhr erschrocken zusammen.

Als ich einen krausen Rotschopf entdeckte, entspannte ich mich ein wenig und atmete erleichtert aus. Seth hatte ein paar trockene Laubfetzen im Haar, und ich bemerkte seine abgewetzte Ausgabe von *Die 50 größten Verschwörungen aller Zeiten. Komplotte und Intrigen von J.F.K. bis Lockerbie*, die er sich unter den mageren Arm geklemmt hatte. Zudem hielt er einen angebissenen Schokoriegel in der Hand. Paranoia musste echt eine Menge Kalorien verbrennen.

»Liest du den Quatsch etwa schon wieder?«, fragte ich kopfschüttelnd.

»Ich wollte mir nur das Kapitel über UFOs noch mal durchlesen«, erwiderte Seth und zuckte mit den Schultern. »Ich hab letzte Nacht irgendwas mit meinem Teleskop beobachtet, das unmöglich ein Flugzeug oder Satellit sein konnte.«

»So wie beim letzten Mal, als es am Ende der neue Mobilfunkmast war?« Ich warf einen Blick hinauf in Seth' Baumhaus, das er in der vierten Klasse mit seinem Vater gebaut hatte. »Ich dachte, du wärst aus dieser Baumhausgeschichte inzwischen rausgewachsen.«

»Nur um eins klarzustellen, ich war nicht im Baumhaus, ich saß einfach nur auf dem Baum. Das ist ein himmelweiter Unterschied.«

»Wer's glaubt«, erwiderte ich, unfähig, mir ein Lächeln zu verkneifen.

»Geht's dir inzwischen besser?«

Ich sah ihn verwirrt an, doch dann fiel es mir wieder ein. Meine Mädchenprobleme.

»Oh, ja. Viel besser. Danke für deine Hilfe.« Ich meinte es ernst. Seth war zwar ein durchgeknallter Freak und manchmal echt nervig, aber immer noch am ehesten das, was ich einen Freund nannte. »Du könntest mir einen Gefallen tun …«

Ehe ich etwas hinzufügen konnte, hatte Seth den Arm ausgestreckt und mir Camerons Zeichnung aus den Fingern geschnappt.

»Klar. Worum geht's?«, fragte er, während er die Skizze studierte.

»Hey! Nicht darum!«, rief ich und eroberte meinen Zettel zurück. »Ich wollte dich nur um eine offizielle Entschuldigung bitten. Für die erste Stunde heute Morgen. Mann!«

»Ach so. Tut mir leid. Ich dachte … Ich meine, ich wollte mich da nicht einmischen.« Er wurde rot. Dann fuhr er sich mit den Fingern durchs Haar und fischte ein paar Zweige heraus.

Ich machte mir bewusst, dass er einfach nur helfen wollte. Er wollte *immer* nur helfen – das war vermutlich der Kern des Problems. Ich ließ den Zettel sinken und hielt ihn Seth hin.

»Ich hab da dieses Wappen gefunden. Hast du das vielleicht schon mal gesehen?«

»Hier. Halt mal kurz«, verlangte Seth und drückte mir den Schokoladenriegel in die Hand. Dann nahm er mir den Zettel ab und hielt ihn vor sich in die Höhe, als würde ihm das in irgendeiner Weise helfen. »Wo hast du den her?«

»Ach, vergiss es.« Ich schnappte mir den Zettel zurück und hielt ihm den Schokoladenriegel hin. Schließlich konnte ich ihm schlecht erzählen, dass ich den Zettel gestohlen hatte.

»Kommt mir irgendwie bekannt vor. Könnte es was mit dem Skull-&-Bones-Geheimbund vom Yale College zu tun haben?«

Ich konnte mir ein Schnauben nicht verkneifen. Das sah Seth ähnlich, einen völlig nutzlosen Informationsfetzen auszugraben und ihn mir vorzukauen.

»Vergiss es einfach.« Ich stopfte den Zettel zurück in meine Tasche.

Die Unterhaltung kam zum Erliegen, und mir fiel auf, dass Seth mich mit diesem seltsamen, liebestollen Blick ansah. Ich hoffte nur, er würde mich nicht wieder fragen, ob ich mit ihm ausgehen wollte. Das letzte Mal war schon peinlich genug gewesen.

»Hast du irgendwas mit deinen Haaren gemacht? Die sind irgendwie … pinker. Noch mal nachgefärbt? Oder liegt's vielleicht an den Perlen … ich meine, an Grace' Kette, oder … keine Ahnung … du siehst irgendwie … ähm … anders aus.« Die Worte sprudelten aus ihm hervor, und am Ende holte er tief Luft.

»Lass gut sein, Seth. Bitte.«

Er blickte zu Boden und schüttelte den Kopf. »Entschuldige, das hätte ich nicht sagen sollen. Ist mir nur so rausgerutscht.« Seine Stimme zitterte, und ich hörte, wie er etwas von wegen »dämlich« murmelte.

»Ne, schon okay.« Ich bekam ein schlechtes Gewissen. Mit mir war nicht immer leicht auszukommen, und nur wenige Menschen machten sich die Mühe, nett zu mir zu sein. Aus irgendeinem Grund kam mir Liam plötzlich in den Sinn.

»Ich schätze, ich meine … danke.«

Seth' Unterkiefer sackte fast auf den Rasen. Er grinste übers ganze Gesicht. Augen, Mund, Stirn. Grins, grins, grins.

»Wir könnten doch vielleicht mal zusammen ausgehen, oder?«

»Hat dir noch nie jemand gesagt, dass man aufhören soll, wenn's am schönsten ist?« Ich ging auf die Haustür zu, aber ich konnte mir ein leises Kichern nicht verkneifen. Aus meinem Mund hörte sich das Geräusch extrem seltsam an. Es war lange her, dass ich das letzte Mal gelacht hatte. »Wir sehen uns morgen früh im Bus.«

Die Tür knallte hinter mir zu. Meine Eltern waren noch auf der Arbeit; ich war mal wieder allein. Man sollte meinen, ich hätte mich inzwischen daran gewöhnt, aber vielleicht war Einsamkeit etwas, woran man sich nie gewöhnte. Irgendwie kam mir bei diesem Gedanken das große Haus nur noch leerer vor.

Während ich die Wendeltreppe zu meinem Zimmer hinauftrottete, spürte ich, wie schwer Grace' Tod auf meinen Schultern lastete. Ich wünschte, ich hätte irgendjemandem die ganze Wahrheit erzählen können. Ein Geheimnis mit einem Geist zu teilen, ist längst nicht so cool, wie es sich anhört.

Kapitel 9

Letzten Herbst

Die Nacht des *Spiritus*-Feuers schien vor Energie nur so zu sprühen. Die Luft war erfüllt vom schweren Geruch brennenden Holzes, und zahlreiche Schülergruppen scharten sich um das gigantische Lagerfeuer, eifrig damit beschäftigt, ihre neuen Klamotten zur Schau zu tragen, über andere zu lästern und darauf zu warten, dass endlich etwas passierte.

Die tief stehende Sonne tauchte das gesamte »Gründerfeld« in einen orangefarbenen Schein, und Grace' Augen schienen im Licht der Flammen zu tanzen.

»Ich habe ein Geheimnis«, flüsterte sie neckend.

»Du kannst doch eh kein Geheimnis für dich behalten«, erwiderte ich lachend, während ich mir mit den Fingern durch mein kunstvoll geföhntes braunes Haar fuhr. Grace hatte mich dazu überredet, die Haare offen zu tragen, und ich fühlte mich irgendwie unsicher, ganz ohne meinen vertrauten Pferdeschwanz. Wir drei hatten uns stundenlang darüber Gedanken gemacht, was wir tragen sollten – Jeansröcke, die im Idealfall braun gebrannte Beine entblößten, Stretchhosen, die unsere nicht vorhandenen

Kurven betonten, Tops, die nur Maddie einigermaßen ausfüllen konnte.

»Das stimmt doch überhaupt nicht. Sie hat zum Beispiel nie jemandem erzählt, dass ich mir in der siebten Klasse beim Schultanz die Jeans aufgerissen hab. Nicht mal dir.« Maddie stach mir mit dem Zeigefinger in die Rippen.

Grace und ich wechselten einen vielsagenden Blick und fingen an zu lachen.

»Du hast es doch verraten? Miststück!« Maddie verschränkte wütend die Arme vor der Brust, aber ihre Mundwinkel zuckten verräterisch. »Na schön, dann hat Kate eben recht. Du kannst kein Geheimnis für dich behalten. Spuck's aus!«

»Ich verspreche euch, morgen werde ich alles erzählen, aber im Moment sind meine Lippen versiegelt.«

Ich lachte, aber es klang irgendwie unecht, selbst in meinen eigenen Ohren. Ich hatte an diesem Abend ebenfalls ein Geheimnis. Meine Finger tasteten nach der Einladung in meiner Hosentasche. Ein Teil von mir hoffte, dass wir beide dasselbe Geheimnis hüteten, dass wir uns in der Kapelle treffen und vor Begeisterung kreischen würden.

Uns blieben schätzungsweise noch zehn Minuten Tageslicht. Mein Magen rumorte aufgeregt. Ich hatte keine Ahnung, was mich in der Kapelle erwarten würde, aber ich war gespannt, es endlich herauszufinden. Nervös blickte ich auf mein Handy. Ich wünschte, die Einladung hätte eine genauere Zeitangabe enthalten.

Dämmerung ist ein ziemlich vager Begriff. Für mein Empfinden dämmerte es bereits. Und dann die Tatsache, dass ich durch irgendein Siegel eintreten sollte. Was sollte das nun wieder heißen? Wie ich mich kannte, würde ich die Sache hundertprozentig vergeigen.

Die Vorstellung, irgendetwas zu verpassen, was in der Kapelle stattfinden mochte, machte mich nervös.

»Hey, Mädels, ich muss …«

Ich wandte mich wieder Maddie und Grace zu, aber die beiden waren urplötzlich verschwunden. Einige Schritte entfernt entdeckte ich Maddie, die an Alistair Reynolds' Lippen hing, doch von Grace keine Spur. Vielleicht teilten wir beide tatsächlich dasselbe Geheimnis.

Unauffällig schlenderte ich auf den Pfad zu, der durch den angrenzenden Wald hindurch zu Station II führte, der alten Pemberly-Kapelle. *Ad vitam aeternam.* »Dem ewigen Leben.« Die Kapelle war ein Relikt aus der Zeit, als Pemberly noch eine reine Mädchenschule war. Das alte Gebäude war seit Jahren nicht benutzt worden und alle Eingänge versiegelt, was meine Nervosität nur noch steigerte, da ich nicht wusste, wie ich hineinkommen sollte.

Ich hatte den Waldrand fast erreicht, als ich hinter mir Schritte hörte. Folgte mir jemand? Vielleicht Grace? Ich blieb abrupt stehen, wirbelte herum und stand direkt vor Bradley Farrow.

Mir blieb buchstäblich das Herz stehen. Ich weiß, das klingt total kitschig und klischeehaft, aber ich schwöre, als ich mich umdrehte und Bradleys Gesicht vor mir sah, seine Lippen nur einen Atemhauch von meinen entfernt, stand mein Herz für eine Sekunde still.

»Hallo, Kate.« Er lächelte lässig und strich mir mit der Hand übers Haar.

Er kannte meinen Namen. Er kannte tatsächlich meinen Namen.

»Äh … hi, Bradley.« Der Junge, von dem ich nachts träumte und für den ich mich morgens aufstylte, redete mit mir, und mir fiel nichts Besseres ein als »Äh … hi?« *Erschießt mich. Bitte erschießt mich.*

»Was machst du hier so ganz allein?« Er warf einen flüchtigen Blick in Richtung Kapelle, dann sah er mich eindringlich an. Seine Augen waren so dunkel, dass ich nicht mal ihre Pupillen erkennen konnte. Es waren Augen, in denen man sich vollständig verlieren konnte. »Es ist gefährlich hier draußen.«

Ich war mir nicht sicher, ob das ein Witz sein sollte, daher lachte ich zögerlich. Doch es klang eher nach einem verschluckten Schnauben. *Super, Kate. Jungs stehn total auf attraktives Schnauben.*

»Ich wollte nur … ähm … ein bisschen spazieren gehen?« Ich untermalte diesen Teil unserer fesselnden Unterhaltung mit einem mädchenhaften Kichern, das ich vergeblich hinter meiner Hand zu ersticken versuchte. Wer war nur diese arme Irre, die nicht mal zwei zusammenhängende Worte herausbrachte, ohne dabei zu schnauben oder zu kichern?

»Du solltest hier nicht alleine rumlaufen.« Er schob die Hände in die Taschen und wirkte fast ein bisschen schüchtern. »Wollen wir vielleicht zusammen spazieren gehen?«

Mein ganzer Körper prickelte bei der Vorstellung, mit Bradley Farrow spazieren zu gehen. Wenn mein Körper für sich sprechen könnte, hätte er vermutlich lauthals »Ja!« geschrien oder, wahrscheinlicher noch, eine völlig peinliche Zeile aus einem dieser Schundromane meiner Mutter zitiert: »Nimm mich, Bradley! Nimm mich jetzt!«

Kurz gesagt, ja, ich wollte mit Bradley spazieren gehen, mehr als irgendetwas sonst. Der Himmel hatte sich inzwischen orangerot verfärbt, und die Sonne war kurz davor, am Horizont zu verschwinden. Der Geruch von brennendem Laub kitzelte mir in der Nase. Es war eine Nacht, in der ausnahmslos alles passieren konnte, eine Nacht, die dazu geschaffen schien, mit schnuckeligen Jungs spazieren zu gehen.

Dabei hätte ich eigentlich in der Kapelle sein sollen.

Ich warf einen flüchtigen Blick auf den Pfad hinter mir und kam zu dem Schluss, was auch immer mich erwartete, würde noch ein wenig warten können. Es war immerhin noch nicht dunkel. Derjenige, der diese Einladung geschrieben hatte, würde es bestimmt nicht merken, wenn ich ein paar Minuten zu spät käme.

Ich blickte zu Bradley auf, dessen Gesicht von der untergehenden Sonne in einen warmen Schein getaucht wurde. Seine Wimpern glänzten im Licht, und mir wurde bewusst, dass ich ihm nahe genug war, um seine Wimpern zu erkennen. Jede. Einzelne. Wimper.

»Klar können wir ein bisschen spazieren gehen«, erwiderte ich atemlos.

Bradley ging voraus, doch er verlangsamte seinen Schritt, damit ich neben ihm gehen konnte. Während wir Seite an Seite gingen und fast mit den Schultern zusammenstießen, fühlte ich, wie seine Finger an meinem Arm nach unten glitten und nach meiner Hand griffen. Ich hoffte inständig, er würde meine Gänsehaut nicht bemerken, die sich bei seiner Berührung über meinen Körper gebreitet hatte. Oder das dämliche Grinsen auf meinem Gesicht.

Als wir uns weiter vom Lagerfeuer entfernten, sah ich, wie jemand auf den Waldrand zulief. Die lange, hüpfende Perlenkette an ihrem Hals verriet mir, dass es Grace war.

Kapitel 10

Heute

Die SMS kam am späten Abend. Cameron war endlich bereit, mit mir zu reden. Die Vorstellung, allein zu ihm ins Auto zu steigen, machte mir Angst, aber nach all den unbeantworteten Nachrichten hatte ich keine andere Wahl. Ich musste ihn dringend über die Zeichnung und Grace ausfragen. Wenn ich herausfinden wollte, was wirklich geschehen war, brauchte ich Antworten, und Cameron war anscheinend der Einzige, der sie mir geben konnte.

Daher kritzelte ich hastig eine Notiz an meine Eltern, in der ich behauptete, dass ich mit Naomi Farrow für einen Chemietest lernen würde. Ganz genau, Bradleys jüngere Schwester! Aber sie war bei mir im Tennisteam, und Mom hatte sie als »das nette Mädchen mit den tollen Augen« in Erinnerung.

Wenn meine Lüge aufflog, würden mich meine Eltern vermutlich zu Hausarrest verdonnern und Dr. Depri zwingen, umgehend bei uns einzuziehen, um mir eine Eins-zu-eins-Sonderbetreuung zuteilwerden zu lassen. Diese elektronischen Fußfesseln mochten ja bei einem Star ganz cool aussehen, aber mit meiner persönlichen Garderobe würden sie eher kollidieren.

Ich setzte mich in unser »offizielles« Wohnzimmer, das wir so gut wie nie benutzten, und wartete darauf, dass Camerons Wagen in unsere Einfahrt einbog. Insgeheim wünschte ich mir, ich müsste das Ganze nicht allein durchziehen. Cameron hatte sich innerhalb des letzten Jahres von einem Gelegenheitskiffer in einen Drogenabhängigen verwandelt und schien obendrein zu wissen, was in jener Nacht mit Grace passiert war.

Mein Vorhaben war bestimmt nicht das, was meine Eltern eine »kluge Entscheidung« nannten. Genau genommen konnte ich »kluge Entscheidungen« ohne Weiteres auf die Liste der Dinge setzen, die ich im Laufe des letzten Jahres unwiederbringlich verloren hatte. Derartige Entscheidungen hatte ich schon lange nicht mehr getroffen.

Ich spielte mit den Perlen, die sich nunmehr dauerhaft an meinem Hals niedergelassen hatten. Grace war immer noch meine beste Freundin. Als sie mich am dringendsten gebraucht hatte, war ich nicht für sie da gewesen.

Doch jetzt war ich für sie da. Ich war es ihr schuldig, die Wahrheit ans Licht zu bringen. Sie hatte selbst gesagt: *Sprich mit Cameron. Er weiß Bescheid.* Und außerdem, was spielte es schon für eine Rolle? Das Schlimmste war bereits passiert.

Das Scheinwerferlicht eines Autos schweifte durch den Raum und beleuchtete die staubigen Wohnzimmermöbel. Ich aktivierte die Alarmanlage, betätigte den Schalter des Garagentors und schlüpfte geübt darunter hinweg. Grace' Perlenkette hüpfte auf und ab, während ich zu Camerons Auto rannte.

»Hi«, sagte ich, als ich in den Geländewagen kletterte. »Danke fürs Abholen.«

Als er mir keine Antwort gab, drehte ich mich zu ihm um und erschrak über seinen Anblick. Sein hellbraunes Haar war matt und fettig, sein Mund leicht geöffnet, und er hatte tiefdunkle Ringe unter den Augen.

Ich war kurz davor, wieder auszusteigen – meine Hand griff bereits nach dem Türgriff –, aber ehe ich handeln konnte, hörte ich das dumpfe Klicken der Zentralverriegelung, und Cameron raste rückwärts aus der Einfahrt. Die Reifen des Range Rovers quietschten, als er auf die Straße fuhr.

Was hatte ich mir nur dabei gedacht?

Der Wagen kam mir plötzlich zu klein und zu warm vor. Mein Puls raste, und ich geriet in Panik.

»Warum unterhalten wir uns nicht drinnen?«, schlug ich vor. »Lass uns ins Haus gehen.«

Cameron schwieg.

Er legte den Vorwärtsgang ein und trat aufs Gas. Und zwar heftig. Wir rasten um die nächste Straßenecke und verfehlten nur knapp einen Briefkasten. Mein Herz überschlug sich, und mein gesamter Körper kribbelte vor Adrenalin.

»Cameron?« Meine Stimme klang wie ein Wimmern. »Fahr langsamer … bitte.«

Die Ampel vor uns schaltete auf Gelb, und ich spürte, wie der Wagen beschleunigte, statt langsamer zu werden. Aus Gelb wurde Rot, und Cameron trat im allerletzten Moment auf die Bremse. Wir kamen schlitternd zum Stehen, während das Heck des Wagens leicht ausbrach.

Eine Bierflasche rollte unter meinem Sitz hervor und stieß gegen meinen rechten Fuß. Zigarettenkippen bedeckten den Boden. Und, oh Mann, war das da etwa ein Joint? Hasch, Alkohol und Zigaretten – der Wagen war ein rollendes Beweismittel für dreifachen Drogenmissbrauch.

»Was hast du an meinem Spind verloren?« Camerons Frage

durchschnitt die Stille. Er fuhr sich mit den Fingern durch sein fettiges Haar und sah mich an.

»I… ich weiß nicht, wovon du redest.« Nach dem anfänglichen Adrenalinrausch rief mir mein Zittern in Erinnerung, dass ich noch nicht außer Gefahr war. Noch lange nicht. Meine Beine zuckten unruhig, jederzeit bereit, aus dem Auto zu springen; mein donnernder Herzschlag warnte mich davor, mich in Sicherheit zu wiegen.

»Hör auf mit der Scheiße, Kate.« Er warf mir irgendetwas in den Schoß. Als ich es aufhob, sah ich, dass es ein silbernes Armband mit meinen Initialen war. Ich musste es verloren haben, als ich in Camerons Spind herumgekramt hatte. Das Ärgerlichste daran war, dass ich es nicht mal bemerkt hatte. Wie konnte ich nur so dämlich sein?

»Ich weiß, dass du meinen Spind durchwühlt hast. Hast du wenigsten gefunden, wonach du gesucht hast?«

Ich fühlte mich ertappt und hatte keine Ahnung, was ich sagen sollte. »Cameron, ich will einfach nur nach Hause. Bitte. Ich glaube, mir wird schlecht.« Ich flehte ihn geradezu an.

So sehr ich mich auch dagegen wehrte, ich konnte die Tränen nicht unterdrücken. Sie liefen rasch und hinterließen feuchte, salzige Spuren auf meinen Wangen.

Die Ampel schaltete auf Grün, und Cameron trat so hart aufs Gas, dass sich sein Körper zurückverlagerte und mein Kopf gegen die Rückenlehne des Sitzes knallte. Die leere Bierflasche kullerte zurück in ihr Versteck.

»Die Zeichnung, die du mir geklaut hast, ist wichtig. Du hast keine Ahnung, in was du dich da einmischst. Du hast alles zerstört. Die Sache mit mir und Grace hätte ganz anders enden sollen.« Cameron hielt das Lenkrad so fest umklammert, dass seine

Finger ebenso weiß wurden wie meine, die sich verzweifelt in den Sitz krallten.

Seine Worte trafen mich tief ins Mark. *Ich* sollte diejenige sein, die alles zerstört hatte? Wenn *er* nicht so ein Psycho wäre, müssten wir diese Unterhaltung überhaupt nicht führen. Meine Angst wurde von Wut überlagert ... zumindest teilweise.

»Ich weiß, dass du in der Nacht dort warst«, flüsterte ich. Mein Körper zitterte unkontrolliert, als ich die furchtbaren Worte aussprach: »Grace' Tod war kein Unfall, oder?«

Im ersten Moment dachte ich, er hätte mich nicht einmal gehört. Dann lenkte Cameron den Wagen abrupt zur Seite und hielt mit kreischenden Reifen an.

Eine Ewigkeit sagte keiner ein Wort. Der Motor brummte erschöpft, und Cameron hatte das Gesicht in die Hände gestützt.

Ein paar Minuten später hob er den Kopf, wandte sich mir zu und packte mich grob bei den Schultern. Wäre das hier ein Film gewesen, hätte ich ohne Zweifel die letzten fünfzehn Jahre meines Lebens an mir vorüberfliegen sehen.

»Du hast nicht die geringste Ahnung, worauf du dich da einlässt, Kate.« Seine Stimme klang ruhig und kontrolliert. »Du hast ein bisschen rumgeschnüffelt und etwas gefunden, das du nicht kapierst, und jetzt glaubst du, du hättest alles durchschaut.« Er schlug so fest mit der Faust auf das Armaturenbrett, dass der ganze Wagen unter mir zitterte.

»Ich sag dir was, Kate!« Eine Ader an seiner Stirn pulsierte im gleichen hektischen Rhythmus wie mein pochendes Herz. Er beugte sich erneut zu mir rüber und fasste meinen Oberarm. »Du weißt *gar nichts*!«

Irrtum. Ich wusste zumindest eines: Ich musste schnellstens aus diesem Auto raus.

Ich grub meine nicht vorhandenen Fingernägel in Camerons Arm, und auf der Stelle lockerte sich sein Griff, als wäre er plötzlich erwacht und hätte keine Ahnung, wo er sich befand.

»Kate, warte …«

Ich entriegelte hektisch die Tür, riss an dem Griff und stolperte aus dem Wagen in irgendeinen x-beliebigen Vorgarten. Sobald ich festen Boden unter den Füßen hatte, rannte ich den Bürgersteig entlang.

Ich hörte, wie Cameron die Fahrertür öffnete, doch ich hatte bereits einen respektablen Abstand zwischen uns gebracht.

»Warte! Du verstehst das alles falsch. Lass mich bitte ausreden.« Er stieß ein furchtbares Heulen aus – voller Wut, Schmerz und Trauer. Es klang nahezu unmenschlich.

Ich musste dringend weg.

Vermutlich machte ich mich total lächerlich, wie ich so die Straße runtersprintete, denn ich erntete mehrfaches Hupen und anfeuernde Rufe wie »Yeah, Baby!«.

Ich wollte mir gerade für meine außergewöhnliche Ausdauer gratulieren, als der Riemen meines Flipflops riss und ich meine Flucht hinkend fortsetzen musste. Ein wirrer Heiligenschein aus pinken Haaren umrahmte mein Gesicht, meine Schminke löste sich in Wohlgefallen auf, und ich trug meinen Schuh in der Hand.

Ich machte mir aber gerade keine Gedanken darüber, wie ich aussah. Stattdessen blickte ich alle paar Sekunden über die Schulter, um nach Cameron und seinem Range Rover Ausschau zu halten. Die Erinnerung daran, wie er meinen Arm gepackt hatte, ließ mich trotz des kaputten Schuhs mein Tempo beschleunigen.

Und dann sah ich es plötzlich wie eine Fata Morgana vor mir: das Koffeinparadies, in dem kein Unheil geschehen konnte. In weißen Lettern auf grünem Grund las ich den Namen »Starbucks«, doch genauso gut hätte dort »Zuflucht« stehen können.

Ich humpelte hinein und war froh, mir den Zwanzigdollarschein meiner Eltern in die Tasche gesteckt zu haben, der eigentlich fürs Abendessen gedacht war. Wenn ich erst mal einen extragroßen Frappuccino runtergekippt und mich ein bisschen beruhigt hätte, könnte ich vielleicht irgendjemanden anrufen, um mich abholen zu lassen.

Doch natürlich kam es wie immer anders als erwartet. Das nannte sich wohl Newtons Gesetz. Oder … Moment mal … war es Isaacs Gesetz? Auch egal. Jedenfalls dieses Gesetz, wo irgendwer behauptet, dass der schlimmste anzunehmende Fall immer eintritt. Und als ich an diesem Abend durch die Tür des Starbucks hinkte, war ich sozusagen eine wandelnde Hypothese, die dazu verdammt war, sich ohne Wenn und Aber zu bewahrheiten.

Kapitel 11

Als ich den Starbucks betrat, fragte ich mich, ob ich überhaupt einen Kaffee bekommen würde, immerhin gab es da dieses Motto: »Kein Hemd, keine Schuhe, kein Service«. Glücklicherweise schien die Angestellte hinter der Theke meinen kaputten Flipflop nicht zu beachten und nahm meine Bestellung eines vollfett Mokka Frappuccino mit viel Zucker und extra viel Sahne kommentarlos entgegen.

Sobald sie mir mitteilte, dass mein Kaffee fertig war, und mir den Becher überreichte, nahm ich einen tiefen Schluck des kalten, süßen Getränks und spürte, wie sich meine Muskeln auf der Stelle entspannten. Ich drehte mich um und ließ mich in einen weichen Sessel in der hintersten Ecke des Cafés sinken.

»Ähem.« Das Geräusch kam von einem Sofa hinter mir. Ich drehte mich um und entdeckte Liam Gilmour, der es sich bequem gemacht hatte, als würde der Laden ihm gehören, einen riesigen Becher Kaffee in der Hand und ein megabreites Grinsen auf dem Gesicht.

In dem Moment wünschte ich mir fast, ich säße immer noch bei Cameron im Auto. Das wäre zumindest weniger erniedrigend gewesen. Na ja, weniger erniedrigend und dafür umso gefährlicher, aber in diesem Moment schien mir Cameron das kleinere Übel.

»Oh … hi«, brachte ich stotternd hervor, während ich mir mit den Fingern durch das widerliche Rattennest auf meinem Kopf fuhr. Meine Haare waren ein hoffnungsloser Fall. Pink + verheddert = Katastrophe. Also wischte ich mir stattdessen die verschmierte Wimperntusche unter den Augen weg.

»Wohl nicht dein Tag, was?«

»Das kannst du laut sagen.« Ich gab es auf, an meinem Äußeren rumzupfuschen, und nahm stattdessen noch einen großen Schluck von meinem Frappuccino. Während ich verstohlen über den Becherrand spähte, fiel mir auf, dass Liam noch viel süßer war, als ich ihn in Erinnerung hatte. Ich dachte an meinen stillen Schwur von heute Morgen, mich nicht für Liam zu interessieren, mich nicht in ihn zu vergucken, aber ich konnte gar nicht anders. So was fiel mir nun mal auf. Sein Retro-Shirt von irgendeiner Band, die ich nicht mal kannte, umschmeichelte seine Arme und seinen Oberkörper, und seine Jeans waren herrlich abgetragen. Doch das Überraschendste an Liam war die Tatsache, dass er mich geradewegs ansah.

Das war ich nicht gewohnt.

Eine der unerwarteten Nebenwirkungen, wenn man seine beste Freundin verliert und einen die andere beste Freundin in aller Öffentlichkeit sitzen lässt, ist die, dass einen plötzlich keiner mehr direkt ansieht. Die Leute starrten auf mein Haar oder auf meine Füße oder (der Angesprochene weiß, wen ich meine) auf meinen Busen, doch niemals in meine Augen. Es war fast, als würde die Trauer in meinen Augen so grell leuchten, dass man nicht hineinsehen konnte.

Nervös blickte ich auf meine Hände und tat, als würde ich meine Fingernägel studieren.

»Soll ich dich vielleicht nach Hause bringen?«, fragte Liam und betrachtete meinen schmuddeligen Fuß.

»Nein!« Während mir das Wort über die Lippen schoss, wurde mir bewusst, dass meine Antwort ziemlich schroff klang. »Ich meine, nein, danke. Alles bestens. Echt.«

Er musterte mich von Kopf bis Fuß. »Du siehst aber nicht gerade danach aus.«

Ich schaltete auf stur. Natürlich war ich ein totales Wrack, aber das Letzte, was ich jetzt brauchte, war irgend so ein Hipster-Gangster, der mich auf diese Tatsache hinwies.

»Alles bestens«, wiederholte ich tonlos.

»Hör zu, ich werde dich garantiert nicht mit *einem* Schuh hier sitzen lassen. Ich bring dich nach Hause. Ist echt kein Ding.«

Ich studierte meinen dreckigen Fuß. Wem wollte ich eigentlich etwas vormachen?

»Meinetwegen. Darf ich wenigstens erst meinen Kaffee austrinken?«

Ich brauchte ein bisschen Zeit, um mich aufzurappeln, ehe ich nach Hause gehen konnte. Meine Eltern würden mir tausend Fragen stellen, wenn ich in diesem Zustand aufkreuzte. Ich musste mich wenigstens mental darauf einstellen.

»Na also, war doch gar nicht so schwer, oder?« Seine Mundwinkel zuckten triumphierend nach oben. Mistkerl.

Die Tür ging auf, und ich drehte mich um, dankbar für die kleine Unterbrechung, in der ich mir überlegen konnte, wie ich die unangenehme Stille füllen sollte. Ich hätte es eigentlich wissen müssen. Immerhin war ich der lebende Beweis dafür, dass das Gesetz vom schlimmsten anzunehmenden Fall so zutreffend ist wie das Gesetz der Schwerkraft. Doch als Maddie, Taylor und Beefany zur Tür hereinschwebten, kippte ich vor Schreck fast vom Sessel.

Ich konnte meinen entsetzten Gesichtsausdruck ebenso wenig verbergen wie mein furchtbares Haar, meinen kaputten Schuh, meinen dreckigen Fuß oder mein Dreitausend-Kalorien-Getränk.

Ich will ehrlich sein. Ich hege gelegentlich (okay, häufig) Rachefantasien, in denen ich umwerfend gut aussehe und mit den heißesten Jungs flirte, während Maddie, Taylor und Beefany im Abseits stehen, weil sie sich unmöglich kleiden und obendrein total fehl am Platz fühlen.

Doch in Wirklichkeit saß ich hier bei Starbucks und versuchte mich einigermaßen zu sammeln, nachdem ich buchstäblich um mein Leben gerannt war, während die drei aussahen, als hätten sie den Nachmittag auf einer Beautyfarm verbracht und sich spontan dazu entschlossen, ein kalorienfreies Getränk zu sich zu nehmen, um danach zu irgendeiner genialen Party zu gehen, von der ich wie immer nichts wusste.

Als ich den Blick erneut auf Liam richtete, sah ich, dass sich seine Miene verfinstert hatte. Und er starrte ausgerechnet Beefany an. Echt unheimlich. Ich konnte es ja verstehen, wenn sich die Typen in Taylor verguckten. Ich meine, sie sah echt umwerfend aus. Blond, perfekt, selbstsicher. Aber Beefany? Okay, sie war einigermaßen hübsch, aber zugleich zehn Zentimeter größer und ungefähr zehn Kilo schwerer als er. Liams Gesichtsausdruck ließ alle Gerüchte über seine zwielichtige Familie und seine steinige Vergangenheit mit einem Mal glaubhafter erscheinen. Taylor und ihr Gefolge mussten unsere Blicke bemerkt haben, denn Taylor hauchte Maddie ihre Bestellung ins Ohr und schickte sie hastig zur Theke. Nachdem sie ein paar weitere stille Worte mit Beefany gewechselt hatte, glitten die beiden auf uns zu. Beefany übernahm das Wort, während Taylor stumm danebenstand und ekelhaft nach Perfektion stank.

»Hey, Leute. Echt nett, so unerwartet noch andere Vertreter der PB zu treffen«, sagte Beefany mit ihrer rauen Stimme, die klang, als hätte sie eine Woche lang Kettenrauchen geübt.

»Oh, hi. Ich wollte gerade aufstehen. Bin gleich wieder da, Kate.« Liam sah mich an und deutete mit dem Kopf in Richtung Toilette.

Echt nett, mich den Wölfen zum Fraß vorzuwerfen, Liam. Doch Beefany stürzte sich auf ihn, ehe er die Chance hatte, ihr zu entkommen.

»Nicht so hastig.« Sie legte ihm ihre fleischige Hand auf die Schulter und stieß ihn zurück aufs Sofa. »Was soll denn deine Begleitung von dir denken?« Sie sah mich an und zog eine ihrer perfekt gezupften, schwarzen Augenbrauen hoch.

Ich starrte ihr einen Moment lang in die Augen, doch dann wurde mein Blick von ihren kräftigen Fingern abgelenkt, die Liams Schulter massierten. Er warf mir einen entschuldigenden Blick zu, doch er stieß Beefany keineswegs von sich. Mir wurde speiübel.

»Es ist mir echt unangenehm, euch bei eurem kleinen Date zu unterbrechen, aber ich muss dringend mit dir reden, Liam. Unter vier Augen.« Beefany drehte sich schwungvoll um, sodass ihr langes schwarzes Haar über ihre Schulter flog, und ging, ohne eine Antwort abzuwarten, zur gegenüberliegenden Seite des Cafés. Zu meinem blanken Entsetzen folgte ihr Liam auf dem Fuß.

Der einzige Vorteil meines eimergroßen Frappuccinos bestand darin, mich irgendwomit beschäftigen zu können, während ich die Tatsache ignorierte, dass die amtierende Bienenkönigin unserer Schule und meine ehemals beste Freundin nur wenige Schritte von mir entfernt standen und flüsternd über mich herzogen.

Unterdessen konzentrierte ich mich darauf, Liam und Beefany zu beobachten. Ich hatte nicht mal gewusst, dass die beiden befreundet waren, doch sie schienen sich überaus angeregt zu unterhalten. Liam hatte mir den Rücken zugekehrt, während Beefany lachend seinen Arm tätschelte und immer wieder verstohlene Blicke in meine Richtung warf. Liam war groß, aber Beefany war größer. Wenn sie ihm etwas ins Ohr flüsterte und seine Wange streifte, lief es mir eiskalt den Rücken runter. Ich warf einen Blick zu Taylor, die das Ganze mit einem dezenten Lächeln beobachtete.

Schließlich kehrte das glückliche Paar zurück an unseren Platz. Liams Gesicht wirkte leer und ausdruckslos, als er sich erneut auf die Couch fallen ließ. Taylor flüsterte Beefany erneut etwas ins Ohr; ich hatte keinen Zweifel, dass sie bei dieser ganzen Aktion die Zügel in der Hand hielt. Beefany bewahrte sie vermutlich davor, sich selbst die Hände schmutzig zu machen.

»Dann wollen wir euer Date mal nicht länger stören. Ich hoffe, es geht dir inzwischen ein bisschen besser, Cat. Deinem Aussehen nach hattest du einen harten Tag. Also, ciao!«, sagte Beefany, während sie ein letztes Mal die Haare über die Schulter warf.

»Kate … ich heiße Kate!«, rief ich ihr hinterher. Doch die beiden lachten nur und steuerten auf den Ausgang zu. Ich fragte mich, ob Taylor Beefany wohl darauf angesetzt hatte, meinen Namen falsch auszusprechen – sozusagen als Sahnehäubchen auf meiner Erniedrigung.

Maddie erwartete die beiden mit drei Iced Americanos, die sie in ihren klapperdürren Händen hielt. Anscheinend beinhaltete ihre Diät neuerdings auch Kaffee und Eis. Echt beeindruckend. Taylor ging kommentarlos an ihr vorbei, Beefany folgte. Keine der beiden kam auf die Idee, Maddie mit den Getränken zu helfen. Typisch.

Ich wandte mich erneut Liam zu, der mit finsterer Miene ins Leere starrte, tief in Gedanken versunken. Endlich erwachte er aus seinen Grübeleien und sah mich an. Er runzelte leicht die Stirn und grinste.

»Hat sie dich gerade Cat genannt?«

Ich versuchte, wütend zu sein, aber ich konnte nicht anders, als mit ihm zu lachen.

»Ja, sie hat es noch nie geschafft, meinen Namen richtig auszusprechen. Wir sind quasi zusammen aufgewachsen, und trotzdem hat sie mich letzte Woche Christy genannt und jetzt … Cat. Handelt sich wohl um einen offiziellen Erlass von Königin Taylor, dass mich niemand bei meinem Namen nennen darf.«

»Na, wenigstens sind wir der Königin nicht alle treu ergeben«, erwiderte er, während sich sein Gesicht erneut verfinsterte. »Fertig?« Er kippte den letzten Schluck Kaffee runter.

»Ja, lass uns gehen. Aber nur, wenn es dir echt nichts ausmacht.«

»Kein bisschen, Cat.«

»Haha, sehr witzig«, sagte ich und verdrehte die Augen. Ich wartete darauf, dass er zur Tür ging, doch er blieb vor mir stehen und starrte mich an. Meine Wangen glühten, und ich studierte nervös meine Füße.

»Ich sollte mir vielleicht sicherheitshalber deine Nummer geben lassen. Für den Fall, dass du mein Angebot, dich nach Hause zu bringen, mal wieder ausschlagen willst.«

Ich dachte an den finsteren Ausdruck in seinen Augen, als er Beefany angestarrt hatte, und an das kleine Geplänkel danach, aber ich gab ihm trotzdem meine Handynummer. Zum ersten Mal seit Grace' Tod verspürte ich so etwas wie einen Hauch von weiblichem Interesse. Mein Timing war mal wieder völlig daneben.

Während er die Nummer in sein Handy tippte, rutschte ihm eine Haarsträhne ins Gesicht, und ein winziges Lächeln umspielte seine Lippen. Liam war echt süß, aber er war zugleich eine Ablenkung. Und die konnte ich gerade nicht gebrauchen.

Wäre ich eines dieser Mädchen gewesen, die ihre Notizbücher

mit potenziellen Heiratsnamen vollkritzeln, hätte ich die Ränder meines Hausaufgabenhefts todsicher mit »Kate Gilmour« verziert.

Doch zu diesen Mädels zählte ich glücklicherweise *nicht.*

»Erledigt«, sagte er, steckte sich das Telefon in die Tasche und ging hinaus.

Als ich folgte, vibrierte mein Handy. Ich hatte eine neue Nachricht von einer unbekannten Nummer.

vllt brauchst du ja mal wieder n taxi

Ich grinste. Wie sich herausstellte, hatte Liam Gilmour doch so manche positive Eigenschaft.

Mein Handy vibrierte erneut, und ich warf einen Blick aufs Display in der Erwartung, eine weitere Nachricht von Liam erhalten zu haben. Obwohl er nur wenige Schritte von mir entfernt stand, machte mir das Spielchen irgendwie Spaß.

Doch als ich Camerons Namen las, sank mir der Magen in die Kniekehlen.

wir müssen reden

Vergiss es. Ich löschte die Nachricht. Mir war nach wie vor unklar, was ich eigentlich von ihm wollte. Klar war nur, dass ich im Moment nicht dazu bereit war, mit ihm zu reden. Noch nicht.

Kapitel 12

Cameron gab die ganze Nacht keine Ruhe. Immer wenn ich aufs Handy sah, hatte er eine neue SMS geschickt. Seine Hartnäckigkeit war irgendwie beängstigend und grenzte fast an Besessenheit. Um ehrlich zu sein, hatte ich Angst davor, noch mal mit ihm zu reden. Ich war mir nicht sicher, ob ich wirklich dazu bereit war, mir anzuhören, was er möglicherweise zu gestehen hatte.

Ich nahm mir vor, mich der Sache morgen früh zu stellen, wenn die langen Schatten in meinem Zimmer mich nicht mehr so erschreckten und die Zweige am Fenster nicht wie scharrende Fingernägel klangen. Der Morgen schien mir weitaus sicherer, um die Wahrheit über Grace' Schicksal zu erfahren.

Wie üblich war bei Tageslicht alles nur noch halb so wild. Zwar hatte ich circa dreizehn SMS und zehn entgangene Anrufe von dem besessenen Exfreund meiner verstorbenen Freundin auf dem Handy, aber damit konnte ich umgehen. Ich würde ganz einfach warten, bis meine Eltern zu Hause wären, und dann würde ich Cameron zurückrufen. Vorsicht ist besser als Nachsicht.

In der Zwischenzeit entschloss ich mich, meinen Samstagmorgen ganz routinemäßig anzugehen, und diese Routine beinhaltete unter anderem einen kurzen Abstecher zum Briefkasten. Eine meiner wenigen Pflichten als einzige Tochter von Greg und Beth Lowry bestand darin, jeden Morgen die Post ins Haus zu holen. Anscheinend war meinen Eltern viel daran gelegen, dass ihre verantwortungsvolle Tochter die Post einsammelte und sie in einem fein säuberlichen Stapel auf die Granitarbeitsplatte legte.

Jeden Morgen die Post hereinzuholen, war eines der wenigen Rituale der »alten Kate«, das immer noch intakt war. Ich schätze, es gab meinen Eltern die stille Hoffnung, dass ihre perfekte Tochter immer noch hinter der Fassade der mürrischen Teenagerin schlummerte, die sie im Laufe des letzten Jahres ersetzt hatte. Doch in Wirklichkeit beschwerte ich mich nur deshalb nicht, weil mir diese lästige Pflicht äußerst gelegen kam, wenn mal wieder ein Tadel ins Haus flatterte.

Da haben Sie was zum Analysieren, Dr. D.!

Am Briefkasten stellte ich fest, dass mir die Durchsuchung von Camerons Spind tatsächlich einen Tadel eingebracht hatte, da ich nicht zum Englischunterricht erschienen war. Anscheinend hatte Seth mir doch keine offizielle Entschuldigung besorgt. Dementsprechend musste ich den unliebsamen Brief wohl öffnen und Dads unleserliche Initialen fälschen.

Doch es war das dünne Päckchen am Grund des Stapels, bei dessen Anblick sich mir der Magen umdrehte.

Es war ein gepolsterter brauner Umschlag, der an mich adressiert war.

Abgesehen von der Tatsache, dass ich eigentlich nie Post bekam (es sei denn, man zählte diese dämlichen Tadel mit), war der Umschlag weder frankiert noch mit einem Absender versehen. Doch ich brauchte keine weiteren Hinweise, um zu wissen, wer das Päckchen in unseren Briefkasten geworfen hatte. Die Handschrift war identisch mit der Blockschrift, die Grace' Namen über das mysteriöse Wappen geschrieben hatte.

Ich blickte nach rechts und nach links, in der absurden Erwartung, Grace' Stimme zu hören, die laut »Erwischt!« rief und im nächsten Moment in unkontrolliertes Kichern ausbrach. Aber ich entdeckte nur Seth, der die Einfahrt hinunter auf seinen eigenen Briefkasten zuschlenderte.

»Alles klar, Kate?«, rief er mir zu, während er irgendetwas herunterschlang, das verdächtig nach einem Marshmallow aussah. Ich hatte plötzlich eine Vision, in der seine ganze Familie im Garten am Lagerfeuer hockte, Marshmallows röstete und dazu Lieder sang. Welcher normale Mensch aß samstagmorgens um elf Uhr Marshmallows? Seth ignorierte den Briefkasten und steuerte stattdessen schnurstracks auf mich zu, wie eine Art Kate-gesteuerter Torpedo.

»Schlechte Nachrichten oder so?«

Er reckte seinen dürren Hals, um einen Blick auf die Briefe in meiner Hand zu erhaschen. Ich zog den Stapel hastig an meine Brust und schüttelte den Kopf.

»Alles bestens. Ehrlich.« Ich wischte mir mit dem Finger über den Mundwinkel, um Seth anzudeuten, dass ihm ein Streifen Marshmallow an der Lippe baumelte. Mein Hinweis war anscheinend zu dezent.

»Also … ich hatte vor, heute Abend ins … ähm … Observatorium zu klettern. Um die neuen Nachbarn ein bisschen zu beschatten. Hast du vielleicht Lust mitzukommen? Wir könnten ein bisschen über dieses mysteriöse Wappen forschen. Unser WLAN-Netz funktioniert da oben einwandfrei.«

»Nur um eins klarzustellen … mit Observatorium meinst du das Baumhaus, oder?«

Seth' Wangen wurden feuerrot. »Schon. Aber ich hab da ein paar coole Sachen eingebaut, seit du das letzte Mal da warst. Ich hab sogar Stühle und ein Mikroskop, und man ist, na ja, total ungestört.« Er stopfte sich den Rest seines Marshmallows in den Mund und nickte so zufrieden, als hätte er mir gerade erzählt, dass er uns eine Suite im Vier Jahreszeiten reserviert hätte.

»Nicht gerade ein Verkaufsargument, Seth.« Ich drehte mich um und ging unsere Einfahrt hinauf.

»Darf ich das als Vielleicht interpretieren?«, rief Seth mir hoffnungsvoll hinterher.

»Nein. Du darfst es als Nein interpretieren.« Ich machte mir nicht einmal die Mühe, mich umzudrehen, um es ihm näher zu erläutern. Camerons mysteriöser Umschlag verlangte meine volle Aufmerksamkeit. Ich drückte mir Grace' Perlen fest an die Brust und beschleunigte meinen Schritt.

Drinnen angekommen warf ich den Stapel Briefe auf die Küchenarbeitsplatte und rannte hinauf in mein Zimmer. Noch bevor ich die Tür hinter mir zugeknallt hatte, riss ich den Umschlag auf und hörte, wie etwas zu Boden fiel. Ein kleiner silberner Anhänger mit der Inschrift *Audi, Vide, Tace* lag inmitten einer zierlichen Kette zusammengerollt. Ich hockte mich daneben und kippte den restlichen Inhalt des Umschlags auf den Boden. Eine Einladung, die nahezu identisch war mit der, die ich vor über einem Jahr erhalten hatte, fiel vor mir auf die Holzdielen. Allerdings war diese Einladung an Grace adressiert.

Das gleiche cremeweiße Papier glitt mir seidig weich durch die Finger, und ich verfluchte mich, weil ich meine eigene Einladung verloren hatte. Mir war immer noch schleierhaft, wie ich so unvorsichtig hatte sein können, und ich wollte am liebsten weinen, wenn ich daran dachte, wie anders das letzte Jahr hätte verlaufen können, wenn mir die Einladung nicht abhandengekommen wäre. Es hätte offizielle Ermittlungen zu Grace' Tod gegeben und vielleicht sogar ein paar Antworten.

Ich studierte Grace' Einladung aufmerksam. Der einzige Unterschied, der mir auffiel, war die Tatsache, dass sich die Skizze in der linken unteren Ecke befand, während meine in der rechten Ecke gewesen war. Die einzelnen Zeichnungen ließen sich anscheinend zu einem größeren Bild zusammenfügen. An der Rückseite der Einladung klebte eine Haftnotiz, auf der in Camerons sorgfältiger Blockschrift stand:

KATE,

DU WEISST SELBST, WIE GRACE WAR. SIE KONNTE KEIN GEHEIMNIS FÜR SICH BEHALTEN.

UND ICH BIN ES LEID, MEIN GEHEIMNIS WEITER FÜR MICH ZU BEHALTEN. ICH WEISS NICHT, WARUM SIE IN DER NACHT DORTHIN KOMMEN SOLLTE. ABER ICH HÄTTE BEI IHR SEIN MÜSSEN. SIE HAT MIR GESAGT, ICH SOLL IM KELLER DER KAPELLE AUF SIE WARTEN, ABER ICH HAB SIE VORHER MIT EINEM ANDEREN TYPEN GESEHEN, DESHALB BIN NICHT HINGEGANGEN. ES IST MEINE SCHULD, DASS GRACE TOT IST. ICH HÄTTE DORT SEIN SOLLEN, UM SIE ZU RETTEN.

DU HAST MEINE ZEICHNUNG DES WAPPENS, UND JETZT HAST DU AUCH NOCH DAS ARMBAND, DAS ICH AM TAG NACH IHREM TOD GEFUNDEN HABE. WEITER BIN ICH NICHT GEKOMMEN. ABER ES STECKT NOCH MEHR DAHINTER, UND WENN ES JEMAND HERAUSFINDEN KANN, DANN DU. ICH BIN AM ENDE.

CAMERON

Ich rieb mir die Augen und versuchte das alles sinnvoll zu deuten. Dann fiel mein Blick auf Camerons letzte Worte: »Ich bin am Ende.«

Oh Gott.

Ich kramte in meiner Handtasche nach dem Handy und durchblätterte mit zitternden Händen mein Adressbuch, bis Camerons Name auf dem Display aufleuchtete. Nach dreimaligem Klingeln rechnete ich damit, dass die Mailbox ranginge, doch stattdessen hörte ich die raue Stimme eines Mannes.

»Hallo?«

»Ist Cameron in der Nähe?«

»Wer ist da?« Die Stimme am anderen Ende klang schroff, und für einen Moment war ich kurz davor aufzulegen.

»Hier ist Kate … ähm … eine Schulfreundin von Cameron.« Ich fragte mich, ob er sich wohl an das Mädchen erinnerte, das immer mit Grace gespielt hatte.

»Kate, ich bin Mr Thompson, Camerons Vater.« Seine Stimme brach bei dem letzten Wort. »Weißt du vielleicht, wo er ist? Wir haben schon überall nach ihm gesucht … er ist letzte Nacht nicht nach Hause gekommen.«

»Ich … ähm … ich weiß leider auch nichts. Ich hatte selbst gehofft, ihn zu finden.«

»Sein Handy ist hier, aber er hat alles gelöscht. Alle Kontakte, E-Mails, SMS. Wir wissen rein gar nichts.« Die Stimme seines Vaters klang verzweifelt, flehend. »Bitte ruf uns an, falls du etwas von ihm hörst. Wir haben eine Vermisstenanzeige aufgegeben, aber die Polizei glaubt, er ist einfach nur ausgerissen. Wir können im Moment nicht viel tun …« Seine Stimme brach erneut, und ich war mir ziemlich sicher, dass er weinte.

»Wenn ich etwas höre, melde ich mich, okay?« Meine Stimme war kaum mehr als ein Flüstern.

»Bitte mach das.«

»Es tut mir so leid …« Doch das Echo in der toten Leitung verriet mir, dass er bereits aufgelegt hatte.

Ich rollte Grace' Perlen zwischen den Fingern und wünschte, sie wäre hier, um mir zu helfen. In all den Jahren unserer Freundschaft war immer Grace die Furchtlose gewesen. Sie hätte in diesem Moment genau gewusst, was zu tun wäre, und mich ermutigt, es zu tun. Ich kniff die Augen zu. Wenn ich es mir nur fest genug wünschte, konnte ich ihre Gegenwart vielleicht spüren oder sie würde merken, wie sehr ich sie brauchte, und mir noch eine E-Mail schicken.

Doch als ich die Augen wieder öffnete und auf mein Handy blickte … Nichts.

Wenn ich Camerons Spind nicht durchwühlt hätte, würde er jetzt vermutlich voll zugedröhnt irgendwo abhängen. Aber ich hatte seine Zeichnung gefunden. Ich hatte ihm unterstellt, er hätte Grace umgebracht.

Cameron war verschwunden, und es war meine Schuld.

Kapitel 13

Letzten Herbst

Bradley und ich erreichten den kleinen See in der Mitte des Campus, und ich fragte mich, ob er sich wohl an unseren gemeinsamen Moment am Abend von *Nativitas* erinnerte. Vielleicht hatte er ja die letzten Wochen damit zugebracht, das Mädchen im pink-weißgetupften Bikini zu suchen, und mich jetzt erst erkannt.

Tiefes Marineblau vermischte sich mit dem Orange des Horizonts, und matte Stecknadelköpfe von Licht übersäten den Abendhimmel, als nach und nach die ersten Sterne sichtbar wurden. Ich blickte zwischen meinen getuschten Wimpern zu Bradley auf und bewunderte sein Profil, völlig verblüfft, dass das alles *mir* passierte, mir, Kate Lowry.

Bradley setzte sich auf eine der Bänke, die das Ufer des Sees säumten. Ich zögerte einen Moment, da ich keine Ahnung hatte, wie nah ich mich an ihn heransetzen sollte. Mich fürs entgegengesetzte Ende der Bank zu entscheiden, wäre oberpeinlich gewesen, aber in seinen Schoß wollte ich mich auch nicht gerade fallen lassen. Ich beschloss, mich circa dreißig Zentimeter von ihm entfernt niederzulassen. Sobald ich saß, rutschte er näher ran, sodass sich unsere Knie berührten. Es war, als würde mir ein Stromschlag durchs Bein schießen.

Mein Knie berührte Bradley Farrows Knie! Krasse Sache. Ich rückte meinen Jeansrock zurecht, damit meine Oberschenkel halbwegs bedeckt waren, und fingerte nervös an meinem Armband herum.

»Netter Abend, was?«, fragte Bradley, während er sich mir zuwandte.

»Ähm, ja. Total schön«, stammelte ich. Mein Verstand drehte sich im Kreis, und mein Bein prickelte von der Berührung.

»Es wundert mich, dass du nichts Besseres zu tun hast«, fuhr er mit einem leichten Lächeln fort.

Einen Moment lang fragte ich mich, ob er wohl von der Einladung wusste, doch dann nahm er meine Hand, und alles, woran ich denken konnte, war die Wärme seiner Finger. Ich verspürte einen plötzlichen Anflug von Mut. Ich war hier. Und Bradley mochte mich. Ich konnte das durchziehen!

Mutig öffnete ich den Mund, um etwas zu sagen, doch Bradley erstickte meine Worte mit einem Kuss. Seine Lippen waren weich und warm, ihre sanfte Berührung verlockend. Gierig öffnete ich den Mund und ließ mich entspannt gegen ihn sinken. Doch genauso plötzlich, wie es begonnen hatte, war das Ganze auch wieder vorbei. Bradley wich ohne jede Vorwarnung vor mir zurück.

Mein Gesicht glühte vor Erniedrigung. Was hatte ich mir nur dabei gedacht? Er hielt mich vermutlich für eine billige Schlampe. Oder vielleicht schmeckte ich immer noch nach der Pizza, die wir bei Grace gegessen hatten. Ich versuchte den Ausdruck auf seinem Gesicht zu lesen. Langeweile, Verwirrung, Abscheu? Ich war mir nicht sicher.

Ich bemerkte, wie seine Augen das Gestrüpp hinter mir absuchten, dann nickte er fast unmerklich mit dem Kopf. War da irgendjemand? Ich drehte mich abrupt um und sah, wie jemand in Richtung Lagerfeuer lief. Gott, ich hoffte nur, derjenige hatte nicht gesehen, wie Bradley mich von sich gestoßen hatte.

Seine Hand lag schlaff in meiner, und als ich ihn ansah, hatte ich keine Ahnung, wie ich seinen Ausdruck interpretieren sollte. Sein Lächeln war verebbt und sein Blick auf alles Mögliche gerichtet, nur nicht auf mich.

Schließlich entzog er mir die Hand und fuhr sich damit über sein kurz geschorenes Haar. »Du, tut mir leid …« Er zog sein Handy aus der Hosentasche. »Ich hab total die Zeit vergessen. Ich muss echt los, aber wir sehen uns.« Er schenkte mir ein letztes Lächeln und rannte in die Dunkelheit, um zum Lagerfeuer zurückzukehren.

Ich war absolut sprachlos. Das Schlimmste daran war, dass ich ganz genau wusste, warum die Sache schiefgelaufen war. Ich konnte einfach nicht gut küssen, und am Montag würde es die ganze Schule wissen.

Ich gab mir alle Mühe, meine Tränen runterzuschlucken, aber ich konnte sie nicht zurückhalten.

Ich fühlte mich so … zurückgewiesen. Noch während ich mir die Tränen von den Wangen wischte und vor Selbstmitleid zerfloss, fiel es mir wieder ein. Eine Welle der Nervosität rauschte durch mich hindurch. Die Einladung. Die Kapelle. Der Himmel war inzwischen stockfinster, die Dämmerung vorbei.

Ich war zu spät.

Ich sprang auf und rannte auf eine Öffnung im Gebüsch zu. Der Waldpfad war zwar deutlich kürzer als der Weg über die offenen Rasenflächen des Campus, aber er war auch deutlich unheimlicher. Ich rannte unbeirrt in Richtung der Bäume und kam zu dem Schluss, dass ein bisschen Angst wohl die gerechte Strafe dafür war, dass ich meine Zeit an Bradley verschwendet hatte. Oder dafür, dass ich die weltschlechteste Küsserin war.

Das Laub knisterte unter meinen Füßen, und die kalte Nachtluft stach mir in Arme und Beine, während meine Fantasie mit mir durchging. Ich stellte mir vor, dass mich jemand verfolgte und dass ich seine Schritte nicht hören konnte. Ich stellte mir ein gefährliches Raubtier vor, das mir in den Tiefen des Waldes auflauerte. Ich stellte mir sogar vor, im Wald die Orientierung zu verlieren, so à la *Blair Witch Project*, und nie wieder nach Hause zu finden. Verzweifelt versuchte ich meine unheimlichen Gedanken zu verscheuchen, doch es funktionierte nicht. Sie kehrten mit jedem Schritt zurück.

Wenige Meter vor mir hörte ich, wie plötzlich ein Zweig brach. Ich blieb wie erstarrt stehen. Über das Donnern meines rasenden Herzens hinweg vernahm ich leise Schritte.

Ich war nicht allein.

Doch erst als ich die Flammen sah, fing ich an zu schreien.

Kapitel 14

Heute

Aktualisierung des Posteingangs, seit ich meine letzte E-Mail an Grace versandt habe: 548-mal.

Status des Posteingangs um 01:14 Uhr: leer.

Anzahl nervöser Blicke auf mein Handy, in der Hoffnung, Cameron würde mir eine SMS schicken oder sonst wie mit mir in Verbindung treten: 1.326.

In fünf Stunden würde mein Wecker klingeln und mich dazu zwingen, meinen Hintern aus dem Bett zu bewegen und in die Schule zu gehen. Ich brauche wohl kaum zu betonen, dass morgen kein guter Tag werden würde. Ich musste nicht nur neun endlose Unterrichtsstunden über mich ergehen lassen, ich hatte zudem ein Tennisturnier nach der Schule. Und in der Zwischenzeit würde sich bestimmt alle Welt über Camerons Verschwinden das Maul zerreißen. Im Licht der aktuellen Ereignisse kam mir die Vorstellung, für irgendwelche Tests zu lernen und einen kleinen gelben Ball über ein Netz zu schlagen, ziemlich sinnlos vor.

Ich hatte meinen Laptop gerade zugeklappt und wollte versuchen, endlich einzuschlafen, als mein Handy brummte. Zitternd setzte ich mich auf in der Hoffnung, eine SMS von Cameron oder gar Grace erhalten zu haben. Doch weit gefehlt.

Es war eine Nachricht von einer unbekannten Nummer.

Station 2. 02:00 Uhr.

Die Nachricht konnte nur von Cameron stammen. Ich musste ihn unbedingt treffen. Ich musste dieses ganze Unglück wiedergutmachen.

Ich warf einen Blick auf die Uhr. 01:32. Zum Glück wohnte ich nicht weit von der Schule entfernt. Es waren etwa zehn Minuten mit dem Fahrrad. Natürlich musste ich dafür meine Anti-Fahrrad-Politik in der Öffentlichkeit ein wenig aufweichen, aber immerhin war es dunkel, insofern konnte ich wohl mal eine Ausnahme machen. Schließlich kann man nur dann von Öffentlichkeit sprechen, wenn einen jemand sieht, oder?

Bevor ich es mir anders überlegen konnte, legte ich Grace' Perlenkette um (das wertete mein Schlafanzugsoutfit ein wenig auf) und schlich mich durchs Haus in die Garage, um mein Fahrrad unter einem Berg von Gerümpel hervorzukramen.

Der Wind zerzauste mein Haar, während ich durch die Dunkelheit strampelte. Ich hatte keine Ahnung, warum Cameron mich mitten in der Nacht am Uhrturm treffen wollte, und ich hatte zugegebenermaßen mächtig Schiss.

Aber als ich die kühle Nachtluft in meine Lungen einsog, spürte ich, wie das Adrenalin durch meinen Körper rauschte. Irgendwie empfand ich beim Radfahren immer ein unbeschreibliches Gefühl von Freiheit. Nur schade, dass man so verdammt albern dabei aussah.

Ich erreichte den Uhrturm gerade rechtzeitig, um zu sehen,

wie eine in Weiß gehüllte Gestalt die unterste Treppe des Turms hinaufstieg, eine Kerze in der Hand.

Kein Cameron, keine Antworten, keine Wiedergutmachung. Das hier war *Candela*, ein weiteres *Sacramentum* – nicht mehr als eine uralte Tradition, die mich nur noch müder machen würde, als ich ohnehin schon war.

Einer PB-Legende zufolge soll 1971 ein Mädchen aus dem zweiten Oberstufenjahr auf dem Campus von einem Jungen überfallen worden sein. Sie meldete den Vorfall der Polizei, doch niemand wollte ihr glauben. Als sich die Nachricht verbreitete, sie habe einen der beliebtesten Jungen der Schule der Vergewaltigung bezichtigt, wurde sie von den anderen Jungs schikaniert und soll sich schließlich in der Spitze des Uhrturms erhängt haben.

Seither versammeln sich jedes Jahr elf Schülerinnen aus dem zweiten Jahr, um die elf Treppenabschnitte des Turms hinaufzusteigen. Jedes Mädchen trägt eine Kerze, die in eines der Fenster gestellt wird, bis schließlich alle Fenster erleuchtet sind. Das elfte Mädchen steigt ganz nach oben und erwartet dort den Geist der Toten.

Ich blieb in einiger Entfernung stehen und überlegte, ob ich nach Hause zurückkehren oder näher herangehen sollte. Doch die Entscheidung wurde mir abgenommen, als jemand meine Hand ergriff und mich langsam vorwärts führte.

Es war Naomi Farrow, Bradleys bildhübsche Schwester, perfekt frisiert und mit einem Funkeln in den dunklen Augen. Sie sagte kein Wort – ein ungeschriebenes Gesetz verlangte absolute Stille –, doch sie reichte mir einen weißen Umhang, der identisch war mit ihrem eigenen. Sie gab mir zu verstehen, dass ich ihn anziehen sollte, also zog ich ihn über mein T-Shirt und die Schlafanzugshose.

Naomi lächelte und reichte mir eine weiße Kerze, die sie mit ihrer eigenen anzündete. Ihr Gesicht flackerte im Kerzenschein, und ihre Augen funkelten geheimnisvoll. Dann nahm sie erneut meine Hand und führte mich zum Uhrturm.

Die anderen Mädchen hatten sich vor der Bronzetafel aufgereiht, die den Uhrturm als Station 2 markierte. *Tempus edax rerum.* »Die Zeit verzehrt alles.« Die Mädchen sahen geradezu gespenstisch aus. Dort, wo sich Mund und Augen befanden, warf das Kerzenlicht tiefe Schatten. Ich konnte nicht anders, als die Reihe weißer Phantome nach Grace' abzusuchen. Meine Augen weiteten sich ein wenig, als ich Maddie erblickte, doch von Grace keine Spur. Logisch.

Ich reihte mich hinter Naomi ein und stellte fest, dass ich die Elfte war – die Unglückliche, die in die Spitze des Turms steigen und auf den Geist warten musste.

Nach und nach schritten die Mädchen die Treppenstufen hinauf, und nach und nach wurden die Fenster des Uhrturms vom Kerzenschein erhellt. Wenn ich nicht solche Angst gehabt hätte, hätte ich den Anblick auf seltsame Weise schön gefunden. Doch die Vorstellung, die Treppe hinaufzusteigen und einem Geist zu begegnen, ging mir eindeutig zu nah.

Ich beobachtete, wie Naomi langsam auf den Turm zuschritt. Mädchen Nummer zehn. Während sie langsam nach oben stieg, sah ich ihre Kerze hinter den einzelnen Fenstern aufflackern. Als sie schließlich vor dem zehnten Fenster stehen blieb, war ich an der Reihe.

Ich versuchte die Kerze gerade zu halten, doch meine Hände zitterten so heftig, dass mir das heiße Wachs auf die Haut tropfte und mich verbrannte. Meine Beine waren kaum in der Lage, mich die Treppenstufen hinaufzutragen.

Als ich in der sechsten Etage an Maddie vorüberging, drehte sie sich zu mir um. Ihr Gesicht wirkte ausdruckslos, doch ihre Augen waren groß und glänzend und traurig. Gott, wie ich sie vermisste. Ich hob die Hand zu einem flüchtigen Gruß, doch sie schüttelte nur den Kopf und wandte sich rasch ab. Zwischen uns bestand wie immer eine unsichtbare Mauer, und Maddie ließ nicht zu, dass ich sie durchbrach.

Ich ging wortlos weiter, erfüllt von neuer Entschlossenheit. Ich konnte das. Ich musste es tun. Ich war Kate Lowry und nicht irgendeine lächerliche Prom-Queen, die sich vor ihrem eigenen Schatten fürchtet.

Wenn mich da oben wirklich ein Geist erwartete, würde ich schon damit klarkommen. Zumindest, wenn »klarkommen« so viel bedeutete wie: die Kerze fallen lassen, die Treppe hinunterstürzen und Hals über Kopf nach Hause flüchten.

Mucksmäuschenstill schlich ich mich den letzten Treppenabschnitt hinauf aus Angst, dort oben irgendetwas aufzuscheuchen. Die Räder des alten Uhrwerks knirschten und ächzten, und jedes Ticken ließ mich nervös zusammenzucken und nach einem Mädchen mit Strick um den Hals Ausschau halten.

Sowie ich mit meiner Kerze ans Fenster trat, sah ich sie. Sie stand in ihrem Karorock in der Mitte des Schulhofs, das tintenschwarze Haar fiel ihr locker über den Rücken. Ihr Gesicht war dem Dunkel des Waldes zugekehrt, der das gesamte Schulgelände umgab. Doch bevor ich selbst aufschreien konnte, erschütterten tiefe Rufe die Stille des Turms.

»BUUUH-HA-HA-HAAAA!«

Die Rufe kamen von jeder Ebene des Turms und wurden von kreischenden Schreien begleitet. Einer dieser Schreie stammte von mir. Als ich mit pochendem Herzen herumwirbelte, um zu sehen, wer oder was mich da erwartete, stand ich Alistair Reynolds und Bradley Farrow gegenüber, die von Kopf bis Fuß in Schwarz gekleidet waren. Ich stieß meine Hände gegen Bradleys Brust, um ihn beiseitezuschieben. Sein kräftiger Körper bewegte sich ein paar Zentimeter, und er hob abwehrend die Hände. Doch ehe ich mich Alistair zuwenden konnte, fiel mir wieder ein, wen ich da gerade durchs Fenster gesehen hatte. Ich wirbelte herum und rief: »Grace!«

Verzweifelt suchte ich den dunklen Hof nach ihr ab. Plötzlich sah ich, wie sie den Waldrand erreichte und Zweige und Gestrüpp beiseiteschob, um sich einen Weg zu bahnen.

Ich stürzte die Treppe hinunter, in der Hand meine längst erloschene Kerze. Auf jeder Ebene standen ein Mädchen in Weiß und ein Junge in Schwarz, die mit weit aufgerissenen Augen dem Mädchen hinterherstarrten, das wie eine Irre die Stufen hinunterrannte. Doch als ich endlich ins Freie trat, war Grace verschwunden.

Die schwarzen und weißen Gestalten folgten mir zögerlich und warfen mir besorgte Blicke zu. Tränen, die ich nicht einmal bemerkt hatte, verschleierten mir die Sicht.

Ich hatte sie erneut verloren.

Ich lehnte mich gegen das kühle Mauerwerk des Turms und ließ mich ins Gras sinken, um mein Gesicht in den Händen zu vergraben. Mit einem Mal fühlte ich mich noch verlorener als zuvor. Alistair und Bradley zogen sich die Kapuzen vom Kopf und entblößten ihre schwarz geschminkten Gesichter.

Bradley beugte sich zu mir herunter, um meine Schulter zu berühren, doch ich wich vor ihm zurück. Ich wollte seine Hände nicht in meiner Nähe haben. Unvorstellbar, dass ich noch vor einem Jahr nahezu alles für diese Art von Zuneigung getan hätte. Als ich den Druck von Alistairs Fingern an meiner anderen Schulter spürte, kehrte meine Wut schlagartig zurück. Mit einem Mal wurde mir etwas klar.

»Ihr wart das! Ihr habt sie absichtlich hergeschickt!« Tränen quollen mir aus den Augen, rannen über meine Wangen und drangen mir in die Mundwinkel. »Ihr habt euch jemanden gesucht, der so aussieht wie sie. Der so aussieht wie Grace ...« Mein Kinn bebte, während die Worte nur so aus mir hervorsprudelten. »Findet ihr das etwa witzig? Findet ihr es witzig ... mich so zu verarschen?« Ich starrte die beiden Jungen an, die da vor mir standen, beschuldigte sie beide.

»Ich hab keine Ahnung, wovon du redest«, erwiderte Alistair. »Wir wollten euch nur einen Schrecken einjagen, mehr nicht.«

Bradley beugte sich zu mir herunter.

»Wir haben niemanden geschickt, der aussieht wie Grace. Wir hatten nicht vor, dich zu verarschen, Kate.« Sein Ausdruck wirkte sanft und aufrichtig, und mit einem Mal verpuffte all meine Wut und verwandelte sich in Verlegenheit. Gott, ich hatte das alles so satt.

»Lasst ... lasst mich einfach in Ruhe.« Weitere Tränen drangen aus meinen Augenwinkeln. Alistair kehrte mir als Erster den Rücken zu, die anderen folgten nach und nach, bis schließlich alle in der Dunkelheit verschwanden.

Ich blieb eine Weile reglos sitzen und hoffte, wenn ich die Augen zu- und wieder aufmachte, befände ich mich in meinem Bett und das Ganze wäre nicht mehr als ein dummer Albtraum. Doch als ich die Augen öffnete, lehnte ich immer noch mit dem Rücken an der harten Wand des Uhrturms, die Hände ins feuchte Gras gekrallt.

Während ich mich mühsam aufrappelte, grub sich meine linke Hand ins weiche Erdreich; meine rechte hingegen stieß unter dem

Gras auf etwas Hartes, Kaltes. Der kleine, rechteckige Pflasterstein war unter dem dichten Klee fast vollständig verborgen, doch als ich mit den Fingern über die gravierte Oberfläche fuhr, wusste ich ohne jeden Zweifel, was ich da fühlte.

Das Wappen.

Kapitel 15

Den ganzen nächsten Tag ging ich nahezu schlafwandelnd durch die Welt. In Geschichte nickte ich kurz ein, und in Latein schlief ich so tief und fest, dass ich mein Notizbuch vollsabberte.

Ich wurde erst wach, als Porter Reynolds mir seinen Ellbogen in die Rippen stieß. Grace hatte ihn immer den größten Träumer unserer Jahrgangsstufe genannt, und auf seine Art war er irgendwie ganz süß, so à la: Ich habe in meinem Leben noch nichts Sinnvolles zuwege gebracht und werde es wohl auch nie. Aber aus meiner Sicht rochen seine absichtlich ungewaschenen Haare und sein schmalziges Lächeln voll und ganz nach Versager. Nicht gerade der Typ, von dem ich mich gern aus meinem Schönheitsschlaf reißen ließ.

Meine tief greifenden Gedanken wurden von meiner knapp ein Meter fünfzig »großen« Lateinlehrerin jäh unterbrochen. »Ms Lowry, *evigila! Ne dormias inter disciplinam. Evigila!*« Ach, deshalb hatte mich Porter geweckt. Ich schuldete ihm wohl eine geistige Entschuldigung. Sorry, Kumpel.

»*Mihi ignosce, magister*«, murmelte ich.

»*Poenam meris*«, erwiderte sie in ihrem nervig unechten Akzent.

Ich meine, jeder lateinische Akzent ist doch wohl zwangsläufig unecht, oder? Immerhin ist Latein eine tote Sprache, also woher soll man bitte schön wissen, wie das Ganze klingen soll? Es ist schließlich nicht so, als hätten wir irgendwelche Tonbandkassetten mit Originalreden von Julius Caesar herumliegen.

Obwohl ich den größten Teil des Unterrichts verpennt hatte, hörte ich irgendwo das Wort »Strafe« heraus. Verdammt. Zwei Tadel in Folge entsprachen einem Telefonanruf des Schulleiters bei meinen dauerabwesenden Eltern. Ich setzte die drohende Kontaktaufnahme auf die Liste meiner allgemeinen Sorgen – direkt hinter den Punkt »globale Erwärmung«.

Die Nummer eins auf meiner Liste war selbstverständlich Grace.

Nach dem Unterricht schallte unerwartet mein Name über den Flur. Ich drehte mich um, in der Erwartung, Seth oder gar Liam zu sehen, doch stattdessen begegnete ich Alistair Reynolds' Blick. Zwei Reynolds an einem Morgen? Irgendjemand musste mich mit Eau de Moneten besprüht haben oder so.

»Oh, hi, Alistair.« Ich versuchte, nicht allzu enttäuscht zu klingen. Ich blickte zu ihm auf und wurde knallrot, als ich an den Wutanfall der vergangenen Nacht dachte.

»Ich wollte mich nur bei dir entschuldigen«, erklärte er, während er sich mit der Hand durch sein struppiges Haar fuhr. »Das war eine bescheuerte Idee. Tut mir leid, dass wir dich so erschreckt haben.«

»Kein Ding. Ich war einfach nur total übermüdet«, murmelte ich, ohne ihn anzusehen.

»Kann ich die Sache vielleicht wiedergutmachen?« Er lächelte verschmitzt und lehnte sich lässig gegen einen Spind. Ich konnte unmöglich sagen, ob er es ernst meinte. Unwillkürlich blickte ich mich um, in der Erwartung, Bradley Farrow zu entdecken, der irgendwo hervorsprang und »Reingefallen!« rief.

Alistair bemerkte mein Zögern. »Natürlich nur, wenn dein Freund nichts dagegen hat.«

Zahlreiche Schülergruppen hasteten an uns vorbei, um rechtzeitig zur letzten Stunde in ihre Räume zu eilen. Ich kann nicht leugnen, dass ich ihre neugierigen Blicke deutlich auf uns spürte. Vermutlich fragten sie sich, warum ein Junge wie Alistair mit einem so durchgeknallten Mädel wie mir redete. Als ich so über die Frage nachdachte, kam mir Maddie in den Sinn, die hoffnungslos in Alistair verknallt war. Ich überlegte, wie sehr es sie verletzen würde, wenn ich seine Einladung annähme. Für einen Moment überlegte ich sogar, wie gut sich das anfühlen würde.

»Nicht nötig«, erwiderte ich und zwang mich zu einem Lächeln. »Aber danke fürs Angebot. Das ist echt … ähm … süß von dir.«

Er fasste sich an sein Herz und tat so, als hätte ich es ihm gebrochen.

»Abgewiesen!«, klagte er scherzhaft. Er trat einen Schritt zurück und knallte mit jemandem zusammen. Okay, nicht mit irgendjemandem, mit Liam Gilmour.

»Hey, pass auf, wo du hintrittst, Kumpel«, sagte Liam mit einem flüchtigen Blick auf Alistair und einem ausgedehnten Blick auf mich.

»Sorry. Ich mache nur das, was ich am besten kann.« Alistair hob abwehrend die Hände und zwinkerte mir zu. Mit einem Mal kam mir diese ganze Playboynummer ziemlich abgegriffen vor.

»Interessant.« Liam verdrehte die Augen.

»Wie immer«, erwiderte Alistair, doch sein Blick blieb fest auf mich gerichtet. »Ruf mich an, Kate. Ich warte.« Er zwinkerte mir erneut zu und verschwand in Richtung Klassenraum.

»Mir war gar nicht bewusst, dass du auf solche Treuhandfonds-Schnösel stehst.« Liam schüttelte den Kopf. »Schade. Ein paar Kumpels haben mir Karten für ihr Konzert heute Abend besorgt, weil ich deren Bandposter entworfen habe. Ich dachte, es könnte dir vielleicht gefallen, aber scheinbar habe ich mich geirrt.«

Krasse Sache. Fragte mich Liam gerade, ob ich mit ihm ausgehen wollte? »Ich … äh … hab heute Abend ein Tennisturnier … und außerdem sind Bands eigentlich nicht so mein Ding, mal abgesehen von den Beatles, wenn die überhaupt zählen …« Ich verstummte.

»Schon klar. Hab's kapiert. Kein Problem.« Er blickte auf seine Füße, dann sah er mich an. »Aber sei vorsichtig mit diesen Typen, okay? Die sind nicht, was sie zu sein vorgeben. Oder vielleicht sind sie *gerade* das.« Er schüttelte den Kopf. »Na, jedenfalls, ich weiß auch nicht … sei halt vorsichtig. Oh, und was die Beatles angeht, die zählen auf jeden Fall!« Er ging in ein Klassenzimmer und war genauso schnell verschwunden, wie er aufgetaucht war.

Na klasse. Ich hatte dem schleimigsten Macho der Schule Hoffnungen gemacht, dass ich ihn anrufen würde, und dem einzigen Typen, für den ich mich tatsächlich interessierte, eine Abfuhr erteilt.

Universum – Kate, 1:0.

***

Nach der Schule wurden Naomi und ich zusammen in ein Team gesteckt, um uns für das bevorstehende Turnier aufzuwärmen. Als ich ihren Namen hörte, wurde ich knallrot. Nach den Ereignissen der letzten Nacht hielt sie mich vermutlich für völlig geistesgestört. Aber ich konnte die Trainerin schlecht um eine neue Partnerin bitten, also joggte ich kommentarlos auf den Rasenplatz und war froh, dass Naomi an der Grundlinie wartete, statt mich am Netz zu begrüßen.

In den Sommerferien hatte sich Naomi die Haare wachsen lassen und ernsthaft an ihren Augenbrauen gearbeitet, und sich so über Nacht vom hässlichen Entlein in ein ausgewachsenes Supermodel verwandelt. Doch das Beste daran war, dass sie sich ihrer Minimetamorphose nicht mal bewusst zu sein schien. Sie rückte ihren Sport-BH zurecht, fuhr sich mit der Hand über ihr perfekt gestyltes Haar und winkte einem der Footballspieler, die auf dem Nachbarplatz trainierten, diskret zu.

Okay, vielleicht war es ihr doch bewusst.

»Hey, Kate!«, rief sie, während sie mir ein paar Bälle übers Netz zuschlug. Sie sah widerlich erholt aus für jemanden, der letzte Nacht an einem geheimen Ritual teilgenommen hatte. »Schlag du zuerst auf.«

Na schön, wir würden also nicht darüber reden, was letzte Nacht passiert war. Ich war ehrlich gesagt erleichtert, mich voll und ganz aufs Aufwärmen konzentrieren zu können, anstatt mir wegen *Candela* den Kopf zu zerbrechen. Wenige Minuten später schlugen wir einander munter die Bälle um die Ohren und lachten uns zwischen den einzelnen Schlägen halb kaputt. Ich hatte ganz vergessen, wie sehr es mir fehlte, mit einer Freundin zu lachen.

Doch bevor ich mich zu sehr daran gewöhnen konnte, rollte ein Bus auf den benachbarten Parkplatz, und ich bemerkte aus dem Augenwinkel heraus eine Gestalt, die sich hinter einer der riesigen Eichen am Rand der Sportplätze versteckte. Im selben Moment spielte Naomi eine gefährliche Rückhand, sodass der Ball nur knapp meinen Kopf verfehlte und die feinen Härchen an meinem Ohr spürbar streifte.

»Oh, sorry!«, rief sie. »Ich dachte, du wärst bereit.«

Den Blick weiterhin auf den Baum geheftet, ging ich ans Netz und betrat Naomis Platzhälfte.

»Kate?« Naomi lachte verlegen.

Ich kniff die Augen zusammen und fokussierte meinen Blick auf den marineblau-jagdgrünen Karorock einer Schuluniform.

»Wer ist da?«, rief ich, während ich den Schläger fallen ließ und mit den Händen den Zaun umklammerte.

Das Mädchen rannte zum Waldrand, und ich lief am Zaun entlang in Richtung Ausgang, um ihr zu folgen.

»Kate?«, rief mir Ms Schaefer, unsere Trainerin, hinterher. »Kate!«

Ich versuchte das Mädchen einzuholen, dessen langes dunkles Haar locker über ihren Rücken fiel, doch sie hatte zu viel Vorsprung.

»Grace!«, brüllte ich in den Wald, obwohl ich ihr Gesicht nicht gesehen hatte. »Warte!«

Meine Schritte verlangsamten sich, doch mein Atem wurde immer hektischer, als ich neben einer Weißbirke stehen blieb.

»Und was jetzt?«, fragte ich niemanden im Bestimmten.

Doch ich bekam eine Antwort, als ich plötzlich ein Schluchzen hörte und dem Geräusch folgte. Während ich den Wald hinter mir ließ und mich Farrow's Arches näherte, wurde das Weinen immer lauter. Direkt vor mir, auf Grace' Bank, entdeckte ich eine zusammengekauerte Gestalt.

Das Mädchen hatte die Beine angezogen und die Stirn auf die Knie gelegt. Ihr Haar war hellbraun. Nicht wie das der Person, die ich im Wald verfolgt hatte. Nicht wie Grace' Haar. Ich war kurz davor, kehrtzumachen, als das Mädchen unerwartet den Kopf hob und mich ansah.

Maddie.

»Kate?«, flüsterte sie. »Was machst du denn hier?« Sie wischte sich die Tränen von den Wangen, dann stellte sie die Beine auf den Boden und zupfte ihre Shorts zurecht.

»Nichts«, erwiderte ich, doch dann erinnerte ich mich an meinen Tennisdress. »Ich meine, ich wollte vor dem Match noch ein bisschen spazieren gehen.«

Maddies Handy vibrierte, und sie zog es aus der Tasche, um die Nachricht zu lesen. Mit einem Mal breitete sich Panik auf ihrem Gesicht aus und ließ sie deutlich älter wirken als fünfzehn – leider nicht auf die positive Art. Ein Teil von mir konnte kaum glauben, dass dieser Schatten einer Person meine ehemals beste Freundin war – ein pummeliges, glückliches Mädchen, das die durchtriebensten Pläne ausheckte, um uns die besten Plätze am Mittagstisch zu sichern oder Einladungen zu einer Party des Abschlussjahrgangs zu besorgen. Um so was musste sie sich vermutlich keine Gedanken mehr machen, nun, da sie zu Taylors persönlichen Hofdamen zählte.

»Ich muss los«, sagte sie und schob hastig einen Stapel Bücher in ihre Tasche. Eine Welle von Traurigkeit erfasste mich, als ich sah, wie sie das pinke Notizbuch wegsteckte, das ich ihr zu ihrem dreizehnten Geburtstag geschenkt hatte. Immerhin hatte sie es nicht verbrannt.

»Zu Bill und Jude?«, brachte ich hervor. Mit Maddie über ihre nicht gerade überfürsorglichen Eltern zu spotten, war ziemlich gewagt, aber ich hoffte, die Stimmung dadurch ein wenig aufzuheitern.

»Nein … das war Taylor. Wir wollten uns um halb vier treffen. Ich bin spät dran.« Sie beugte sich vor, um ihre Tasche aufzuheben.

»Warte mal … Maddie?«, fragte ich. »Hast du vielleicht … Ich meine … hast du zufällig ein Mädchen hier vorbeilaufen sehen, kurz bevor ich gekommen bin?«

Maddies gesamte Haltung veränderte sich. Sie schien mit einem Mal vor Wut zu kochen, was mir angesichts der simplen Frage ein bisschen übertrieben schien. Ich meine, ich hatte sie schließlich nicht gefragt, wann sie das letzte Mal etwas Weißes gegessen hatte oder so.

»Hier laufen doch ständig Leute durch den Park, Kate. Hallo?? Querfeldein oder was?«, erwiderte sie schnippisch und kratzte sich am Bein, offensichtlich aufgewühlt von meiner Frage.

»Oh … na klar.« Ich verdrehte die Augen.

Maddies Fingernägel hinterließen rote Kratzer an ihren Beinen. Sie war eine verdammt schlechte Lügnerin.

Ich strich mit den Fingern über die Bronzetafel, die diesen Teil des Gartens Abigail Moore (1956–1971) widmete. Einer Legende zufolge hatte ihre Schwester nach ihrem Tod hier Pfingstrosen gepflanzt – Abigails Lieblingsblumen.

Die Geschichte um ihren Tod hatte mit der Zeit vielfache Gestalt angenommen, je nachdem, wer sie gerade erzählte. Manche behaupteten, sie sei bei einem Autounfall unter Alkoholeinfluss ums Leben gekommen. Andere erzählten, sie sei das Mädchen, das sich im Uhrturm erhängt habe. Wieder andere behaupteten, man hätte ihre Leiche im See gefunden. Wie bei so vielen PB-Legenden war die Wahrheit im Laufe der Zeit verloren gegangen.

Ich blickte erneut zu Maddie, die überraschenderweise immer noch neben mir stand.

»Weißt du noch, die Pissrosen?« Ich deutete auf die Gedenktafel.

Nachdem wir im ersten Jahr der Unterstufe auf Anhieb dickste Freundinnen geworden waren, hatten Grace, Maddie und ich uns regelmäßig über diesen kleinen Insiderwitz kaputtgelacht.

»Gott, Kate, wann wirst du endlich erwachsen?«

Ich blickte auf und funkelte Maddie wütend an. Wie konnte sie es wagen? Was gab ihr das Recht, über mich zu urteilen, nachdem sie ein Jahr lang nicht mit mir gesprochen hatte? Doch die traurige Wahrheit war, dass ich nahezu alles dafür getan hätte, um *nicht* erwachsen zu werden, nur damit Grace in diesem Moment hätte hier sein können.

Als ich Maddies Gesicht studierte, wirkte sie keineswegs verärgert, sondern vielmehr traurig. In diesem Augenblick wünschte ich mir, sie endlich wieder zur Freundin zu haben. Es war mir egal, dass sie ständig mit Taylor und Beefany abhing oder dass sie sich in den Wochen nach Grace' Tod so grausam verhalten hatte, sich selbst jetzt grausam verhielt. Ich wünschte mir nichts sehnlicher, als mit einer der beiden Personen zu reden, die mich besser kannten, als jeder andere auf dieser Welt. Ich wollte wenigstens eine meiner besten Freundinnen zurückhaben.

»Du fehlst mir.«

Für den Bruchteil einer Sekunde blickte mir Maddie tief in die Augen und verwandelte sich zurück in das pummelige Mädchen, das ständig bei mir übernachtet und unzählige Geheimnisse mit mir geteilt hatte. Doch dann veränderte sich ihr Ausdruck.

»So einsam scheinst du mir gar nicht zu sein. Ich habe gesehen, wie du dich vorhin auf dem Gang mit Alistair unterhalten hast.« Sie zog ihre schmalen Augenbrauen hoch und schüttelte angewidert den Kopf. »Ich muss los«, sagte sie. Und damit drehte sie sich um und ging.

Wie üblich blickte sie nicht zurück.

Kapitel 16

Nachdem Maddie verschwunden war, beschloss ich, nach Hause zu gehen. Ich konnte unmöglich zu den Tennisplätzen zurückkehren. Das Turnier hatte inzwischen begonnen, und die Mädels, einschließlich unserer Trainerin, hatten sich höchstwahrscheinlich etwas einfallen lassen, um meinen durchgeknallten Arsch zu retten. Außerdem konnte ich es gar nicht erwarten, nach meiner gestrigen Entdeckung im Gras endlich ein paar Nachforschungen über Station 2 anzustellen. Ich hoffte inständig, der Uhrturm würde mir irgendwie helfen, die Bedeutung des Wappens zu entschlüsseln und dessen Verbindung zu Grace aufzudecken.

Ich ging auf einem Umweg zurück zur Mädchenumkleide, um nicht an den Tennisplätzen vorbeizumüssen. Dann nahm ich den letzten Schulbus und war innerhalb von zehn Minuten zu Hause. Als ich durch die Tür trat, steuerte ich schnurstracks auf den Anrufbeantworter zu und drückte auf Wiedergabe. Ms Schaefers hektische Stimme schallte durch die Küche, als ich hinter mir unerwartet Schritte hörte. Hastig drückte ich auf Löschen und wirbelte herum.

»Vernichtest du belastendes Material?«, fragte Dad. Die Fältchen um seinen Mund und seine Augen schienen mit jedem Tag tiefer zu werden.

»Äh … nein. Das war ein Versehen. Du hast mich erschreckt«, erwiderte ich, nach einer Entschuldigung suchend.

»Spar dir die Mühe. Ich habe schon mit deiner Trainerin gesprochen. Sie hat mich auf dem Handy angerufen. Du bist einfach vom Turnier weggerannt? Und zwei Tadel? Was zum Teufel ist los?« Er nahm sich ein Getränk aus dem Kühlschrank und setzte sich.

Tatsache ist, dass ich mich liebend gern neben ihn gesetzt und ihm die ganze unglaubliche Geschichte erzählt hätte, aber das konnte ich nicht. Wenn ich ihm alles haarklein berichtete, würde sich nur der Verdacht meiner Eltern bestätigen, dass ich nun völlig verrückt geworden war. Statt mich weiter zu Dr. Depri zu schicken, würden sie mich vermutlich gleich in eine psychiatrische Anstalt einweisen.

Dr. Depris geniale Theorie war, dass ich es vermied, anderen Menschen zu nahe zu kommen, weil ich Angst davor hatte, sie zu verlieren. Doch in Wirklichkeit fühlte ich mich einfach nur sicherer, wenn ich niemanden zu nah an mich heranließ. Es war überaus effektiv. Und weniger schmerzhaft.

Daher verzichtete ich darauf, mich hinzusetzen und Dad alles zu erzählen, und entschied mich stattdessen für ein knappes: »Alles bestens!«, in der Hoffnung, er würde sich damit zufriedengeben.

Tat er natürlich nicht.

»Ich bin nicht von gestern, Kate …« Er unterbrach sich, scheinbar unfähig fortzufahren. »Ich kann … Ich kann das vergangene Jahr nicht noch mal durchleben. Deine Frisur ist schon schlimm genug. Wir dachten, wir hätten dich verloren …«

Er verstummte, offenbar verwirrt und mehr als nur ein bisschen verängstigt. Ich fühlte mich schrecklich. Natürlich konnte er mich nicht verstehen. Wie sollte er auch? Ich gab ihm nicht die geringste Chance. Aber was sollte ich ihm schon erzählen? Wenn ich irgendetwas von den E-Mails meiner toten Freundin faselte, würden meine Eltern mir nur wieder vorwerfen, dass ich mich zu sehr in die Sache hineinsteigerte.

In den Sommerferien erst hatte man entschieden, dass es mir gut genug ginge, um auf die Tabletten zu verzichten, die mir angeblich helfen sollten, über das Geschehene hinwegzukommen. In Wirklichkeit bewirkten die Dinger nicht mehr, als mich vergessen zu lassen, wie es sich anfühlte, lebendig zu sein. Ich durfte auf keinen Fall riskieren, meinem Vater alles zu erzählen und in diesen Zustand zurückversetzt zu werden. Nicht, solange ich Grace helfen musste.

»Ich bin offen gesagt ziemlich ratlos, Kate. Deine Trainerin meinte, wir sollten es vielleicht mal mit einer anderen Nachmittagsaktivität versuchen. Sie hat vorgeschlagen, dich am *Concilium* teilnehmen zu lassen. Dieses andere Mädchen, Taylor Soundso, die die Treffen organisiert, sei anscheinend ein tolles Vorbild. Ich hoffe das stimmt.«

»Ich will nicht in irgend so einen dämlichen Klub.« Ich krallte meine nicht vorhandenen Fingernägel in die Tischplatte. »Ich bin mit dem Tennis vollkommen ausgelastet.«

»Kate, du bist hier nicht die Einzige, die jemanden verloren hat. Glaubst du eigentlich, ich wünsche mir meine alte Tochter nicht zurück?« Sein Gesicht wirkte alt und traurig. »Wenn deine Trainerin glaubt, dass dir ein neuer Klub guttun würde, dann versuchen wir es mit einem neuen Klub. Das erste Treffen findet morgen statt. Und deine Strafarbeit beginnt am Dienstag.«

»Meinetwegen.« Ich schluckte einen hühnereigroßen Kloß herunter.

»Bring das Ganze wieder in Ordnung, Kate.« Er legte mir eine Hand auf die Schulter. »Komm zu uns zurück. Wir vermissen dich.«

Ich ließ meinen Kopf auf die Tischplatte sinken und sah zu, wie mein Vater in seinem Arbeitszimmer verschwand. Ich wünschte, es wäre so einfach, mein altes Ich wiederzufinden und es zur Umkehr zu zwingen.

Dummerweise schien es genauso unwiederbringlich verloren wie Grace.

Kapitel 17

In Kaugummischrift malte ich den Schriftzug *Audi, Vide, Tace* auf den Rand meines Hefts, obwohl ich mir eigentlich Notizen zu einer PowerPoint-Präsentation über Dostojewski machen sollte.

Am Abend zuvor hatte ich jede mögliche Kombination der lateinischen Inschrift gegoogelt, ergänzt durch die Worte »Symbol«, »Pemberly Brown« und »Wappen«. Doch leider war das einzige halbwegs nützliche Ergebnis meiner Suche eine Seite der Ohio Historical Society mit einem Artikel über die Geschichte der Pemberly Brown Academy.

Demnach wurde die vormals reine Jungenschule, Brown, 1950 geschlossen, um mit der benachbarten Mädchenschule, Pemberly, zusammengelegt zu werden. Die Entscheidung war damals heftig umstritten, doch Brown fehlte es an Geldern und die Konkurrenz durch andere Privatschulen war groß, daher blieb nur die Wahl zwischen einer Zusammenlegung oder der endgültigen Schließung der Schule. Eine Abbildung des ursprünglichen Brown-Wappens zeigte einen Löwen, der einen prunkvollen Schlüssel hielt. Ich war gerade dabei, das Wappen aus der Erinnerung nachzuzeichnen, als ich eine Hand auf meiner Schulter spürte.

»Kate?« Meine Englischlehrerin, Ms Cole, klopfte auf mein Pult und zog fragend die Augenbrauen hoch, als sie die Kaugummischrift am Rand meines Hefts entdeckte. »Vorsicht damit«, flüsterte sie und legte einen Zettel auf mein Heft. Dann ging sie zurück nach vorn, um mit ihrem Vortrag fortzufahren.

Ehe ich mir über die Worte Gedanken machen konnte, stellte ich fest, dass sie mir eine Entschuldigung hingelegt hatte, mit der ich vorzeitig aus dem Unterricht entlassen wurde. Während ich meine Bücher zusammenraffte und in die Tasche schob, überkam mich ein ungutes Gefühl.

Auf dem Weg zum Sekretariat entwarf ich im Kopf eine Liste mit allen möglichen Gründen, warum ich vorzeitig aus dem Unterricht geholt wurde. Es verhieß mit Sicherheit nichts Gutes. Meines Wissens hatte noch kein Ehepaar der Welt früher Feierabend gemacht, um seine Kinder aus der Schule zu holen und sie zu einem Überraschungsurlaub auf die Bahamas zu entführen.

Mit jedem Schritt fielen mir schlimmere Gründe ein. Was, wenn meine Mutter einen Unfall gehabt hatte oder eine meiner Tanten oder Cousinen gestorben war oder vielleicht … Cameron? Hatten sie ihn wohl gefunden? War er noch am Leben?

Als ich ins Sekretariat trat, erwartete mich mein Vater.

»Du bist bereits ausgetragen.« Mein Vater sah nicht gerade danach aus, als wäre jemand gestorben, aber er hatte auch keine Urlaubsklamotten an. »Fertig?«

»Ja. Aber wo gehen wir überhaupt hin?«, fragte ich, während ich ihm nach draußen folgte.

»Dr. Lowen hatte zufällig noch einen Termin um elf Uhr frei, also habe ich dich eintragen lassen.«

»Ich dachte, ich müsste nicht mehr jede Woche da hin. Warum tut ihr mir das an?« Ich konnte die Worte nicht aussprechen, ohne extrem quengelig zu klingen. Ich kam mir vor wie eine Dreijährige.

»Wenn du schon nicht mit deiner Mutter oder mit mir redest, dann wirst du eben mit jemand anderem reden. Diese Woche könntest du Dr. Lowen zum Beispiel erzählen, was du gemacht hast, als du eigentlich beim Tennis oder im Englischunterricht hättest sein sollen.«

Ich warf meinem Vater einen bitterbösen Blick zu und schüttelte den Kopf. Es war vermutlich besser, wenn ich nichts sagte. Ich konnte nicht dafür garantieren, was dabei herauskäme. Auf dem Weg zum Psychologen, einschließlich der Aufzugfahrt und der fünfundvierzigminütigen Wartezeit, wechselten mein Vater und ich genau fünf Worte:

»Wievielter Stock noch mal?«

»Sechster.«

Als die Sprechstundenhilfe, eine Frau mit Dreitagebart (eine wandelnde Mahnung dafür, dass Frauen sich die Gesichtsbehaarung niemals rasieren sollten) endlich meinen Namen rief, sprang ich hastig auf, um dem beliebten Wartezimmerspiel zu entrinnen.

Der Typ neben mir musterte mich aus dem Augenwinkel; die Frau unter dem kitschigen Bild eines kleinen Mädchens am Strand spähte verstohlen über den Rand ihrer Zeitung; und ein Junge mit schwarz lackierten Fingernägeln sah mich aus dunkel geschminkten Augen an. Jeder Einzelne von ihnen rätselte, welche Art von Geistesgestörtheit die anderen Patienten in dieses Wartezimmer geführt hatte. Ich fragte mich, was sie sich wohl bei mir ausdachten. Hatte ich vielleicht diesen klassischen Ausdruck von »Ich sehe tote Menschen« in den Augen?

Um mehrere Ecken gelangte ich in den hinteren Bereich der

Praxis und öffnete die wohlvertraute Tür. Dr. Depri saß hinter seinem gigantischen Mahagonischreibtisch. Und, nein, ich legte mich nicht auf eine Couch. Ich setzte mich in einen hölzernen Lehnstuhl, passend zum Schreibtisch. Ich hatte ganz vergessen, wie unbequem dieser Stuhl war.

Ich: Lange nicht gesehen. (Dr. D. sah mich über den Rand seiner Alte-Leute-Brille an und lächelte diskret.)

Depri: Kate. Du weißt, wie sehr ich mich auf unsere Gespräche freue. Wie geht's?

Ich: Gut. (Wenn man bei einem Seelenklempner doch nur mit einem schlichten »gut« davonkäme. Wenn man doch nur *irgendwo* mit einem schlichten »gut« davonkäme!)

Depri: Wie läuft's in der Schule? Ich habe dich seit (er warf einen Blick in seine Akte) letztem Monat nicht mehr gesehen.

Ich: Gut. (Wenn man die Tatsache, dass ich nur einen einzigen Freund hatte, der zugleich mein freakiger Nachbar war, als »gut« bezeichnen konnte.)

Depri: Was führt dich zu mir? (Er setzte die Brille ab und legte sie vor sich auf den Tisch.)

Ich: Mein Vater. Er meint, ich bräuchte einen sicheren Ort zum Reden. (Ich gähnte, obwohl ich nicht den geringsten Drang danach verspürte.)

Depri: Vermisst du Grace?

Ich: (Lange Pause. Mein Hals wurde mit einem Mal trocken. Um nichts in der Welt würde ich meine Antwort laut aussprechen. Ich hoffte nur, Dr. D. konnte keine Gedanken lesen. Würde ich ihm die Wahrheit erzählen, würde er mich niemals hier rauslassen, ohne mir vorher zehn verschiedene Antidepressiva zu verschreiben.)

Depri: Woran denkst du gerade, Kate?

Ich: Na ja, jetzt, wo Sie von ihr gesprochen haben, denke ich natürlich an Grace. (Dr. P. setzte seine Brille wieder auf und blickte erneut in seine Notizen.)

Depri: Hast du in letzter Zeit oft an sie gedacht? Empfindest du die gleichen Gefühle wie damals nach ihrer Beerdigung?

Ich: Nein, nein. Mir geht's gut. (Welche Gefühle? Die Wut, weil ich allen möglichen Leuten erklärt hatte, Grace' Tod sei mehr als nur ein Unfall, und mir niemand geglaubt hatte? Die bittere Enttäuschung, dass mich meine Eltern in eine Klinik für Depressive gesteckt hatten, anstatt mir zuzuhören? Oder die guten alten Schuldgefühle, weil ich meine beste Freundin im Stich gelassen hatte, als sie mich am dringendsten brauchte?)

Depri: Wie schläfst du?

Ich: Gut. (Wenn man davon absah, dass ich mir ganze Nächte um die Ohren schlug, um permanent mein E-Mail-Konto zu aktualisieren.)

Depri: Hast du die »Übungen« gemacht, die wir miteinander besprochen haben? (Dr. D. deutete die Anführungszeichen mit den Fingern an.)

Ich: Manchmal. (Merke: Niemals mit den Fingern Anführungszeichen nachahmen. Niemals.)

Depri: Und wie läuft's beim Tennis?

Ich: (Sehr lange Pause. Es war eine Fangfrage, und ich wollte herausfinden, wie lange ich ihn hinhalten konnte, ohne ihm eine Antwort zu geben. Mein Rekord lag bei dreieinhalb Minuten.) Das hat Ihnen mein Vater bestimmt erzählt. Ich soll vorerst eine Pause einlegen.

Depri: Eine Pause? (Dr. D. schob seinen Schreibtischstuhl zurück, entkreuzte und überkreuzte die Beine. Wie soll man einem Mann vertrauen, der seine Beine überkreuzt?)

Ich: (Mit zusammengekniffenen Augen. Es ärgert mich, wenn Leute um den heißen Brei herumreden.) Sie wissen doch bestimmt, dass ich beim Tennis abgehauen bin und nun gezwungen werde, zum *Concilium* zu gehen. Das hier ist ein sicherer Ort, Dr. D. Lassen Sie alles raus, was Sie mir zu sagen haben.

Depri: (Lachte. Na ja, was man bei ihm so als Lachen verstehen musste. Es klang eher wie ein Husten.) Ja, Kate, dein Vater hat mir von dem Vorfall erzählt. Willst du mir den Grund erklären?

Ich: (Spontaner Wettkampf im Anstarren. Ich wollte herausfinden, wer von uns zuerst blinzeln würde. Für gewöhnlich gewann ich. Ich glaube, Dr. D. hatte selbst Spaß daran.) Ich wurde einfach nur … abgelenkt.

Depri: (Blinzelte und sah auf die Uhr.) Ich möchte, dass du bis nächste Woche eine kleine Übung machst. Immer wenn du dich von etwas überrumpelt fühlst und am liebsten wegrennen würdest, dann sag den Menschen um dich herum, dass du eine kleine Auszeit brauchst. Niemand kann Gedanken lesen, Kate. Aber die anderen werden sicher dafür Verständnis haben, wenn du mal ein bisschen Abstand brauchst.

Ich: Wie wenn ein Kleinkind plötzlich sauer wird und einem anderen Kind das Spielzeug wegnimmt und die Mutter es auf sein Zimmer schickt? (Gehen Sie zurück auf Start. Wöchentliche Sitzungen. Als Nächstes waren die grün-weißen Pillen dran.)

Depri: Aber die Erwachsenenversion. So eine Art Verschnaufpause. Jeder braucht mal eine Verschnaufpause. Ach, und Kate? (Er stand auf und nahm erneut die Brille ab.) Gib dem *Concilium* eine Chance. Du wirst dich vielleicht wundern, was dich dort erwartet. Lass dir auf dem Weg nach draußen einen neuen Termin geben.

Ich stand kommentarlos auf, in der Absicht, meinen »Ich hab's leider überhört«-Joker auszuspielen. Doch Dr. D. folgte mir aus dem Zimmer und bat die Sprechstundenhilfe, mir einen neuen Termin zu geben.

»Dann bis nächste Woche.« Der Satz hatte sich in meinen Ohren noch nie so deprimierend angehört.

Kapitel 18

Als ich am Abend vorgab, Hausaufgaben zu machen, brachte ich in Wirklichkeit nicht mehr zustande, als alle Hinweise, die ich bislang gesammelt hatte, auf meinem Bett auszubreiten. Das mysteriöse Wappen, Grace' Einladung, ihre E-Mail, Camerons Brief, den Anhänger mit der lateinischen Inschrift. Alles.

Ich hatte sogar unser altes Freundschaftsbuch hervorgekramt, für den Fall, dass Grace' Einträge vielleicht irgendeinen Hinweis enthielten, den ich bislang übersehen hatte. Ich fuhr mit dem Finger über die Schaumfarbe, den Strass und den Glitter und kniff die Augen zu, um mir wie ein kleines Mädchen etwas zu wünschen. Ich wünschte mir, die Bedeutung von mindestens einem meiner Hinweise zu durchschauen. Ich wünschte mir, mein Versprechen gegenüber Grace halten zu können.

Fehlanzeige.

Ich ließ mich rückwärts in die Kissen fallen und dachte an *Candela* und den Stein, den ich im Gras gefunden hatte. Mit dem Uhrturm musste es noch mehr auf sich haben, als eine Legende vom tragischen Selbstmord einer Schülerin. Ich blickte mich im Zimmer um, obwohl ich genau wusste, dass ich die Antwort hier nicht finden würde. Kurz entschlossen schnappte ich mir meine Schultasche, schüttete den Inhalt aus und packte jeden meiner Hinweise sicher ein, um im nächsten Moment aus dem Zimmer zu stürmen.

»Dad!«, rief ich, während ich die Treppe hinunterrannte und zwei Stufen auf einmal nahm. »Ich muss noch mal kurz in die Bücherei. Für ein Schulprojekt!«

»Warte mal, Kate. Ich hab kein Wort verstanden«, rief er aus der Küche. Ich bog um die Ecke und wartete, bis er das Wasser abgestellt hatte. »Okay, was gibt's?«

Ich rückte den Schulterriemen meiner Tasche zurecht. »Ich muss noch mal kurz in die Schule, um mir ein Buch aus der Bücherei auszuleihen. Es dauert nicht lange.«

»Kate, deine Mutter ist unterwegs nach Hause, und ich hab gerade Essen bestellt. Ich kann dich jetzt nicht bringen.«

»Kein Problem. Ich fahr mit dem Fahrrad.«

Der entsetzte Blick meines Vaters war einfach unbezahlbar. »Ich dachte, das würde gegen deine persönlichen Grundsätze verstoßen?«

»Es ist wichtig. Ich bin zum Essen wieder da.« Bevor er irgendwas erwidern konnte, stürmte ich durch die Tür in die Garage, um meinen Anti-Fahrrad-Grundsatz zum zweiten Mal innerhalb weniger Tage zu brechen.

Nur gut, dass mein Sozialleben ohnehin in Trümmern lag. Derartige Fehltritte durfte man sich nur erlauben, wenn man nicht tief fallen konnte. Außerdem machte es mir irgendwie Spaß, mit dem Rad zu fahren. Vielleicht war es an der Zeit, mich an die Rolle des Sonderlings zu gewöhnen.

***

Ich hielt meinen Schülerausweis vor den Scanner und öffnete die Tür, als der Summer ertönte. Nur wenige Gebäude des Campus waren rund um die Uhr geöffnet, doch die Bücherei gehörte dazu. Denn, wie es auf der Bronzetafel von Station 9 so schön hieß: *Scientia est potentia.* »Wissen ist Macht« – und die Macht schläft bekanntlich nie.

»Du willst doch wohl nicht einfach so an mir vorbeirennen«, hörte ich eine raue Stimme. Ich musste mich nicht erst umdrehen, um zu wissen, dass Dorothy mich anlächelte. Ich hörte es an ihrer Stimme. Ms D. kümmerte sich außerhalb der regulären Öffnungszeiten um die Ausleihtheke und sorgte dafür, dass auf dem Campus niemand Dummheiten machte.

»Hallo, Ms D. Natürlich wollte ich Sie begrüßen. Ich hab's nur gerade furchtbar eilig«, rief ich ihr über die Schulter zu. Die meisten nannten sie nur Ms D. oder Officer D., je nachdem, wen man fragte. Dorothy war eine stämmige Frau, etwa Ende sechzig, die für die Sicherheit auf dem Schulgelände verantwortlich war. Sie trug ihre borstigen grauen Haare kurz geschoren und konnte die meisten Jungs der Schule im Armdrücken mühelos schlagen.

Eine der vielen bizarren Traditionen der PB verlangte, dass die Jungs der Abschlussklasse Dorothy zu einem Zweikampf im Armdrücken herausforderten, bevor sie die Schule verließen, um an einer der Eliteuniversitäten zu studieren. Ich glaube, nur eine Handvoll Jungs hatte es bisher geschafft, sie zu besiegen, doch Dorothy gab ihre Statistik nicht offen preis.

»Na, dann will ich deinen Nachforschungen mal lieber nicht im Wege stehen.« Sie hob kapitulierend die Hände, und ein herzliches Lächeln breitete sich über ihr runzeliges Gesicht.

»Das würde ich Ihnen auch übel nehmen«, erwiderte ich lachend und trat durch die Glastür der Pemberly-Brown-Bibliothek.

Schnurstracks steuerte ich auf einen der Computerarbeitsplätze zu, um den Bibliothekskatalog aufzurufen. Ich tippte den Suchbefehl »Pemberly Brown Geschichte« ein und hoffte inständig, dass irgendwer mal ein Buch über die PB geschrieben hatte und dass es sich im Erdgeschoss der Bibliothek befand.

»Was macht denn jemand wie du so spät noch in der Bücherei?«, flüsterte eine samtige Stimme hinter mir.

Ich wirbelte herum und stand Porter Reynolds gegenüber, der mich lässig anlächelte und seine Gitarre über der Schulter trug. Porter hing ständig irgendwo auf dem Campus ab und spielte auf seiner ramponierten Gitarre dieselben langweiligen drei Akkorde, um mit seiner monotonen, aber irgendwie romantischen Stimme dazu zu singen.

Meist wurde er von einer Handvoll Mädels umringt, die entweder an akuter Erstiritis litten oder dem Goldrausch verfallen waren und einen Doppelnamen mit dem Bestandteil »Reynolds« anstrebten.

»Ich muss noch was für ein Schulprojekt recherchieren. Und selbst? Spielst du ahnungslosen Lerngruppen ein Ständchen?«

»Komm schon, Kate. Nur weil du gegen meinen Charme immun bist, heißt das noch lange nicht, dass ich nichts zu bieten habe.« Er tat, als würde er schmollen, und sah dabei nur noch mehr nach Versager aus. »Ich warte darauf, abgeholt zu werden, und wollte mir in der Zwischenzeit was zum Lesen besorgen.« Er hielt mir Jack Kerouacs *Unterwegs* und Allen Ginsbergs *Geheul und andere Gedichte* hin. Klischeehafter ging's nicht.

»Weißt du überhaupt, was Beat Poetry ist?« Ich konnte mir die Frage nicht verkneifen.

»Beat Poetry? Noch nie gehört. Aber die Mädels fahren voll auf Typen ab, die Bücher mit sich rumtragen.« Er trat ein Stück näher an mich heran und legte mir einen Arm um die Schulter. »Na, Kate, was sagst du? Funktioniert's? Wollen wir mal kurz im Magazin verschwinden?«

»Oh, ja klar! Komm, lass uns gehen.«

Porters Augen funkelten hoffnungsvoll.

»Meinst du Ms D. steht vielleicht auf einen flotten Dreier?«

Porter machte ein Gesicht wie ein Kleinkind, dem man gerade erklärt, dass es zu Weihnachten kein Pony bekommt.

Er fluchte in sich hinein und tigerte davon, vermutlich um anderen nichts ahnenden Mädels aufzulauern. Ich wandte mich erneut meiner Suche zu. Der Computer gab ein prasselndes Geräusch von sich, das mir verriet, dass er angestrengt nachdachte und … bingo!

Die Suche lieferte ein Buch mit dem Titel *Pemberly Brown: 150 Jahre Vortrefflichkeit* von Calvin Markwell. Doch meine Begeisterung wurde ein wenig gedämpft, als ich den Standort »Freihandmagazin« las. Die Vorstellung, allein runter ins Magazin zu müssen, ließ mich fast bereuen, dass ich Porter eine Abfuhr erteilt hatte. Es kursierten allerhand Gerüchte über seltsame Geräusche und geisterhafte Erscheinungen dort unten. Ich hatte die Geschichten immer mit einem Lachen abgetan, doch jetzt war ich mir da nicht mehr so sicher.

Nachdem ich mir hastig die Standortangabe des Buches notiert hatte, sah ich mich in der Bücherei um, ob sonst noch jemand hier war. Als ich Dorothy erblickte, überlegte ich kurz, zu ihr zu gehen und ihr zu sagen, dass ich ins Magazin wolle, damit sie nach mir sehen würde, falls ich nicht innerhalb der nächsten fünfzehn Minuten wieder auftauchte. Aber wie alt war ich eigentlich? Fünf? Außerdem gab es da unten einen Notrufknopf, mit dem ich Dorothy rufen konnte, falls mir tatsächlich etwas passierte. Also fasste ich mir ein Herz, warf meine Tasche über die Schulter und marschierte die Treppe hinunter.

Als die ersten Regale auftauchten, spähte ich über das Geländer und stellte mich auf Zehenspitzen, um zu sehen, ob da unten noch jemand in den Büchern stöberte. Die Luft war rein. Ich hatte keine Ahnung, ob das gut oder schlecht war.

Ich ging auf die rechte Regalreihe zu und fuhr mit dem Zeigefinger über die ledergebundenen Buchrücken, bis ich bei »Markwell« ankam. Voilà. *Pemberly Brown: 150 Jahre Vortrefflichkeit.* Ich zog das schwere braune Buch aus dem Regal, drückte es an meine Brust und ging zu den Lesepulten.

Hastig schlug ich das Inhaltsverzeichnis auf und fand auf der gegenüberliegenden Seite, was ich suchte: das mysteriöse Wappen. Zumindest annähernd. Die abgebildete Version wurde von den Worten »Pemberly Schule für Mädchen« umrahmt und enthielt das Gründungsjahr der Schule. Ich runzelte die Stirn.

Das mysteriöse Wappen war also nicht mehr als das ursprüngliche Pemberly-Wappen? Aber warum hatte jemand in der Nacht, als Grace gestorben war, eine Kette mit dem ehemaligen Pemberly-Motto *Audi, Vide, Tace* getragen? Das ergab doch keinerlei Sinn.

Neben dem Pemberly-Wappen befand sich das brownsche Wappen mit Löwe und Schlüssel und darunter das aktuelle Schulwappen. Die Bildunterschrift erklärte, dass Pemberly sein Wappen geändert hatte, als die beiden Schulen zusammengelegt wurden. Pemberly hatte die Tür eingebracht und Brown den Schlüssel. Zugleich entschied man sich für ein neues Motto, das die Einheit der Schule besser symbolisieren sollte.

Der Stein, den ich neben dem Uhrturm entdeckt hatte, musste demnach vor dem Zusammenschluss die Station 2 markiert haben. Doch was hatte das alles mit Grace zu tun?

Ich warf einen flüchtigen Blick auf mein Handy. Mir lief die Zeit davon. Mit dem Zeigefinger überflog ich die einzelnen Überschriften und fand ein Kapitel, das sich mit den zwölf Stationen beschäftigte. Als ich die Stelle aufschlagen wollte, wurde ich einige Seiten zuvor von dem Bild einer schönen Frau abgelenkt. Der Bildunterschrift nach handelte es sich um Josephine Fitzgerald Reynolds, die leitende Architektin des Zusammenschlusses von 1950.

Der folgende Abschnitt beschrieb, wie sie den gesamten Campus umgestaltet hatte, indem sie die Unter- und Mittelstufe in die ehemaligen Oberstufengebäude umsiedelte und das Gebäude der Oberstufe von Grund auf neu gestaltete. Starke Leistung, Josephine!

Mein Magen knurrte und erinnerte mich daran, dass mein Abendessen gerade kalt wurde, aber ich war noch nicht fertig. Ich blätterte weiter und entdeckte das vertraute Bild des Uhrturms. Er wurde 1893 errichtet, als die Pemberly Brown noch schlicht Pemberly hieß. Armbanduhren waren damals Luxus, daher diente die Turmuhr dazu, eine verbindliche Uhrzeit auf dem Campus festzulegen.

Ich übersprang die Details über das riesige Pendel und las stattdessen den Abschnitt über ein Mädchen, das sich angeblich im obersten Stockwerk des Turms erhängt hatte. Der Autor stellte fest, dass der Vorfall in keiner Weise dokumentiert sei und somit in den Bereich der Legenden fiele. Im Weiteren beschrieb er *Candela*, *Nativitas* und einige weitere Rituale der Pemberly Brown.

Ein wenig erbost über diesen sogenannten Historiker, blätterte ich um. Ich schätze, ich wollte ganz einfach glauben, dass manche dieser Legenden wahr waren. Als ich weiterlas, bemerkte ich, dass der Text auf der folgenden Seite nicht an der richtigen Stelle weiterging. Ich hob das Blatt an und stellte fest, dass ein perfektes Quadrat herausgetrennt worden war und somit ein Teil des Textes fehlte. Ich lehnte mich auf dem Stuhl zurück und nagte an meinem ausgefransten Fingernagel.

Was hatte man da wohl entfernt? Ich nahm einen Stapel Seiten in die Hand und ließ sie durch die Finger gleiten, sodass noch weitere ausgeschnittene Stellen zum Vorschein kamen. Ich konnte kaum glauben, was ich da sah.

An der Pemberly Brown gab es demnach Geheimnisse, von denen die Schüler nichts wissen sollten.

»Kommst du da unten klar?« Dorothys Stimme zerriss die Stille. Ich fiel vor Schreck fast vom Stuhl.

»Oh, ja. Ich kann nur nicht finden, wonach ich suche.« Wütend knallte ich das zensierte Buch zu, weil ich nun in die Stadtbücherei gehen oder mir das Buch online bestellen musste, um dann ewig auf die Lieferung zu warten. Für so was hatte ich keine Zeit.

»Vielleicht suchst du nicht an der richtigen Stelle«, erwiderte Dorothy, während sie die Treppe herunterkam.

»Ich bin kurz vorm Verhungern. Der Rest meiner Recherche

muss wohl warten.« Ich schnappte mir meine Tasche und erschrak, als ich Dorothys Hand auf meiner Schulter fühlte.

»Sei vorsichtig. Hier sind schon viele seltsame Dinge passiert, und manches lässt man besser auf sich beruhen.« Mit einem Nicken deutete sie auf das Buch auf meinem Pult.

»Ja, stimmt wohl«, erwiderte ich. Dorothy hatte vermutlich in ihren dreißig Jahren an der Pemberly Brown so manches miterlebt.

Sie klopfte mir freundschaftlich auf die Schulter und ging zurück in Richtung Treppe.

Als ihre Schritte verklungen waren, blätterte ich erneut zu der Seite, die die Verschmelzung der beiden Wappen zeigte.

»Was hat das alles zu bedeuten, Grace?«, flüsterte ich und rieb mir die brennenden Augen. Mit einem Mal war ich hundemüde. Ich nahm Grace' Perlenkette ab und schlang sie mir stattdessen ums Handgelenk, um damit zu spielen. Mir gingen offiziell die Antworten aus. Nicht, dass ich jemals welche gehabt hätte.

Ich drückte mir das Buch an die Brust und ging zurück zu den Regalen. Als ich die Stelle erreichte, wo Calvin Markwells Buch hingehörte, und es zurückstellen wollte, entdeckte ich einen Zettel in der Lücke.

Ticktack, hör gut zu, die Uhr ist tabu. Wir sehen alles.

Ich hörte, wie in der nächsten Regalreihe ein Buch umfiel. Ich war nicht allein.

»Ms D.?«, fragte ich mit zitternder Stimme, während ich den schweren Wälzer zurück ins Regal schob. Zwischen den Büchern sah ich, wie jemand auf der anderen Seite des Regals entlanghuschte.

»Porter? Das ist nicht witzig. Dafür bekommst du fetten Ärger …« Ich verstummte, als hinter mir ein weiteres Buch zu Boden fiel.

Ich ging hastig in Richtung Treppe und verfluchte den Notfallknopf, der natürlich genau da war, wo ich ihn nicht brauchen konnte. Das Ende der Regalreihe rückte immer näher, daher verlangsamte ich meinen Schritt und lauschte angestrengt.

Hinter den Büchern konnte ich niemanden erspähen, und ich hörte nicht mehr als meinen eigenen abgerissenen Atem. Vorsichtig blickte ich um die Ecke, doch da war niemand. Mir blieb nichts anderes übrig, als todesmutig zur Treppe zu stürzen. Ich schnellte vorwärts und nahm drei Treppenstufen auf einmal.

Als ich ins Foyer taumelte, war Porter gerade damit beschäftigt, zwei Ersti-Mädels zu umgarnen, die unkontrolliert kicherten. Die Drei unterbrachen ihre Unterhaltung, um mich in meinem aufgewühlten Zustand mit offenem Mund anzustarren. Ich ignorierte ihre entsetzten Blicke und steuerte schnurstracks auf Dorothys Pult zu, den mysteriösen Zettel in meiner verschwitzten Hand.

»Ms D.«, sagte ich schnaubend, »haben Sie zufällig gesehen, ob nach Ihnen jemand ins Magazin gegangen ist?«

»Kate, was ist passiert?«, fragte Ms D. und erhob sich mit besorgter Miene von ihrem Platz. Hätte man ihr erlaubt, eine Waffe zu tragen, hätte sie in diesem Moment zweifellos an ihr Halfter gefasst.

Doch anstatt ihr den besagten Zettel aufs Pult zu knallen und eine Analyse der Handschrift zu verlangen, knüllte ich ihn zu einer Kugel zusammen und steckte meine Hände in die Taschen.

»Oh, ähm … ich bin nur ein bisschen erschrocken. Ich hab da unten Geräusche gehört und … ich wollte nur wissen … ob da sonst noch jemand war.«

Ms D. kniff misstrauisch die Augen zusammen und fragte sich vermutlich, ob sie die Polizei rufen solle.

»Ich will, dass du den Vorfall meldest.« Sie reichte mir ein Formular. »Gib das dem Schulleiter persönlich, wenn du morgen zur Schule gehst.« Sie schüttelte nachdenklich den Kopf. »Ich habe Mr Sinclair schon hundert Mal gesagt, dass uns das Magazin Ärger macht. Ich kann nun mal nicht überall zugleich sein«, murmelte sie. »Vielleicht hat eine Beschwerde von einer Schülerin ja mehr Gewicht.«

Ich hatte keine Zeit zum Diskutieren, da die Uhr hinter ihrem Pult zwölf nach sieben zeigte. Meine Eltern würden mich umbringen.

»Ich bin spät dran, aber ich füll' das hier zu Hause aus und geb's morgen ab.« Ich nahm meine Tasche vor den Körper und ließ das Formular hineingleiten.

Als ich endlich mit dem Fahrrad nach Hause strampelte, brannten meine Beine vor Erschöpfung, und mein Kopf schwirrte von unbeantworteten Fragen. Vielleicht hatte Ms D. recht, und man ließ manche Geheimnisse wirklich besser unberührt. Doch dann sah ich Grace' Gesicht vor mir.

Manche Geheimnisse sind jeden Ärger wert!

Kapitel 19

Als ich an der Kreuzung darauf wartete, dass die Ampel umsprang, sah ich in der Ferne einen Blitz durch die Dunkelheit zucken. Wenige Sekunde später folgte Donnergrollen. Ich zog den zerknüllten Zettel aus meiner Hosentasche und betrachtete zum zweiten Mal die krakelige Handschrift.

Wir sehen alles.

Der Wind hob an, und ich blickte mich instinktiv um, ob mir irgendjemand folgte. Fette Regentropfen fielen auf den Zettel und mischten sich mit Schlieren von roter Tinte, bis die Schrift immer mehr verschwamm. Bald war der Inhalt der Nachricht ebenso unergründlich wie meine Hinweise.

Während es über mir erneut blitzte, vibrierte mein Handy in der Hosentasche. Der Himmel öffnete seine Schleusen, und innerhalb von Sekunden war ich völlig durchnässt. Ich schob mein Fahrrad unter einen Baum, in der Überzeugung, dass mich meine Eltern versuchten anzurufen. Sie machten sich vermutlich Sorgen, weil ich bei Gewitter Fahrrad fuhr. Nach dem Tennisdebakel der letzten Woche konnte ich es mir nicht erlauben, irgendwelche Anrufe zu ignorieren.

Aber es waren weder mein Vater noch meine Mutter. Es war nicht mal ein Anruf.

Ich hatte eine neue E-Mail.

An: KateLowry@pemberlybrown.edu
Gesendet: Mittwoch, 19:16
Von: GraceLee@pemberlybrown.edu
Betreff: (kein Betreff)

Uns läuft die Zeit davon.
Geh zu den Bögen.
Die Wahrheit liegt beim Stifter.
Ich brauche dich.

Kapitel 20

Letzten Herbst

Ich wünschte mir, wer auch immer da schrie, würde endlich die Klappe halten. Mein Kopf dröhnte und meine Kehle fühlte sich rau an. Erst als ich mir an den Hals fasste, wurde mir bewusst, dass der Schrei von mir stammte.

Flammen züngelten an den Wänden der alten Kapelle empor und nagten an den hölzernen Balken, die wie Streichhölzer brachen und einstürzten. Als die Kapelle in sich zusammenfiel, stob eine Wolke Funken in den finsteren Nachthimmel. Ich stand vor dem hölzernen Gebäude und starrte ins Feuer, völlig gebannt vom Orange und Blau der Flammen. Erst als mir die Hitze ins Gesicht und gegen die Arme schlug, erwachte ich aus meiner Trance. Ich rannte in den Wald, um nach Maddie und Grace zu suchen. Womöglich war irgendjemand da drinnen. Ich musste dringend Hilfe holen.

Als ich den Wald hinter mir ließ, trafen bereits die ersten Löschfahrzeuge und Krankenwagen ein. Feuerwehrleute führten die Schüler vom Lagerfeuer weg und fuhren mit ihren Fahrzeugen so nah wie möglich an die brennende Kapelle heran. Ich durchsuchte die Menge nach Grace und hoffte, ich hätte mich geirrt, als ich glaubte, sie im Wald gesehen zu haben; ich betete, sie wäre nicht wie ich zur Kapelle beordert worden.

Doch sie war nirgends zu sehen. Ebenso wenig wie Maddie. Tränen stiegen mir in die Augen, doch ich zwang mich, unbeirrt weiterzusuchen, ehe sie überquellen konnten. Ich hatte keine Zeit zum Weinen. Nicht jetzt.

Rote und blaue Warnlichter flackerten auf den Polizeiautos und beleuchteten die Gesichter der schockierten Schüler und Lehrer. Einige von ihnen schoben sich durch die Menge und legten ihre Hände wie einen Trichter an den Mund, um gegen das Geheul der Sirenen anzuschreien. Namen wurden gerufen, Mädchen weinten, Freunde umarmten sich und dankten Gott, dass sie einander gefunden hatten. Allen war bewusst, dass dies mehr war als nur ein schlichter Brand, dass mehr auf dem Spiel stand als ein altes Gebäude.

Ich drängte mich zwischen den einzelnen Schülergruppen hindurch und suchte weiter nach Grace und Maddie. Sie waren nirgends zu sehen. Als ich Seth' roten Lockenkopf erspähte, rannte ich auf ihn zu.

»Seth!« Ich fiel ihm spontan um den Hals. Irgendwie musste ich jemanden berühren. »Hast du Maddie und Grace gesehen? Ich kann sie nirgends finden!«

Seth' Wangen waren leichenblass, was seine roten Haare nur noch leuchtender erscheinen ließ. »Beruhige dich, Kate. Es wird alles gut. Ich hab sie nicht gesehen, aber ich bin mir sicher …«

Noch ehe Seth seinen Satz beenden konnte, drehte ich mich um und rannte auf die Lehrergruppe zu. Meine beiden besten Freundinnen waren in der Kapelle. Ich war mir absolut sicher. Ich musste sie da rausholen. Ich musste sie retten.

Die Lehrer hatten sich um den Schulleiter geschart, der ebenso entsetzt und schockiert wirkte wie die Schüler. Eine neue Welle der Angst versetzte mir einen Stich ins Herz.

»Lassen Sie mich durch!«, rief ich, während ich mich durch eine Gruppe von Mitarbeitern drängte, um bis zum Schulleiter vorzudringen. »Mr Sinclair!« Sein Gesicht war gerötet, und ich sah, wie ihm eine Schweißperle vom Backenbart hinunter zum Kinn rann.

Ich packte seinen Arm. »Ich glaube, meine Freundinnen sind da drinnen!«

Die Lehrer verstummten, und für einen Moment hörte ich nicht mehr als die Rufe der Feuerwehrleute und das Knistern des Feuers.

»Das ist unmöglich.« Trotz dieser Worte wirkte er besorgt. »Die Kapelle ist seit Jahren nicht benutzt worden. Alle Eingänge sind versiegelt.« Doch er irrte sich. Es musste einen Weg ins Innere geben, denn man hatte mir aufgetragen, ihn zu finden.

»Ich hab eine der beiden in den Wald laufen sehen, und jetzt kann ich sie nirgends finden.«

»Um wen handelt es sich?«, fragte einer der Lehrer hinter mir.

»Grace Lee und Maddie Greene.«

Es folgte allgemeines Gemurmel. Niemand hatte die beiden seit Ausbrechen des Brandes in der Nähe des Lagerfeuers gesehen. Ich hörte den besorgten Tonfall in ihren Stimmen.

»Komm mit. Wir müssen den Brandleiter informieren.« Die Lehrer sahen uns besorgt hinterher, während wir hastig davonschritten.

Als wir uns den Feuerwehrmännern näherten, fasste der Schulleiter meine Schulter. »Bist du dir ganz sicher, dass die beiden das Schulgelände nicht mit anderen Freunden verlassen haben?«

»Das würden sie nie machen. Grace' Eltern sind extrem streng, und sie wollten uns heute Abend abholen.« Ich suchte weiterhin die Menge ab, in der Hoffnung, dass ich mich täuschte – dass ich irgendwo Grace' oder Maddies Stimme hören würde oder sie dabei ertappte, wie sie mit Cameron oder gar Porter aus dem Wald kämen.

»Außerdem hab ich das hier bekommen.« Ich kramte in meiner Gesäßtasche nach der Einladung. Ich musste sie ihm zeigen. Immerhin konnten in dem Gebäude noch mehr Leute stecken. Wer wusste schon, wie viele Schüler dieselbe mysteriöse Einladung in ihrem Spind gefunden hatten? Doch so sehr ich auch suchte, ich fand nicht mehr als das zerknüllte Papier von den Kaugummis, die Grace uns auf der Fahrt hierher angeboten hatte. Sinclairs Gesicht verzog sich zu einer wütenden Maske, und er schnappte mir das Papier aus den Fingern.

»Junge Dame, ich hoffe sehr, dass Sie sich keinen Scherz mit mir erlauben. Ich habe keine Zeit für Spielchen.« Er ließ das glänzende Papier fallen, das langsam zu Boden segelte und den gelb-orangen Schein der Flammen reflektierte. Ich kramte hektisch in meinen Taschen, auf der Suche nach der cremeweißen Karte, die noch vor wenigen Minuten da gewesen war.

»Warten Sie!«, rief ich. »Sie muss hier irgendwo sein.« Doch Sinclair sprach bereits mit einer anderen aufgeregten Schülerin.

Ich rannte erneut durch die Menge und schob mich in die vordersten Reihen, wo Schüler mit orange glühenden Gesichtern wie gebannt auf den Löschschlauch starrten, der inzwischen einen kräftigen Wasserstrahl verspritzte. Ich entdeckte Bradley Farrow, der sich ungläubig die Augen rieb, und Alistair Reynolds, der völlig entsetzt wirkte.

»Meine Freundinnen!«, schrie ich, so laut ich nur konnte. »Sie sind da drinnen!« Die Tränen rannen mir inzwischen ungehemmt übers Gesicht. Ich versuchte, bis zu den Feuerwehrleuten vorzudringen, doch die anderen Schüler hielten mich zurück. »Grace! Maddie!«, schrie ich, bis mir die Stimme brach.

Ein junger Feuerwehrmann, der einen Abschnitt des Löschschlauches festhielt, trat einige Schritte in die Richtung, aus der mein Schreien kam.

»Es wird alles gut. Hörst du? Es wird alles gut. Die Kapelle ist jahrelang nicht benutzt worden. Da konnte keiner rein.«

»Nein, Sie verstehen das nicht. Meine Freundinnen sind dadrin. Ich hab eine Einladung bekommen …«

Ich versuchte ein letztes Mal, mich mit aller Gewalt durchzukämpfen, aber die menschliche Barriere vor mir war undurchdringlich. Gezwungenermaßen machte ich kehrt und zwängte mich duckend und schiebend durch die Menge, um im flackernden Licht der Flammen weiter nach den Gesichtern meiner Freundinnen zu suchen.

Und auf einmal sah ich sie.

»Maddie! Gott sei Dank!«

»Oh, Kate! Ich dachte schon … ich meine …« Ihr Kopf wirbelte herum, ihre Augen zuckten hektisch umher. »Wo ist Grace? Ist sie …«

Ein scharfer Schmerz breitete sich von der Mitte meines Oberkörpers strahlenförmig aus. Es kam mir vor, als würde ich im Innern zerspringen. »Ich dachte, sie wäre bei dir!«, schrie ich, die Augen weit aufgerissen, meine Stimme panisch. Ich nahm ihre Hände. »Maddie, hast du auch letzte Woche eine Einladung bekommen? Irgendwas von einem Treffen in der Kapelle heute Abend?«

Sie sah stumm an mir vorbei. Ihr Körper zitterte wie Espenlaub.

Tränen liefen mir über die Wangen. »Ich weiß, es ist total schrecklich, Maddie, aber ich hab Angst. Ich glaube, irgendjemand wollte, dass wir in der Kapelle sind, wenn sie abbrennt. Hier stimmt irgendwas nicht …«

Statt mir zu antworten, wandte sich Maddie vom Feuer ab und ging langsam davon, als würde sie schlafwandeln. Das ferne Aufheulen von Sirenen zwang mich, in die entgegengesetzte Richtung zu gehen. Während ich mich durch die Schülermassen schob, blinzelte ich gegen dichten Rauch an und verscheuchte mit der Hand Aschepartikel, die wie Schneeflocken vor dem dunklen Himmel tanzten. Doch tief in meinem Herzen kannte ich die Wahrheit bereits. Es war zu spät.

Ich hatte Grace verloren.

Kapitel 21

Heute

»Ruhe, bitte.« Taylor schlug mit einem winzigen Hammer auf das Rednerpult und rief das *Concilium* zur Ordnung. Es war mir bislang nicht aufgefallen, aber ich hatte Taylor noch so gut wie nie reden hören. Für gewöhnlich führten ihre Untergebenen für sie das Wort.

»Wir haben heute viel vor, daher übergebe ich jetzt an Bethany.« Sie seufzte anmutig und reichte Bethany den Hammer, um sich selbst in die erste Reihe zu setzen und mir einen eisigen Blick zu schenken, von dem ich beinah Frostbeulen bekam.

Als Beefany hinter das Rednerpult trat, begrüßten sie Alistair Reynolds und Bradley Farrow mit Buhrufen. Beefany klopfte wütend mit dem Hammer.

»Bitte, Leute! Könnt ihr nicht mal zehn Minuten so tun, als wärt ihr erwachsene Menschen?« Beefanys Gesicht lief knallrot an; die Situation war ihr eindeutig unangenehm. Selbst Taylor kniff die Augen zusammen und warf einen drohenden Blick in Richtung der Jungs. Ihr sonst so gleichmütiger Gesichtsausdruck war von Frustration gezeichnet.

»Na klar. Sobald du was Sinnvolles von dir gibst, sind wir ganz Ohr«, gab Alistair zurück.

Taylor stand auf. »Es reicht. Das ist nicht der richtige Ort für so was.« Ihre blauen Augen funkelten vor Zorn. Die Jungs erwiderten einige gemurmelte Kommentare zum Thema »Schlampen« und machten konstruktive Vorschläge, was Taylor sich alles in den Arsch stecken solle, doch dann beruhigten sie sich und beschränkten ihre großspurigen Einwürfe auf ein gelegentliches Flüstern.

Taylor setzte sich wieder hin, und Beefany begann ihren ermüdenden Vortrag darüber, wie wichtig es sei, die Traditionen der PB zu pflegen und die Kontaktdaten der Ehemaligen auf dem aktuellen Stand zu halten. Ihre Stimme war mindestens eine Oktave höher, wenn sie vor Publikum sprach, weshalb ihre Rede einem ohrenbetäubenden Kreischen glich, das vermutlich die Hunde am anderen Ende der Stadt zum Heulen brachte. Ich hatte mein Notizbuch aufgeschlagen und einen Stift gezückt, damit es so aussah, als würde ich mitschreiben, doch in Wirklichkeit las ich mir wieder und wieder Grace' E-Mail durch, um herauszufinden, was sie meinte.

Bis jetzt war ich nur zu dem Schluss gekommen, dass ich mit demjenigen reden musste, der die »Bögen« gestiftet hatte. Ich war mir zu neunundneunzig Prozent sicher, dass damit Farrow's Arches gemeint waren; demnach musste der Stifter aus der Familie der Farrows stammen. Doch hier wurde es auch schon schwierig. Meinen Berechnungen zufolge hatten bislang über zwanzig Familienmitglieder die Pemberly Brown Academy besucht. Bradley und Naomi waren natürlich die Ersten, die mir in den Sinn kamen, aber sie hatten noch jede Menge Cousins, Tanten, Onkel und sogar Großeltern, die im Laufe der Jahre unsere Schule besucht hatten.

Immerhin hatte ich bereits ein bisschen recherchiert und herausgefunden, dass die Bögen von Bradley und Naomis Großvater Cornelius gestiftet worden waren. Davon abgesehen, dass der Kerl steinreich war (was für eine Überraschung!) und Clevelands größtes Immobilienunternehmen gegründet hatte, gab es nur wenig über ihn zu berichten.

Er war nicht nur der erste Afroamerikaner der Schule, sondern zugleich der erste PB-Schüler, der ein Vollstipendium für Harvard erhalten hatte. Diversen Artikeln zufolge hatte er Farrow's Arches gestiftet, um seiner Dankbarkeit gegenüber der Bildung Ausdruck zu verleihen. Als er seiner Zukünftigen während der Zeremonie einen Heiratsantrag machte, war die Einweihung von Station 10 perfekt.

Mir war klar, dass ich zwangsläufig bei Naomi oder Bradley anfangen musste, aber bei der Vorstellung, sie anzusprechen, wurde mir übel. Was sollte ich schon sagen? »Ach, übrigens, Naomi, ich hab da so eine E-Mail bekommen. Ich glaube, du könntest etwas über Grace' Tod wissen. Also spuck's aus! Ach, und sorry noch mal, dass ich letzte Woche beim Turnier einfach so abgehauen bin.« Oder besser noch: »Bradley, ich weiß, unsere Beziehung ist ein bisschen verkrampft seit diesem ›Kuss‹ letztes Jahr, aber du musst mir die Wahrheit sagen – hast *du* die Kapelle angezündet?«

Beefany klopfte erneut mit ihrem Minihammer aufs Pult, und ich fragte mich unwillkürlich, ob sie und Taylor sich wohl das gemeinsame Sorgerecht für dieses dämliche Ding teilten. Ich stieß ein leises Schnauben aus, als ich mir vorstellte, wie Taylor den Hammer jedes zweite Wochenende gewaltsam aus Beefanys fleischigen Händen befreite.

»Wie bitte, Kerry? Willst du was hinzufügen?«, fuhr Beefany mich vom Rednerpult aus an. Ihre raue Stimme war urplötzlich zurückgekehrt.

»Ähm, ich heiße Kate, und … nein«, stammelte ich.

»Na schön, Cade. Unser heutiger Tagesordnungspunkt lautet Homecoming. Ich brauche dringend Hilfe, um die Plakate in der Schule aufzuhängen. Kannst du wenigstens mit einem Tacker umgehen?«

Ich war kurz davor, ihr zu sagen, dass jeder durchschnittliche Affe mit einem Tacker umgehen könne, aber Taylor durchbohrte mich von ihrem Thron am Rande des Geschehens aus mit einem weiteren eisigen Blick, und mit einem Mal spürte ich, wie ich nickte. Beefany und die Oberzicke hatten das ganze letzte Jahr über so getan, als würde ich nicht mal existieren, und jetzt wollten sie auf einmal, dass ich mit ihnen Plakate aufhängte? Sicher war dies ein Zeichen der drohenden Apokalypse.

»Dann mal los, Leute. Ihr wisst, was ihr zu tun habt.« Beefany kam mit einem eindrucksvollen Tacker auf mich zustolziert. »Also los, Cade. Schnapp dir die Plakate und bleib an uns dran.« Ich warf einen Blick auf Taylor und stellte fest, dass sie sich nicht mal die Mühe machte aufzustehen. Stattdessen standen etliche Leute Schlange, um mit ihr zu reden. Wie bei einer Audienz. Unfassbar.

Beefanys fleischige Finger schlossen sich um meinen Bizeps und schleiften mich zu einer Pinnwand vor dem Klassenraum. Sie drückte mir eines der Plakate in die Hand und deutete an, ich solle es hochhalten. Bevor ich das Plakat richtig ausgebreitet hatte, fing sie an, wie wild mit dem Tacker darauf loszugehen. Offenbar hatte sie nicht die Absicht, Heftklammern zu sparen.

»Hab ich dich nicht letzte Woche mit Liam Gilmour bei Starbucks gesehen?«, fragte sie, während sie Tackermunition nachfüllte.

Mir war nie aufgefallen, wie ebenmäßig ihre olivbraune Haut

war, bis ich unmittelbar neben ihr stand. Beefany war eindeutig hübscher, als ich es ihr zugestanden hatte. Geradezu exotisch.

»Ähm, stimmt«, war alles, was ich hervorbrachte.

»Nimm dich in Acht. Du weißt doch, was man so sagt, von wegen *Drogengeld*.« Bei dem Wort »Drogengeld« verebbte ihre Stimme zu einem ehrfürchtigen Flüstern.

»Das scheint dich aber auch nicht davon abzuhalten, dich ihm an den Hals zu werfen«, sagte ich, ohne groß darüber nachzudenken. *Mann, Kate, überhaupt nicht eifersüchtig, wie?*

Beefany blieb abrupt stehen und wirbelte herum, um mir direkt in die Augen zu blicken.

»Lass die Finger von Liam Gilmour. Du weißt nicht das Geringste über ihn, Cade. Vertrau mir, es ist das Beste für dich.«

Sie wartete nicht auf meine Antwort, sondern drehte sich um und ging mit gestrafften Schultern weiter, während ihre schwarzen Haare mit jedem Schritt sanfte Wellen schlugen. Als wir um die Ecke bogen, stießen wir um ein Haar mit Liam zusammen. Auf dem leeren Gang musste er jedes Wort gehört haben.

Ich warf einen Blick auf Beefany, um ihre Reaktion zu beobachten, aber Liams Gegenwart schien sie nicht im Geringsten aus der Fassung zu bringen. Ich schätze, Mädels wie Beefany wissen nicht mal, was Verlegenheit überhaupt ist.

»Hab ich recht oder hab ich recht, Liam? Sie sollte lieber die Finger von dir lassen, oder?« Er öffnete den Mund, um etwas zu entgegnen, doch Beefany drückte ihm einen Finger auf die Lippen. »Wir sollten uns mal unterhalten.« Ihre scharfen braunen Augen bohrten sich in meine, während sie Liam gegenüber hinzufügte: »Unter vier Augen.«

Ich versuchte seine Reaktion einzuschätzen. Für jemanden, der vorgab, den Beefeater und seine Königin leidenschaftlich zu hassen, lenkte er erstaunlich leicht ein. Ich war einmal mehr verwirrt. Warum hatte Beefany ihn derart in der Hand? Hatten die beiden eine gemeinsame Vergangenheit?

Sie traten in eine Nische, und Beefany zischte Liam irgendetwas ins Ohr, den Arm um seine Taille geschlungen. In diesem Moment wirkte er extrem unterwürfig, so gar nicht wie der Liam Gilmour, von dem ich glaubte, ihn ein wenig zu kennen.

Unser kleines »Date« bei Starbucks kam mir vor wie ein Hirngespinst, unser Treffen auf dem Flur wie eine geistige Täuschung. Vermutlich hatte Taylor Beefany darauf angesetzt, Liam als experimentelles Foltermittel einzusetzen. Ich konnte sie fast flüstern hören: »Lass uns versuchen, Kate weiszumachen, dass endlich mal ein Typ auf sie steht. Das wird ein Spaß!«

Sobald die beiden ihre Unterhaltung beendet hatten, schenkte mir Liam sein patentiertes Jungennicken und verschwand. Er ließ mich einfach links liegen. Ich hasste es, wenn Typen das taten. Jedes Mal fühlte ich mich an diesen Abend mit Bradley erinnert. Und an meine eigene Dummheit.

Beefany kehrte zu mir zurück. »Nichts für ungut«, trällerte sie in derselben Kreide-auf-Tafel-artigen Stimme, die sie bei ihrem Vortrag im *Concilium* benutzt hatte. Wenn man bedachte, dass sie den Tacker geradewegs auf meine Brust gerichtet hielt, klang ihr Kommentar eher nach einer Drohung als nach einer Entschuldigung.

Ich dachte darüber nach, mir den Tacker zu schnappen und mein Elend zu beenden, doch stattdessen nickte ich nur und trottete ihr stumm hinterher. Manchmal war es leichter so.

Kapitel 22

Vor Station 5 blieb ich stehen: dem Strafarbeitsraum oder besser gesagt dem buchstäblich übelsten Ort der Schule. Über dem Eingang stand nämlich in großen Lettern *Abyssus abyssum invocat.* »Ein Übel zieht das andere nach sich.«

Herzlichen Glückwunsch.

Zum tausendsten Mal, seit ich aus dem Bett getaumelt war, verfluchte ich gähnend die Verwaltung, weil sie Strafarbeiten noch vor die erste Stunde legte. Den Tag mit einem solchen Übel zu beginnen, war in mehrfacher Hinsicht grausam, aber ich schätze, darin bestand wohl gerade der Sinn der Sache. Entweder das oder man wollte verhindern, dass die Strafarbeiten mit dem nachmittäglichen Sportprogramm kollidierten. Man muss eben Prioritäten setzen.

Heute verbrachte ich meine fünfundvierzig Minuten damit, abwechselnd auf den Sekundenzeiger der Uhr und auf die Speichelpfütze zu starren, die sich auf Porters inzwischen ramponierter Ausgabe von *Unterwegs* bildete. Hatte ich eigentlich erwähnt, dass er und ich die einzigen Personen im Raum waren? Okay, mal abgesehen von Mr McAdams, meinem uralten Geschichtslehrer. Ich fragte mich, wie der Schulleiter ihn dazu bewegen mochte, diese morgendlichen Strafarbeitsschichten zu übernehmen. Vermutlich war der Ärmste auf Bewährung oder so. Brutal.

Der lang ersehnte Gong riss Porter aus dem Schlaf und zwang Mr McAdams dazu, von seiner Tageszeitung aufzublicken

»Raus mit euch beiden«, murmelte er. »Übrigens, morgen früh sind wir unter uns, Kate.«

Dagegen musste es doch irgendein Gesetz geben. Ich würde einfach mal meinen Vater fragen.

Ehe ich all meine Bücher zusammengerafft hatte, öffnete sich unerwartet die Tür und herein kam Mr Farrow, Geschäftsführer der Baufirma Farrow, Vorsitzender des Schulvereins und zum dritten Mal in Folge von den Mädels der Oberstufe zum *Sexiest Father Alive* gewählt. Das versprach, interessant zu werden.

»Mr McAdams?«, fragte Mr Farrow. »Clayton Farrow.« Er trat mit ausgestreckter Hand auf ihn zu. »Der Schulleiter hat mich zu Ihnen geschickt. Meine Tochter, Naomi, hat bei Ihnen Geschichte.«

Während die beiden Hände schüttelten, schweifte Mr Farrows Blick durch den Raum und blieb an mir hängen.

»Oh ja, Naomi. Ich habe die E-Mail erhalten, dass sie diese Woche fehlen wird. Kommen Sie mit ins Lehrerzimmer, dann gebe ich Ihnen die Hausaufgaben mit.«

Mr Farrows Lächeln entblößte zwei Reihen makellos weißer Zähne. »Fantastisch. Ich bin sofort bei Ihnen. Ich muss nur noch schnell ein paar Bücher aus ihrem Spind holen.«

Als ich mich unauffällig aus dem Raum schleichen wollte, spürte ich plötzlich eine starke Hand auf meiner Schulter. »Wir haben dich beim Tennis vermisst, Kate.«

Mr Farrows Blick bohrte sich in mich, und für einen lächerlichen Augenblick lang hatte ich das Gefühl, er könne meine Gedanken lesen. Vielleicht war das eine der besonderen Fertigkeiten, die einem in Harvard vermittelt wurden. »Mir fehlt das Training auch«, sagte ich mit einem bedauernden Lächeln. Es war die Wahrheit.

»Würde es dir etwas ausmachen, mich zu Naomis Spind zu führen?«

Ich riss die Augen auf und widerstand dem Drang, *bingo!* zu rufen. Grace' E-Mail schoss mir durch den Kopf. *Die Wahrheit liegt beim Stifter.* Ich bekam nicht nur unerwartet die Gelegenheit, Mr Farrow ein paar Fragen zu stellen, ich konnte zudem einen Blick in Naomis Spind werfen. Das konnte nur ein Zeichen von Grace sein.

»Kein Problem, Mr Farrow. Kommen Sie mit.«

Wir gingen den Gang hinunter und begegneten unterwegs einigen Schülern, die gerade ihre Bücher für die erste Stunde aus den Schränken holten.

»Wie geht es Naomi?« Ich hatte keine Ahnung, wie ich meine Befragung beginnen sollte.

»Oh, es geht ihr bestens.« Er blickte sich um. »Kannst du ein Geheimnis für dich behalten?«

Ich nickte. Nicht übel! Wir unterhielten uns gerade mal zehn Sekunden, und Mr Farrow vertraute mir bereits Geheimnisse an.

»Naomi wird an Chris Everts Tenniscamp teilnehmen, das morgen anfängt. Wir haben sie auf den letzten Drücker noch reinbekommen, aber da ich selbst im Vorstand sitze, dachten wir uns, das ist vermutlich nicht der beste Grund, um sie für drei Tage vom Unterricht zu befreien. Daher haben wir uns offiziell für eine Mandelentzündung entschieden.«

Ich lächelte und versuchte mir meine Enttäuschung nicht anmerken zu lassen. Hatte ich allen Ernstes erwartet, er würde mir erzählen, dass Naomi nicht zur Schule käme, weil sie Schuldgefühle wegen Grace' Tod hatte?

»Oh, toll. Freut mich, dass es ihr gut geht.« Ich überlegte fieberhaft, wie ich ihn dazu bringen konnte, über Grace zu reden, statt über dieses dämliche Tenniscamp.

»Hat der Vorstand eigentlich schon entschieden, ob für Grace eine Gedenktafel oder so was errichtet werden soll?« Ich versuchte, möglichst beiläufig zu klingen, doch das Mitgefühl in Mr Farrows Gesicht verriet mir, dass ich kläglich versagt hatte. Was ich brauchte, waren Informationen, kein Mitleid.

»Es muss wirklich schwer für dich sein, Kate. Ich hatte ganz vergessen, wie nah ihr euch gestanden habt.« Er zögerte ein wenig und sah sich erneut auf dem Gang um, als wolle er sichergehen, dass uns niemand zuhörte. »Wir haben beschlossen, im Gedenken an Grace die Kapelle wiederaufzubauen. Die Familie Farrow wird die nötigen Gelder zur Verfügung stellen. Das bleibt aber unter uns, ja? Die offizielle Bekanntmachung durch den Vorstand wird erst in ein paar Wochen stattfinden. Aber ich finde, du hast es verdient, als Erste davon zu erfahren.«

Ich wusste nicht so recht, wie ich auf die Neuigkeit reagieren sollte. Auf der einen Seite war die Geste extrem großzügig, auf der anderen kam sie mir irgendwie berechnend vor. Als wollten sich die Farrows von irgendeiner Schuld freikaufen.

»Wow … das ist echt … wow«, stammelte ich, redegewandt wie eh und je.

»Ich weiß, es ist nicht leicht, aber wir müssen alle irgendwie weitermachen.«

Ich blieb vor Naomis Spind stehen und war froh, etwas Sinnvolles sagen zu können.

»Da wären wir!«, verkündete ich mit einer kühnen Cheerleader-Geste, die mein Misstrauen überspielen sollte.

Mr Farrow blickte auf seinen Zettel und stellte die Zahlenkombination ein. Nachdem er mehrere Male am Knauf gedreht und irgendetwas in sich hineingemurmelt hatte, versuchte er den Schrank zu öffnen, doch die Tür blieb verschlossen.

Im selben Augenblick klingelte sein Handy. »Entschuldige bitte, Kate. Ich muss da kurz rangehen. Würde es dir etwas ausmachen, für mich zu übernehmen?« Er reichte mir den Zettel mit Naomis Spindkombination.

»Ähm, okay. Ich suche Ihnen die Sachen raus, die Naomi in den nächsten Tagen braucht«, erwiderte ich, doch Mr Farrow steuerte bereits auf eine Nische zu. Ich warf einen flüchtigen Blick zur Decke und bedankte mich bei Grace, wo auch immer sie gerade steckte. Dann machte ich mich an die Arbeit.

Ich schob meine Hand unauffällig in den Spind und versuchte irgendetwas herauszufischen, das mir dabei helfen könnte, Grace' E-Mail zu entschlüsseln. Ich fand ein paar leere Müsliriegelpackungen, ein altes Kaugummi und unser Tennisgruppenfoto, aber nichts über Grace.

Ich war kurz davor aufzugeben, doch mit einem Mal hörte ich ein feines metallisches Geräusch, als etwas vor meinen Füßen zu Boden fiel. Ich blickte nach unten und entdeckte einen kleinen silbernen Gegenstand.

Klein, aber oho! Ich wickelte die zierliche Kette mit dem winzigen Wappen um meinen Finger und lächelte zufrieden. Sie war identisch mit der, die Cameron mir zusammen mit Grace' Einladung überlassen hatte. Und hervorragend geeignet, um Naomi mit einem Beweisstück zu konfrontieren.

Als ich Mr Farrows schwere Schritte hinter mir hörte, schnappte ich mir Naomis Chemiebuch.

»Entschuldige bitte, Kate.« Er nahm mir das Buch aus der Hand und beugte sich vor, um die übrigen Bücher aus dem Schrank zu holen. »Vielen Dank für deine Hilfe.« Er zwinkerte mir zu und schloss die Spindtür.

»Kein Problem, Mr Farrow«, erwiderte ich mit einem dämlichen Lächeln. »Sagen Sie Naomi, viel Spaß im Camp!«

»Mach ich. Pass gut auf dich auf, ja?«

Ich nickte und drückte den winzigen Anhänger in meiner Hand.

Ich war mir nicht sicher, wo die mysteriösen E-Mails herkamen, ob Grace noch lebte oder gar als Geist mit mir kommunizierte. Ich war mir nicht mal sicher, ob ich je wieder was von ihr hören würde.

Doch eines wusste ich ganz genau: Es gab da draußen jemanden, der auf mich aufpasste.

Ich wandte den Blick erneut zur Decke und lächelte.

Kapitel 23

Ich schnappte mir meine Tasche und steuerte auf die nächstbeste Mädchentoilette zu. Sobald ich mich in einer der Kabinen eingeschlossen hatte, schaltete ich mein Handy ein und wählte Naomis Nummer. Sie ging beim ersten Klingeln ran und klang irgendwie besorgt.

»Kate? Alles in Ordnung?«

»Oh, ähm, ja … einigermaßen. Aber ich muss dringend mit dir reden. Ich bin gerade deinem Vater begegnet, daher weiß ich, dass du heute ins Tenniscamp fährst. Hättest du vielleicht vorher kurz Zeit, dich mit mir zu treffen?« Ich hörte, wie die Toilettentür auf- und zuging. Eine Mädchenstimme, die beunruhigend nach Beefany klang, fragte eine andere, ob ihre Beine in den Schuhen zu fett aussähen.

»Ich weiß nicht«, erwiderte Naomi. »Ich muss noch packen, und du kannst auch nicht einfach blaumachen …«

»Bitte«, flüsterte ich. »Es ist echt wichtig. Außerdem habe ich noch fünfzehn Minuten bis zum ersten Klingeln.«

»Okay, okay. Wir treffen uns bei den Tennisplätzen. Ich sag meiner Mutter einfach, ich will vor dem Flug heute Nachmittag noch ein bisschen trainieren.«

»Super! Bis gleich.«

Wie versprochen fuhr Naomi wenige Minuten später mit dem Wagen vor. Ich ballte die Hand zur Faust und vergrub Naomis Anhänger sicher in meiner Handfläche.

»Hallo.« Sie steuerte auf die verwitterte Bank zu, auf der ich mich niedergelassen hatte.

Naomi trug eine tief geschnittene Jeans mit einem makellos weißen Hemd und dazu eine Halskette mit goldenen Perlen und goldfarbene Ballerinas. Ihr Outfit kostete vermutlich mehr als meine gesamte Garderobe. Kaum vorstellbar, dass jemand, der so gut aussah, die Schulkapelle in Brand gesteckt haben sollte.

»Danke, dass du gekommen bist. Du hast deiner Mutter wohl doch nicht erzählt, dass du trainieren willst, oder?« Ich schloss mein Faust noch fester um die Kette, mit einem Mal nervös.

»Nein, sie war dagegen. Stattdessen hab ich ihr erzählt, ich hätte mein Glücksoutfit im Spind vergessen.« Naomi ließ sich neben mir auf die Bank sinken. »Also, was gibt's denn so Dringendes?«

Ich öffnete meine Hand und zeigte ihr den Anhänger. »Den hab ich in deinem Spind gefunden.« Aufmerksam studierte ich ihre Reaktion.

Naomis Augen weiteten sich, und sie blickte flüchtig zu mir auf, um im nächsten Moment wegzusehen. »Ist ja komisch. Ich hab das Ding noch nie gesehen. Was hast du überhaupt in meinem Spind gesucht?«

»Ich hab deinem Dad geholfen, die Bücher für die nächsten Tage rauszusuchen«, erwiderte ich und blickte ihr direkt in die Augen. »Was steckt dahinter, Naomi? Ich weiß, es hat irgendwas damit zu tun, was Grace zugestoßen ist.«

Naomi versuchte, nach dem Anhänger zu greifen, doch ich schloss rasch meine Hand. So leicht kam sie mir nicht davon.

»Verrate mir dein Geheimnis, und ich geb ihn dir zurück.«

»Es ist nicht mein Geheimnis.« Naomi fuhr mit dem Zeigefinger über die Inschrift »G + C = ewige Liebe«, die jemand in die Rückenlehne der Bank geschnitzt hatte. Schließlich blickte sie zu mir auf. »Wenn ich dir von der Nacht erzähle, gibst du ihn mir dann zurück?«

»Kommt darauf an.«

Sie betrachtete das ausgefranste Herz und die darin gefangenen Buchstaben und seufzte. »Ich habe in der Nacht des Feuers etwas beobachtet. Eigentlich hätte ich selbst in der Kapelle sein sollen, aber ich war spät dran, und als ich endlich da ankam … da …« Sie schob den Gedanken beiseite und sah mich an. Ihre wundervollen Augen wirkten verzweifelt; sie flehten mich geradezu an, sie zu verstehen.

»Ich hatte keine Ahnung, dass Grace dadrin war. Aber ich … ich hab jemanden weglaufen sehen. Einen Jungen mit Jeans und längerem dunklem Haar. Ich hab nur die Rückseite seines Rolling-Stones-T-Shirts erkannt. Weißt du, dieser Mund mit der raushängenden Zunge?«

»Die Beschreibung trifft auf neunzig Prozent der Jungs an unserer Schule zu.«

»Ich weiß … aber … mehr kann ich dir nicht sagen. Ich hab schon viel zu viel gesagt …« Sie sah sich hektisch um, als hätte sie Angst, erwischt zu werden.

»Du hast also auch eine Einladung bekommen?«, fragte ich, obwohl ich die Antwort längst kannte.

»Wart mal kurz.« Sie lief zum Auto, öffnete die Beifahrertür und setzte sich auf den Sitz, während ihre langen Beine seitlich heraushingen. Als sie gefunden hatte, wonach sie suchte, kehrte sie zu mir zurück.

»Hier«, sagte sie und streckte mir die Einladung entgegen. Sie war identisch mit den beiden anderen, nur dass sich die Skizze diesmal in der rechten oberen Ecke befand. »Ich hoffe, das hilft.«

Ich öffnete meine Schultasche und zog Grace' Einladung aus dem Innenfach. Dann legte ich die beiden Karten nebeneinander, doch erst als ich sie über Eck legte, ergänzten sich die Skizzen zu einem halben Wappen. Ich konnte kaum glauben, dass ich nicht eher darauf gekommen war.

»Ist die von Grace?«, wisperte Naomi.

»Ja.«

Naomi starrte in den Wald. »Wenn du irgendwem davon erzählst, werde ich lügen und sagen, du hättest die Karte irgendwo gestohlen.« Die Stimmung veränderte sich ein wenig. »Und glaub mir, du willst dir meine Freunde nicht zum Feind machen.« Sie schob die Nagelhaut ihres Daumens zurück. »Du bist nah dran. Vermutlich *zu* nah.«

»Wer war noch dabei?«

Naomi seufzte und fuhr sich mit den Händen durchs Haar. »Das kann ich dir echt nicht verraten. Aber ich verspreche dir, keiner von denen hat etwas mit Grace' Tod zu tun.«

»Bitte …« Ich war bereit, sie anzuflehen, doch Naomi schüttelte nur den Kopf und stand auf, um zu gehen. Sie zögerte, ehe sie ins Auto stieg, doch sie sagte kein Wort.

Ich starrte auf die Karten und war mir absolut sicher, dass meine fehlende Einladung eine weitere Ecke des Wappens ergänzt hätte. Doch wer hatte das vierte Puzzleteil?

Kapitel 24

Meine Eltern arbeiteten mal wieder länger. Ich nutzte die zwanzig Dollar, die auf der Arbeitsplatte lagen, um mir mein Lieblings-Pad-Thai-Gericht zu bestellen. Keine Ahnung, ob es an der Erdnusssoße, der Einsamkeit oder dem winzigen Anhänger lag, den ich den ganzen Tag über angestarrt hatte, aber irgendwie versank ich nur so in Selbstmitleid.

Ich schob meinen Schreibtischstuhl vor den Kleiderschrank und holte eine weitere Kiste mit Erinnerungsstücken von Grace herunter. Um den Heilungsprozess zu unterstützen, hatte mir Dr. D. geraten, alles wegzupacken, das mich besonders an Grace erinnerte. Theoretisch sollte das meine Besessenheit von ihrem Tod ein wenig dämpfen, doch in Wirklichkeit dachte ich nur umso mehr an die Boxen, die auf dem oberen Regalbrett meines Kleiderschranks in Reih und Glied standen. *Vielen Dank, Dr. D.*

Sobald ich den Deckel anhob, konnte ich sie riechen. Eine Mischung aus Vanille und Johnson's Baby Shampoo (sie schwor darauf) – durch und durch Grace. Diverse Tops, Pullis, T-Shirts, Kleider und sogar eine Jeans lagen in der Kiste – alles Klamotten von Grace. Zumindest ehemals.

Wir hatten ständig Klamotten getauscht. Grace suchte sich die Sachen heraus, die ihre Mutter sie nicht kaufen ließ, und ich bekam Grace' ausgemusterte Kleidungsstücke, an denen teilweise noch die Preisschilder baumelten. Ich griff tief in die Kiste und zog behutsam mein Lieblingsstück hervor. Grace' orangefarbenen Kaschmirpulli. Sie hatte ihn mir für eine Schulparty in der achten Klasse geschenkt.

»Der steht dir eh besser als mir«, hatte sie gesagt. Was Geschenke anging, war Grace ebenso impulsiv wie bei allen anderen Dingen in ihrem Leben. »Ein echter Blickfang.« Ich glaubte ihr kein Wort, aber am Abend der Party, als das Orange des Pullis auf mein Gesicht abstrahlte und meine Haut zum Glühen brachte, fühlte ich mich so hübsch wie nie zuvor.

Ich zog den Pulli über mein T-Shirt, schloss die Augen und stellte mir vor, all der Schmerz und die Traurigkeit des vergangenen Jahres hätten nie existiert. Wie auf Kommando hörte ich das *ding!* einer neuen E-Mail auf meinem Laptop.

Noch bevor ich mein Postfach geöffnet hatte, wusste ich, die Mail war von ihr.

An: KateLowry@pemberlybrown.edu
Gesendet: Dienstag, 21:03
Von: GraceLee@pemberlybrown.edu
Betreff: Re: (kein Betreff)

Die Worte stehen an der Wand.
Blicke tief ins brownsche Herz.
Unsere Zeit ist fast abgelaufen.
Sie werden dich finden.

Mein Magen verkrampfte sich, während ich die letzte Zeile wieder und wieder las.

Sie werden dich finden.

Ich hatte keine Ahnung, wer mit »sie« gemeint war; ich war mir nicht einmal sicher, ob es überhaupt eine Rolle spielte. Das Einzige, was zählte, war, die Wahrheit endlich ans Licht zu bringen.

Mein Blick wanderte zurück zu der Kiste mit den Erinnerungsstücken. Vermutlich hatte Dr. D. recht. Es war an der Zeit, die Vergangenheit hinter mir zu lassen. Ich zog mir den Pulli über den Kopf, faltete ihn sorgfältig zusammen und legte ihn zurück in die Kiste. So viel mir meine Erinnerungen auch bedeuteten, sie würden Grace nicht zurückbringen. Aber die Wahrheit über die Ereignisse in jener Nacht aufzudecken, vielleicht schon.

Kapitel 25

Die Sommerhitze hatte sich geschlagen gegeben, um einem perfekten Herbstmorgen Platz zu machen, doch ich war viel zu müde, um das Wetter wirklich zu genießen. Anstatt zu schlafen, hatte ich die ganze Nacht damit verbracht, Grace' E-Mail zu lesen und den Riegel meines Fensters zu überprüfen.

Während er seinen Toast aß, erzählte mir Seth irgendwelchen Quatsch über die Geheimdienstaktivitäten der neuen Nachbarn. Er könne nicht mit Sicherheit sagen, ob sie für den CIA oder für Russland arbeiteten, aber angeblich hätten sich beide nachts mit Funkgeräten am Ohr aus dem Haus geschlichen.

Ich war zu neunundneunzig Prozent davon überzeugt, dass die beiden lediglich eine unglückliche Ehe führten und mit ihren Bluetooth-Headsets heimlich ihre Geliebten anriefen. Aber anstatt Seth' Geheimdienstfantasien zu zerstören, mogelte ich mich mit wohl platzierten »Hmmms« und »Ahas« durch die Unterhaltung.

Meine Gedanken waren ganz woanders, aber ich konnte es nicht ändern. Eine Zeile aus Grace' E-Mail ging mir einfach nicht aus dem Kopf.

Blicke tief ins brownsche Herz.

Gibt es eigentlich irgendein Gesetz, das Geister dazu verpflichtet, in Rätseln zu sprechen? Warum konnte Grace mir nicht einfach sagen, was Sache war?

Ich hatte mir buchstäblich die Finger wund gegoogelt, um irgendetwas über das »brownsche Herz« herauszufinden. Die Anspielung bezog sich zweifellos auf die ehemalige Jungenschule und höchstwahrscheinlich auf die drei alten Gebäude, die sich am Rand des heutigen Campus befanden.

Allerdings war ich mir ziemlich sicher, dass die Gebäude nur noch zu Lagerzwecken benutzt wurden, und ich wusste ohne jeden Zweifel, dass sie abgeschlossen waren. Selbst wenn ich es irgendwie schaffte, das richtige Gebäude zu identifizieren und hineinzugelangen, woher sollte ich wissen, wonach ich suchte?

Mir blieb nur eine einzige Möglichkeit.

»Seth.« Er schien seine imaginäre Unterhaltung mit mir zu genießen, denn er merkte nicht einmal, dass ich ihm ins Wort fiel. »Seth!« Diesmal versetzte ich ihm einen Stoß mit dem Ellbogen. Er rieb sich die Rippen und hörte endlich auf zu reden, um mich anzusehen. »Wofür werden die alten Brown-Gebäude benutzt?«

Er brauchte einen Moment, um die scheinbar bezugslose Frage zu verarbeiten. Ich konnte fast hören, wie sich die Rädchen in seinem Kopf drehten.

»Überwiegend als Lagerräume. Am Schuljahresende entrümpeln die Lehrer ihre Fachbereichsschränke und sortieren alte Lehrbücher, Schülerakten und anderen Krempel aus, um das Zeug dort abzuladen. Warum?«

»Wir machen in Kunst gerade so ein Projekt über die Architektur der brownschen Gebäude, deshalb wollte ich sie mir mal ansehen.«

»Ich kann dich da reinschleusen. Wir gehen nach der Schule zusammen rüber. Komm einfach ins Sekretariat.«

Ich ließ meinen Kopf gegen die kühle Fensterscheibe sinken. Mir fehlte momentan die Energie, mir eine Erkundungstour vorzustellen, bei der Seth mir fortwährend ins Ohr quatschte. Als ich aus dem Schulbus stieg, fragte ich mich, warum das Ganze nicht ein bisschen leichter sein konnte. Warum konnte ich nicht mal eben über den Campus rennen, die Tür zum brownschen Herz aufstoßen und einen dicken, fetten Hinweis von Grace vor mir sehen?

Zum einen konnte ich es mir nicht erlauben, schon wieder den Unterricht zu schwänzen; ich hatte mit Müh und Not zwei Tage Strafarbeit überstanden (einen davon allein mit Mr McAdams – anscheinend gab es doch kein Gesetz dagegen, zumindest nicht, so lange die Klassentür offen stand, und das tat sie zum Glück). Zum anderen stand ich längst auf Mr Sinclairs Abschussliste. Ganz zu schweigen von meinen Eltern, die kurz davor waren, Dr. D. die Erlaubnis für eine Schocktherapie zu erteilen, um mir meine Grace-Obsession gewaltsam auszutreiben. Schlimmer noch (und weitaus beängstigender) war die Tatsache, dass mir irgendjemand auflauerte. Jemand, der nicht mal vor Drohungen zurückschreckte, um seinen Willen durchzusetzen.

Anstatt mich daher auf direktem Wege zu den alten Brown-Gebäuden zu begeben, folgte ich dem Labyrinth von Gängen zu meinem Spind und begnügte mich vorerst mit einer mentalen Erkundungstour des Campus, auf der Suche nach irgendwelchen imaginären Hinweisen. Nachdem ich meine Spindkombination dreimal falsch eingegeben hatte, riss ich mich zusammen und konzentrierte mich auf die Zahlen. Plötzlich sagte hinter mir jemand: »Hallo, Kate.« Ich fuhr zusammen, riss ruckartig die metallene Spindtür auf und schlug sie mir vor den Kopf – in der angegebenen Reihenfolge.

Liam.

»Heilige Sch… « Ich fasste mir an mein pochendes Herz.

»Sorry, ich … hatte nicht vor, dich zu erschrecken. Ich wollte nur Hallo sagen.«

Ohne ein Wort zu erwidern, wandte ich mich meinem Schrank zu. Glaubte er allen Ernstes, er konnte mich so vor Beefany erniedrigen und dann ein paar Tage später an meinem Spind aufkreuzen und mit mir flirten?

»Dann hast du wohl plötzlich die Erlaubnis bekommen, mit mir zu reden, oder wie? Hat Bethany nichts dagegen?«

Er errötete, und ich spürte, wie ich schwach wurde. Gott, warum mussten Jungs, die rot wurden, nur so unglaublich süß aussehen?

»Ich … na ja … das ist eine lange Geschichte. Ich … ich weiß auch nicht. Es ist … nicht so.« Er blickte abrupt zu Boden, mit einem Mal fasziniert von seinen Schuhen.

»Ich hätte es dir fast abgekauft.« Genervt schnappte ich mir mein Englischbuch und knallte den Spind zu.

»Auch egal«, erwiderte Liam und wandte sich ein wenig ab. »Genug von Bethany. Ähm …« Er begegnete flüchtig meinem Blick, ehe er erneut auf seine Schuhe starrte. »Ich wollte dich nur fragen, ob wir nicht mal was zusammen machen wollen. Wenn Konzerte nicht so dein Ding sind, dann könnten wir doch noch mal einen Kaffee trinken oder so.«

Ich starrte ihn entgeistert an. Was zum Teufel wollte Liam eigentlich von mir? Er schien mich eindeutig zu mögen, aber zugleich gab es da irgendeine Geschichte mit Beefany, die anscheinend noch nicht vorbei war.

»Sorry. Kein Interesse.«

»Hör zu. Das Ganze ist irgendwie dumm gelaufen. Gib mir noch eine Chance. Ich überzeuge dich vom Gegenteil.«

Er sah mich an und lächelte dieses atemberaubende Lächeln. Ich wollte liebend gern Ja sagen. Ich wollte mehr Zeit mit ihm verbringen, wollte herausfinden, warum er jeden Quadratmillimeter seines Heftrands mit Zeichnungen und Cartoons vollkritzelte, wollte wissen, wie er dazu kam, Bandplakate zu entwerfen, oder warum er so auf Musik stand, und ich wollte wissen, ob er tatsächlich den Schulleiter bestochen hatte, um an der PB aufgenommen zu werden. Ich wollte all das wissen und noch viel mehr. Ich wollte den wahren Liam Gilmour kennenlernen.

Dann bemerkte ich aus dem Augenwinkel heraus Bradley Farrow, der nicht weit von uns entfernt vor seinem Spind stehen blieb. Er nickte in meine Richtung und schenkte mir jenes verschwörerische Grinsen, das in mir den unbändigen Drang weckte, ihm seine perfekten weißen Zähne auszuschlagen.

»Kate? Kate? Bist du noch da?« Liam sah mich erwartungsvoll an, sein Lächeln hoffnungsvoll und ein wenig verlegen.

»Okay, lass uns was zusammen unternehmen«, erwiderte ich, während mein Blick zurück zu Bradley wanderte. »Aber vermassel's nicht!« Ich schaffte es, für einen Moment ernst zu bleiben, doch dann zuckten meine Mundwinkel nach oben.

»Wie wär's mit heute nach der Schule?«

»Im Prinzip gern, aber meine Eltern haben mich dazu verdonnert, am *Concilium* teilzunehmen. Vielleicht könnte ich ja heute mal schwänzen.« In der Hoffnung, dass niemand mein Fehlen bemerken würde. Ich hatte ohnehin nicht viel beizutragen.

»Cool, dann sehen wir uns nach der Neunten auf dem Parkplatz.«

Verdammt. Ich hatte mein Date mit den ruinösen Brown-Gebäuden vergessen. Kleine Planänderung.

»Ähm, würde es dir etwas ausmachen, wenn wir uns erst um

vier treffen? Ich muss Ms Haverton noch was wegen Trigonometrie fragen.« Ich war mir nicht sicher, wie lange meine Brown-Exkursion dauern würde. Hoffentlich würde eine Stunde reichen, um zu finden, wonach ich suchte.

»Kein Problem«, sagte Liam. »Dann also bis um vier.«

Ich musste mich stark zusammenreißen, um mir das fette Grinsen zu verkneifen, das sich auf meinem Gesicht breitmachen wollte.

Den Rest des Tages schwebte ich auf Wolke sieben. Vor lauter Aufregung vergaß ich sogar fast, mir über meine tote beste Freundin und irgendwelche geheimnisvollen Wörter an der Wand Gedanken zu machen.

Aber auch nur fast.

Kapitel 26

Der Sekundenzeiger der schwarz-weißen Wanduhr über der Tafel war qualvoll zu beobachten. Er zog seine langen, geduldigen Kreise an jeder einzelnen Ziffer vorbei. Die Uhr hatte keine Eile. Aber ich.

Sobald der Gong ertönte, schnappte ich mir meine Sachen und stürmte zu Station 3, wo Seth mich erwartete. Mir blieb etwa eine Stunde Zeit, um das zu finden, wonach ich suchte.

Faber est suae quisque fortunae. Im Geiste wiederholte ich die lateinischen Worte, die über der Glastür des Sekretariats standen. »Jeder [oder in meinem Fall jede – diese Römer waren echt sexistisch] ist seines Glückes Schmied.« Seth, mit all seinen Vor- und Nachteilen, war vor allem eines: ein Zeitfresser. Und im Moment arbeitete die Zeit gegen mich. Als ich um die Ecke bog und eine ziemlich hoffnungslose Gruppe Ersti-Jungs entdeckte, beschloss ich spontan, die Dinge selbst in die Hand zu nehmen. Diese sexistischen Römer wären zutiefst schockiert gewesen.

»Hey!«, rief ich, aber niemand schenkte mir Beachtung. »Hey Jungs!« Plötzlich wirbelten sieben Köpfe herum und blickten zu mir hoch. Ich kam mir vor wie Schneewittchen, dabei war ich nicht mal besonders groß, die waren einfach extrem klein.

»Im Sekretariat werden Donuts verschenkt.« Ich schob mich an ihnen vorbei und ging auf Seth zu, der mit verschränkten Armen an der Glasfront des Sekretariats lehnte, ein Schlüsselbund in der Hand.

Ich überlegte kurz, zu ihm hinzurennen, mir die Schlüssel zu schnappen und allein in Richtung Brown-Gebäude zu stürmen. Ich wusste, ich konnte Seth mühelos abhängen, aber ich wusste auch, dass es ihm das Herz brechen würde, und dazu war ich gerade nicht in der Stimmung.

»Hallo. Danke, dass du auf mich gewartet hast.« Während ich mich zu Seth gesellte, stürmten die Erstis an uns vorbei ins Sekretariat. Ich runzelte besorgt die Stirn. »Ich frage mich, was die wohl wollen.«

Seth reckte verwirrt den Hals und stellte sich auf Zehenspitzen, um durch die Scheibe zu spähen. »Ich muss da wieder rein. Mrs Newbury braucht Verstärkung. Wir müssen die Brown-Gebäude wohl ein andermal erkunden.« Seth machte Anstalten reinzugehen, aber ich legte ihm eine Hand auf den Arm.

»Ich habe einen Abgabetermin.« Ich versuchte Seth' unvergleichlichen Blick eines getretenen Hundes zu imitieren. »Naomi kann doch mitkommen«, log ich. Mir war klar, dass Seth mich niemals allein gehen ließe. »Ich bringe die Schlüssel auch sofort zurück, versprochen.« Wäre ich dazu in der Lage gewesen, hätte ich mit dem Schwanz gewedelt.

Seth dachte so lange er konnte über meinen Vorschlag nach. Mrs Newbury debattierte derweil mit erhobenen Händen und hilflosen Blicken. Sie schien ziemlich verwirrt, wenn nicht sogar verängstigt. Mit Donuts war eben nicht zu spaßen.

»Okay, aber du darfst niemandem was verraten, und du musst sofort zurückkommen. Und ich meine, sofort! Wenn irgendwer rausfindet, dass ich dir meine Schlüssel geliehen habe, bin ich tot. Ein toter Mann, Kate!« Seine Augen quollen bedrohlich hervor.

Nachdem Seth mir erklärte hatte, welche Schlüssel ich ausprobieren sollte, stürmte ich aus dem Gebäude. Ich schätze, über zu wenig Bewegung musste ich mir trotz des mangelnden Tennistrainings keine Gedanken machen. Bei dem ständigen Rumgerenne hätte ich mich glatt für einen Cross-Country-Lauf anmelden können.

Ich rannte an einer Gruppe Erstis vorbei, die draußen im Park abhingen. Wie üblich war er von kichernden Mädchen bevölkert. Wenn die Legende über einen Kuss unter den Bögen schon nicht ausreichte, um sie hierherzulocken, dann garantiert die gravierten Hochzeitssteine, die den Weg des Parks pflasterten. Fast jeder kannte ein Paar, das sich an der PB kennengelernt hatte und dessen Heirat mit einem wunderschönen Gedenkstein auf dem Hochzeitspfad verewigt war.

Es war immer wieder faszinierend zu sehen, wie inzestuös diese Schule war. Ich meine, es kann doch wohl nicht normal sein, dass Hunderte von Pärchen an derselben Privatschule ihren Abschluss machen und dann heiraten, oder? Schlimmer noch, sie vermehren sich auch noch weiter und schicken ihren Nachwuchs ebenfalls auf die PB. Ich wette, die mischen hier irgendwas ins Wasser.

Ich rannte an den Mädels vorbei, die lachten und quatschten und taten, was Teenager eben so tun, und verspürte einen Anflug von Hass. Sie erinnerten mich zu sehr daran, wie unnormal mein Leben geworden war.

Glücklicherweise beachteten mich die Mädels kaum. Ich rannte hastig den gewundenen Pfad entlang zur gegenüberliegenden Seite des Campus.

Schließlich erblickte ich die drei verbliebenen Gebäude des ehemaligen Brown-Campus. Obwohl sie von außen immer noch beeindruckend aussahen, waren sie seit Jahren nur zu Lagerzwecken benutzt worden. Der Verwaltung zufolge war eine Restaurierung nach all den Jahren der Verwahrlosung zu kostspielig; zudem lägen die Gebäude zu weit abseits, um sinnvoll genutzt zu werden.

Der Wind hob plötzlich an. Über mir ballten sich dunkle Wolken, und ich bemerkte einen Hauch von typischem Regengeruch. Ein weiteres Unwetter bahnte sich an. Wenn ich es vorher schaffen wollte, zurück zum Sekretariat zu rennen, die Schlüssel abzugeben und zu Liams Auto zu gehen, ohne komplett durchweicht zu werden, blieb mir nicht viel Zeit.

Ich lief zum nächstbesten Gebäude und probierte einen der Schlüssel. Er glitt problemlos ins Schloss, doch er ließ sich nicht drehen. Ich versuchte es mit den beiden anderen, doch ohne Erfolg. Hatte Seth vielleicht die Schlüssel vertauscht? Ich stellte mich auf Zehenspitzen und spähte durch das winzige Fenster im oberen Teil der Tür. Allzu viel konnte ich nicht erkennen.

Ich hatte nicht vor, meiner wachsenden Liste von Vergehen auch noch Einbruch hinzuzufügen, also rannte ich zum nächsten Gebäude, in der Hoffnung, dass hier einer der Schlüssel passen würde. *Bitte, Grace, hilf mir zu finden, wonach ich suche.* Ich sandte einen stillen Appell in den stürmischen Himmel, wo sich finstere Wolken ballten, und hoffte das Beste. Als ich mich der Eingangstür näherte, sah ich, dass jemand etwas in den Dreck der Fensterscheibe gemalt hatte. Ein Herz. Das brownsche Herz.

Mir stockte der Atem. Das musste es sein. Ich steckte einen der Schlüssel ins Schloss und drehte ihn hin und her. Er bewegte sich etwa einen Zentimeter, aber mehr auch nicht. Ich steckte den nächsten Schlüssel ins Schloss und versuchte mein Glück aufs Neue. Sobald ich ihn umdrehte, spürte ich, wie das Schloss nachgab. Ich hatte es geschafft. Erleichterung durchflutete meinen Körper, als ich die schwere Tür aufzog und eintrat.

Flirrender Staub tanzte im trüben Licht der Tür, kitzelte mich im Hals und in der Nase. Als die schwere Tür hinter mir zuknallte, wusste ich nicht, was schlimmer war, mein plötzlicher Anfall von Klaustrophobie oder der vom Staub hervorgerufene Hustenanfall.

Ich dachte an Grace, an ihre Beerdigung, den Sarg, ihren begrabenen Körper. In diesem Moment wünschte ich mir nichts sehnlicher, als auf dem Absatz kehrtzumachen und von hier zu fliehen. Ich wollte einfach in Liams warmes Auto klettern und dieses muffige, grabgleiche Gemäuer für immer vergessen.

Doch stattdessen zwang ich mich, mir die wahre Grace vor Augen zu führen, meine beste Freundin, die so viel mehr verdiente als all die Geheimnisse und Lügen. Ich stellte mir ihr schräges Grinsen vor und hielt mir einen Ärmel vors Gesicht, um meinen Mund zu bedecken. Dann ging ich weiter.

Geleitet von dem schwachen Licht, das durch das Fenster in der Tür fiel, lief ich den Gang hinunter. Zu meiner Linken entdeckte ich eine Metalltafel, die den Stationstafeln der Academy glich. Ich wischte eine dicke Schicht des allgegenwärtigen Staubs beiseite und las: Brownsche Knabenschule, *Cor Unum.* »Ein Herz.« Demnach befand ich mich am richtigen Ort.

Ich ging weiter den Gang entlang. Auf beiden Seiten standen Türen zu ehemaligen Klassenräumen offen, doch sie waren vollgestopft mit Kisten, Schreibtischen, Stühlen und sonstigen Möbelstücken, die das hereinfallende Tageslicht fast vollständig verschluckten. Es wurde immer dunkler und dunkler, je weiter ich mich vom Eingang entfernte. Schließlich erreichte ich das Ende des Ganges, wo sich der Flur gabelte. Ich hatte die Wahl zwischen Links und Rechts. Mist, verdammter.

Ich blickte abwechselnd in beide Richtungen, wie beim Straßenverkehrstraining, und entdeckte etwas metallisch Glänzendes an der Wand zu meiner Linken. Es war ein kleiner glitzernder Aufkleber in Herzform. Anscheinend war ich nicht die Erste, die nach dem brownschen Herz suchte. Meine Finger verweilten für einen Moment auf dem Aufkleber, während ich zu dem Schluss kam, dass man mir die Entscheidung wohl abgenommen hatte. Ich bog links um die Ecke und musste nur wenige Schritte gehen, ehe ich es entdeckte.

Ich konnte nicht mal sagen, ob es Absicht war oder nicht, aber die Tür sah aus wie ein riesiges Herz. Sie hatte oben zwei runde Wölbungen und unten schräg verlaufende Bretter, die ein lang gestrecktes V bildeten.

Ich atmete tief ein, so weit das durch den Ärmel meines Blazers überhaupt möglich war, und öffnete die Tür. Die Luft im Innern des Raums roch nach Weihrauch, aber sie war frei von Staub. Ich ließ meinen Ärmel sinken und atmete tief durch.

Der Raum war sauber und geräumig, die Decke höher als auf dem Gang. Es bestand kein Zweifel, dass er regelmäßig benutzt wurde. All das hätte ihm einen luftigen Eindruck verliehen, wenn nicht irgendwer auf die absurde Idee gekommen wäre, die Wände schwarz zu streichen. Fahles Licht drang durch die hohen rechteckigen Fenster herein, doch die dunkle Farbe schien alle Helligkeit zu verschlucken.

Rechts neben der Tür entdeckte ich einen Lichtschalter und knipste ihn aus Gewohnheit an. Schwarzlicht flutete von der Decke herab und erweckte die Wände zum Leben. Sie waren übersät mit Namen. Chase Roman. William Vaughan. Kellan Wood.

»Die Worte stehen an der Wand«, murmelte ich und sah mich ehrfürchtig um. Es waren ausnahmslos Jungennamen. Langsam drehte ich mich im Kreis und studierte die Namen, bis ich einen entdeckte, den ich kannte.

Richard Sinclair. Mir besser bekannt als Schulleiter Sinclair.

Ich zog mein Notizbuch und einen Stift aus der Tasche und machte mich an die Arbeit. »Die Worte stehen an der Wand«, schrieb ich und unterstrich den Satz drei Mal. Dann notierte ich mir Sinclairs Namen, umkreiste ihn und kritzelte einige weitere Namen aufs Papier, die mir aus irgendeinem Grund auffielen.

Als die Stille unvermittelt vom Lärm splitternden Glases zerrissen wurde, zuckte mein blauer Kuli quer über die Seite und durchkreuzte Chase Romans Namen.

Ein kleiner, in Papier gewickelter Gegenstand schlitterte über den Boden und blieb vor meinen Füßen liegen. Mein Herz erwachte jäh zum Leben und trommelte so hart und schnell, dass ich dachte, es müsste zerspringen. Ich war kurz davor, ohne die Nachricht hinauszustürmen, die da durchs Fenster geflogen war, doch meine Neugier siegte über die Angst. *Papier schlägt Stein*, dachte ich, während ich das Gummiband abfummelte und den Zettel auf meinem Oberschenkel glatt strich. In blutroter Tinte und Blockschrift las ich:

ASCHE ZU ASCHE, WIR BRINGEN DICH ZU FALL.

In der Ferne zuckte ein Blitz. Ich zählte instinktiv die Sekunden – »eins-eintausend, zwei-eintausend, drei-eintausend …« – und wartete auf den Donner. Bei vier-eintausend krachte es. Hastig stopfte ich Zettel und Stein in meine Tasche und rannte den finsteren Gang hinunter.

Die Luft um mich herum schien erfüllt von Energie, Chancen und Gefahren. Ich wusste, ich würde niemals schnell genug laufen können. Ich musste mich dem Sturm stellen.

Kapitel 27

Halb lachend, halb kreischend, rannten wir von Liams Jeep zum Eingang des Starbucks, beide mit hochgehaltenen Blazern, um unsere Haare vor dem schüttenden Regen zu schützen. Sobald wir durch die Tür traten, drehten sich alle Köpfe nach uns um wie ein Rudel pawlowscher Hunde.

»Such uns schon mal einen Platz. Ich kümmere mich um die Getränke«, sagte Liam und reichte mir seinen tropfenden Blazer. »Halbfett Frappuccino, stimmt's?«

»Ähm, sind wir uns schon mal begegnet? Ich bin ein bekennender Vollfett-Fan! Ich steh nicht auf diesen fettarmen Mist.« Ich überlegte, auch noch Sahne zu verlangen, um meine Aussage zu unterstreichen, aber ich wollte es lieber nicht übertreiben.

Stattdessen steuerte ich auf mein Lieblingssofa zu und ließ meinen nassen Körper hineinsinken. Trotz all der Peinlichkeiten mit Beefany war ich froh, erneut mit Liam hier zu sein. In seiner Nähe erschien mir die Drohung, die ich im brownschen Herzen erhalten hatte, weniger real als noch vor fünfzehn Minuten.

Doch als neben mir auf dem Sofa sein Blazer vibrierte, zuckte ich erschrocken zusammen, und das Blut rauschte mir in den

Ohren. Anscheinend war ich wohl doch nicht so entspannt, wie ich dachte. Sein Handy rutschte ein Stück aus der Tasche, und ich hoffte, wer auch immer da anrief oder schrieb, würde unserem Date kein vorzeitiges Ende setzen.

Ich rutschte unruhig mit den Schultern hin und her, aber mir wurde schnell klar, dass ich es mir in meinem klammen Oberteil unmöglich bequem machen konnte. Liam stand immer noch an der Theke und wartete auf unsere Getränke, also breitete ich die Blazer über das Sofa, um unsere Plätze zu reservieren, und verschwand auf die Toilette.

Als ich wieder herauskam, hatte ich mir unter dem Händetrockner so gut es ging die Haare geföhnt und trug statt meiner Bluse nur noch das halbwegs trockene Top darunter. Außerdem hatte ich mir Grace' Kette dreimal um den Hals geschlungen statt wie vorher nur zweimal. Liam nippte an seinem schwarzen Kaffee, und mein Mokka Frappuccino erwartete mich eiskalt und verführerisch.

Aber als ich meinen Blazer beiseiteschob, bemerkte ich einen kleinen weißen Zettel, der aus der Tasche ragte. Ich hatte mir vorhin nichts in die Tasche gesteckt. Ich hatte bewusst darauf geachtet, den Stein und die Drohung sicherheitshalber in meine Schultasche zu stecken. Mein Blick flatterte zu Liam, der mich erwartungsvoll anlächelte.

»Bin gleich wieder da«, murmelte ich, während ich den Zettel in meiner Hand versteckte. »Ich glaube, ich hab was auf der Toilette vergessen.« Genau, meinen Verstand.

Ich stürmte erneut in die Damentoilette. Nachdem ich unter alle Kabinen gespäht und mich versichert hatte, dass ich allein war, faltete ich den Zettel auseinander.

Still, still, kleine Kate. Sag nichts. Wir hören alles.

Dieselbe Blockschrift, dieselbe blutrote Tinte. Trotz meines feuchten Tops fühlte ich mich irgendwie fiebrig. Von Paranoia getrieben, suchte ich die Decke ab – aber wonach? Nach Kameras? Die Toilette kam mir mit einem Mal zu eng vor, daher stürmte ich erneut durch die Tür und sah die übrigen Gäste plötzlich mit ganz anderen Augen.

Ein Junge in einem schwarzen Regenmantel saß nur wenige Schritte von uns entfernt. Ich beäugte ihn kritisch. Ein älteres Pärchen in der Nähe des Eingangs unterhielt sich angeregt; der Mann begegnete flüchtig meinem Blick und sah dann erneut seine Partnerin an. Beobachtete er mich etwa? Mehrere Tische weiter nippte ein Mädchen meines Alters Kaffee und tippte auf ihrem Laptop herum. Hatte sie mir den Zettel zugesteckt?

Und dann war da noch Liam, der sich das Hemd seiner Schuluniform aufgeknöpft hatte, sodass ich das Retroshirt darunter erkennen konnte. Sein Handy vibrierte erneut, und ich sah, wie sich seine Miene verfinsterte, als er das Display betrachtete. Er warf einen Blick zur Tür und sah dann zurück auf sein Handy. Konnte ich ihm wirklich vertrauen? Ich war mir plötzlich nicht mehr so sicher.

Mir wurde übel. Ich hatte keine Ahnung, was ich tun sollte. Schließlich konnte ich schlecht den Zettel aus meiner Tasche ziehen und laut fragen, wer ihn geschrieben hatte. Wäre Grace hier gewesen, wäre sie aufgeregt auf und ab gehüpft, weil endlich mal was passierte. Sie hätte mir zweifellos gesagt, ich solle mich auf den Arsch setzen, meinen Frappuccino schlürfen und Augen und Ohren offen halten. Also setzte ich mich wieder hin, während Liam eine SMS verschickte.

»Alles okay?«, fragte er mit besorgter Miene und legte sein Handy auf den Tisch.

»Klar.« Aber meine Antwort klang eher nach einer Frage. Ich zupfte einen losen Faden von meinem Rock und versank erneut in Gedanken. Und (welche Überraschung!) meine Gedanken führten mich zurück zum brownschen Herz und den Puzzleteilen um Grace' Geheimnis. Ungeachtet der mysteriösen Namen an der Wand, schien mir das brownsche Herz vor allem als Versammlungsort zu dienen. Und dann war da noch dieser Zettel, den ich hastig in meine Schultasche gestopft hatte.

Irgendjemand schien sich nicht nur genug an meiner Anwesenheit zu stören, um mir Drohbriefe zu schicken, unheimlicher noch, derjenige hatte *gewusst*, dass ich mich im Gebäude aufhalten würde. Und ein einzelner Drohbrief reichte offenbar nicht aus, denn man war mir bis hierher gefolgt, um mir eine zweite beunruhigende Nachricht zuzustecken. Anscheinend war ich für deren Geschmack schon viel zu nah dran. Warum sollte es sonst jemanden interessieren? Nur zu dumm, dass ich immer noch keinen blassen Schimmer hatte, was all das bedeuten sollte oder wie das Ganze mit Grace' zusammenhing.

»Hallo, Kate? Bist du noch da?« Liams Stimme machte mir bewusst, dass ich die ganze Zeit stumm auf seine Schuhe gestarrt hatte.

»Entschuldige, ich dachte nur gerade an …« Was? Schulleiter Sinclair? Nein, das war ja widerlich. Die brownsche Knabenschule? Zu bizarr. Steine? Zu bizarr und geologisch. Ich zuckte mit den Schultern.

Liam rutschte auf seinem Platz hin und her, und ich fragte mich, ob ihn wohl noch etwas anderes aus der Ruhe brachte als unser peinliches Gespräch.

»Ich hol mir nur schnell eine Flasche Wasser. Brauchst du auch irgendwas?«, fragte Liam und stand auf.

»Ähm …« Ich dachte einen Moment darüber nach, was ich alles brauchte, doch dann winkte ich ab und schüttelte den Kopf.

Während Liam sich anstellte, vibrierte erneut sein Handy. Ich reckte den Hals, um die Länge der Schlange einzuschätzen, dann griff ich unauffällig nach dem Telefon – nur zugunsten der Ermittlungen, versteht sich.

Auf dem Display las ich Beefanys Namen mit zwei neuen Nachrichten. Ohne groß darüber nachzudenken, öffnete ich die erste. *Vergiss nicht, was wir besprochen haben.*

Ich löschte die Nachricht und warf das Handy zurück auf den Tisch, stocksauer. Was genau ging da zwischen den beiden vor? Und was ging hier eigentlich zwischen *uns* vor?

Nachdem Liam sein Wasser bezahlt hatte, setzte er sich zurück aufs Sofa und schenkte mir ein Lächeln, das ich unmöglich erwidern konnte. Sein Handy vibrierte erneut, und während er eine Antwort tippte, malte ich mir aus, was er wohl gerade zu Beefany sagte – über mich, über die Drohbriefe … Er konnte alles Mögliche tippen. Ich nahm einen letzten Schluck von meinem Frappuccino und stellte den halb vollen Becher auf den Tisch. Es gehörte schon viel dazu, dass ich einen Mokka Frappuccino einfach so stehen ließ.

»Ich muss los.« Ich nahm meinen nassen Blazer von der Couch und warf ihn mir über den Arm. Liam runzelte die Stirn und blickte zu mir auf, nur um im nächsten Moment auf sein Handy zu sehen, das gerade zum tausendsten Mal vibrierte. Ich konnte seinen inneren Kampf förmlich spüren. *Kate oder Bethany … Kate oder Bethany.*

»Du solltest ihr antworten. Bethany hat es nicht gern, wenn man sie warten lässt«, fuhr ich ihn an, während ich meinen Blazer zurechtrückte. Ehe ich es verhindern konnte, flatterte ein zerknitterter Notizzettel in Liams Schoß. Es war eine meiner Zeichnungen des Wappens mit den Worten *Audi, Vide, Tace*, die mehrfach unterstrichen waren. Ich wollte mir den Zettel schnappen, aber Liam war schneller und betrachtete die Zeichnung.

»Was ist das?«, fragte Liam, während er sein Handy zum Schweigen brachte.

»Ich will nicht, dass Bethany meinetwegen wütend wird.« Insgeheim verfluchte ich mich, weil ich zugab, in seinem Handy rumgeschnüffelt zu haben, aber im Grunde war es egal. Ich war sowieso gerade im Begriff zu verschwinden. »Viel Spaß noch beim Über-mich-simsen.« Ich wandte mich zum Gehen, aber ich konnte die Worte, die in mir hochbrodelten, nicht unterdrücken. »Ich hätte wissen müssen, dass du auch nur so ein Lügner bist.«

Liam packte mich am Arm. »Wenn dir die Wahrheit so wichtig ist, warum verrätst du mir dann nicht, was das hier sein soll?« Er hielt mir die Zeichnung entgegen.

Ich öffnete den Mund, um etwas zu erwidern, doch ich ließ ihn wieder zuschnappen. Liam ließ mich eine Weile schmoren, ehe er das Schweigen brach.

»Also, was soll die Zeichnung bedeuten?«

Ich war gerade nicht in der Stimmung, nachzugeben. »Warum simst sie dir andauernd?«

»Wenn ich dir sage, dass zwischen mir und Bethany nichts läuft, glaubst du mir dann?«

»Wenn ich dir sage, dass ich nicht weiß, was die Zeichnung bedeutet, glaubst du mir dann?«

Er nahm einen Schluck Wasser. Ich setzte mich wieder hin und griff nach meinem Frappuccino. Kein Grund, ihn umkommen zu lassen.

»Da läuft nichts zwischen uns beiden«, murmelte Liam.

»Ich hab keine Ahnung, was die Zeichnung bedeutet«, sagte ich.

Und das war's. Wir hüteten beide weiter unser Geheimnis. Und damit steckten wir in einer Sackgasse. Wir vertrauten einander genug, um uns nicht anzulügen, aber nicht genug, um einander die Wahrheit zu erzählen. Als ich Liam so ansah, mit seinem feuchten, welligen Haar und seinem nassen T-Shirt, das ihm auf der Haut klebte, wünschte ich mir nichts mehr, als ihm zu glauben, ihm zu vertrauen.

»Lass uns noch mal von vorn anfangen.« Liam schüttelte sich die Haare aus den Augen, die mit einem Mal hellblau wirkten. »Mir fällt da gerade eine der Fragen ein, die ich dir stellen wollte.«

»Warte mal. Du hast dir vorher Fragen überlegt?«

»Na ja«, er wurde ein wenig rot, »nur für den Fall, dass es extrem schlecht läuft, und angesichts der gegenwärtigen Ereignisse …«

Ich stieß ein bellendes Lachen aus, das mich selbst überraschte. Es fühlte sich genial an.

»Also … was magst du am liebsten? Ich meine, was ist dir *total* wichtig?«

»Ähm …« Ich lachte verlegen, weil die Frage ziemlich persönlich war. »Also, ich kann zum Beispiel nicht ohne Mokka Frappuccino leben.« Ich schwenkte meinen fast leeren Becher. »Außerdem steh ich total auf Dauerwerbesendungen, und ich lese täglich mein Horoskop, obwohl ich genau weiß, dass das Quatsch ist.« Die Unterhaltung hatte sich mit einem Mal um hundertachtzig Grad gedreht. Mein Gesicht glühte förmlich vor etwas, das ich seit Langem nicht mehr verspürt hatte. So etwas wie Glück.

»Und was stand heute drin? Mysteriöses Date mit einem heißen Typen?«, fragte er lachend.

»Ja, mit einem heißen Typen, der ständig einem anderen Mädel simst.« Ein Schatten breitete sich über sein Gesicht, und ich fühlte mich mies, weil ich die Stimmung verdorben hatte. Aber, hey, die Wahrheit tut nun mal weh.

»Was für ein Arschloch«, scherzte er halbherzig. »Obwohl … wenn ich so drüber nachdenke, hätte in meinem Horoskop vermutlich was von einem Mädchen mit einem dunklen Geheimnis gestanden.«

Ein Lachen funkelte in seinen Augen, und ich dachte ernsthaft darüber nach, ihm alles zu erzählen. Okay, er würde vermutlich denken, ich wäre total durchgeknallt, und obendrein würde ich mich vermutlich in Gefahr begeben, aber ich hatte diese ganzen Lügen und Geheimnisse so was von satt. Aber als ich die Hände in die Taschen schob und den zerknitterten Zettel fühlte, waren meine Worte mit einem Mal wie weggeblasen. Ich wusste, das Ganze war noch längst nicht vorbei.

Kapitel 28

Hätte mir jemand eine Gefühlstafel vorgehalten (ihr wisst schon, diese Tabellen mit lauter verschiedenen Smileys drauf, die einem der Schulpsychologe vorhält, wenn man seine Gefühle beschreiben soll) und mich gefragt, wie ich mich fühle, dann hätte ich vermutlich auf jeden einzelnen Smiley gezeigt.

Meine Gefühle waren völlig durcheinander. Im einen Moment war ich verängstigt und besorgt, dass mir irgendjemand etwas antun wollte, im nächsten war ich völlig fasziniert von der Tatsache, dass ich endlich einen Jungen gefunden hatte, den ich tatsächlich mochte. Und dann war da noch diese bodenlose Traurigkeit, weil ich nichts von alledem mit Grace teilen konnte.

Trotz meiner emotionalen Verwirrung war mir durchaus klar, dass ich jede Menge zu tun hatte, und ich würde garantiert nicht zulassen, dass mich ein Junge von der Wahrheitsfindung abhielt, ganz gleich wie charmant er auch sein mochte.

Also beschäftigte ich mich mal wieder mit Google, während mein Samstagnachmittag langsam, langsam, aber sicher davonlief. Ich begann meine Recherche mit dem naheliegenden Suchbegriff »Richard Sinclair« und bekam circa eine Million Treffer. Super. Als

Nächstes: »Richard Sinclair Schulleiter Pemberly Brown«. Diesmal bekam ich eine ganze Reihe von Treffern mit seiner offiziellen Pemberly-Brown-Biografie. Öde. Aber ein Artikel handelte von Richard und Robert Sinclair, zwei Brüdern, die während ihrer Schulzeit an der PB diverse Leichtathletikrekorde gebrochen hatten.

Ich streckte mich, löschte den Inhalt meiner Suchanfrage und versuchte es stattdessen mit: »Robert Sinclair Pemberly Brown Ohio.« Bingo. Zunächst entdeckte ich eine PDF-Datei mit Leichtathletikergebnissen von 1970. Ich schloss die Datei und klickte auf diverse Links zu Artikeln aus alten Schulzeitschriften. Einer dieser Artikel enthielt ein Interview mit Robert über seine Leichtathletikkarriere. In einer der Antworten erwähnte er seinen Bruder, Richard.

Ich schloss den Artikel und klickte auf einen weiteren. Dieser war weitaus interessanter als das fade Interview. Anscheinend hatte man Robert Sinclair angeklagt – und anschließend freigesprochen – ein Mädchen seiner Jahrgangsstufe überfallen zu haben. Der Artikel beschäftigte sich mit den negativen Auswirkungen auf seine Leichtathletikkarriere.

Die Zeitschrift verzichtete darauf, den Namen des Mädchens zu nennen, wies jedoch darauf hin, dass andere Publikationen weniger umsichtig gehandelt hätten. Das Opfer sei infolgedessen von Klassenkameraden tyrannisiert worden. Höchst interessant. Der Schulleiter hatte demnach einen Bruder, der beschuldigt worden war, ein Mädchen vergewaltigt zu haben? Irgendwie fiel es mir nicht schwer, das zu glauben.

Dummerweise konnte ich den Namen des Mädchens nirgends auf der Seite entdecken, daher blieb mir nur eine Möglichkeit – ich musste mich an die Öffentlichkeit wenden. Und mit Öffentlichkeit meine ich die öffentliche Bibliothek, wo man die Bücher, die ich brauchte, nicht mit der Schere zensiert hatte.

Schneller, als irgendjemand »Freispruch« sagen kann, schnappte ich mir meine Sachen, sprang auf mein Fahrrad und schloss es zehn Minuten später am Fahrradständer vor der Stadtbücherei an. Ich weiß, ich war kaum mehr als eine Fahrradlänge davon entfernt, glänzende Radlerhosen und einen aerodynamischen Helm zu tragen. Mir schauderte bei dem Gedanken.

Ich öffnete die verschnörkelte Eingangstür, betrat das Atrium und atmete den Geruch staubiger Bücher ein. Sie rochen nach Antworten.

Die alten Holzdielen ächzten unter meinen Füßen, und Bücher seufzten beim Umblättern der Seiten. Jedes Mal, wenn ich die Bibliothek betrat, staunte ich über die imposanten Räume, die endlose Reihen von Büchern beherbergten. Irgendein exzentrischer Millionär hatte der Stadt in den vierziger Jahren seine Villa vermacht, und obwohl die Böden ein wenig lädiert waren und in vielen Räumen die Farbe von den Wänden abblätterte, verströmte die Bibliothek immer noch eine würdevolle Eleganz.

Es war eine Bücherei, in der man sich verlieren konnte. Winzige Zimmer mit riesigen Lehnstühlen und kleinen Beistelltischchen wechselten sich ab mit größeren Räumen, deren Wände von riesigen Bücherregalen bedeckt wurden. Die sterilen Bauwerke, in denen man sonst oft Bücher verstaut, können sich in keiner Weise mit diesem Kleinod messen.

Ich schlenderte durch ein Labyrinth von Räumen, bis ich endlich die Information entdeckte.

»Wie kann ich helfen?« Der Mann hinter der Theke blickte über seinen Brillenrand zu mir auf.

Ich beschloss, mit der kleineren Herausforderung zu beginnen. »Ich suche ein Buch mit dem Titel *Pemberly Brown: 150 Jahre Vortrefflichkeit* ... von ... «, ich warf einen Blick in mein Notizbuch,

»Calvin Markwell.« Die Bücherei war meine allerletzte Hoffnung, was den guten alten Calvin anging. In jeder Online-Buchhandlung war das Buch vergriffen.

Vielleicht bildete ich mir das Ganze nur ein, aber ich hatte das Gefühl, dass die Bibliothekarin, die ein Stück weit entfernt saß, bei meiner Frage aufhörte zu tippen.

»Ich werde mal nachsehen, ob wir eine Ausgabe dahaben. Seit Kurzem geben wir auch Nachschlagewerke zum Verleih frei.« Er tippte etwas in seinen Computer ein und blickte lächelnd zu mir auf. »Du hast Glück. *Pemberly Brown: 150 Jahre Vortrefflichkeit* von Calvin Markwell. Laut Computer sollten wir ein Exemplar dahaben. Komm mit.«

Ich schenkte ihm ein Lächeln, das mir beinah entglitt, als ich den Blick der Bibliothekarin erneut auf mir spürte. Erleichtert folgte ich dem netten Herrn, weg von Lisa Lauscher.

Die Bücherei war ähnlich strukturiert wie die der Academy, aber viel, viel größer. Links und rechts überragten mich hohe Bücherregale, und in jedem Raum befanden sich Computer.

»Sag mal, du kennst nicht zufällig Ms Dorothy?«, fragte der Bibliothekar, während er mich in den Sachbuchbereich führte. »Sie kümmert sich außerhalb der normalen Öffnungszeiten um die Bücherei der PB.«

»Ja, sie ist klasse! Wir alle lieben Ms D.«

»Du wirst es vielleicht nicht glauben, aber sie war damals meine Geschichtslehrerin. Wenn du hier nicht fündig wirst, solltest du sie mal fragen. Sie weiß restlos alles über die Pemberly Brown.«

»Oh«, erwiderte ich verblüfft. »Danke für den Tipp. Ich werd mal mit ihr reden.«

Ich fragte mich, warum Ms D. nicht mehr unterrichtete, sondern eine Stelle im Sicherheitsdienst angenommen hatte. Interessanter Laufbahnwechsel. Obendrein hatte sie diese Tatsache noch nie erwähnt. Zugegeben, wir standen uns nicht besonders nahe, und es war vermutlich nicht die Art von Information, die man gern an die große Glocke hängt, aber trotzdem.

»Da wären wir.« Der Mann blieb vor dem Regal mit den Nachschlagewerken stehen. »Wir müssten ein Exemplar dahaben. Dunkelbrauner Ledereinband, glaube ich.«

Er beugte sich vor, um die Titel zu lesen, doch nachdem ich das Regal überflogen hatte, war ich mir sicher, dass das Buch nicht da war. Ich hätte es mir denken können.

»Hm, ich kann das Buch nicht finden. Vielleicht wird es gerade von jemandem benutzt, oder die Bestandsangabe war fehlerhaft. Ich kann dir ein Exemplar zurücklegen lassen für den Fall, dass wir eins reinbekommen.«

Dummerweise gehörte Zeit zu den Dingen, die ich nicht gerade im Überfluss hatte, aber es konnte zumindest nicht schaden. »Ähm, ja, das wäre nett. Mein Name ist Kate. Kate Lowry.«

Er schrieb meinen Namen in ein kleines Notizbuch und fragte mich, ob er mir sonst noch irgendwie helfen könne. Ehe ich etwas erwidern konnte, tauchte erneut diese Bibliothekarin auf, die mich an der Info gemustert hatte.

»Danke, Charles. Oben an der Auskunft wartet eine junge Frau, die dringend deine Hilfe braucht. Ich kann so lange hier übernehmen. Kate, ist doch richtig, oder?«

»Ja, also, ich wollte mir mal ein paar alte Zeitungsausschnitte ansehen.« Ich traute dieser Frau nicht, aber sie wurde mir nun mal aufgezwungen, also musste ich flexibel reagieren.

»Darf ich fragen, wonach du suchst?«

»Ich … ähm … muss ein Referat halten … über die Pemberly Brown in den Siebzigerjahren.«

Sie legte den Kopf schräg. Ich fragte mich, ob sie wohl bei jeder Bibliotheksrecherche so viel Anteilnahme zeigte. Falls ja, musste ihr Beruf echt anstrengend sein.

»Dann zeige ich dir mal unser Mikrofilmlesegerät, mit dem du das komplette Zeitungsarchiv einsehen kannst. Dort müsstest du fündig werden.«

»Dann mal los«, erwiderte ich und folgte der Bibliothekarin in Richtung Treppe. Als wir gerade hinuntersteigen wollten, durchbrach ein Ruf die Stille der Bücherei.

»Hey, Kate!« Das Geräusch drang hinter einem hohen Bücherstapel hervor. Die Bibliothekarin blieb stehen und machte laut *Schhhh!*, begleitet von einem strengen Blick in meine Richtung. Ich konnte mir ein Stöhnen nicht verkneifen, als ich einen roten Lockenschopf hinter dem Bücherstapel auftauchen sah.

»Oh. Hallo, Seth.«

»Was treibt dich denn hierher?«

»Recherche.« Ich hoffte, er würde wieder hinter seinem Stapel mit Verschwörungstheorien verschwinden.

»Und worüber?« Ich hätte es besser wissen sollen. Immerhin sprachen wir hier von Seth Allen.

»Ähm … über eine verschollene Cousine meines Vaters. Ich bekomme Zusatzpunkte in Geschichte, wenn ich Nachforschungen über eine Person aus meinem Stammbaum anstelle«, log ich und fingerte an einer Perle herum. »Sie ist in den Siebzigern auf die PB gegangen.«

»Soll ich dir helfen?«

Ich war kurz davor, das Angebot auszuschlagen, als mir einfiel, dass ich für die Recherche ein Mikrofilmlesegerät bedienen musste. Ich überlegte es mir spontan anders.

»Ja, warum nicht.«

Die Bibliothekarin wartete an der Treppe und tippte ungeduldig mit dem Fuß auf – mit ihr war echt nicht zu spaßen. »Bereit?«, fragte sie.

Wir nickten und folgten ihr die Wendeltreppe hinunter in die Tiefen der Bibliothek. Eine Welle von Nervosität rollte über mich hinweg, als ich an mein letztes Erlebnis im Kellergeschoss einer Bibliothek dachte. Im Stillen dankte ich Seth, dass er neugierig genug war, um mir zu helfen. In einer Ecke standen zwei vereinsamte Lesegeräte neben mehreren vollgestopften Schubladenschränken voller Mikrofilmkassetten. Dies musste der Ort sein, an den alte Schulfilme gebracht wurden, um zu sterben.

»Setzt euch«, sagte die Bibliothekarin.

Ich setzte mich vor eines der Geräte, und Seth zog sich ebenfalls einen Stuhl heran.

»Habt ihr so etwas schon mal benutzt?«, fragte sie.

»Nein«, erwiderte ich.

»Ja«, fuhr Seth mir dazwischen.

»Sehr schön«, sagte sie und reichte mir eine riesige Filmrolle mit der Aufschrift »Der *Cleveland Plain Dealer*: 1970 bis 1975.«

Ohne zu zögern, überreichte ich Seth die Filmrolle. Er las das Band fachmännisch ein und lud den ersten Artikel hoch.

»Oh, und Kate«, sagte die Bibliothekarin vom Fuß der Treppe aus, »ich hoffe, du findest, wonach du suchst.«

»Ähm, danke«, erwiderte ich, aber sie stieg bereits die Treppe hinauf. »Was war denn mit der los?«, murmelte ich.

»Was denn? Ich fand, die war echt nett.« Seth warf einen verstohlenen Blick in Richtung Treppe und zog eine kleine Tüte Chips aus seiner Jackentasche. »Bitte sag, dass du's zuerst mit Google versucht hast«, kommentierte er, während er an dem Schärferegler drehte.

»Für wie doof hältst du mich eigentlich? Ich bin kein Vollidiot. Da hab ich nichts gefunden. Glaub mir, die Bücherei ist meine letzte Hoffnung.«

»Okay, okay. Dann lass uns anfangen. Wonach suchen wir überhaupt?«

»Nach irgendwelchen Infos über einen Zwischenfall auf dem PB-Campus. Genauer gesagt über eine Vergewaltigung.«

»Ich dachte, du recherchierst was über eine Cousine deines Vaters? Stammbaumrecherche?« Seth sah mir tief in die Augen; seine Mundwinkel waren voller Chipskrümel.

Mist.

»Oh, ähm, ja … das auch. Aber zuerst muss ich was über körperliche Übergriffe an der PB recherchieren, für meinen Kurs zum Thema Frauenforschung.«

»Aha, okay.« Seth drückte auf einen Knopf, und das Bild verschwamm. Ich atmete erleichtert aus. Unglaublich, dass mir Seth diesen Quatsch abkaufte. Liebe macht wohl tatsächlich blind.

Seth klickte und suchte sich durch das Jahr 1970.

»Schon irgendwas dabei?«

»Nein, mach weiter. Ich sag Bescheid.«

Als wir den Mai 1970 erreichten, war bereits eine Stunde verstrichen. Die Sache gestaltete sich schwieriger, als ich es mir vorgestellt hatte. Als wir den Juli erreichten, wurde mein Blick glasig; selbst, wenn da was über Pemberly Brown gestanden hätte, hätte ich es garantiert übersehen.

Doch plötzlich gab das Gerät ein seltsames Klicken von sich, und obwohl Seth an irgendeinem Knopf drehte, blieb der Filmstreifen hartnäckig stecken.

»Komisch. Ich sehe mal nach, ob ich die Bibliothekarin finde.« Seth schob seinen Stuhl zurück.

»Ich dachte, du hättest so ein Ding schon mal benutzt.« Ich griff nach dem Knopf und drehte das Band ein Stück zurück. Als ich erneut auf die Vorschubtaste drückte, blieb es an derselben Stelle hängen. Ich drehte das Band erneut zurück und bemerkte eine feine Linie auf dem Filmstreifen. Vorsichtig zog ich das Band heraus, um es genauer zu untersuchen.

»Ist das da Tesa?«, fragte Seth. »Irgendwer muss versucht haben, den Streifen zu reparieren.« Er beugte sich immer näher zu mir. Sein Atem stank nach künstlichem Gewürz, und ich widerstand nur knapp dem Drang, ihm ein Kaugummi in den Mund zu schieben.

»Warte mal.« Ich las den Streifen erneut ein und lud den Artikel vor der Bruchstelle. Auf dem Bildschirm stand nichts von einer Gewalttat. Dann drehte ich vorsichtig von Hand weiter und hielt unmittelbar hinter dem Klebestreifen an. »Da hat jemand einen Artikel rausgeschnitten.«

»So was benutzt doch heute kein Mensch mehr. Der Film ist garantiert gerissen oder so. Mach weiter. Ich muss wieder hoch.«

Ich lehnte mich näher an den Bildschirm heran und entdeckte in der linken oberen Ecke die Überbleibsel eines entfernten Artikels.

-berly Brown einen Mitschüler der Vergewaltigung bezichtigt. Der Minderjährige gilt als hoch angesehener Schüler und Sportler. Die Polizei geht davon aus, dass Moore Selbstmord beging, nachdem sich ihre Freunde und Klassenkameraden gegen sie gewendet hatten. Gemeinsam mit ihrer Familie will Elisa Moore, die Schwester des Opfers, nun zum Thema Stellung neh-

»Ich glaub, das ist es«, sagte ich, während ich an meinem Daumennagel knabberte. »Aber da fehlt die Hälfte, ich brauche zumindest eine Adresse … für mein Referat, meine ich.«

»Wieso? Du kannst sie ja wohl schlecht befragen. Immerhin ist sie tot«, bemerkte Seth, hilfreich wie eh und je.

»Schon, aber sie hat eine Schwester.« Ich schlug mein Notizbuch auf und notierte mir Elisa Moores Namen. Dann steckte ich das Buch zurück in meine Schultasche. »Danke für deine Hilfe mit dem Gerät, Seth. Allein wäre ich nie damit klargekommen.« Ich zog den Film aus der Maschine, legte ihn zurück in die Dose und steckte sie in den Schubladenschrank an der Wand.

»Und wie willst du die Adresse herausfinden?«

»Das lass mal meine Sorge sein«, erwiderte ich. Dann schwang ich mir meine Tasche über die Schulter und eilte zur Treppe. Doch bevor ich hinaufstürmte, dachte ich an alles, was Seth für mich getan hatte, und wurde weich. »Hey, ich hab da auf dem Geschichtskanal Werbung für dieses Wochenspezial gesehen … über …«

»Verschwörungstheorien«, fiel Seth mir ins Wort. »Hab alles aufgenommen.«

»Also … ich dachte, das klingt irgendwie … interessant.« Die Lüge ging mir mühelos über die Lippen. Seth sah aus, als wäre er gestorben und in den Himmel gekommen.

»Dann haben wir also ein Date! Ich ruf dich an.«

»Ähm, ja. Super.« Ich rannte die Treppe hinauf und war froh, einen Freund wie Seth zu haben, auch wenn das bedeutete, dass ich mir stundenlang den Geschichtskanal ansehen musste. Immerhin in Dolby Digital, das muss man dazusagen.

Im Erdgeschoss der Bücherei suchte ich mir einen freien Computerarbeitsplatz und bereitete mich auf eine ernst zu nehmende Google-Fu-Attacke vor.

Der Name »Moore« war vergleichbar mit »Smith«. Google lieferte fast drei Millionen Treffer. Die Einträge im Telefonbuch waren nicht viel besser. Allein in unserer Gegend gab es über dreihundert Moores.

»Elisa Moore« war da schon etwas ganz anderes. Ich fand nur zwei Einträge, von denen einer auf eine Elisabeth verwies. Unter dem Namen »Elisa Moore« fand ich den Eintrag »Palm Manor Heil- und Pflegeanstalt« mit der entsprechenden Adresse. Meinen komplizierten mathematischen Berechnungen zufolge (banalste Strichrechnung auf meinem Handy) musste Elisa, wenn sie in einem Pflegeheim lebte, wohl die ältere Schwester des Opfers sein. Ich wechselte erneut zu Google, tippte die Adresse ein und klickte auf Suchen.

Innerhalb von dreiunddreißig Sekunden spuckte mir Google eine Wegbeschreibung aus. Gesegnet sei das Internet!

Kapitel 29

Ich schaufelte mir die letzten beiden aufgeweichten Cornflakes auf den Löffel und schlürfte. Dummerweise hatte ich den Fehler gemacht, mich links von meinem Vater hinzusetzen, und jedes Mal, wenn er seine Sonntagszeitung umblätterte, schlug mir eine Wolke von Zeitungsgeruch ins Gesicht. Nichts konnte einem das Frühstück so sehr vermiesen wie muffiger Zeitungsgeruch.

Dad hatte heute seine »Sofakleidung« an. Übersetzung: Er trug ein legeres Hemd mit Kakihose statt wie sonst Anzug und Krawatte. Anscheinend hatte er die Absicht, sich heute mal freizunehmen.

»Du bist früh dran«, kommentierte er. Ich beobachtete, wie sich die Größe seiner Pupillen veränderte.

»Ich muss heute was für ein Schulprojekt tun.«

Er ließ seine Zeitung sinken und lächelte. »Brauchst du vielleicht Hilfe? Ich hab heute frei.« Er deutete auf seine »Sofakleidung«, als würde ich sie nicht bemerken. Mein Vater liebte es, mir bei irgendwelchen Projekten zu helfen – oder zumindest hatte er das früher mal. Ich glaube, insgeheim vermisste er es, an irgendwelchen Versuchen für den schulinternen Forschungswettbewerb rumzubasteln und Styroporbälle mit Farbe zu besprühen, um daraus Atommodelle herzustellen.

»Nein, das ist so ein Gruppenprojekt für Geschichte. Irgendwie freue ich mich sogar drauf. Wir fahren zusammen in ein Pflegeheim und befragen ein paar der Bewohner.«

Er starrte mich entgeistert an. Ich wurde unruhig und fuhr mir mit der Zunge über die Zähne, um herauszufinden, ob da vielleicht noch Cornflakesreste klebten oder so.

»Was ist?«, fragte ich, wobei ich mir die Hand vor den Mund hielt.

»Nichts. Es ist nur … « Er legte die Zeitung auf den Tisch. »Ich habe schon lange nicht mehr erlebt, dass du dich auf irgendwas gefreut hast.«

Da konnte ich ihm nur zustimmen. Er hatte recht.

Mein Handy vibrierte, und Dad sah seufzend zu, wie ich das Display berührte.

Liams Nachricht lautete: *Bin unterwegs.*

»Ich kann dich bringen«, sagte Dad. »Wie in alten Zeiten.«

Ich hob die Müslischale an den Mund und schlürfte die restliche Milch aus.

»Ich werde abgeholt.«

Mein Plan war es, zwei Fliegen mit einer Klappe zu schlagen. Ich wollte mich mit Liam treffen und zugleich herausfinden, was wirklich mit dem Mädchen im Uhrturm geschehen war und wie das Ganze mit den Sinclair-Brüdern und Grace zusammenhing. Ach, und nebenbei brauchte ich eine Mitfahrgelegenheit. Somit konnte man wohl von drei Fliegen sprechen. (Wie gut, dass ich keine Vegetarierin war.)

Dummerweise musste ich mehrere Lügen erfinden, um meinen Plan in die Tat umzusetzen. Genau wie Seth dachte auch Liam, wir würden eine entfernte Cousine meines Vaters besuchen, um mir ein paar Extrapunkte für ein Stammbaumprojekt in Geschichte einzuheimsen.

Und nun dachte mein Vater, wir würden für dasselbe Fach an einem Gruppenprojekt arbeiten. Ich war auf dem besten Wege, mich in meinem Lügennetz zu verstricken.

Ich schrieb Liam eine kurze Antwort, in der ich ihn bat zu hupen, wenn er da wäre. Mein Vater und Liam brauchten sich nicht unbedingt in die Arme zu laufen. Zumal ich beiden unterschiedliche Lügen aufgetischt hatte.

Während ich meine leere Müslischale in die Spüle stellte, warf ich einen verstohlenen Blick zu meinem Vater, der seine Zeitung erneut hochhielt, jedoch geradewegs daran vorbeistarrte. Vermutlich versuchte er sich daran zu erinnern, wann ich ihm das letzte Mal erlaubt hatte, mir zu helfen.

»Danke für das Angebot, Dad.« Ich dachte darüber nach, zu ihm zu gehen und ihm einen Kuss auf die Wange zu drücken, doch stattdessen entschied ich mich für ein albernes Schulterklopfen. Er schenkte mir ein mattes Lächeln, während Liams Hupen durch die Küche hallte.

Hastig schnappte ich mir meine Jacke und stürmte durch die Haustür, bevor mein Vater verlangen konnte, dass ich ihm Liam vorstellte.

»Und wann fährst du *mich* mal durch die Gegend?«, fragte Liam scherzhaft, als ich zu ihm ins Auto stieg.

»Mein Geburtstag ist erst im Juni, bis dahin musst du dich noch gedulden. Es sei denn, du willst auf der Rückbank unseres Saab sitzen und dir anhören, wie mich mein Vater anbrüllt, weil ich beim Lenken nicht übergreife oder so.« Ich verdrehte die Augen, und Liam legte lachend den Rückwärtsgang ein.

»Wie genau bist du noch mal verwandt mit dieser …« Er kniff die Augen zusammen und versuchte sich an den Namen zu erinnern. »Elisa?«

»Sie ist eine Cousine zweiten Grades meines Vater oder so ähnlich.« Ich musste schon wieder lügen. »Ich will ihr ein paar Fragen darüber stellen, wie … ähm … wie es war, während des Zweiten Weltkriegs aufzuwachsen.« Dieses Detail hatte ich mir spontan aus den Fingern gesogen, inspiriert von Seth' oberlahmer Doku. Ich versuchte im Kopf zu überschlagen, ob Elisa tatsächlich im Krieg aufgewachsen sein konnte, aber es war noch zu früh am Tag, und ich konnte schlecht mein Handy zücken, um die Daten mal eben einzutippen.

»Du kannst draußen warten, wenn du willst. Ich hab eh nicht viele Fragen. Es wird garantiert nicht lang dauern.«

»Nein, ich komm gern mit. Meine Großeltern sind alle tot, ich habe nicht oft die Gelegenheit, mit jemand Älterem zu sprechen.«

So süß ich es auch fand, dass er mit Elisa reden wollte, hatte ich doch Sorge, ihr nicht die richtigen Fragen stellen zu können, wenn Liam dabei war. Obwohl ich im Grunde nicht mal wusste, welche die richtigen Fragen waren. Ich konnte wohl schlecht ins Zimmer einer alten Dame spazieren und sie über den Tod ihrer Schwester ausfragen.

Liam bog auf den Parkplatz der Palm Manor Heil- und Pflegeanstalt ein, und allein beim Anblick der Eingangstür verkrampfte sich mir der Magen. Ich hatte keinen Schimmer, wie ich es schaffen sollte, zu Elisa vorzudringen. Nervös fummelte ich an der Perlenkette herum, in der Hoffnung, mir Grace' Mut anzueignen. Ich würde ihn dringend brauchen.

»Wie kann ich euch helfen?«, fragte die Frau am Empfang, ohne von ihrem Bildschirm aufzublicken.

»Wir möchten Elisa Moore besuchen.« Meine Stimme zitterte. Ich hoffte, es würde niemandem auffallen.

Die Frau tippte etwas in ihren Computer ein und forderte uns auf, uns ins Gästebuch einzutragen.

»Ms Moore wohnt in Zimmer 306. Folgt einfach den Wegweisern.« Sie deutete auf ein Schild. »Die Gänge sind ein bisschen verwinkelt. Ihr Zimmer liegt auf der rechten Seite.«

Wir bedankten uns bei der Frau und folgten ihren Anweisungen. Elisas Tür stand einen Spaltbreit offen, also klopfte ich vorsichtig an.

»Herein«, sagte eine relativ junge Stimme.

Na großartig. Hatte Elisa etwa Besuch von einem Familienmitglied? Was würde Grace wohl an meiner Stelle tun? Na, wenn sie schon angeklopft hätte, würde sie aller Wahrscheinlichkeit hineingehen. Ich stieß die Tür auf und stand vor einer freundlich anmutenden Schwester, die sich gerade am Badezimmerwaschbecken die Hände wusch.

»Hallo«, sagte sie. »Seid ihr hier, um Ms Moore zu besuchen?«

Ich nickte, während Liam im Hintergrund blieb.

»Das wird sie bestimmt freuen, auch wenn sie es nicht richtig zeigen kann. Sie hat schon lange keinen Besuch mehr bekommen. Ich glaube, sie könnte gut eine kleine Aufmunterung gebrauchen. Kommt rein, kommt rein.«

Das einzelne Bett war ordentlich gemacht, und am Fenster saß eine ältere Dame im Rollstuhl. Ihr hellbraunes Haar hatte sie im Nacken zu einem Knoten hochgesteckt. Die Frau rang ihre Hände, und ich tat unwillkürlich das Gleiche.

»Wie seid ihr denn mit Ms Moore verwandt?«, fragte die Schwester interessiert.

Ich warf einen flüchtigen Blick auf Elisa und entschuldigte mich insgeheim für die Lüge, die ich nun erzählen würde.

»Elisa ist … eine Cousine meines Vaters«, flüsterte ich in der Hoffnung, dass Ms Moore schwerhörig war, was eigentlich ein ziemlich furchtbarer Wunsch ist.

Die Schwester ging vor und legte Elisa vorsichtig eine Hand auf die Schulter. Die Frau rührte sich nicht.

»Ms Moore, Sie haben Besuch! Ist das nicht nett?«

Elisa starrte stumm aus dem Fenster, sodass ich schon glaubte, sie würde gar nicht mehr antworten – oder könnte vielleicht nicht mal sprechen –, doch dann wandte sie sich der Schwester zu und nickte. Ihr Gesicht war erstaunlich glatt, mal abgesehen von ein paar Fältchen um Mund und Augen herum. Die Schwester lächelte und wandte sich erneut Liam und mir zu.

»Ms Moore hat gute und schlechte Tage, aber ich glaube, ihr habt einen guten erwischt.« Ihr Lächeln wurde breiter. »Ihr Erinnerungsvermögen kommt und geht, also habt ein bisschen Geduld mit ihr.« Sie drückte meine Schulter und ging aus dem Raum. Ich setzte mich neben Elisas Rollstuhl aufs Bett und kam zu dem Schluss, dass ich mich wohl erst einmal vorstellen sollte.

»Hallo, Elis… ähm … Ms Moore. Ich bin Kate Lowry«, sagte ich und streckte ihr die Hand entgegen. Elisa rührte sich nicht, sah mich nicht einmal an, also ließ ich die Hand verlegen sinken. Ich war kurz davor, an den Fingernägeln zu knabbern. »Und das hier ist Liam«, fuhr ich einfallslos fort.

»Freut mich, Sie kennenzulernen, Ms Moore«, sagte Liam in einem Alte-Leute-Konversationston, obwohl Elisa eigentlich gar nicht so alt aussah.

Sie starrte weiter stumm aus dem Fenster.

»Schöner Tag heute. Sehen Sie sich nur dieses tolle … Blattwerk an.« Zugegeben, ich war nicht gerade gut darin, unangenehme Pausen zu überbrücken, aber »Blattwerk« war schon ziemlich grenzwertig, selbst für mich. Liam sah mich an, als wollte er sagen: *Hast du das gerade ernsthaft gesagt?*

»Ähm, wir sind Schüler der Pemberly Brown Academy. Und mein Vater hat mir erzählt, dass Sie auch dort zur Schule gegangen sind.« Ich beobachtete aufmerksam ihr Gesicht, in der Hoffnung, der Name unserer Schule würde vielleicht irgendeine Erinnerung in ihr auslösen, aber Elisas Blick blieb leer. Es war fast so, als merkte sie nicht einmal, dass wir hier waren.

Ich wollte sie nach ihrer Schwester fragen, aber das konnte ich nicht, solange Liam im Raum war. Ich musste ihn irgendwie loswerden.

»Sag mal, Liam, kannst du uns dreien vielleicht Pudding besorgen oder so was?«

Liam warf mir einen seltsamen Blick zu, doch er zeigte sich einverstanden und verließ das Zimmer, um nach einer Schwester zu suchen.

Sobald er außer Hörweite war, überhäufte ich Elisa mit Fragen. »Ms Moore, erinnern Sie sich noch an Robert Sinclair? Von der Pemberly Brown? Sie sind doch auch da zur Schule gegangen, oder?«

Sie zuckte nicht mal mit der Wimper. Ich fragte mich allmählich, ob sie überhaupt noch atmete.

Dann hörte ich vor der Tür Liams Stimme. Er sagte irgendwas von wegen Schoko oder Karamell. Mir blieb nicht viel Zeit.

»Elisa!« Ich berührte ihre Schulter und drehte den Rollstuhl herum, sodass sie mich ansehen konnte. »Was ist mit Ihrer Schwester passiert? Was hat man ihr angetan? Warum hat sie sich das Leben genommen?«

Elisas Augen weiteten sich und starrten mich an. Sie hatten eine glasig blassblaue Farbe, und in ihnen spiegelte sich Angst und noch etwas anderes. Möglicherweise Verständnis.

»Sie war in deinem Alter.« Ihre Stimme klang kräftiger, als ich erwartet hatte, und ihre unheimlichen Augen waren auf irgendetwas hinter mir gerichtet.

Ich wich ein Stück zurück, unfähig etwas Sinnvolles zu erwidern. Besorgt folgte ich ihrem Blick in der Befürchtung, Liam wäre zurück und hätte womöglich mitbekommen, wie ich die alte Dame bedrängte. Stattdessen entdeckte ich das gerahmte Bild eines Mädchens. Das Foto war stark vergilbt, doch das Motiv kam mir bekannt vor. Sie sah aus wie das Mädchen im Karorock mit den langen dunklen Haaren. Sie erinnerte mich an Grace. Mir wurde übel.

»Wir haben oft stundenlang im Gras gelegen und geredet. Sie hat mir alles erzählt.« Elisas Haut war dünn wie Pergament, und ihre Stimme klang meilenweit entfernt. Als würde sie einen Monolog vortragen.

»Sie hatte ihr ganzes Leben noch vor sich. Wir haben darüber geredet, was wir tun wollen, wenn wir mit der Schule fertig sind. Wir haben uns vorgestellt, wie wir uns verlieben und wegziehen. Wie das Schwestern nun mal so tun.«

Ich warf einen flüchtigen Blick zur Tür und hoffte inständig, dass Liam sich nicht zwischen den verschiedenen Puddingsorten entscheiden konnte oder dass ihm Elisas Zustand unangenehm war und er sich absichtlich viel Zeit ließ.

»Ich hab denen gesagt, was meiner Meinung nach passiert war. Hab denen gesagt, dass sie sich plötzlich völlig anders verhielt. Sie hat sich nie von jener Nacht erholt. Und als sie zur Polizei ging, war es ganz vorbei. Ich wusste, sie würden sie umbringen. Aber niemand wollte mir glauben.«

Sie streckte ihren mageren Arm nach dem Foto aus und beugte sich vor. Ich hatte Angst, sie könnte das Gleichgewicht verlieren, daher nahm ich das Bild und legte es ihr in den Schoß.

»Sie kam an dem Morgen nicht runter zum Frühstück, da wusste ich, meine schlimmsten Befürchtungen waren wahr geworden.« Elisa hob das Bild hoch und legte den Kopf schräg.

Liam kehrte mit dem Pudding zurück und öffnete den Mund, um etwas zu sagen, doch ich schüttelte hastig den Kopf und bedeutete ihm zu schweigen.

»Kannst du vielleicht eine Schwester holen?«, flüsterte ich. »Es geht ihr irgendwie nicht gut.«

Liam stürmte aus dem Raum, und ich wusste, mir blieb nicht viel Zeit. Ich musste mich beeilen. Entschlossen nahm ich Elisas Hand.

»Hat Robert Sinclair Ihrer Schwester etwas angetan?«, fragte ich, obwohl ich die Antwort längst kannte.

»Ihr Bett war leer, denn sie war oben im Turm.«

»Welcher Turm?« Doch sowie ich die Worte aussprach, wusste ich, was sie meinte. Der Uhrturm. Abigail war das Mädchen, das man erhängt aufgefunden hatte. Es war keine Legende. Es handelte sich um eine wahre Person mit einer wahren Familie, die durch den Verlust zerstört worden war.

Spinnenartige Fältchen breiteten sich über Elisas Stirn, während sie sich an alles erinnerte. »Station 2. Sie war die ganze Zeit an Station 2 gewesen. Die Schwestern konnten sie nicht retten. Die Brüder haben sie erwischt. Sie haben es getan. Sie haben sie uns weggenommen. Und sie haben gelogen. Sie verbreiten nichts als Lügen.« Ihre Augen quollen hervor, und ihre Hände umklammerten die Armlehnen ihres Rollstuhls, bis ihre Knöchel weiß wurden.

Ich stand auf und rannte zur Tür, um mich hektisch nach Hilfe umzusehen. Das Geräusch von splitterndem Glas ließ mich zurück zu Elisas Rollstuhl eilen. Doch als ich bei ihr ankam, hatte ihr Gesicht erneut jenen leeren Ausdruck angenommen, als wäre der

Gefühlsausbruch nie geschehen. Ich sammelte die Scherben des zerbrochenen Rahmens auf und stellte das Bild des jungen Mädchens zurück auf den Nachttisch neben einen Strauß wunderschöner pinkfarbener Pfingstrosen.

Fast ein halbes Jahrhundert zu spät legte ich einen Arm um Elisas Schulter und versuchte, der zerbrechlichen Frau mit dem gebrochenen Herzen ein wenig Trost zu spenden.

Kapitel 30

Als ich nachmittags aus dem Pflegeheim zurückkehrte, erwartete mich eine neue E-Mail in meinem Posteingang.

An: KateLowry@pemberlybrown.edu
Gesendet: Sonntag, 16:21
Von: GraceLee@pemberlybrown.edu
Betreff: (kein Betreff)

Du suchst am richtigen Ort
und findest doch stets das Falsche.

Die Antworten ruhen im brownschen Herz,
dort, wo die Brüder wohnen.
Finde sie.

Demnach musste ich wohl erneut in das alte brownsche Gebäude eindringen. Ich war mir absolut sicher, dass ich irgendetwas übersehen hatte, das den Bruder des Schulleiters mit Grace in Verbindung brachte, aber ich hatte keinen blassen Schimmer, was es war.

Und nach *wem* sollte ich da bitte schön suchen? Brown hatte vor über sechzig Jahren dichtgemacht. Da gab es keine Jungs mehr.

Ich saß auf unserer Veranda und starrte in den Regen. Warum musste es ausgerechnet jetzt regnen? Ich meine, wie sollte ich meinen Hinweisen nachgehen, ohne ein verlässliches Transportmittel zu besitzen? Ich hatte Liam bereits zwei SMS geschickt, eine dritte würde in die Kategorie verzweifelte Abhängigkeit fallen.

Die einzige Option, die mir blieb, war, mit dem Fahrrad im strömenden Regen zum Uhrturm zu radeln, und das stand natürlich völlig außer Frage. Es wurde bereits dunkel, und um nicht überfahren zu werden, musste ich zumindest einen Helm und reflektierende Kleidung tragen, ganz zu schweigen von einem Regencape. Mehr muss ich wohl nicht sagen.

Doch, als hätten ihn die Götter auf die Erde herabgeschickt, tauchte Seth plötzlich wie aus heiterem Himmel vor mir auf. Na ja, genau genommen sprang er von seinem albernen Baumhaus herunter, aber in diesem Moment erschien er mir wie ein winziger rothaariger Superheld. Er hatte sich die Windjacke über den Kopf gezogen und stürzte in Richtung Haustür.

»Hey, Seth!«

Er wirbelte herum und verzog angestrengt das Gesicht.

»Komm her. Raus aus dem Regen!« Mein fröhlicher Tonfall klang ziemlich übertrieben. Ich sollte meinen Ton lieber dämpfen, bevor er noch Verdacht schöpfte. Seth rannte zu mir und rettete sich unter das schützende Verandadach. »Hängst du etwa schon wieder in deinem Baumhaus ab? Das ist echt erbärmlich.«

»Ich behalte nur die neuen Nachbarn im Auge. Die haben eine Satellitenschüssel angebracht. Ich schätze mal, die benutzen sie, um ihre Vorgesetzten beim FBI zu kontaktieren.«

»Klingt cool. Hast du heute Abend schon was vor?«

Seth war sichtlich schockiert über meine Frage. Ich nahm mir vor, in Zukunft netter zu ihm zu sein. Er benahm sich wie ein misshandeltes Tier, das bei dem kleinsten bisschen Zuwendung verstört reagierte. Ich kam mir vor wie der grausamste Mensch der Welt.

»Ich wollte einfach nur, na ja, zu Hause rumhängen. Hausaufgaben machen, Abend essen … vielleicht noch ein bisschen Verschwörungstheorien gucken. Wenn du willst …«

»Nein, nein, nein«, fiel ich ihm ins Wort, bevor er die Einladung aussprechen konnte. »Ich hab mich nur gefragt, ob du vielleicht Lust hättest, mit mir eine kleine Spritztour zu machen, um …« Diesmal fiel mir Seth ins Wort.

»Klar!«, sagte er, ohne mich ausreden zu lassen. »Ich muss nur kurz meine Mutter fragen, ob ich den Van haben kann. Es regnet zwar, aber ich werde sie schon irgendwie rumkriegen!«

»Seth, du weißt nicht mal, worauf du dich da gerade einlässt! Was, wenn ich sagen wollte, um uns irgendwo Crack zu besorgen?«

»Dann würde ich dich darauf hinweisen, dass wir letztes Jahr diesen Gib-Drogen-keine-Chance-Eid unterschrieben haben. Wo wollen wir überhaupt hin?«

»Ich muss noch mal kurz zur PB. Ich … ähm … hab da was vergessen … in einem der alten Brown-Gebäude.«

Mein Geständnis ließ Seth nicht mal zögern.

»Ich hol meine Schlüssel!« Seth zog sich die Jacke über den Kopf und rannte zur Haustür, um sich die Erlaubnis seiner Mutter zu holen. Noch bevor die Tür hinter ihm ins Schloss fiel, hörte ich, wie er »Mom!« rief.

Seth hätte mich mit dem Minivan seiner Mutter vermutlich bis ans Ende der Welt chauffiert, und dafür war ich ihm unendlich dankbar. Ich meine, mal ehrlich, jedes Mädchen sollte doch wohl einen Seth Allen in ihrem Leben haben.

Während Seth um Erlaubnis winselte, ging ich zurück ins Haus und bestückte meine überdimensionale Handtasche mit einer Taschenlampe, einem Notizbuch mit Kuli, meiner Kamera und dem Pfefferspray, das mir mein Vater zu Beginn der Oberstufe aufgezwungen hatte.

Bei meiner Vorgeschichte mit dem brownschen Gebäude musste ich mit dem Schlimmsten rechnen. Wenn es bei Tag schon so unheimlich war, wollte ich mir lieber nicht vorstellen, wie es im Dunkeln sein würde. Als Mädchen konnte man nie vorsichtig genug sein, selbst wenn man einen dürren, rothaarigen Superhelden an seiner Seite hatte.

Als ich endlich durch unser Garagentor schlüpfte, hatte Seth den Minivan bereits in die Einfahrt gelenkt. Selbst durch die verregnete Windschutzscheibe hindurch konnte ich sein gigantisches Grinsen erkennen.

Mist. Er verstand unseren kleinen Ausflug vermutlich als Date. Aber in der Not durfte man nun mal nicht wählerisch sein, und ich brauchte dringend ein Taxi. Ich war nur froh, dass er sich nicht extra für mich in Schale geworfen hatte oder so.

Rasch kletterte ich in den Wagen und fing an, über die bevorstehende Herausforderung nachzudenken.

»Alles okay?«, fragte Seth. »Du bist so still.«

Er hatte recht. Ich war nicht nur still, sondern obendrein verängstigt. Ich hatte den Stein, der bei meinem letzten Besuch durchs Fenster geflogen war, noch nicht vergessen. Irgendjemand schien genau zu wissen, was ich tat, noch bevor ich es selbst wusste, und dieser Jemand war über meine Nachforschungen offenbar nicht gerade erfreut. Ich musste höllisch aufpassen.

»Bin nur ein bisschen nervös. Man sagt doch, in den alten Gebäuden spukt's.«

»Ach, komm schon! Du glaubst doch nicht etwa an Geister, oder?«

»Äh … na ja, bislang nicht. Aber in letzter Zeit sind mir irgendwie Zweifel gekommen.« Ich dachte an die geheimnisvollen E-Mails und das Mädchen im Karorock.

»Ich glaube, du hast größere Probleme als Geister, Kate.« Er setzte den Blinker und lenkte nach links – mit Übergreifen natürlich.

»Wie meinst du das?«, erwiderte ich erschrocken, während ich mich fragte, ob er wohl alles durchschaut hatte – all die Lügen, all die Geheimnisse, die ich mit mir herumschleppte.

»Ich meine Liam Gilmour. Warum gibst du dich mit dem ab? Er ist gefährlich.«

Ich konnte mir meinen erleichterten Seufzer nicht verkneifen.

»Liam? Im Ernst, Seth? Der ist echt mein geringstes Problem.«

»Ich hab gehört, er ist echt gefährlich, unberechenbar. Du weißt doch, was alle sagen. Die haben recht!« Seth fuhr in eine Parklücke auf dem Schülerparkplatz und stellte den Motor ab.

»Liam mag ja so manches sein, aber bestimmt nicht gefährlich.« Mal abgesehen davon, dass er mir ohne Weiteres das Herz brechen konnte. »Du kennst ihn doch überhaupt nicht. Die Leute lästern nun mal gern.« Ich ließ den Kopf gegen die Fensterscheibe sinken.

»Er hat ein Feuer gelegt«, platzte Seth heraus.

Im Bruchteil einer Sekunde erfüllte sich die Luft mit einer solchen Spannung, dass ich kaum noch Luft bekam.

Mein Blick schnellte zurück zu Seth. »Was redest du da? Was für ein Feuer?«

»Bevor er auf die PB kam. Als ich letztes Jahr im Sekretariat ausgeholfen habe, musste ich seine Akte umsortieren. Dabei ist der Bericht rausgefallen.«

Ich erinnerte mich daran, wie Liam mal zu mir gesagt hatte, jeder habe etwas zu verbergen. War es das, was er verbarg? Ich schob den Gedanken beiseite. Das konnte nicht sein. Hätte Seth mir erzählt, er hätte Liam und Beefany dabei überrascht, wie sie miteinander rummachten, hätte ich ihm ohne Weiteres geglaubt, aber er konnte unmöglich ein Brandstifter sein.

»Warum kannst du dich nicht einfach für mich freuen? Da zeigt endlich mal ein Typ Interesse für mich, und du wirst gleich eifersüchtig.« Die Wut brodelte so unvermittelt in mir hoch, dass ich selbst erschrak. Jedes meiner Worte hing schwer in der Luft, einzig und allein durchbrochen vom Quietschen der Wischerblätter und Mrs Allens Softrock-Radiosender. Ich knabberte an meinen Fingernägeln, und Seth rutschte unruhig auf dem Fahrersitz hin und her.

»Tut mir leid«, sagte Seth. »Ich will nur nicht, dass dir was passiert.«

Ich versuchte die Worte zurückzunehmen, die ich ihm gerade an den Kopf geworfen hatte. »Und mir tut's leid, dass ich dich eifersüchtig genannt habe«, sagte ich. »Mir geht im Moment viel durch den Kopf, und für Lügen über Liam habe ich echt keine Zeit.«

Der Regen trommelte auf das Wagendach und kullerte in dicken Tränen über die Windschutzscheibe. Während ich den Zickzackkurs der Tropfen beobachtete, legte sich meine Wut ein wenig.

»Was ich dir noch erzählen wollte ...« Seth wechselte abrupt das Thema. »Ich hab herausgefunden, was das hier bedeutet ...« Er hob seinen knochigen Hintern vom Sitz und kramte in seiner Gesäßtasche, um mir einen zerknitterten Zettel zu reichen.

»Das hab ich aus einem meiner Foren ausgedruckt«, fuhr er fort. Damit meinte er einen dieser Chatrooms, in denen er über Gott und die Welt diskutierte. »Es ist das ursprüngliche Pemberly-Wappen.« Er wirkte ziemlich selbstzufrieden. »Aber das *S* da …« Er zeigte auf den verschnörkelten Buchstaben. »… das sollte eigentlich ein *P* sein, wie gesagt, für Pemberly.«

»Ach, echt? Danke.« Ich war froh, dass unsere kleine Streiterei vorbei war, aber zugleich sauer, weil Seth mir etwas über dieses vermaledeite Wappen erzählte, das ich längst wusste.

Das Wappen war eindeutig von zentraler Bedeutung, und ich hatte es inzwischen oft genug gesehen, um zu wissen, dass das *S* kein Versehen war. Warum hatte Naomi das Motto in ihren Schmuck eingraviert? Warum hatte Ms Cole gesagt, ich solle vorsichtig sein? Warum, warum, warum? Ich kam mir vor wie eine Dreijährige.

»Hör mal …« Ich wandte mich wieder Seth zu. »Du kannst ruhig im Auto bleiben. Ich bin gleich wieder da. Außerdem haben wir nur einen Regenschirm.« Ich brauchte dringend Antworten, und wenn Seth mir ins brownsche Herz folgte, würde ich am Ende nur mit tausend neuen Fragen herauskommen.

»Na klar. Im Dunkeln. Ich lass dich bestimmt nicht allein über den Campus laufen. Was hast du überhaupt vergessen? Kann das nicht bis morgen warten? Außerdem habe ich die Schlüssel, schon vergessen?« Seth wedelte mir mit dem Schlüsselbund vor der Nase rum. Ich beäugte den monströsen Schlüsselanhänger im indianischen Perlenlook, den er vermutlich in irgendeinem Ferienlager gebastelt hatte.

»Na schön«, erwiderte ich und schnappte ihm den Schlüssel aus der Hand. Dann zog ich mir die Kapuze über den Kopf und rückte meine Tasche zurecht. »Kommst du nun, oder was?«

Während wir den Campus überquerten, dicht unter einem Schirm zusammengedrängt, stellte Seth mir hundertmal dieselbe

Frage in verschiedener Ausführung. Ich fragte mich, wann er wohl endlich aufgeben würde.

In der Dunkelheit wirkte das ausgedehnte Schulgelände wie eine andere Welt. Die Bäume, die tagsüber magisch aussahen, wirkten bei Nacht eher bedrohlich. Vereinzelte Laternen markierten die Weggabelungen und warfen ihr Licht auf Äste und Grashalme, die mich an Glasscherben erinnerten. Über dem See lag ein dunstiger Nebel, der sich in den Park ergoss.

Als wir den Pfad erreichten, wünschte ich mir statt der mickrigen Laternen links und rechts des Weges riesige Flutlichter, die das gesamte Schulgelände erhellten. Der Regen, der Nebel, der Park, all das kam mir vor wie aus einem schlechten Horrorfilm. Ich umklammerte Seth' dürren Arm ein wenig fester.

Schließlich stellte Seth seine Fragen ein, und wir eilten schweigend weiter. Unglücklicherweise entpuppte sich die Stille nicht gerade als Wohltat. Wenn man leise ist, hört man allerlei komische Geräusche. Wie etwa das Trommeln des Regens auf den Blättern, das Seufzen des Windes, das Flüstern der Geister, die in der Dunkelheit lauern.

Vor uns huschte ein Schatten über den nebligen Pfad. Meine Hand flog an meine Tasche und tastete nach dem Pfefferspray.

»Hast du das gesehen?«, flüsterte Seth.

»Ja. Vermutlich ein Reh oder so.«

»Hast du schon mal ein Reh gesehen, das auf zwei Beinen läuft?«

»Jetzt komm.« Ich packte Seth am Ärmel und zerrte ihn in die Richtung des alten Brown-Geländes.

Als wir den Park hinter uns hatten, erstreckte sich vor uns der offene Schulhof, und ich fühlte mich sofort wohler. Hier gab es weitaus weniger Versteckmöglichkeiten. Der Nachteil war, dass *wir* uns ebenso wenig verstecken konnten.

Im strömenden Regen war unsere Sicht begrenzt, aber die Silhouette der alten brownschen Gebäude war unverkennbar.

»Ich glaube, du hast mich vorhin nicht richtig gehört, als ich dich gefragt habe. Was hast du da eigentlich vergessen?« Einhundertundeins. Man konnte seine Hartnäckigkeit nur bewundern.

»Ich hab einen meiner Ohrringe verloren, und die haben mal meiner Oma gehört. Meine Mutter bringt mich um, wenn ich den nicht wiederfinde.«

»Meinst du nicht, es wäre sinnvoller, den bei Tageslicht zu suchen?«

Ich hätte Seth am liebsten ignoriert, aber ich wusste, er würde doch nicht lockerlassen. »Wenn ich ihn nicht wiederfinde, kann ich heute Nacht nicht schlafen. Und außerdem«, ich kramte in meiner Tasche und zog die Taschenlampe hervor, »hab ich die hier dabei!«

»Hey, die hättest du besser mal eher rausgeholt! Dann hätten wir sie auf das zweibeinige Reh richten können.«

»Jetzt mach dir nicht in die Hose – wir sind da.«

Unter unserem Schirm zusammengekauert, blickten wir an dem imposanten Ziegelbau empor.

»Also, worauf warten wir noch? Lass uns ins Trockene gehen.« Seth trat einen Schritt vor, und ich stellte den Schirm in die Ecke des Portals.

Dann schloss ich mit Seth' Schlüssel die Tür auf. Sobald wir einen Fuß ins Gebäude setzten, fing dieser an, unkontrolliert zu niesen.

»Willst du nicht doch lieber draußen warten?«, fragte ich genervt. Falls sich tatsächlich jemand im Gebäude befand, hatte Seth denjenigen gründlich gewarnt.

»Mir« – *nies* – »geht's« – *nies* – »gut« – *nies* – »jetzt« – *nies* – »geh« – *nies* – »schon« – *nies* – »rein«. Er nieste erneut, als wollte er dem Ganzen einen Punkt setzen. Ich murmelte etwas von wegen Klotz am Bein.

Der Strahl meiner Taschenlampe wies uns den Weg. Immer wieder leuchtete ich auf die Wände, in der Hoffnung, irgendetwas zu finden, wonach auch immer ich suchte. Langsam ging ich weiter, während mir Grace' Perlen mit jedem Schritt gegen die Brust tippten. Plötzlich weckte ein winziger Gegenstand meine Aufmerksamkeit. Ich beugte mich herab, um ihn genauer zu betrachten. Zuerst dachte ich, es wäre eine Heftzwecke, aber bei näherem Hinsehen stellte ich fest, dass es eine Anstecknadel war, die einen Löwen und einen Schlüssel zeigte – das brownsche Wappen. Ich fragte mich, wie lange die Nadel wohl schon hier lag. War dies vielleicht der entscheidende Hinweis?

»Das muss es sein. Oder?«, flüsterte ich und blickte zur Decke, als würde ich eine Antwort von Grace erwarten.

»Kate!«, rief Seth und verpasste mir fast einen Herzinfarkt. Ich dankte Gott, dass er mein kleines Selbstgespräch offenbar nicht gehört hatte.

»Verdammt, Seth! Hoffentlich ist es wichtig.«

Er hockte vor der gemauerten Treppe und hielt ein Stück Papier in den Händen.

»Sieh mal.«

Ich beugte mich zu ihm runter und leuchtete mit der Taschenlampe auf den Zettel. Es war eine Einladung, die nahezu identisch war mit der, die Cameron mir geschickt hatte oder die Naomi aus ihrem Handschuhfach geholt hatte. Doch es gab da einen feinen Unterschied.

Die Zeichnung des Wappens befand sich in der rechten unteren Ecke, und die Einladung war an mich adressiert.

Kapitel 31

Letzten Herbst

»Mir wird schlecht.« Ich fasste mir an den Bauch und bat meinen Vater, am Straßenrand zu halten. Sobald wir standen, stürzte ich aus dem Wagen und kotzte ins Gras. Mein Körper verkrampfte sich so sehr, dass ich auf die Knie fiel und mir den feinen Splitt in die Haut bohrte. Meine Mutter streichelte mir den Rücken und hielt meine Haare zurück, ohne etwas zu sagen. Sie behauptete nicht, dass alles gut werden würde; sie forderte mich nicht auf, mir keine Sorgen zu machen. Das konnte sie nicht.

Sobald ich fertig war, kletterte ich zurück ins Auto und drückte die Ruftaste meines Handys. Doch anstatt mir das Telefon ans Ohr zu halten, beobachtete ich, wie die Sekunden auf dem Display verstrichen. Ich wusste, bei einunddreißig würde mir Grace' fröhliche Stimme erklären, dass sie gerade nicht ans Telefon gehen könne.

Während das Handy unermüdlich klingelte, starrte ich Grace' Gesicht an. Wir hatten unsere Handys so eingerichtet, dass ein Foto des anderen auf dem Display erschien, wenn wir uns gegenseitig anriefen. Grace streckte mir frech die Zunge raus.

Neunundzwanzig. Dreißig. Einunddreißig.

»Hallo, hier ist Grace. Ich würde supergern mit dir quatschen, aber ich kann leider gerade nicht rangehen. Ich ruf dich zurück!« Wie gern wollte ich ihr glauben – wollte glauben, dass sie mich zurückriefe –, doch ein Teil von mir wusste, dass dies nicht geschehen würde. Ich hinterließ eine weitere Nachricht, die noch verzweifelter klang als die vorherige. Dann startete ich den Vorgang von vorn, wieder und wieder und wieder.

Als wir zu Hause ankamen, stürzte ich die Treppe hinauf und übergab mich erneut. Ich dachte, es läge vielleicht an dem Rauchgeruch auf meiner Haut und meinem Haar, daher stellte ich mich unter die Dusche und schrubbte mich von Kopf bis Fuß. Ich schrubbte und schrubbte und hielt bloß inne, um Grace anzurufen, während mir das Wasser über den Arm und über mein Handy lief.

Neunundzwanzig. Dreißig. Einunddreißig.

Neunundzwanzig. Dreißig. Einunddreißig.

Neunundzwanzig. Dreißig. Einunddreißig.

Ich musste mit dem Telefon in der Hand eingeschlafen sein, doch als ich aufwachte, war es verschwunden.

»Wo ist mein Handy!« Ich saß aufrecht im Bett und schrie so laut ich nur konnte, während ich mich hektisch im Zimmer umsah. »Ich brauche mein Handy!« Ich stolperte aus dem Bett und rannte in den Flur, um am oberen Ende der Treppe wie ein Häufchen Elend zusammenzusacken. »Ich brauche mein Handy!« Ich weinte und zog die Beine an die Brust. Mein Körper zuckte mit jedem qualvollen Schluchzer.

»Schhh«, flüsterte meine Mutter, während sie die Treppe hinaufstieg. Es war inzwischen früher Morgen, doch sie trug immer noch die gleichen Sachen wie letzte Nacht. Ich fragte mich, ob sie überhaupt ins Bett gegangen war. »Oh, Kate.« Die Haare klebten mir im Gesicht; Mom strich sie mir aus der Stirn und setzte sich zu mir. Dann zog sie mich in ihren Schoß und wiegte mich sanft hin und her, als wäre ich kein Teenager, sondern ein Baby.

Mit rot geäderten Augen blickte ich zu ihr auf und sagte die Worte, vor denen ich mich so sehr fürchtete.

»Sie ist tot, oder?«

»Oh, Liebling. Sie haben eine Leiche gefunden … im Untergeschoss der Kapelle. Bis jetzt haben sie noch nicht bekannt gegeben, wer es ist, also müssen wir weiter beten.«

Aber ich brauchte nicht zu beten. Ich wusste es. Es war Grace. Sie war tot.

Kapitel 32

Heute

Wir saßen dicht beieinander unter dem grünlichen Lampenschirm eines Schnellrestaurants und hatten die Köpfe zusammengesteckt. Seth nahm die Einladung in die Hand und runzelte nachdenklich die Stirn.

»Ich kapier's einfach nicht. Zu was hat man dich da überhaupt eingeladen? Und wenn du schon eine Einladung hattest, warum warst du dann nicht da, als das Feuer ausgebrochen ist?« Seth deutete auf die schnörkelige Schrift der Karte. Wir hatten die drei Einladungen – Grace', Naomis und meine – aneinandergelegt, sodass sie zusammen drei Viertel des Wappens bildeten.

»Und was ist mit dem Pemberly-Wappen?«, fuhr er fort, während er Camerons zerknitterten Zettel zur Hand nahm. »Ist das hiermit identisch?« Er deutete auf das unvollständige Wappen und sah mich verständnislos an. »Und die vierte Einladung? Wer hat die bekommen?«

Ich musste eine Entscheidung treffen. Ich konnte mich entweder taub stellen und riskieren, dass Seth mich weiterhin mit Fragen löcherte und sich einmischte, oder ich konnte ihm alles erzählen und die Sache ein für alle Mal hinter mich bringen. Zwar hatte ich Skrupel, mein Versprechen gegenüber Grace zu brechen, aber ich brauchte dringend Hilfe. Und außerdem wusste Seth ohnehin schon zu viel.

Die Karten offen auf den Tisch zu legen, hatte zumindest einen entscheidenden Vorteil: die ungeheure Menge an wahllosen Informationen, die in Seth' Kopf herumschwirrten. Der Junge war eine wandelnde Fundgrube, und wenn er mal etwas nicht wusste, wusste er zumindest, wo er es finden konnte. Außerdem gefiel mir die Vorstellung, einen Komplizen zu haben.

»Okay, dann fange ich am besten vorne an«, flüsterte ich, während eine riesige Last von mir abfiel.

Bevor ich meinen Bericht beendet hatte, kam die Bedienung fünf Mal bei uns vorbei, sichtlich empört, dass ihr Block nach wie vor leer blieb. Obendrein wurden wir dreimal von Seth' Handy unterbrochen, weil seine Mutter wissen wollte, ob wir uns auch gut amüsierten.

»Und was machen wir jetzt?«, fragte Seth. Ich wäre am liebsten über den Tisch gesprungen, um ihn zu küssen. Es fühlte sich so verdammt gut an, mein Geheimnis endlich mit jemandem zu teilen. Jemandem, der sich mit mir zusammen Gedanken machte.

»Ich hab keine Ahnung. Naomi ist gerade in diesem Tenniscamp, und Cameron ist abgehauen – die beiden sind die Einzigen, die von den Einladungen wissen und uns vielleicht helfen können.«

Ohne einen Ton zu sagen, nahm Seth sein Handy in die Hand und wählte eine Nummer.

»Mom? Wir wollen noch ins Kino«, sagte er. »Ja, in die Spätvorstellung … Ich weiß, dass morgen Schule ist, aber ich habe alle Hausaufgaben gemacht … Ich bin fast sechzehneinhalb!« Seth hielt das Telefon vom Ohr weg, und ich hörte seine Mutter am anderen Ende der Leitung brüllen. »Okay, also ich meld mich, wenn der Film vorbei ist.« Seth klappte sein Handy zu und grinste mich freudestrahlend an.

»Ins Kino? Hast du sie noch alle?«

Doch Seth fiel mir ins Wort. »Glaubst du, die haben Cameron inzwischen gefunden?«, fragte er.

Ich begriff endlich und stand grinsend auf. »Es wäre einen Versuch wert.«

***

Als wir in die Straße einbogen, wo Camerons Eltern wohnten, wusste ich ehrlich gesagt nicht so recht, was ich erwarten sollte. Es konnte durchaus sein, dass Cameron inzwischen aufgetaucht war. Schüler wurden des Öfteren stillschweigend von der Schule genommen, und bei Camerons Vorgeschichte hatten seine Eltern vermutlich keine Eile, ihn zurück auf die Schule zu schicken.

Doch als Seth den Minivan mehrere Häuser entfernt parkte, nahm ich die Tatsache, dass in Camerons Einfahrt nur eine langweilige Limousine stand, kaum zur Kenntnis. Stattdessen hatte sich mein Blick auf das Haus daneben geheftet. Anders als die protzigen Villen, die das Viertel ansonsten prägten, war dieses Haus im schlichten Kolonialstil erbaut worden. Es wirkte finster, geradezu verwaist, aber ich wusste es besser. Grace' Eltern hielten sich da drinnen verschanzt, zusammen mit einem Großteil meiner Kindheitserinnerungen. Ich versuchte, meine Trauer zu verbergen, die mich mit einem Mal zu überwältigen drohte, doch Seth bemerkte es. Natürlich.

»Alles in Ordnung?«, fragte er, den Blick starr auf seine Hände gerichtet. »Wenn dir kalt ist, kann ich dir meine Jacke leihen.« Wir wussten beide, dass es hier um mehr ging als um körperliche Kälte.

Ich schüttelte den Kopf, und Seth gab mir einen Moment Zeit, um den gigantischen Kloß runterzuschlucken, der immer größer wurde, je länger ich Grace' Zuhause anstarrte. Schließlich riss ich den Blick los und atmete tief durch. Themenwechsel.

»Haben wir irgendeinen Plan?« Im Restaurant war mir die Idee, hierherzukommen, noch ziemlich brillant vorgekommen, aber inzwischen war ich mir da nicht mehr so sicher. Ich meine, wir konnten ja wohl schlecht bei den Thompsons klingeln und sie fragen, ob Cameron ihnen vielleicht etwas über Grace' Tod erzählt hatte und wie das Ganze mit dem Bruder des Schulleiters zusammenhing, der möglicherweise ein Vergewaltiger war.

Zum Glück brannte im Erdgeschoss Licht, und trotz des Regens standen die meisten Fenster einen Spaltbreit offen. Die Wahrscheinlichkeit, dass wir irgendetwas herausfinden würden, war zwar gering, aber ich war der Meinung, es könne kaum schaden, sich bei den Thompsons auf dem Grundstück ein wenig umzusehen und vielleicht einen Blick ins Haus zu werfen, um nach irgendwelchen Hinweisen auf Camerons Rückkehr zu suchen.

»Komm mit. Ich hab eine Idee.« Seth öffnete die Fahrertür und sprang auf die regennasse Straße. Ich zog die Kapuze meines Sweatshirts über meinen Pferdeschwanz und war erleichtert, das Kommando abtreten zu können.

Sei bitte da. Sei bitte da. Sei bitte da. Gebetsmühlenartig wiederholte ich den Satz, während wir den matschigen Vorgarten durchquerten. Um unser Glück ein wenig zu bestärken, berührte ich Grace' Perlenkette, die mich daran erinnerte, wie wichtig unsere Mission war.

»Okay, lass uns erst mal ums Haus schleichen. Wir spähen einfach durch die Fenster, um zu sehen, ob er da ist«, sagte Seth.

»Und was, wenn er da ist?«, fragte ich.

»Keine Ahnung. Wir wollen doch mit ihm reden, oder? Das ist vielleicht unsere einzige Chance.« Ich klammerte mich an die Worte »wir« und »unser«. Sie hatten in meinen Ohren noch nie so wunderbar geklungen. Und das, obwohl *Seth* sie gesagt hatte, der gerade einen Beutel saure Gurken aus der Jackentasche zog und zu mampfen begann.

Er musste meinen angewiderten Gesichtsausdruck bemerkt haben, denn zwischen zwei Bissen murmelte er: »Was? Ich kann nichts dafür! Ich bekomme nun mal Hunger, wenn ich nervös bin – niedriger Blutzuckerspiegel.«

Ich schüttelte den Kopf und packte ihn am Arm. »Komm schon. Jetzt oder nie.«

Wir näherten uns der Seitenwand des Hauses. Als wir die niedrigen Fenster erreichten, erspähten wir ein dunkles Esszimmer. Von Cameron keine Spur.

Ich gab Seth ein Zeichen, mucksmäuschenstill zu sein, während wir ums Haus der Thompsons herumschlichen. Als wir uns dem hinteren Garten näherten, entdeckten wir einen Lichtschein, der von der Küche auf das feuchte Gras fiel. Die Fenster waren hier höher gelegen, daher konnten wir unbeobachtet darunter stehen bleiben, wenn wir uns nur nahe genug an der Mauer hielten.

»Seth«, flüsterte ich. »Ich hör jemanden.« Seth hockte sich hin und zog mich zu sich herunter.

»Ja, ich bin hier. Sie haben ihn immer noch nicht gefunden.« Die Stimme drang leise, aber verständlich zu uns herunter.

Damit war die Sache wohl klar. Kein Cameron. Aber irgendwie kam mir die Stimme vertraut vor, und ich war mir ziemlich sicher, dass es nicht Camerons Vater war. Wir hörten, wie derjenige einen Stuhl zurückschob und sich hinsetzte.

»Wer ist das?«, flüsterte Seth. Sein warmer, würziger Gurkenatem schlug mir gegen die Wange. Ich machte *pst!* und rümpfte die Nase.

»Nein, ich glaube nicht, dass sie irgendetwas wissen, aber wir können nicht vorsichtig genug sein.« Die Stimme machte eine Pause. »Nein, das halte ich für unnötig. Ich habe nicht den Eindruck, dass er irgendwelche Beweise zurückgelassen hat.« Der Sprecher dämpfte seine Stimme. Ich hatte Mühe, die Worte zu verstehen. »... Familie ... alles ... Schwesternschaft entlarven ... Er kommt. Ich muss auflegen.«

Nach einer kurzen Pause hörten wir erneut das Kratzen eines Stuhls. Ich warf einen Blick auf Seth. Er hatte die Augen weit aufgerissen. Wer auch immer dieser Kerl war, er machte sich offenbar Gedanken über die Beweise, die Cameron zu Grace' Tod gesammelt hatte. Beweise, die sich nunmehr in meinem Besitz befanden.

»Nochmals vielen Dank, dass Sie gekommen sind.« Eine zweite Stimme durchdrang die Stille der Nacht, und diesmal war ich mir absolut sicher, dass es Camerons Vater war.

»Keine Ursache.« Die Stimmen wurden leiser, während Mr Thompson und sein Besucher zur Haustür gingen. »Ich hoffe, die Informationen ... andere Schule ... Cameron ... unterstützen«, war alles, was wir verstehen konnten.

»Komm mit! Sie gehen zum Eingang.« Ich packte Seth am Arm und wollte gerade in Richtung Vorgarten rennen, als der Garten mit einem Mal taghell erleuchtet wurde. Offenbar ein Bewegungsmelder.

Zwei schwere Paar Schritte kehrten donnernd in die Küche zurück. Die Fliegenschutztür flog quietschend auf.

Verdammt.

Kapitel 33

Ich glaube, ich hatte Seth noch nie wirklich rennen sehen. Wären wir nicht kurz davor gewesen, von Camerons Vater und seinem zwielichtigen Besucher geschnappt zu werden, hätte ich der belustigenden Tatsache, dass Seth wie ein vorpubertäres Mädchen lief, vermutlich mehr Beachtung geschenkt, aber mein verzweifelter Sprint lenkte mich zu sehr ab.

»Hey, ihr beiden! Stehen bleiben!« Camerons Vater hatte das Haus verlassen und verfolgte uns.

Zum Glück gab er sich auf halber Höhe seines gigantischen Vorgartens geschlagen und war vermutlich zu weit entfernt, um unser Nummernschild erkennen zu können, als wir im Minivan die Straße hinunterjagten. Ich reckte meinen Hals, um zu sehen, wem die andere Stimme gehörte, aber der Mann war bereits im Haus verschwunden.

Im Wagen herrschte Totenstille, mal abgesehen von unserem abgerissenen Atem. Ich glaube, wir hatten Angst, unsere Flucht zu beschreien, so lange wir nicht sicher zu Hause angekommen waren. Erst als wir in meine Hauseinfahrt einbogen, ohne dass hinter uns Sirenen heulten, atmete ich erleichtert aus.

»Gott sei Dank! Ich kann kaum glauben, dass wir denen echt entwischt sind.« Instinktiv packte ich Seth' Arm, doch er schien meinen Todesgriff eher als »Ich bin ja so dankbar – bitte nimm mich hier und jetzt!« zu interpretieren, denn als schlichtes »Ich muss vor lauter Panik irgendwas drücken, und dein Arm ist gerade zufällig in Reichweite«. Er legte seine Finger an mein Kinn und zog mein Gesicht zu sich heran.

»Alles okay, Kate«, hauchte er und beugte sich zu mir vor.

»Igitt, Seth!«, rief ich und stemmte meine Hände gegen seine Brust. »Lass das!«

»Was denn?« Er riss abwehrend die Hände hoch. »Ich dachte … auch egal, vergiss es.« Er tat nicht mal mehr so, als würde es ihn verletzen; mir kam es eher so vor, als hätte er meine Reaktion erwartet, noch bevor ich überhaupt die Chance hatte zu reagieren. »Was sollte eigentlich dieser Quatsch mit den Schwestern? Cameron hat doch gar keine Schwester.«

»Was hast du gesagt?«, fragte ich.

»Schwesternschaft. Der Schulleiter hat irgendwas von einer Schwesternschaft gesagt.«

»Der Schulleiter? Wovon redest du da?« Ich war irgendwie schwer von Begriff und hatte Mühe, seine Worte zu deuten.

»Die Stimme würde ich überall wiedererkennen. Ich arbeite immerhin im Sekretariat, schon vergessen?«

»Bist du dir ganz sicher?«, fragte ich, während ich die Tragweite von Sinclairs Besuch bei den Thompsons einzuschätzen versuchte. Vielleicht war das so eine Art Formsache? Aber es musste noch mehr dahinterstecken. Mein Verstand wanderte zurück zu Seth' anderer Erkenntnis.

»Schwesternschaft«, wiederholte ich. »Warum kommt mir das irgendwie bekannt vor?«

Ich schloss die Augen, und plötzlich fiel es mir wieder ein. »Elisa, im Pflegeheim. Sie hat auch was von irgendwelchen Schwestern erzählt.« Ich öffnete die Augen und verspürte den unbändigen Drang, in die Hände zu klatschen. »Ich dachte, sie meint das nur so im Allgemeinen, aber jetzt ergibt das Ganze plötzlich einen Sinn. Grace' Tod und der Tod von Abigail Moore hängen irgendwie zusammen.«

»Wegen einer Gruppe, die sich die Schwesternschaft nennt?«, fragte Seth atemlos. Ich konnte fast hören, wie er im Geiste bereits einen Beitrag für diverse Verschwörungsforen verfasste, die er regelmäßig besuchte.

»Glaube ich jedenfalls. Schon mal was von denen gehört?«

»Ähm … nein. Oder, warte mal … « Er blickte zur Decke, als wollte er den imaginären Ordner seines Langzeitgedächtnisses durchforsten. »Kann sein. Jedenfalls weiß ich, wo ich das nachsehen kann.« Seth fuhr rückwärts aus unserer Einfahrt.

»Hey, was hast du vor?«

»Du kommst mit zu mir.« Er lenkte den Van geschickt in seine eigene Einfahrt und fuhr ihn in die Garage.

»Warum?«

»Du wirst schon sehen.«

Seth stürmte ins Haus und rief: »IchbinwiederdaKateistauchhierwirmüssennochschnellwasfürdieSchulenachsehen. Okay? Okay.« Er schob mich die Treppe hinauf in sein Zimmer, während seine Mutter uns an die achthundert Fragen hinterherrief, die wir nicht mal verstanden.

»Also, da ist dieser Typ, der regelmäßig meinen Blog kommentiert …«

»Du hast einen eigenen Blog? Im Ernst?«

Seth war beleidigt. »Willst du nun, dass ich dir helfe, oder nicht?«

»Klar will ich, dass du mir hilfst«, erwiderte ich kleinlaut.

»Also, wie gesagt, ich kenne da diesen Typen, der sich auf regionale Geheimgesellschaften spezialisiert hat.« Seth tippte wie wahnsinnig auf seiner PC-Tastatur herum. »Er ist total besessen von einer Gruppe, die angeblich nach dem Zweiten Weltkrieg im Mittleren Westen gegründet wurde, und rate mal, wie die heißt!«

»Die Schwesternschaft?«

»Yep. Hier, lies das!«

Da stand tatsächlich ein kurzer Abschnitt über die Schwesternschaft. VerschwörungsFan (ehrlich! das war sein Log-in-Name – so was kann man sich schließlich nicht ausdenken) hatte bislang keine eindeutigen Beweise dafür gefunden, dass es die Gruppe wirklich gab, lediglich vereinzelte Erwähnungen in Tagebüchern und Briefen. Aber das Material, das er zusammengetragen hatte, deutete darauf hin, dass sich die Gruppe in den 1950er-Jahren im Raum Cleveland formiert hatte.

Ich blickte auf.

»Und dieser … «, ich konnte den Namen kaum aussprechen, »… VerschwörungsMan glaubt, dass die immer noch aktiv sind?«

»Er heißt VerschwörungsFan, und, ja, er versucht ständig, neue Indizien aufzutreiben. Aber die sind ziemlich gerissen und halten sich bedeckt. Nicht wie Skull & Bones, um die ein Riesentrara gemacht wird. Er glaubt, die Gruppe ist sehr aktiv und breitet sich sogar aus.«

»Wow«, hauchte ich, während ich mich bemühte, die Flut von Informationen zu verarbeiten. Plötzlich fiel mir etwas auf. Der Buchstabe im Wappen. »Sag mal, denkst du auch, was ich denke?«

»Yep, ich werde meine Mutter mal fragen, ob sie uns was zu essen macht.«

»Nein, ich meine das Wappen! Das *S*. Es soll kein *P* sein. *S* steht für die Schwesternschaft.«

Als ich die Worte aussprach, hörte ich förmlich, wie sich die Puzzleteile in meinem Gehirn zusammenfügten. Das musste es sein: die Wahrheit, die Grace' Freiheit bedeuten konnte!

Kapitel 34

Zu Hause stellte ich mich unter die kochend heiße Dusche und ließ das Wasser an mir herablaufen wie Stunden zuvor den Regen. Ganz gleich, wie oft ich mich über Seth beschwerte, ohne ihn hätte ich heute Abend rein gar nichts erreicht.

Sobald ich mich angezogen hatte, setzte ich mich an den Schreibtisch und öffnete mein E-Mail-Programm, um mich bei Seth zu bedanken. Doch bevor ich irgendetwas tippen konnte, entdeckte ich die fett gedruckte Betreffzeile.

Ich hatte eine neue Nachricht.

An: KateLowry@pemberlybrown.edu
Gesendet: Dienstag, 23:21
Von: GraceLee@pemberlybrown.edu
Betreff: (kein Betreff)

Du bist nah dran.
Bitte gib nicht auf.
Liam weiß Bescheid, sei vorsichtig.

Wieder und wieder las ich mir die Worte auf dem Bildschirm durch. Wieso sollte Liam über irgendetwas Bescheid wissen? Ich hatte ihm nichts erzählt.

Aber Grace war der Meinung, ich sei nah dran. Und sie hatte recht – ich durfte jetzt auf keinen Fall aufgeben. Wenn ich ehrlich war, wusste ich, dass mit Liam irgendetwas nicht stimmte. Seth würde nie so eine Geschichte erfinden, nur um mich zu verletzen. Liam hatte eindeutig etwas zu verbergen, und ich war mir ziemlich sicher, dass mehr dahintersteckte als seine gestörte Beziehung zu Beefany.

Wusste er womöglich von der Schwesternschaft? Wusste er vielleicht sogar, was Grace zugestoßen war? Und hatte er wirklich eine Vorgeschichte in Sachen Brandstiftung? Aber warum sollte er Grace' Tod gewollt haben? Warum sollte die Schwesternschaft ihren Tod gewollt haben? Mein Verstand schwirrte vor lauter Fragen.

Ich hatte das Gefühl, mein Kopf würde jeden Moment zerspringen, daher zog ich die Notbremse meines überhitzten Gehirns. Immer eins nach dem anderen. Die E-Mail besagte, dass Liam irgendetwas wusste, also musste ich mich zunächst darauf konzentrieren. Der rätselhafte Brown-Anstecker, die fehlende Einladung und die Schwesternschaft mussten wohl oder übel warten. Zumindest fürs Erste.

Was Liam anging, war es wohl dringend an der Zeit, ihn mal so richtig *Law&Order*-mäßig unter die Lupe zu nehmen, um endlich die Wahrheit herauszufinden, die reine Wahrheit und nichts als die Wahrheit. Es wäre mir lieber gewesen, wenn mich das Ganze mehr überrascht hätte, aber dem war leider nicht so. Ich mochte Liam. Sehr sogar. Aber tief in meinem Innern wusste ich, dass er mir etwas verheimlichte.

Ich könnte behaupten, ich hätte es nicht kommen sehen. Doch die Anzeichen waren da. Mein Herz hatte lediglich beschlossen, sie zu ignorieren.

Kapitel 35

Ich stützte meinen Kopf in die Hand und tat so, als würde ich Beefanys Gelaber über das bevorstehende Homecoming-Wochenende aufmerksam zuhören. In Wirklichkeit beschäftigten sich meine Gedanken abwechselnd mit einer geistigen Liste potenzieller Schwesternschaftsmitglieder und der Frage, wie viel Liam wusste.

Anscheinend hatte sich die Schwesternschaft in der Nacht des *Spiritus*-Feuers aus irgendeinem Grund in der Kapelle getroffen. Dennoch glaubte ich Naomi, dass sie und ihre »Freunde« nichts mit Grace' Tod zu tun hatten. Irgendetwas schien mir bislang zu entgehen, etwas Wichtiges. Und ich wurde das Gefühl nicht los, dass mir allmählich die Zeit davonlief.

»Der Homecoming-Ball ist die mit Abstand wichtigste Veranstaltung in diesem Herbst, und es ist unsere Pflicht, ihn so perfekt wie möglich zu gestalten.« Beefany hatte irgendetwas Rotes zwischen den Zähnen, und ich fragte mich, ob es wohl ein Stück Menschenfleisch war. »Aber bevor wir uns mit der Deko beschäftigen, muss ich euch das Thema des diesjährigen Balls verraten.«

Eine übertriebene Aufregung erfasste den Raum, und alle Blicke richtete sich auf Königin Taylor, die direkt hinter Beefany saß.

»Okay, Leute. Ruhe bitte.« Beefany klopfte mehrmals mit ihrem Hammer aufs Pult. Mir fiel auf, dass das Ding sogar glitzerte. Unglaublich. Ein schillernder Glitzerhammer. Ich fragte mich, ob das wohl Beefanys oder Taylors Werk war. Vielleicht hatte Beefany den Glitzer heimlich angebracht, als sie das Ding zuletzt in Pflege hatte. Taylor schien mir nicht gerade der schillernde Typ.

»Und das diesjährige Thema ist …« Sie hob die Arme wie ein Straßenprediger und machte eine dramatische Pause, als würde sie auf einen Trommelwirbel warten. »Karneval in Rio!«

Allgemeines Kreischen erfüllte den Raum. Um mich herum sprangen Mädels auf und fielen sich um den Hals; Jungs rempelten einander an und fantasierten mit weit aufgerissenen Augen über die Möglichkeiten eines so skandalösen Themas. Ein Mädchen in der Ecke riss sogar die Faust in die Höhe.

Es hätte mich nicht gewundert, wenn eines dieser Mädels sein T-Shirt hochgerissen hätte, in der Hoffnung, mit Taylor persönlich die Tischdeko entwerfen zu dürfen. Was tut man nicht alles, um sich die Gunst der Königin zu verdienen.

Die Menge getreuer Untertanen rief ihre Ideen laut in den Raum, und Beefany schrieb alles in ihrer fein säuberlichen Schrift an die Tafel. Königin Taylor bedachte das erfolgreiche Brainstorming mit beifälligem Nicken. Dann gab sie Beefany ein Zeichen und flüsterte ihr etwas ins Ohr.

Zwei ungleiche Augenpaare hefteten sich auf mich – Beefanys dunkelbraune und Taylors strahlend blaue. Schließlich richtete Beefany sich auf. »Kathy!« Sie musterte mich mit zusammengekniffenen Augen. »Was ist mit dir, Kathy? Was hast du zu unserer kleinen Ideenschmiede beizutragen?«

»Also, erstens heiße ich Kate, und zweitens finde ich die Liste schon ziemlich vollständig«, erwiderte ich gereizt.

»Cape?«, fragte sie mit gespielter Verwirrung.

»Nein, K-A-T-E«, fuhr ich sie an.

»Na schön, Cape, hast du noch irgendwas hinzuzufügen?«

Nur, dass »Karneval in Rio« so ziemlich das schlimmste Thema war, das ich mir denken konnte, aber ich schüttelte kommentarlos den Kopf. Dennoch wollte ich den Homecoming-Ball um nichts in der Welt verpassen. Diese Mega-Katastrophe durfte ich mir auf keinen Fall entgehen lassen. Es gab da nur ein Problem: Ich brauchte einen Begleiter.

Im Geiste strich ich Liam von der Liste potenzieller Kandidaten. Nennt mich ruhig verrückt, aber ich fand es irgendwie geschmacklos, mit einem Typen zum Homecoming zu gehen, der vermutlich in den Tod meiner besten Freundin verwickelt war.

Als er im nächsten Moment den Kopf zur Tür hereinsteckte, stockte mir der Atem. Es war fast so, als könnte er meine Gedanken lesen. Er gab mir ein Zeichen, zu ihm rauszukommen, und zum ersten Mal, seit wir uns kannten, wurde ich irgendwie nervös. Und keineswegs à la: »Ich hab Schmetterlinge im Bauch, weil ich gleich meinen Schwarm küsse.« Ich tendierte eher zu »Herzrasen in einer verlassenen Tiefgarage bei Nacht«.

Zwar hatte ich den größten Teil der vergangenen Nacht damit zugebracht, einen Schlachtplan zu entwerfen, aber Liam leibhaftig vor mir zu sehen, nahm mir irgendwie den Mut. Ich war noch nicht bereit dazu.

Aber er schien nicht verschwinden zu wollen, wenn ich nicht mit ihm redete, also schnipste ich mit dem Finger. Beefany bestand darauf, dass wir ihr gegenüber laut mit dem Finger schnipsten, um ihre Aufmerksamkeit zu erlangen – etwas, das sie und Taylor auf einer *Konferenz für angehende amerikanische Führungskräfte* gelernt hatten.

»Ja, Cape? Was willst du?«

»Nur zur Toilette.«

»Aber beeil dich. Es gibt viel zu besprechen, und wir haben noch nicht mal mit der Tischdeko anfangen.«

Sie warf einen Blick zur Tür, aber Liam war bereits verschwunden.

»Was ist?«, fragte ich ihn, sobald ich die Klassentür hinter mir geschlossen hatte.

»Ich dachte, du könntest vielleicht einen Grund brauchen, um mal da rauszukommen.«

»Nicht nötig«, sagte ich, ohne ihn anzusehen. »Es wurde gerade … interessant.« Die Lügen gingen mir inzwischen mühelos über die Lippen.

»Oh, okay.« Er wirkte ein wenig verlegen, weil ich ihn einfach so abservierte. »Hast du meine SMS bekommen?« Er streifte sanft meinen Arm, und ich zuckte innerlich zusammen.

»Ich bin zurzeit ziemlich beschäftigt«, sagte ich. »Ich sollte wieder reingehen.«

Meine Hand griff nach der Türklinke, doch Liam sprach weiter. »Die da drinnen lügen. Das weißt du, oder?«, fragte er mit gesenkter Stimme. »Lass dich nicht auf deren Seite ziehen. Dafür bist du zu schade.«

Ich wirbelte herum. »Ist ja interessant, dass ausgerechnet *du* sie als Lügner bezeichnest. Oder bist du vielleicht endlich bereit, mir zu sagen, was da zwischen dir und Bethany abgeht?«

Liam entglitten sämtliche Gesichtszüge. »Was redest du da?«

»Spiel nicht den Unschuldigen. Ich bin keine Idiotin, Liam. Du kannst mir nicht erzählen, dass da zwischen euch nichts läuft.«

»Es ist nicht so, wie du denkst.« Seine Augen zuckten zur Tür, als hätte er Angst, sie könne etwas mitbekommen.

»Dann sag es mir, Liam! Was ist zwischen euch gewesen?«

Als mir klar wurde, dass er nicht vorhatte, mir zu antworten, drehte ich mich um. Doch Liam packte mich am Arm und zog mich von der Tür weg. Sein Griff war nicht besonders fest, aber als ich mich nicht befreien konnte, geriet ich in Panik.

»Was soll das?! Lass mich los!« Mir wurde erst bewusst, dass ich die Worte geschrien hatte, als die Klassentür aufflog und Alistair Reynolds herauskam.

»Hey, Finger weg!« Er löste Liams Hand von meinem Arm und stieß sie zurück. »Hast du ein Problem?«

»Kate, ich wollte dir nicht …«, setzte Liam an, doch Alistair hatte seinen Arm um meine Schulter gelegt und zog mich an seine Brust.

»Lass mich einfach in Ruhe.« Sowie ich die Worte ausgesprochen hatte, bereute ich sie.

Bevor Alistair mich zurück ins sichere Klassenzimmer führte, warf ich einen letzten, durchdringenden Blick auf Liam. Er sah immer noch zum Anbeißen aus. Das konnte ich unmöglich bestreiten. Seine halblangen Haare war stylish zerzaust, seine Stoffhose saß ihm tief auf den Hüften, und unter dem vorgeschriebenen weißen Hemd trug er wie immer ein T-Shirt. Der dünne Hemdstoff ließ den Aufdruck darunter schemenhaft erkennen. Es sah aus wie ein klassisches Band-T-Shirt.

Und mit einem Mal verstand ich.

Naomi hatte jemanden mit längerem Haar und einem Rolling-Stones-T-Shirt von der Kapelle wegrennen sehen.

»Komm schon, Kate. Lass uns wieder reingehen«, sagte Alistair.

»Geh schon mal vor«, sagte ich geistesabwesend und wartete, bis er die Tür hinter sich geschlossen hatte. Ich deutete auf Liams Brust. »Ist das da … ein Rolling-Stones-T-Shirt?«

Liam sah mich an, als wäre ich nun völlig verrückt geworden. »Ähm, ja. Warum?«

»Dreh dich um!« Ich schrie ihn beinah an.

Und tatsächlich, als er sich umdrehte, entdeckte ich die roten Lippen mit heraushängender Zunge, die blass durch den weißen Hemdstoff hindurchschimmerten.

Ohne ein weiteres Wort zu sagen, griff ich nach der Klinke und riss die Tür auf, während mir Liam entgeistert hinterherstarrte. *Er* war das fehlende Puzzleteil. *Er* war derjenige, den Naomi in der Nacht hatte wegrennen sehen.

Kapitel 36

Sobald ich meine private Hölle der Dekoplanung hinter mich gebracht hatte, sprintete ich den verlassenen Flur entlang zu Station 3. Erstaunlich, wie sich die Bedeutung der einzelnen Inschriften verschob, je nachdem, was man gerade für einen Tag hatte. *Faber est suae quisque fortunae.* »Jeder ist seines Glückes Schmied.« Beim letzten Mal waren es noch Donuts gewesen, diesmal handelte es sich bereits um Diebstahl. Erfreulicherweise war heute Dienstag, sprich, Seth arbeitete nach der Schule im Sekretariat. Das Glück war zur Abwechslung mal auf meiner Seite.

Als ich das Sekretariat erreichte und durch die Scheibe spähte, fand ich, wonach ich suchte. Einen roten Lockenschopf, der hinter einem Aktenschrank hervorragte.

»Hi Seth«, sagte ich, während ich den Kopf zur Tür hineinsteckte.

Er richtete sich auf wie ein Erdmännchen und lächelte. Seth hatte vielleicht nicht viel zu bieten, aber er war zumindest jedes Mal froh, mich zu sehen. Bei allem, was in meinem Leben derzeit so vor sich ging, war ich ihm extrem dankbar dafür.

»Hi. Was gibt's?«, fragte er in einem Tonfall, der für meinen Geschmack mindestens zehn Dezibel zu laut war. Mrs Newbury warf uns einen missbilligenden Blick zu, daher packte ich Seth am Arm und schleifte ihn auf den Flur. Ich blickte den Gang auf und ab, um sicherzustellen, dass sich kein Lehrer in Hörweite befand. Die Luft war rein.

»Kannst du für mich ein paar Akten entwenden?«, fragte ich flüsternd.

»Du meinst … Schülerakten?«, fragte er, sichtlich schockiert.

»Ja, ich muss dringend herausfinden, was es mit Liam, Bethany und Taylor auf sich hat. Ich hab eine neue E-Mail von Grace bekommen, und sie hat darin Liam erwähnt. Und wenn es an der PB wirklich eine Geheimgesellschaft gibt, sind Bethany und Taylor unter Garantie Mitglieder.«

»Hey, wart mal 'ne Sekunde, du hast mit Taylor Wright gesprochen?«

Ich schüttelte genervt den Kopf. »Nein, nicht wirklich, aber ich muss neuerdings am *Concilium* teilnehmen. Ist 'ne lange Geschichte. Jedenfalls brauche ich dringend diese Akten. Kannst du mir nun helfen oder nicht?«

»Okay, okay. Sorry.« Seth' Augen huschten unruhig hin und her. »Ich weiß nicht … wenn wir dabei erwischt werden …« Seth verstummte.

»Jetzt hör mal, Seth, du liest ständig diese verrückten Bücher über ungelöste Phänomene und Verschwörungen, und jetzt hast du mal die Gelegenheit, mir bei der Aufklärung eines echten Mordes zu helfen. Aber uns sind die Hände gebunden, so lange du nicht bereit bist, ein kleines Risiko einzugehen.«

Ich musste irgendwie herausfinden, was wirklich zwischen Liam und Bethany vor sich ging. Aber, wichtiger noch, ich musste herausfinden, wozu Liam fähig war. Wenn er tatsächlich an Pyromanie litt oder so, dann hatte er vielleicht wirklich etwas mit Grace' Tod zu tun.

»Okay. Ich glaube, das krieg ich hin. Dienstags macht Mrs Newbury immer früher Schluss, um nach der Arbeit Bingo zu spielen.«

»Klasse. Ich reservier dir einen Platz im Bus«, erwiderte ich, während ich mich zum Gehen wandte. Ich wollte ihm nicht die Chance geben, es sich anders zu überlegen.

»Ach, und Seth«, ich drehte mich kurz entschlossen um und drückte ihm einen Kuss auf die Wange. »Danke!«

Seth wurde knallrot und grinste bis über beide Ohren.

***

Wie versprochen erwartete ich Seth im Schulbus. Ich hatte den ganzen Bus für mich allein, bis Bradley und Alistair einstiegen und sich über die Rückenlehnen der Sitzreihe vor mir beugten.

»Hallo, Kate. Ich wusste gar nicht, dass du mit dem Bus fährst.« Alistair grinste lässig.

»Ähm, ja. Genau genommen fast jeden Tag. Ich wusste gar nicht, dass du das Wort Bus überhaupt kennst«, erwiderte ich. Was zum Teufel sollte das hier werden? Seth konnte jeden Moment mit den Akten auftauchen. Ich hatte keine Zeit, mich mit diesen Idioten abzugeben.

»Stimmt, wir sind nicht gerade die typischen Busfahrer, aber wir kamen gerade zufällig vorbei und haben dich ganz allein hier sitzen sehen, also dachten wir, wir sagen mal kurz Hallo.« Bradleys Lächeln war so strahlend, dass ich wegsehen musste.

Auf Höhe der Jungs klopfte jemand von draußen an die Scheibe. Wir richteten den Blick kollektiv nach unten und entdeckten Porter mit seiner Gitarre und allem Drum und Dran.

»Was treibst du da, Al? Mom hat gesagt, du sollst mich heute zum Gitarrenunterricht fahren. Ich geh nicht schon wieder zu Fuß!«, rief er durchs offene Fenster. Ich weiß nicht, ob es an seinem jämmerlichen Tonfall lag oder an der Tatsache, dass er trotz des Unterrichts grottenschlecht war, aber ich musste unwillkürlich lachen.

»Die Pflicht ruft.« Alistair zuckte mit den Schultern und stand auf.

Bradley ließ sich einen Moment Zeit. Seine nahezu schwarzen Augen bohrten sich in meine. »Pass auf dich auf, Kate.« Was zur Hölle sollte das nun wieder heißen?

Ich nickte und sah zu, wie er aus dem Bus joggte und sich zu den anderen gesellte, die draußen auf ihn warteten. Alistair und Bradley rempelten Porter im Gehen an, und ich hörte, wie Alistair eine fiese Bemerkung über Seth' rollbaren Rucksack machte, als dieser an den dreien vorbeiging.

Seth' peinlicher Hackenporsche blieb an jeder Sitzkante hängen, während er sich langsam durch den Bus schob. Es versetzte mir einen Stich, dass die Hänseleien scheinbar völlig an ihm vorbeigingen. Doch als Seth sich zu mir setzte und behutsam drei fette Aktenmappen aus der Tasche zog, war ich auf der Stelle abgelenkt.

»Ich hab sie«, sagte er, während er sich verstohlen umsah wie eine Art Undercoveragent. »Ich hab zwar keine Ahnung, wonach du suchst, aber es ist mit ziemlicher Wahrscheinlichkeit hier drin.«

Wir machten uns daran, die Akten zu durchstöbern, und fanden allerhand interessante Informationen.

Anscheinend hatte Taylors Vater der Schule einen dicken Batzen Geld gespendet, bevor sie an der PB aufgenommen wurde. Vermutlich hatte sie sich diese lästigen Aufnahmeformulare sparen können, die wir anderen ausfüllen mussten.

So spannend es auch sein mochte, in Taylors Privatangelegenheiten herumzuschnüffeln, war es doch nicht das, wonach ich suchte. Ich durchblätterte die Seiten nach irgendwelchen Berichten des Vertrauenslehrers. Aus eigener Erfahrung wusste ich, dass er jeden einzelnen Besuch auf einem Formular dokumentieren musste.

In Taylors Akte befand sich ein ganzer Stapel solcher Formulare. Die meisten handelten von langweiligen Anfragen zu irgendwelchen Hochbegabtenkursen oder lächerlichen Beschwerden über Lehrer und Schüler, die es gewagt hatten, der amtierenden Bienenkönigin die Stirn zu bieten.

Doch eines der Formulare war mit einer Haftnotiz versehen, auf der der Vermerk »Dringend« stand. Das gesamte Blatt war mit Notizen vollgekritzelt, und der Vertrauenslehrer hatte in großen roten Lettern VERTRAULICH darüber geschrieben.

Taylor leidet unter ernsten Depressionen. Arzt verschreibt Zoloft, um Symptome in den Griff zu bekommen.

Taylor und Depressionen? Es kam mir fast vor, als wäre der Zettel in die falsche Akte geraten. Das Formular stammte aus dem vergangenen November. Demnach war sie wohl auch das letzte Jahr über mit Antidepressiva vollgepumpt worden. Es hätte mich nicht gerade glücklich stimmen sollen, aber irgendwie tat es das. Ich fragte mich, ob sie wohl ebenfalls zu Dr. D. ging. Das Gesicht wollte ich sehen, wenn wir uns zufällig im Wartezimmer begegneten.

Bethanys Akte war demgegenüber unbrauchbar. Keinerlei Protokolle des Vertrauenslehrers, nur ein paar Tadel, weil sie in der Unterstufe immer mal wieder in Rangeleien geraten war. Man hätte doch annehmen sollen, dass man sie in all den Jahren mal zum Aggressionstherapeuten geschickt hätte.

Liams Akte hingegen war genauso dick wie Taylors, wenn auch aus anderen Gründen. Seine Vermerke erzählten die typische Geschichte eines rebellischen Jungen mit privaten Problemen. Ein Protokoll aus der Mittelstufe beschrieb seine Gefühle von Einsamkeit, nachdem die Mutter gestorben war und er ständig die Schule wechseln musste. Strafarbeiten, Suspendierungen und ein Schulverweis prägten die übrigen Berichte, und ein weiterer Beratungslehrer erwähnte Liams Probleme, sich von der öffentlichen Schule auf eine Privatschule umzustellen.

Ich hatte ein schlechtes Gewissen, weil ich mir all diese vertraulichen Dinge durchlas, aber dann machte ich mir bewusst, dass ich das alles für Grace tat. Ich ging jedes einzelne Formular seiner Akte durch, doch ich fand keinerlei Hinweis auf einen Brand. Handelte es sich lediglich um ein weiteres Gerücht?

»Du hast doch behauptet, Liam hätte mal irgendwas mit Brandstiftung zu tun gehabt«, zischte ich Seth an.

»Hat er auch. Der Zettel muss ganz unten liegen. Lass mich mal.«

Seth schnappte mir die Akte aus der Hand, während der Bus um eine Straßenecke bog.

»Er muss hier irgendwo sein«, flüsterte er. »Aber ich kann ihn auch nicht finden. Ich weiß, dass er letztes Jahr hier drin war. Ich hab ihn selbst gesehen, als ich die Akten umräumen musste, nachdem sie das Sekretariat frisch renoviert hatten.« Seth klang verwirrt.

»Bist du dir sicher? Ich meine todsicher? Denn wenn er überhaupt nichts gemacht hat …«

»Warte mal. Was ist das?«, fragte Seth und zog ein Formular hervor, an dem ebenfalls eine Haftnotiz klebte. Der Bus fuhr durch ein Schlagloch, und der Inhalt der Akte breitete sich über seinen Schoß. Seth runzelte die Stirn. »Irgendwas von wegen Sozialstunden.«

»Das kann wegen jedem dieser kleinen Zwischenfälle gewesen sein. Was steht denn da?«

»Bäume pflanzen … Müll sammeln … einen Schuppen wiederaufbauen …«

Mir wurde allmählich übel, weil ich Seth während der Fahrt über die Schulter sah. Ich warf einen flüchtigen Blick aus dem Fenster, um zu sehen, wie weit wir noch fahren mussten, dann wandte ich den Blick zurück zu Seth. Er starrte stumm in die Akte, tief in Gedanken versunken. »Da steht eine Adresse. Wenn wir die suchen, finden wir vielleicht mehr raus.«

Der Bus kam mit einem Ruck zum Stehen, und der Fahrer öffnete die Türen. Ich schob alle Zettel zurück in die Akte und trat schweren Herzens an die frische Luft.

Ein Teppich aus roten, gelben und orangefarbenen Blättern hatte sich über die gesamte Straße gebreitet und knisterte mit jedem Schritt, den ich auf unser Haus zuging. Gestern noch hatten die Blätter ordentlich an ihren Ästen gehangen, lebhaft bunt vor dem strahlenden Blau des Himmels. Doch inzwischen waren sie zu Boden getaumelt, die Ränder welk, die Farben verblichen, und mit einem Mal war die Welt nicht mehr so schön.

Ich bereute, dass ich mich auf Liam eingelassen hatte, dass ich ihm vertraut, ihn an mich herangelassen, ihn lieb gewonnen hatte. Ich fing mit einem Finger meine Tränen ab und wischte sie an meinen Rock.

Wer auch immer behauptet hatte, dass Wahrheit wehtut, hatte es bitterernst gemeint.

Kapitel 37

Google ist echt eine geniale Erfindung. Ich tippte einfach die Adresse ein, »2547 Longview Drive, New Albany, Ohio«, und bekam eine Vielzahl verschiedener Informationen ausgespuckt. Zunächst einmal konnte ich mir das Anwesen ansehen – ein wunderschönes Haus, umgeben von einer imposanten Rasenfläche (danke, Google Earth!). Ein weiterer Treffer führte mich zu einem aufschlussreichen Zeitungsartikel – der Beitrag einer örtlichen Tageszeitung zu einem Polizeibericht.

Besagter Artikel erwähnte die Adresse, die ich in Liams Akte gefunden hatte. Demnach wurde einem minderjährigen Jungen Brandstiftung vorgeworfen. Ein Geräteschuppen war vollständig niedergebrannt, ein benachbartes Haus beschädigt worden.

Liam. Es konnte nur er gewesen sein. Ich musste dringend herausfinden, was damals passiert war. Daher verbrachte ich den Rest der Nacht damit, meine Angriffsstrategie zu planen. Vor allem musste ich so tun, als sei alles in bester Ordnung, um die Situation ungestört sondieren zu können. Ja, ich habe »sondieren« gesagt. Ich war fest entschlossen, meine Nachforschungen auf einem ganz neuen Niveau weiterzuführen.

Mir war durchaus bewusst, dass ich allmählich so klang wie irgendein Spion aus Seth' durchgeknallten Verschwörungsgeschichten. Offensichtlich färbte mein neuer Komplize bereits auf mich ab.

Merke: So verlockend es auch sein mag, fange unter keinen Umständen an, in irgendwelchen Baumhäusern rumzuhocken oder Bücher über Theorien zu lesen, denen zufolge die Mondlandung in irgendeinem Hollywoodstudio gedreht wurde. Das Letzte, was ich gebrauchen konnte, waren unnötige Ablenkungen.

***

Ich wartete im Sekretariat und sendete so viele mentale Impulse in Mrs Newburys Richtung, wie ich nur konnte. *Bingo, Bingo, Bingo.* Seth und ich waren darauf angewiesen, dass sie sich endlich vom Acker machte, damit wir die Mission *Feuerteufel* starten konnten. Ja, das war ein Codename, und nein, es war definitiv *nicht* meine Idee gewesen.

Endlich beugte sich Mrs Newbury unter den Schreibtisch, um ihre Handtasche hervorzuangeln. »Feierabend für heute.« Sie schwang sich die Tasche über die Schulter. »Ich übergebe das Sekretariat nun zu treuen Händen.« Sie verstrubbelte Seth' rote Locken und ich bekam ein schlechtes Gewissen, wenn ich an unser Vorhaben dachte.

Wir gaben Mrs Newbury sieben Minuten und neununddreißig Sekunden Zeit, um das Gebäude zu verlassen. Als Gewohnheitsmensch traf sie sich stets mit denselben drei Kollegen: Mrs Laney von der Schülerberatung; Mr Stewart, dem jüngsten männlichen Mitglied unseres Lehrerkollegiums (wir waren uns ziemlich sicher, dass Mrs Newbury auf ihn stand); und Bob, dem nettesten Hausmeister der Schule. Wenn meine Berechnungen stimmten, würde Liam ihr die Tür aufhalten, nachdem er sich auf dem Hof von seinen Freunden verabschiedet hatte, um seine Bücher aus dem Spind zu holen.

»Okay«, verkündete ich, während ich auf die Uhr meines Handys starrte. »Los!«

Seth nahm den Hörer der Telefonanlage in die Hand und drückte auf den Knopf »Allgemeine Durchsage«. Er senkte seine Stimme um etwa drei Oktaven und sagte: »Liam Gilmour, bitte ins Sekretariat. Liam Gilmour, bitte ins Sekretariat.« Er klang wie ein Serienkiller.

»Nach *der* Durchsage können wir von Glück reden, wenn nicht einer der Lehrer oder Liam selbst die Polizei ruft.« Ich konnte mir den Kommentar nicht verkneifen.

»Ich wollte nur nicht, dass er meine Stimme erkennt«, erwiderte Seth verletzt.

Ich sparte mir die Bemerkung, dass Liam nicht mal in der Lage gewesen wäre, ihn bei einer Gegenüberstellung zu identifizieren, geschweige denn, seine Stimme zu erkennen. »Also, du weißt, was zu tun ist. Jagdgrüner Jeep, Reißverschlussverdeck, unterer linker Bereich des Parkplatzes, Nummernschild EIO 315.«

»Bin schon unterwegs.« Seth stürmte aus dem Büro und rannte in Richtung Parkplatz, während ich wartete, ob Liam nach dieser »Bombendrohung« hier aufkreuzen würde.

Und tatsächlich, etwa vier Minuten, nachdem Seth verschwunden war, zog Liam lässig die Sekretariatstür auf. Als er mich entdeckte, runzelte er verwirrt die Stirn.

»Hat mich da gerade jemand ausrufen lassen?« Er stellte seine Schultasche im Büro ab. »Ich dachte, Mrs Newbury braucht vielleicht Hilfe. Der Typ klang wie ein Axtmörder.«

»Oh … ähm … ja, das war eine Aushilfe, die sie für den Dienst außerhalb der Schulzeit eingestellt haben, aber … der Typ musste mal kurz weg.« Wow. Das lief ja wie am Schnürchen.

»Und du hast dir anscheinend überlegt, wieder mit mir zu reden, oder wie? Ich hab dauernd versucht, dich anzurufen oder dir zu simsen, aber Fehlanzeige. Und jetzt sitzt du auf einmal hier im Büro und wartest auf mich?«

Fast wie am Schnürchen.

»Ich war nur … ziemlich beschäftigt, sonst nichts. Und ich hab überhaupt nicht auf dich gewartet. Wie gesagt, das war dieser … ähm … diese Aushilfe.«

»Und du weißt nicht zufällig, warum mich dieser Typ hat ausrufen lassen?« Liam klang amüsiert. Vermutlich hatte er den Braten längst gerochen.

»Fundsache«, erwiderte ich. Leider wurde mir zu spät bewusst, dass meine lahme Ausrede in meinem Kopf deutlich besser geklungen hatte. »Ich glaube, die haben da was von dir gefunden.«

»Ach, echt?«, fragte er und trat einen Schritt vor, um in die Fundsachenkiste zu spähen. Er hob der Reihe nach ein gammeliges Sweatshirt, einen dreckigen Socken und eine kaputte Sonnenbrille hoch. »Oh, Gott sei Dank haben die meinen Socken endlich gefunden. Ich hab schon überall danach gesucht.«

»Ich glaube, die Wertgegenstände werden woanders weggeschlossen«, fügte ich wenig überzeugend hinzu.

Sein Blick wanderte zur Uhr und dann zurück zu mir. »Sag der Aushilfe, ich komm morgen wieder. Ich muss los.«

Ich dachte an Seth, der vermutlich gerade erst Liams Auto gefunden hatte und nun mit dem Reißverschluss des Verdecks kämpfte. Liam durfte noch nicht verschwinden. Ich musste ihn irgendwie aufhalten.

»Hey, warte mal!«, sagte ich und sprang auf. »Hast du schon den neuen Fisch gesehen, den sie ins Aquarium gesetzt haben?« Ich rannte hinüber und klopfte an die Scheibe. »Mrs Newbury sagt, der Dicke hier hätte alle Kleinen aufgefressen.« Das war offiziell die schlechteste Hinhaltetaktik aller Zeiten.

Liam schenkte mir ein amüsiertes Grinsen. Ich hatte versagt. Und zwar kläglich. Er griff nach der Klinke. *Oh Gott! Das geht garantiert in die Hose.*

Ich stürzte zur Tür und schlang meine Arme um seine Taille. Er erstarrte unter der Berührung, und mir wurde bewusst, dass ich ihn noch nie umarmt hatte. Wir hatten uns zwar mal an den Schultern oder Armen berührt, aber vollständiger Körperkontakt mit meinen Fingern an seinem Bauch? Nicht wirklich. Ich versuchte möglichst nicht über die Wölbungen nachzudenken, die ich unter seinem Hemd fühlte, oder darüber, wie sich sein Rücken gegen meinen Oberkörper presste. Es ging hier einzig und allein darum herauszufinden, was Liam mit Grace' Tod zu tun hatte. Und sonst gar nichts.

»Tut mir leid. Das ist echt albern«, murmelte ich an seinem Rücken. »Ich … ich brauchte nur dringend mal 'ne Umarmung, und … na ja … du warst gerade da …« Ich ließ ihn los und fühlte mich mit jeder Sekunde seines Schweigens mehr erniedrigt. Ich konnte nicht einmal sagen, was schlimmer war: so zu tun, als bräuchte ich eine Umarmung von einem Typen, den ich mal nett fand, aber inzwischen der Brandstiftung verdächtigte, oder wenn er Seth beim Einbrechen in sein Auto erwischte.

»Ich muss echt los«, murmelte Liam und ging hinaus. Ich fluchte leise in mich hinein und schlüpfte hinter ihm durch die Tür.

Glücklicherweise machte Liam unterwegs halt, um am Eingang mit ein paar Freunden zu quatschen. Ich sprintete im großen Bogen um den Parkplatz herum, damit er mich nicht bemerkte. Als ich den Jeep erreichte, entdeckte ich Seth, der über die Rückbank gebeugt im Kofferraum des Wagens herumkramte. Ohne groß darüber nachzudenken, schlug ich gegen die Seitenwand, um Seth' Aufmerksamkeit zu erregen. Er fiel kopfüber in den Kofferraum und fasste sich an sein Herz.

»Gott, Kate! Willst du, dass ich einen Herzinfarkt kriege?«, schrie er.

»Mach, dass du da rauskommst. Sofort!« Er starrte mich verständnislos an, also wählte ich eine Sprache, die er besser verstand. »Alarmstufe Rot! Alarmstufe Rot! Mission sofort abbrechen!«

Seth kletterte hastig zurück auf den Sitz, ein Blatt Papier an seine schmächtige Brust gedrückt, und glitt durch das offene Plastikfenster nach draußen. Er streckte mir den Zettel entgegen, und ich schob ihn hastig unter mein Hemd. Dann zogen wir den Reißverschluss des Verdecks zu. Als Liam den Jeep erreichte, lehnten wir beide lässig an der Tür. Liam schien verwirrter denn je.

»Ähm … hallo?« Sein Blick wanderte von mir zu Seth und wieder zurück.

Seth nickte kurz, und ich schickte ein Stoßgebet zum Himmel, dass er mir das Wort überließe. Leider. Weit. Gefehlt.

»Oh, hi, Liam! Kate hat mir gerade deine schmucken Felgen gezeigt.« Seth schlug gegen die Seitentür des Wagens. »Was hat 'n das Schätzchen für einen Verbrauch?«

Oh Mann. Er klang wie ein in die Jahre gekommener Autofreak.

Liam musterte uns eingehend und irgendetwas Dunkles flackerte in seinen Augen auf. War es Eifersucht oder etwas anderes? Ich hatte nicht vor, es herauszufinden.

»Wir wollten, ehrlich gesagt, gerade gehen.« Ich schleifte Seth am Hemdsärmel hinter mir her und drehte mich nicht mal um. »Ähm, wir sehen uns morgen. Tschüss!«

Als wir endlich im Bus auf unseren gewohnten Plätzen saßen, zog ich den Zettel unter meiner Bluse hervor und strich ihn auf meinem Oberschenkel glatt.

Die Worte *Audi, Vide, Tace* waren quer über das ganze Blatt gezeichnet. Der Schriftzug musste einiges an Zeit in Anspruch genommen haben, denn der Zeichner hatte die Buchstaben mit Schatten und allerlei Details versehen, wie es nur ein wahrer Künstler konnte.

»Ich wusste gleich, dass man diesem Typen nicht trauen kann«, sagte Seth, während er die Worte anstarrte. »Er sieht schon danach aus.«

Ich war ganz und gar nicht in der Stimmung für Seth' nerviges »Hab ich's dir nicht gesagt?«

Als ich den Zettel umdrehte, entdeckte ich einen zweiten Schriftzug im selben Stil. *Fortes Et Liber.* »Stark und frei.« Für einen Moment keimte Hoffnung in mir auf.

»Vielleicht ist das ja nur ein Zufall?« Ich zeigte Seth die Rückseite des Zettels. »Das ist das Motto des alten Brown-Wappens. Vielleicht hat er das für irgendein Bandposter benutzt oder so.«

Ich schüttelte den Kopf. Tief in meinem Innern kannte ich die Wahrheit, aber ich wollte sie nicht wahrhaben. Entgegen allen Indizien – Liams Heimlichkeiten mit Beefany, das Rolling-Stones-T-Shirt, die E-Mail und nun die lateinischen Worte – wünschte ich mir ein glückliches Ende. Eines, bei dem ich keine unangenehmen Fragen stellen musste.

Wir hatten inzwischen genug Beweismaterial gesammelt, um Liam zur Rede zu stellen, doch allein bei dem Gedanken drehte sich mir der Magen um. Ich erinnerte mich noch zu gut an Cameron, dessen Finger sich im Auto in meinen Oberarm krallten, oder an Liam, der mich auf dem Gang festhielt. Wir hatten demnach keine andere Wahl, als inkognito zu operieren.

Okay, das habe ich mir gerade ausgedacht. Ich hatte keine Ahnung, was »inkognito« überhaupt hieß, aber es bedeutet mit Sicherheit nicht, einen Verdächtigen in oder bei seinem Auto zur Rede zu stellen. Das hatte ich bereits hinter mir!

Kapitel 38

Als Seth und ich endlich zu Hause eintrudelten, war die Sonne fast am Horizont versunken. Wir verabschiedeten uns voneinander und verschwanden jeder in unserer eigenen Welt. Seth rannte zu sich nach Hause, um mit seiner Familie nett und normal zu Abend zu essen, und ich betrat unser dunkles, leeres Haus, wo mich ein Zwanzigdollarschein und ein Notizzettel erwarteten, die mich dazu aufforderten, mir Essen zu bestellen.

Ich rief beim Pizzaservice an und bestellte mir meine Lieblingspizza mit Ananas. Ich war kurz davor, mir eine Familienpackung Eis aus dem Gefrierfach zu nehmen, um mich ein wenig zu trösten, entschied mich dann aber für eine schwachsinnige Reality-TV-Serie.

Der beruhigende Lärm des Zickenterrors musste mich in den Schlaf gelullt haben, denn als ich hochfuhr, war es im Wohnzimmer nahezu finster. Mürrisch warf ich einen Blick auf die Uhr und fragte mich, warum der Pizzatyp noch nicht aufgekreuzt war. Das Telefon zeigte keine entgangenen Anrufe, daher ging ich zurück in die Küche und schnappte mir eine Cola light. Und in dem Moment sah ich ihn.

Ein Schatten, der eilig an unserem großen Erkerfenster vorbeihuschte.

Ich erstarrte und hörte das Blut in meinen Ohren rauschen. Und dann hörte ich plötzlich etwas anderes.

Klopf. Klopf. Klopf.

Das grelle Licht des Fernsehers verhinderte, dass ich irgendetwas erkennen konnte, außer den schemenhaften Umrissen einer Gestalt.

Das Klopfen wurde immer hartnäckiger, und der Unbekannte deutete auf die Haustür. Er wollte reingelassen werden.

Das Fernsehen schaltete auf Werbung, und in einem kurzen Moment völliger Dunkelheit sah ich das Gesicht meines Besuchers.

Liam.

Ich schrie auf. Ich konnte einfach nicht anders. Mir war bewusst, dass er irgendetwas mit Grace' Tod zu tun hatte, aber ich hätte nie erwartet, dass er mir bis nach Hause folgen würde. Ich schnappte mir das Telefon, um die Polizei zu rufen, doch im selben Moment war Liam verschwunden.

»Gott sei Dank«, sagte ich in den leeren Raum hinein und ließ mich auf die Couch fallen.

»Ja, Gott sei Dank«, sagte eine Stimme hinter mir. Liam.

Ich sprang auf und richtete das Telefon wie eine Waffe auf ihn. »Wie bist du hier reingekommen? Ich rufe die Polizei!«

»Ich hab zwei Stunden lang versucht, dich auf dem Handy zu erreichen, aber du bist nicht rangegangen. Und dann hab ich tausend Mal geklingelt, aber keiner hat aufgemacht.« Liam kam auf mich zu und hob die Hand. »Als du plötzlich geschrien hast, hab ich einfach an die Klinke gefasst. Die Tür war offen.«

Ich sprang einen Schritt zurück, um seiner Berührung zu entgehen.

»Kate, was ist hier eigentlich los? Erst trinkst du mit mir Kaffee und im nächsten Moment durchwühlst du mit irgendeinem dahergelaufenen Siebtklässler mein Auto und schreist, wenn du mich siehst. Sag mir, was hier los ist, und ich verspreche, ich lass dich ein für alle Mal in Ruhe.«

In dem Moment war er wieder ganz der alte Liam. Der schnuckelige Typ, der mich nach Hause gebracht und mit hochroten Wangen um ein Date gebeten hatte. Der meine Hand gehalten und mich zum Lachen gebracht hatte. Und mit einem Mal hörte ich, wie die Wahrheit aus mir raussprudelte.

»Ich weiß, dass du ein Feuer gelegt hast. Und dass du irgendwie mit der Schwesternschaft in Verbindung stehst. Seth hat die Inschrift in deinem Auto gefunden. Sag mir die Wahrheit! Was ist in jener Nacht passiert? Ich verspreche dir, es niemandem zu sagen.« Meine Worte überschlugen sich fast. So viel zum Thema inkognito.

Liam starrte mich einfach nur an, während ich hinter dem Rücken die Finger kreuzte. Ich wünschte, er hätte gefährlich oder wenigstens wütend ausgesehen. Aber er wirkte eher niedergeschlagen.

Ein Klingeln an der Tür riss uns aus unserer Trance. Ich wirbelte herum, stellte mich auf Zehenspitzen und reckte den Hals, um zu sehen, wer da vor unserer Haustür stand. Als ich mich umdrehte, war Liam verschwunden.

Ich rannte zur Tür und riss sie auf, ohne zu wissen, wer mich da erwartete. Gab es bei der Polizei eine neue Technologie, die denen verriet, wenn jemand kurz davor war, 911 zu wählen? Oder hatte Seth zufällig Liams Auto gesehen?

»Pizzataxi«, sagte ein gelangweilt wirkender Typ. Er hielt einen riesigen Pizzakarton in der Hand.

Ich schnappte mir die zwanzig Dollar von der Arbeitsplatte und drückte ihm den Schein in die Hand.

»Stimmt so.« Was soll ich sagen? Ein Pizzatyp, der mir quasi das Leben rettet, hat eben ein besonders gutes Trinkgeld verdient.

Ich überprüfte acht Mal, ob ich die Tür auch wirklich abgeschlossen hatte, damit weitere ungebetene Gäste draußen blieben. In all den Jahren hatte ich mir oft gewünscht, meine Eltern würden früher nach Hause kommen, aber wie ich so im Flur stand, mit dröhnendem Schädel und einem riesigen Pizzakarton in der Hand, kam es mir vor, als hätte ich mich noch nie im Leben so allein gefühlt. Oder so appetitlos.

Ich schob die Pizza ungeöffnet in den Kühlschrank und schaltete jede Lampe im Haus ein. Als ich es endlich bis in mein Zimmer geschafft hatte, ließ ich mich erschöpft aufs Bett fallen, um meine Gedanken zu ordnen, die mir wahllos durch den Kopf schwirrten.

Aber ich konnte mich nicht entspannen. Mein Kopf pulsierte in demselben rasenden Rhythmus wie mein Herz. Ich sprang erneut auf, um mir entweder eine Aspirin oder eine Schlaftablette zu suchen, was auch immer mir zuerst in die Hände fiele. Im Arzneischrank oben fand ich keine Aspirin und Schlafmittel schon gar nicht, daher rannte ich die Treppe runter, um mir Paracetamol zu besorgen.

Auf der ächzenden Wendeltreppe blickte ich mehrfach über die Schulter um sicherzugehen, dass mir niemand folgte. Ich hätte schwören können, hinter mir Schritte zu hören. Die Zweige eines Baums schlugen gegen das Wohnzimmerfenster, aber als ich über die Straße hinweg zu den Bäumen der Nachbarn sah, stellte ich beruhigt fest, dass sie sich ebenfalls bewegten. Nur der Wind.

Ein rhythmisches Quietschen durchdrang die Stille und zwang meinen Blick erneut zum Fenster. Die Verandaschaukel vor dem

Haus bewegte sich. Ich wünschte mir, es wäre ebenfalls der Wind, doch im nächsten Moment sah ich sie. Ihr Gesicht war zum Himmel gewandt, und sie trug ihre Schuluniform, wie all die Male zuvor. Langsam schaukelte sie vor und zurück, während der Wind mit ihrem langen Haar spielte. Ich blieb auf der Treppe stehen und rieb mir die Augen, um ihr Bild zu vertreiben. Um *sie* zu vertreiben.

Es funktionierte.

Als ich die Augen öffnete, war sie verschwunden, während die Schaukel sanft nachschwang. Ich machte auf dem Absatz kehrt und stürzte hinauf in mein Zimmer, um mich mit dem Rücken gegen die geschlossene Tür zu stemmen.

»Ganz ruhig. Du bildest dir das alles nur ein. Du brauchst dringend Schlaf.« Mal ehrlich, ich weiß nicht, was schlimmer war, dass ich mit mir selbst redete oder dass ich plötzlich Geister sah. Weder das eine noch das andere ließ auf einen gesunden Geisteszustand schließen.

Als ich mich erneut aufs Bett setzte, bemerkte ich, dass mein Computerbildschirm nicht länger schwarz war. Das Fenster meines Posteingangs war geöffnet und zeigte eine neue Nachricht.

Ich rannte zum Schreibtisch in der Hoffnung, eine weitere E-Mail von Grace erhalten zu haben. Doch die Nachricht war nicht von einem Geist.

Kapitel 39

An: KateLowry@pemberlybrown.edu
Gesendet: Freitag, 20:31
Von: LiamGilmour@pemberlybrown.edu
Betreff: (kein Betreff)

Kate,
du gehst immer noch nicht ans Handy. Ich hatte vorhin keine Ahnung, wie ich dir das Ganze erklären sollte. Ich weiß nichts über die Schwesternschaft oder ob die das Feuer gelegt haben. Aber ich kenne da jemanden, der in die Sache verstrickt ist.

Ruf mich an.
Liam

Ich las mir Liams E-Mail bis zum Ende durch, doch anstatt sie wieder und wieder zu lesen, griff ich spontan zum Handy.

»Erklär mir alles«, sagte ich mit bebender Stimme.

»Es ist eine lange Geschichte«, erwiderte er.

»Okay, ich höre.«

»Zuerst muss ich dir erklären, was damals passiert ist, bevor ...«

»Für so was hab ich keine Zeit«, fiel ich ihm ins Wort.

»Vertrau mir, Kate.«

In diesem Moment passierte etwas Seltsames. All die Bitterkeit, die ich verspürt hatte, seit ich sein T-Shirt gesehen und sein Auto durchstöbert hatte, fiel von mir ab. Ich hatte ihm nicht die geringste Chance gegeben. Trotz der E-Mail von Grace und obwohl ich kurz davor gewesen war, die Polizei zu rufen, beschloss ich, ihm ein allerletztes Mal zu vertrauen.

Also ließ ich Liam reden und hörte zu.

Es waren einmal zwei Brüder, die einander beschützten und zusammenhielten wie Pech und Schwefel, wenn auch der Jüngere dem Älteren nicht viel helfen konnte. Der Ältere machte einen dummen Fehler nach dem anderen, bis ihm sein Vater und seine Stiefmutter eine allerletzte Warnung erteilten. Wenn er sich noch einen Fehltritt erlaubte, würde man ihn auf ein Militärinternat schicken.

Doch eines Tages kam der ältere Bruder wie immer völlig bekifft nach Hause und lehnte sich gegen den Schuppen, um zu rauchen. Der Schuppen fing Feuer. Als die ersten Flammen hochschlugen, war der ältere Bruder schnell wieder klar im Kopf. Sein Bruder eilte ihm zu Hilfe, und als die Feuerwehr eintraf, nahm der Jüngere, Liam, alle Schuld auf sich. Wäre herausgekommen, dass der ältere Bruder für den Brand verantwortlich war, hätte der jüngere ihn für immer verloren.

»Also hab ich gelogen.« An dieser Stelle machte Liam eine Pause. Wir schwiegen einen Moment und lauschten dem Atem des anderen.

»Tut mir leid«, sagte ich schließlich. Doch noch während ich die Worte aussprach, wurde mir bewusst, dass sie völlig falsch klangen.

»Und deshalb haben sich mein Vater und meine Stiefmutter entschlossen umzuziehen – um noch mal von vorn anzufangen. Nur mein Bruder und ich kennen die Wahrheit. Immerhin hat es ihn dazu gebracht, sich endlich zusammenzureißen.« Ich hörte Liams Atem am anderen Ende der Leitung. »Ich musste ein paar Sozialstunden leisten und helfen, den Schuppen wiederaufzubauen, aber das war es alle Mal wert. Das Schlimmste an der Sache ist, dass ich jetzt vorbestraft bin, aber wenn ich in zwei Jahren achtzehn werde, hat sich das auch erledigt.«

Dann ist sein Vater wohl doch kein Waffenhändler. Es war das Erste, was mir in den Sinn kam, während ich die Informationen in mich aufsog. Dann folgten tausend Fragen, die ich ihm unbedingt stellen wollte. Ich entschied mich für die wichtigste.

»Und was ist mit dem Motto der Schwesternschaft, das du auf diesen Zettel gezeichnet hast?« Ich hasste meinen kleinlauten Tonfall. Es war immerhin mein gutes Recht, die Wahrheit zu erfahren.

»Ich hab gesehen, wie die Kapelle in der Nacht des *Spiritus*-Feuers in Flammen aufging. Ich war zufällig im Wald spazieren und hab mit meinem Handy die Feuerwehr gerufen. Aber Taylor, Bethany und deine Freundin Maddie sind mir unerwartet über den Weg gelaufen. Die drei waren total panisch.«

»Warte mal, was? Du warst zufällig im Wald *spazieren*?« Obwohl er mich nicht sehen konnte, kniff ich skeptisch die Augen zusammen.

»Na gut, ich hab geraucht. Taylor, Bethany und Maddie sind mir geradewegs in die Arme gelaufen, aber Bethany war die Einzige, die mit mir gesprochen hat. Sie meinte, es wäre doch jammerschade, wenn jemand herausfinden würde, dass ich während des Brands bei der Kapelle war. Besonders, weil ich auch noch geraucht habe.

Ich weiß, ich hätte irgendwem davon erzählen sollen, aber ich bin immer noch auf Bewährung wegen dieser Sache in New Albany, und meine Eltern haben gesagt, sie schicken mich auf eine andere Schule, wenn ich mir auch nur eine Rüge einfange.« Ich hörte die Schuldgefühle und den Schmerz in seiner Stimme, weil man ihn gezwungen hatte, die Wahrheit zu verschweigen. »Die Worte waren in Kreide auf den Weg gezeichnet, der zur Kapelle führt.«

»Du meinst das Wappen?«

»Ja. Mit dem lateinischen Motto.«

»Höre, siehe, schweige«, flüsterte ich. »Das Motto der Schwesternschaft.« Mein Verstand überschlug sich geradezu, um die neuen Puzzleteile sinnvoll zusammenzusetzen.

»Es hat eine tiefere Bedeutung – das war mir von Anfang an klar. Ich habe mir das Symbol und die Worte aufgezeichnet, sobald ich nach Hause kam. Ich dachte, vielleicht könnte ich dadurch beweisen, dass die Drei in der Nacht dort waren, dass sie irgendwie da mit drinhingen. Aber als ich Bethany darauf angesprochen habe, hat sie mir ins Gesicht gelacht. Ihr Wort steht gegen meins.«

»Okay, Taylor, Bethany und Maddie haben also irgendwas mit der Schwesternschaft zu tun.« Sowie ich die Worte aussprach, ergab das Ganze plötzlich einen Sinn: Maddies Verrat, Taylors und Bethanys Sticheleien. »Und Bethany erpresst dich, also müssen die Drei irgendwas zu verbergen haben.« *Was für eine Erkenntnis, Frau Oberschlau!* »Sie hat diese Drohungen geschickt«, sagte ich mehr zu mir selbst als zu Liam. »Sie war dort und hat das Feuer gelegt.«

»Ich fürchte, so einfach ist die Sache nicht«, flüsterte Liam. »Ich hab da noch jemanden gesehen.« Er machte eine Pause, und ich hielt unwillkürlich den Atem an. »Alistair Reynolds. Er ist in die entgegengesetzte Richtung gerannt, aber ich bin mir sicher, dass er es war.«

Oh. Wow.

Kapitel 40

Letzten Herbst

Mehrere halb leere Farbdosen fielen klappernd zu Boden, als ich am Lenker meines Fahrrads riss, um es aus den Klauen des Gerümpels in der Garage zu befreien. Anstatt die Dosen aufzuheben, trat ich sie achtlos beiseite. Es spielte keine Rolle. Nichts spielte eine Rolle. Aber ich musste dringend mit Maddie reden. Mit jemandem, der mich verstand.

Als ich mein Fahrrad befreit hatte, schwang ich ein Bein über den Sattel und trat wie wild in die Pedale, während mir erneut Tränen über die Wangen liefen. Ich strampelte Maddies steile Einfahrt hinauf und sprang ab, bevor das Rad vollständig zum Stehen kam. Es fiel traurig auf den harten Betonboden. Unterwegs hatte ich mir vorgestellt, wie die Haustür aufflog, ehe ich überhaupt die Gelegenheit hatte zu klingeln. Ich hatte mir ausgemalt, wie Maddie mir um den Hals fiele und ich endlich mit jemandem weinen konnte, der genauso viel verloren hatte wie ich.

Nie im Leben hätte ich erwartet, dass mir Taylor Wright die Tür öffnen würde. Ihr langes Haar war feucht zu einem Knoten hochgesteckt, und sie trug eines von Maddies alten T-Shirts mit einer Schlafanzugshose, die in der Taille umgeschlagen war. Taylors Augen waren weit aufgerissen und zuckten unruhig hin und her. Als sie mich erblickte, schüttelte sie langsam den Kopf.

»Es tut mir so leid.« Sie nahm mich in den Arm, und ich erwiderte die Geste unbeholfen. Aber es fühlte sich völlig falsch an – erzwungen, unangenehm, starr. »Die anderen sind drinnen.«

Beim Wort »anderen« hätte ich am liebsten auf dem Absatz kehrtgemacht, doch mein Körper bewegte sich mechanisch vorwärts. In der Küche erblickte ich die Menschenmassen – Bethany, perfekt gekleidet und vollständig geschminkt, Maddies jüngere Schwester mit ein paar Freunden, sogar Alistair. Mir wurde bewusst, dass es ein Fehler gewesen war herzukommen.

Im Fernsehen liefen stumm Nachrichten. Mr Greene saß auf dem Sofa, den Kopf in die Hände gestützt. Maddie kauerte am Küchentisch neben ihrer Mutter, die ihre Hand fest umklammert hielt. Ihre Knöchel waren so weiß, dass sie wehtun mussten. Als Mrs Greene mich erblickte, sprang sie auf und zog mich in ihre Arme.

»Kate, meine Liebe. Maddie hat gesagt, du würdest nicht kommen.« Sie wiegte mich sanft hin und her. Das Gefühl von Glasscherben in meinem Hals erwachte zu neuem Leben. Tränen drangen mir aus den Augenwinkeln und benetzten Mrs Greenes Schultern. Ich weigerte mich, darüber nachdenken, warum Maddie ihre Mutter angelogen hatte; in diesem Moment ging es einzig und allein um Grace. Mrs Greene löste ihre Umarmung und nahm meine Hand, um mich zu Maddie zu führen. Doch Taylor hatte den Platz neben meiner besten Freundin bereits für sich beansprucht und den Arm um sie gelegt, um sie fest an sich zu drücken.

Ich war einfach so ersetzt worden.

Unsanft schob ich mich durch die Menge, vorbei an den Unterstufenschülern, sowie Bethany, Taylor und Alistair, der mir unerwartet eine Hand in den Rücken legte.

»Kate, wenn du jemanden zum Reden brauchst, ich bin für dich da«, sagte er so leise, dass ich ihn kaum verstand. »Ich habe als Kind meinen Cousin verloren. Wir waren wie Brüder.«

Wut kochte in mir hoch. Obwohl sich Alistair verständnisvoll zeigte, geradezu mitfühlend, war mir seine Anteilnahme zuwider. Er hatte keine Ahnung, was ich gerade durchmachte. Niemand hatte eine Ahnung. Ich war hergekommen, weil ich dachte, Maddie würde mich verstehen, aber inzwischen war ich mir da nicht mehr so sicher. Alistairs Hand ruhte immer noch in meinem Rücken; als ich ruckartig weiterging, sackte sein Arm schlaff herab. Ich drängelte mich durch zu der einzigen Freundin, die mir noch geblieben war.

»Wollen wir kurz rausgehen? Einen kleinen Spaziergang machen oder so?«, fragte ich verzweifelt.

Maddies Schluchzen riss keinen Moment ab. Es nahm sogar zu, als ich mich neben sie setzen wollte. Schlimmer noch, Taylor stand unvermittelt auf und schirmte Maddie geradezu vor mir ab. Es interessierte mich nicht, dass Taylor Wright das beliebteste Mädchen der Schule war; ich wollte ihr am liebsten die leeren blauen Augen auskratzen, um endlich mit meiner Freundin zu sprechen.

Stattdessen ignorierte ich Taylor und versuchte irgendwie zu Maddie durchzudringen. »Ich muss dringend mit dir reden. Sie fehlt mir so schrecklich.« Maddie richtete ihre rot geäderten Augen auf Taylor, die unmerklich den Kopf schüttelte.

»Warum setzt du dich nicht einfach zu uns, und wir reden gemeinsam darüber«, sagte Taylor laut genug, dass Mrs Greene es hören konnte. »Wir vermissen Grace schließlich alle.«

»Maddie!« Meine Augen flehten sie geradezu an, während ich

ihren Namen sagte. Ich hörte die Verzweiflung, die Tränen, die hinter meinen Worten lauerten. »Bitte!«

Doch Maddie weinte nur, unwillig oder unfähig, mir zu antworten.

Mrs Greene nahm mich sanft beiseite. »Maddie leidet sehr unter der Situation, Kate. Gib sie nicht auf, okay? Sie braucht dich. Früher oder später wird sie bereit sein, darüber zu reden.«

Ich nickte nur. Der riesige Kloß in meinem Hals machte es mir unmöglich, ein Wort hervorzubringen.

Ich warf einen letzten Blick auf Maddie und ihre neue Trauergemeinde und trat durch die Haustür der Greenes nach draußen.

Und damit hatte ich auch meine andere beste Freundin verloren, ohne mich von ihr zu verabschieden.

Kapitel 41

Heute

Am nächsten Morgen betrat ich, ohne zu klopfen, das Haus von Seth' Eltern. Mrs Allen bestand darauf, dass ich den Garageneingang benutzte statt der Haustür, die für ihre »offiziellen Gäste« reserviert war.

»Hallo, Mr und Mrs Allen.« Verlegen blickte ich von einem zum anderen. »Hi, Seth.«

Die drei saßen zusammen am Küchentisch und aßen ein ziemlich üppiges Frühstück – Eier Benedikt, Rösti und Pfannkuchen. Ich hätte nie gedacht, dass Familien heutzutage überhaupt noch miteinander frühstückten – na ja, vielleicht ab und zu mal ein Schälchen Müsli, aber doch nicht so was. Es kam mir vor, als würden die hier einen Werbespot für Orangensaft drehen oder so.

»Oh, Kate, du kommst gerade richtig«, trällerte Mrs Allen. »Komm, iss was! Ich hole dir einen Teller.«

Mr Allen lächelte mich strahlend an, während ich mir einen Stuhl nahm und mich dazusetzte. Sein Aussehen kam mir fast wie ein Fenster in Seth' ferne Zukunft vor. Mr Allens Haar leuchtete trotz des Alters immer noch feuerrot, und er war höchstens eins siebzig groß. Während ich zwischen Seth und seinem Vater hin- und herblickte, stellte mir seine Mutter einen voll beladenen Teller hin.

Mir war gar nicht bewusst gewesen, wie hungrig ich war. Die Pizza vom Vorabend hatte ich nicht mal angerührt, daher kam das allensche Frühstück wie gerufen. Es war irgendwie nett, mal ein bisschen Zeit mit einer ganz normalen Familie zu verbringen.

»Sag mal, Kate, Cindy Woodrow von nebenan hat behauptet, du hättest mit dem Tennis aufgehört?«, sagte Mrs Allen. »Was ist denn aus der Regionalausscheidung geworden?«

Ich nehme alles zurück. Vielleicht war Normalität doch nicht so nett, wie ich dachte.

»Ich musste mich zwischen Tennis und dem *Concilium* entscheiden«, log ich. »Meine Trainerin hält mir einen Platz im Team frei, für den Fall, dass ich es mir anders überlege.«

»Das *Concilium* wird doch von Taylor Wright geleitet, oder?«, fragte Mrs Allen. Ich verdrehte Seth gegenüber die Augen. »Ich habe Seth immer ermutigt, da mitzumachen, aber er hilft lieber im Sekretariat aus.« Sie runzelte die Stirn in seine Richtung.

»Lass gut sein, Rebecca«, schaltete sich Mr Allen ein. »Kate, wie geht es deinen Eltern?«

»Gut, Mr Allen. Danke«, erwiderte ich.

»Hier, Kate, iss noch ein paar Pfannkuchen. Du bist viel zu dünn!« Mrs Allen schaufelte mir drei weitere Pfannkuchen auf den Teller.

Ich schätze, Seth' Mutter beschattete insgeheim den Lowry-Haushalt und zählte entsetzt die Male, wie oft der Pizzaservice an unserer Haustür klingelte. Sie versuchte jedes Mal, mich mit Hausmannskost vollzustopfen, um meiner entbehrungsreichen Ernährung entgegenzuwirken.

Seth stippte die überschüssige Sauce Hollandaise mit einem Stück Toast auf. In beängstigendem Tempo schaufelte er sich den Rest seines Frühstücks rein. Offensichtlich konnte er es gar nicht abwarten, endlich mit mir allein zu sein – allerdings nicht aus dem üblichen Grund, weshalb Typen Zeit mit einem Mädchen verbringen wollten. Das nahm ich zumindest nicht an. Er leerte seinen Teller und nahm mir meinen weg, ohne dass ich die Pfannkuchen auch nur angerührt hatte.

»Oh, ähm … danke.« Ich verschluckte mich fast an meiner Röstiecke. »Das Frühstück war echt lecker!«

»Seth, Liebling, sie ist doch noch gar nicht fertig! Ich pack dir was ein, Kate«, sagte Mrs Allen und sprang von ihrem Stuhl auf. Sie legte mehrere Pfannkuchen in eine Tupperdose und goss sogar ein bisschen Sirup darüber.

Ich schnappte mir die Dose und folgte Seth in sein Zimmer. Ich meine, wie hätte ich eine Ladung hausgemachter Pfannkuchen ablehnen sollen? Sobald ich das Zimmer betreten hatte, knallte Seth hinter mir die Tür zu.

»Ich weiß was, das du nicht weißt«, stichelte er. »Sieh dir das mal an!«

Seth schubste mich geradezu auf sein ordentlich gemachtes Etagenbett. Als ich klein war, hatte ich Seth immer um dieses Bett beneidet. Wenn ich ehrlich bin, hatte ich ihn sogar um sein Baumhaus beneidet. Wie schnell so ein grenzenloser Neid doch in peinliche Betretenheit umschlagen konnte.

Seth setzte sich mit seinem Laptop neben mich und klickte auf eine E-Mail seines engen Verbündeten, dem VerschwörungsFan. Er drehte den Computer in meine Richtung, damit ich die Nachricht selbst lesen konnte.

Der Begriff »Geheimgesellschaft« wurde im Laufe der Jahre immer wieder heftig diskutiert. Manche behaupten, dass die Mitglieder einer echten Geheimgesellschaft jegliche Beteiligung und Kenntnis derselben abstreiten müssen. Andere vertreten die Ansicht, dass bereits der Vollzug bestimmter Zeremonien und Rituale, an denen nur Mitglieder teilnehmen dürfen, das Etikett »geheim« rechtfertigt. Unabhängig von der jeweiligen Definition sind Geheimgesellschaften eine unumstrittene Tatsache und möglicherweise gar in deinem Umfeld aktiv – doch sie zu finden, ist die wahre Herausforderung.

Ich blickte zu Seth auf.

»Und? Ist das nicht irre?«, fragte er aufgeregt.

»Was? Dass du persönlich mit diesem VerschwörungsFan kommunizierst oder dass es diese Geheimgesellschaften tatsächlich gibt?«

»Mann, liest du langsam!«

Er deutete auf einen Absatz in der Mitte der nächsten Seite. Ich las laut weiter:

Meine aktuellen Nachforschungen über die Schwesternschaft führen mich zu der Annahme, dass die Gruppe ausschließlich aus Frauen besteht ...

»Ach ne … echt? Deshalb heißt es ja auch Schwesternschaft, du Schlauberger.«

»Lies weiter!«

Es gibt in der Gegend noch eine weitere Verbindung, genannt die Bruderschaft. In den Fünfzigerjahren wurden zahlreiche Eliteschulen zu gemischten Schulen zusammengelegt; ich vermute, dass dadurch einige widerstreitende Gruppen aus Lehrern und Schülern verschiedener Schulen in den Untergrund getrieben wurden. Die beiden Gesellschaften scheinen sich seit ihrer Gründung in den Fünfzigern regelrecht zu bekriegen ...

»B für Bruderschaft«, sagte ich, während ich die Puzzleteile im Geiste zusammenfügte. »Und die Einladung galt mit Sicherheit irgendeinem Initiationsritual in der Kapelle.« Ich dachte nicht weiter darüber nach, dass ich selbst zu diesem Ritual in der *Spiritus*-Nacht eingeladen worden war. »Aber warum war Alistair dort? Es klingt nicht gerade danach, als würden sich die Bruderschaft und die Schwesternschaft allzu gut vertragen.«

Seth runzelte die Stirn. »Wovon redest du?«

Ich hob abwehrend die Hände. Mit seiner Frage konnte ich mich jetzt nicht beschäftigen; ich hatte genug mit meinen eigenen Fragen zu kämpfen. »Das passt alles zusammen. Taylor, Bethany, Maddie, Grace, Alistair – sie stecken alle irgendwie mit drin. Schwesternschaft oder Bruderschaft, egal. Sie waren jedenfalls dabei. Sie hatten ihre Finger im Spiel. Aber ich kapier irgendwie nicht, warum die alle gleichzeitig da waren.«

»Warte mal. Wie kommst du darauf, dass Taylor, Maddie und Alistair da mit drinstecken?«

Ich erzählte ihm haarklein Liams Geschichte. Während die Worte nur so aus mir raussprudelten, blieb Seth buchstäblich der Mund offenstehen.

»Glaubst du wirklich, dass wir ihm trauen können? Wenn er die Wahrheit sagt, war er ebenfalls in der Nacht dort, als Grace gestorben ist.«

»Genau das hat Bethany auch gesagt. Ihr Wort steht gegen seins. Und wer würde schon einem Jungen glauben, der mal wegen

Brandstiftung angezeigt wurde? Außerdem haben die ihn an dem Abend rauchen sehen. Aber ich vertraue ihm halt, und ich glaube, er kann uns helfen.«

Seth machte ein Gesicht wie ein Kleinkind, das sein Lieblingsspielzeug mit jemandem teilen soll.

»Er sagt die Wahrheit«, fuhr ich fort. »Und er hat ein paar echt gute Ideen. Zum Beispiel vermutet er, dass Taylor und Alistair verfeindet sind. Und dieser VerschwörungsFan hat seine Theorie indirekt bestätigt. Was auch immer Grace zugestoßen ist, sie scheint irgendwie ins Kreuzfeuer der beiden Gruppen geraten zu sein. Wir brauchen nur ein paar stichhaltige Beweise. Und Liam hat gesagt, er kann uns dabei helfen …« Ich verstummte und schenkte Seth einen flehenden Blick.

»Oh nein. Nicht schon wieder. Wir werden nicht noch mal in dieses verlassene Gebäude gehen. Diesmal werden wir garantiert erwischt.«

»Ach, komm schon. Du weißt, wenn wir nachts gehen, kann überhaupt nichts passieren. Außerdem konnte Liam mir am Telefon nicht viel sagen. Er hatte Angst, dass der Anruf abgehört wird.«

Seth' Gesichtsausdruck war einfach unbezahlbar. Er schien zu Tode verängstigt und zugleich außer sich vor Begeisterung, weil ich von abgehörten Telefonleitungen sprach.

»Okay, das mit dem Abhören war ein Witz.« Seth machte ein langes Gesicht, und ich fühlte mich schlecht, weil ich seine Illusion zerstört hatte. Er machte es mir aber auch viel zu einfach. »Aber das mit dem Einbrechen meine ich ernst. Vielleicht morgen Abend?«

»Okay«, lenkte Seth ein. Ich schätze, die Aussicht, den Geheimgesellschaften der Pemberly Brown auf den Grund zu gehen, war einfach zu verlockend.

Als ich mich auf den Heimweg machte, hatte ich einen vollen Magen, eine Tupperdose voller Pfannkuchen und einen vermeintlich einwandfreien Plan. Ich verbrachte den Rest des Nachmittags in einem perfekten, traumlosen Schlaf. Als ich erwachte, brauchte ich einen Moment, um meine Gefühle richtig zu ordnen. Schließlich kam ich zu dem Schluss, dass ich ganz einfach aufgeregt war. Ich kam der Gerechtigkeit immer näher, und es fühlte sich verdammt gut an.

Kapitel 42

Am Montagmorgen wurde ich außergewöhnlich früh wach. Ich spritzte mir kaltes Wasser ins Gesicht, um meine Müdigkeit ein wenig zu vertreiben. Als plötzlich hinter mir die Tür quietschte, öffnete ich die Augen und versuchte durch die Wassertropfen hindurch irgendetwas zu erkennen.

Sie stand direkt hinter mir und starrte mich an, wie immer in ihrer Schuluniform, während ihr pechschwarzes Haar weich über ihre Schultern fiel. Ich stieß einen erstickten Schrei aus und rieb mir die Augen. Als ich sie wieder öffnete, war das Mädchen verschwunden. Ich betrachtete mein Gesicht im Spiegel und fragte mich, ob ich verrückt geworden war. In dem Moment fiel mir auf, dass mein Computer nicht mehr im Stand-by schlummerte.

Ich fuhr mir mit dem Handtuch übers Gesicht und stürzte zu meinem Schreibtisch, um die neue Nachricht anzuklicken, noch bevor ich mich hinsetzte.

An: KateLowry@pemberlybrown.edu
Gesendet: Montag, 05:33
Von: GraceLee@pemberlybrown.edu

Betreff: (kein Betreff)

Die Zeit ist fast abgelaufen.
Gehe an den Ort, wo alles begann.
Die Wahrheit liegt im Untergrund.

Was man so einen typischen Montagmorgen nannte.

Und es wurde nicht besser.

»Kate, hast du vielleicht auch etwas dazu beizutragen?«, fragte Mr Erikson, mein Physiklehrer. Er starrte mich an und tippte mit seinem spitzen Lackschuh ungeduldig auf den Boden.

Meine Notizen waren nicht mehr als eine Ansammlung ungeordneter Gedanken über Grabstätten und unterirdische Wahrheiten. Nein, ich hatte leider nicht allzu viel beizutragen.

»Ähm, nein … ich wollte genau dasselbe sagen wie Anthony.« Anthony nickte mir quer durch den Raum zu und fuhr sich mit der Zunge über die Lippen. Igitt.

Mr Erikson kam auf mich zu, und obwohl ich meine Notizen so gut es ging mit dem Arm verdeckte, war es leider offensichtlich, dass ich nicht aufgepasst hatte. Er tippte mit seinem Kuli auf die Tischplatte. Irgendwie hatte ich das ungute Gefühl, dass er nicht damit aufhören würde, bis ich zu ihm aufblickte. Also tat ich genau das. Er sah mir einen Moment lang tief in die Augen und ging dann zurück zu seinem Pult.

»Na schön, gebt mir bitte alle eure Notizen nach vorn. Ich werde sie diese Woche in die Beteiligungsnote mit einbeziehen.« Mr Erikson starrte ausschließlich mich an, während er das sagte. Ich wurde knallrot, weil er mich so herauspickte. Was hatte ich dem Mann getan?

Ich warf einen Blick auf meine Kritzeleien, die von Grace' jüngster E-Mail inspiriert waren. Wörter wie »Grab«, »Gruft« und »Katakomben« bedeckten das gesamte Blatt, und der Satz *Die Wahrheit liegt im Untergrund* war dreimal unterstrichen. Das konnte ich wohl schlecht abgeben. Stattdessen blätterte ich ein paar Wochen zurück und riss eine alte Seite aus meinem Block, damit ich wenigstens irgendetwas einreichen konnte.

»Mr Erikson?«, rief Bradley aus der letzten Reihe. »Meine Wasserflasche hat meine Notizen verschmiert. Kann ich sie noch mal abschreiben und Ihnen morgen früh geben?«

Mr Erikson schob die Zettel zu einem Stapel zusammen und schnaubte amüsiert.

»Meinetwegen. Aber vergiss es nicht, sonst gibt's eine Sechs.«

Ich schätze, nach all den Abmahnungen der letzten Zeit hatte ich irgendwie den Bezug zur Realität verloren. Ich warf einen Blick auf Bradley, der nur mit den Schultern zuckte und mich halbherzig anlächelte, als wollte er sagen: »Ich weiß ganz genau, wie du dich fühlst.« Und das wusste er vermutlich wirklich, denn er machte den Kurs bereits zum zweiten Mal. Mrs Garrety hatte ihn letztes Jahr durchfallen lassen.

Endlich erlöste mich der Gong von meinem miserablen Schultag, und ich rannte umgehend zu Farrow's Arches, unserem offiziellen Treffpunkt für die Planung der abendlichen Ermittlungen. Ich war die Erste und befand mich ganz allein im Park, während die späte Nachmittagssonne hinter den Bäumen versank. Ich setzte mich auf Grace' Bank, um über unsere weitere Vorgehensweise nachzudenken. Wir hatten uns vorgenommen, erneut ins brownsche Herz einzudringen, aber inzwischen war ich mir nicht mehr so sicher. Grace' E-Mail schien uns auf eine andere Fährte zu führen. In den Untergrund. Inzwischen war ich mir bei gar nichts mehr sicher.

Ein Windstoß in meinem Rücken wehte mir den charakteristischen Geruch von brennendem Holz in die Nase. Ich sprang auf, meine Sinne plötzlich in Alarmbereitschaft. Der Rauchgeruch löste in mir eine Reaktion aus, die ich nicht richtig erklären konnte. Dr. D. sprach von einer sinnlichen Assoziation. Demnach brachte der Geruch von Feuer das Trauma meines Verlustes zurück an die Oberfläche. Ich persönlich betrachtete es eher als einen Kampf-Flucht-Reflex. Noch vor sechs Monaten wäre ich so weit wie möglich vor diesem Geruch davongerannt, doch inzwischen hatte sich einiges geändert. Ich war es leid davonzurennen.

Stattdessen kämpfte ich mich durchs Gestrüpp, um in den Wald zu kommen, der den Park umschloss. Der Geruch wurde immer stärker, und ich hörte das Knacken brennender Blätter.

Und dann sah ich es vor mir.

Auf einer Lichtung brannte ein kleines Lagerfeuer. Ein Ring aus Steinen hielt das Feuer im Zaum, sodass theoretisch nichts passieren konnte. Doch mit dem Wort »theoretisch« war mein Instinkt nicht vertraut. Der Geruch, der Wald – all das war mir hingegen umso vertrauter.

Die winzigen Härchen in meinem Nacken stellten sich auf, als ich plötzlich ein Augenpaar auf mich gerichtet fühlte. Ich wirbelte herum, doch mein Beobachter hatte sich im Dickicht der Bäume sicher versteckt. In dem Moment sah ich, dass vor dem Feuer etwas lag. Es war eine Karte mit meinem Namen drauf, die an einen Stein gelehnt war.

Als ich sie in die Hand nahm, erkannten meine Finger das cremeweiße Papier sofort. Zu meinen Füßen prasselte das Feuer, und ein unbeschreibliches Déjà-vu-Gefühl drohte mich zu überwältigen. Doch diesmal enthielt die Karte keine Einladung zu einem geheimen Treffen in der Kapelle. Nicht mal jene schöne kalligrafische Schrift. Nur eine schlichte Warnung in blutroter Tinte.

Ich hörte das Knacken eines Zweiges, gefolgt von leisem Lachen, das hinter mir durch die Blätter drang. Ohne darüber nachzudenken, rannte ich in die Richtung, aus der das Lachen gekommen war. Wenn ich die Person, die hinter den Drohungen steckte – die Person, die offensichtlich am meisten zu verlieren hatte – identifizieren könnte, wäre ich der Wahrheit ein gutes Stück näher gekommen.

Ich folgte dem Geräusch rennender Schritte quer durch den Wald. Das Blut rauschte mir in den Ohren, und mein Hals brannte. Ich würde nicht aufgeben, bis ich meine Antworten hatte. Doch als ich die offene Fläche des Parks erreichte, wurde mir klar, dass die Person verschwunden war. Die Schüler auf dem Campus kicherten, flüsterten, flirteten, doch sie schnappten nicht nach Luft. Wer auch immer da im Wald gewesen war, hatte entweder einen anderen Weg gewählt oder war bereits im Schutz der Menge untergetaucht.

Erschöpft ließ ich mich auf Grace' Bank sinken. Ich bekam kaum noch Luft. Der Himmel schien auf mich einzustürzen, und mein Blick wurde mit einem Mal glasig und schwarz an den Rändern. Ich kannte dieses Gefühl und legte den Kopf zwischen die Knie, während ich jede Sekunde meiner Panikattacke verfluchte, weil sie bewies, dass ich einmal mehr verloren hatte.

»Hey, alles okay?«

Liam. Gott sei Dank.

Im nächsten Moment setzte er sich neben mich auf die Bank und strich mir mit einer Hand über den Rücken, während die andere meine Finger umfasste. Als sich mein Atem normalisierte, hob ich vorsichtig den Kopf und befand mich nur wenige Zentimeter von Liams Mund entfernt.

Ein neuer Schwindel drohte mich zu überwältigen, doch diesmal aus einem völlig anderen Grund. Ich verweilte einen Moment in meiner gebeugten Haltung, weil ich es genoss, Liams Atem auf der zarten Haut um meine Lippen herum zu spüren. Ich wusste, wenn ich jetzt aufstand, würde der Zauber verfliegen.

»Du siehst …«

»Bereit für die große Mission? Treffpunkt ist doch hier um zehn, oder?« Seth unterbrach ihn mit einem rauen Flüstern, nur wenige Zentimeter von unseren Gesichtern entfernt. Ich verspürte den unbändigen Drang, ihm jedes seiner roten Haare einzeln auszureißen.

»Ähm, ja. Ich brauchte nur eine kleine Verschnaufpause.« Ich entzog mich Liams Umarmung und stand auf. »Übrigens, kleine Planänderung«, verkündete ich und ließ meinen Blick erneut über die Menge schweifen. »Wir treffen uns an der Kapelle, *wo alles begann*, und wir brauchen vermutlich Schaufeln. Vielleicht müssen wir ein bisschen buddeln. Aber als Erstes müssen wir ein Feuer löschen.«

Kapitel 43

»Erklär mir bitte noch mal, was wir hier eigentlich tun.« Seth ließ den Strahl seiner Taschenlampe wild umherzucken, wie ein Drittklässler im Ferienlager.

»Wir fangen ganz am Anfang an«, zischte ich. »Hier hat das Ganze begonnen.« Ich stieg über das heruntergetretene Polizeiband und stolperte über einen verkohlten Holzbalken, der an den Rand des Geländes geschleift worden war. »Da muss irgendwas im Keller sein.«

»Aber das ist doch der Ort, wo …« Seth wirkte ziemlich beunruhigt.

»Denk einfach nicht drüber nach, okay? Die Schwesternschaft und die Bruderschaft haben in jener Nacht irgendetwas geplant, also muss es hier irgendeinen Hinweis geben, der uns hilft, die Wahrheit herauszufinden.« Meine Stimme klang leicht hysterisch, und ich spürte, wie Liam mir eine Hand auf die Schulter legte.

Wir gingen weiter, bis wir die Überreste der Kapelle erreichten. Die meisten groben Schuttteile waren inzwischen entfernt worden, doch der intensive Geruch von verbranntem Holz lag noch immer in der Luft. Mein Fuß stieß gegen etwas Hartes. Als ich die Taschenlampe darauf richtete, entdeckte ich die alte Bronzetafel, die die Kapelle einst als Station 11 markiert hatte. Nun war sie verrußt und verbogen. Ich fuhr mit den Fingerspitzen über die lateinische Inschrift *Ad vitam aeternam*, »Dem ewigen Leben«, und dachte an Grace. Wenn doch nur jeder die gleiche Vorstellung vom ewigen Leben hätte. Diese ganzen unterschiedlichen Auffassungen machten mich wütend.

Wir traten an den Rand der Grundmauern und blickten in den ehemaligen Keller, wo sie Grace' Leiche gefunden hatten. Ich war jedes Mal aufs Neue überrascht, dass das Untergeschoss nahezu unversehrt war, doch dann rief ich mir in Erinnerung, dass der Rauch meine beste Freundin getötet hatte, nicht die Flammen.

»Seht mal, da führt eine Treppe nach unten.« Liam zeigte auf die Rückseite des ehemaligen Gebäudes. »Wenn du das wirklich durchziehen willst, müssten wir dahinten runterkommen.«

Ich nickte und atmete tief durch. Seth stieß ein gequältes Geräusch aus, aber er folgte uns mit seiner Taschenlampe.

Die Treppe war tatsächlich noch intakt. Ich musterte meine beiden Ritter in rostiger Rüstung und zog fragend die Augenbrauen hoch. »Also, wollen wir?«

»Ja, los. Bringen wir es hinter uns.« Zu meiner großen Überraschung stieg Seth als Erster die Treppe hinunter.

Von Stufe zu Stufe wurde es dunkler. Obwohl der überwiegende Teil des Kellers unter freiem Himmel lag, bot der Mond nicht allzu viel Licht. Mit jedem Schritt zitterten meine Beine und drohten, unter der Last meines Gewichts nachzugeben. Ich versuchte, ruhig zu bleiben, doch meine Gefühle überschlugen sich.

Ich befand mich an dem Ort, wo meine beste Freundin gestorben war, und schleifte die einzigen Freunde, die mir noch blieben, mit in die Tiefe, ohne zu wissen, wonach ich eigentlich suchte. Am liebsten hätte ich die ganze Sache abgeblasen, doch als mein Fuß auf den harten Kellerboden fiel, verspürte ich mit einem Mal neue Entschlossenheit. Grace war hier unten gestorben. Sie hatte es verdient, dass ihr endlich Gerechtigkeit widerfuhr.

Wir schritten langsam die Kellermauern ab. Das Licht unserer Taschenlampen fiel auf mehrere Stapel von verkohltem Holz, doch ansonsten war der Keller leer. Ich ging auf die Knie und krabbelte auf allen vieren vorwärts, um jeden Quadratzentimeter Boden mit der Taschenlampe abzuleuchten. Nichts. Falls hier mal irgendetwas gewesen sein sollte, war es nicht mehr da.

Doch plötzlich fiel das Licht meiner Taschenlampe auf eine andere Oberfläche nahe der gegenüberliegenden Wand. Mein Lichtstrahl zuckte wild hin und her, als ich quer durch den Raum rannte und eine massive Holzplatte entdeckte, die mit dem Fußboden abschloss und nach einer Falltür aussah. Ich versuchte, die Ränder der Klappe mit den Fingern anzuheben, doch das Ding bewegte sich keinen Millimeter.

»Hey, Leute, seht euch das mal an.«

Seth und Liam eilten an meine Seite.

»Ich dachte, mit ›Untergrund‹ hätte Grace den Keller gemeint, aber was, wenn hier drunter noch was ist?«

»Niemals. Das Ding rührt sich nicht. Die mussten vermutlich mal den Boden aufmachen, um irgendwelche Rohre zu reparieren oder so«, sagte Seth.

»Da wäre ich mir nicht so sicher«, meinte Liam mit gerunzelter Stirn. »Hört mal.«

Er klopfte auf die Klappe, und wir hörten ein hallendes Geräusch. Unter der quadratischen Fläche befand sich definitiv ein Hohlraum. Es schien tatsächlich eine Art Luke oder Falltür zu sein.

»Das Ding muss doch irgendwie aufgehen. Macht mal Platz.«

Liam mühte sich mit der Klappe ab, indem er sie erst mit der Schaufel, dann mit der Taschenlampe und schließlich mit einem Stock aufzuhebeln versuchte (ja, ich war auch nicht gerade beeindruckt), aber das Ding wollte sich partout nicht rühren.

Ich war stocksauer und hatte große Lust, die Sache für heute zu beenden. Der finstere Keller und die schmalen Lichtbündel machten mir Kopfschmerzen. Ich wollte gerade aufstehen, als ich von unten gedämpfte Stimmen hörte.

»Pssst«, flüsterte ich den Jungs zu. »Hört mal.«

Wir drückten die Ohren gegen den feuchtkalten Boden und hielten den Atem an.

»Können wir nicht doch den Bibliotheksausgang benutzen? Der hier ist mir irgendwie nicht geheuer.«

»Nicht, solange die D. oben Wache schiebt. Wir würden niemals unbemerkt aus dem Magazin rauskommen.«

Die unterirdischen Schritte schienen sich zu nähern. Seth und ich erstarrten, doch Liam zerrte uns in einen dunklen Winkel, wo wir hinter einem Stapel verkohltem Holz Schutz suchten. Wir fanden mit Mühe und Not Platz, aber es war verdammt eng. Im nächsten Moment öffnete sich die Klappe, neben der wir gerade noch gehockt hatten, und zwei Köpfe erschienen in der Öffnung. Die klaffenden Lücken zwischen den einzelnen Holzbalken gaben mir das Gefühl, extrem verwundbar zu sein. Ich hielt instinktiv den Atem an, fest davon überzeugt, dass man uns jeden Moment entdecken würde.

»Sei vorsichtig. Du weißt, dass das hier nicht mehr sicher ist.« Die Stimme gehörte Bradley Farrow.

»Ach was. Jetzt werd' nicht gleich paranoid.« Durch eines unserer Gucklöcher hindurch erkannte ich Alistair.

Erneut setzten sich mehrere Teile jenes Puzzles zusammen, das deutlich komplizierter war, als ich es mir ausgemalt hatte. Die Bruderschaft existierte also wirklich, Alistair und Bradley waren Mitglieder, und der Geheimgang unter der Kapelle führte anscheinend … irgendwohin.

Was auch immer in jener Nacht geschehen war, Bradley steckte offenbar mit drin. Es war sicher kein Zufall, dass er mich ausgerechnet dann zu einem Spaziergang überredete, als ich bei einem Treffen der Schwesternschaft erwartet wurde.

Hatte er wohl von vornherein gewusst, dass es ein Feuer geben würde? Wollte er mich deshalb fernhalten? Aber warum ausgerechnet mich? Warum nicht Grace? Was hatte ich übersehen?

Ich hörte, wie die Klappe mit einem dumpfen Knall zufiel und die Jungs die Treppe hinaufstiegen, um in der Stille der Nacht zu verschwinden.

Ich atmete erleichtert aus. Zugleich streifte ein warmer Atemhauch meine Wange. Ich sah auf und blickte direkt in Liams Gesicht. Mein Körper war eng an seinen gepresst. Trotz all der Angst, Verwirrung, Schuld und Trauer wünschte ich mir im Dunkel des Kellers nichts sehnlicher, als Liam zu küssen. Hier und jetzt. Ich lehnte mich ein wenig zurück und hob ihm mein Gesicht entgegen. Seine Hände fassten meine Arme auf eine durch und durch positive Art, die mir das Gefühl gab, dass Liam den Kuss ebenso sehr wollte wie ich.

»Ähem.« Seth räusperte sich und rutschte verlegen hin und her.

Ich wurde knallrot und wich vor den beiden zurück, um zurück zu der Falltür zu laufen.

»Wow, da hat nicht viel gefehlt«, flüsterte Liam und sah mich an. Für einen Moment fragte ich mich, was er wohl damit meinte.

»Was für eine Erkenntnis, Herr Oberschlau!«, erwiderte Seth und kletterte hinter dem Holzstapel hervor. Na klasse, jetzt klaute er mir schon meine Sprüche. Wir verbrachten eindeutig zu viel Zeit miteinander.

»Es ist also wirklich eine Luke, aber wo führt sie hin?«, fragte Liam.

»Na, in den Untergrund. Vielleicht ist das Grace' geheime Botschaft an uns … ähm … an *dich*, Kate. Vielleicht hausen die ja im Untergrund oder so«, sagte Seth. Dann fügte er hinzu: »Wie die Tunnelmenschen.«

»Ich glaube, du siehst zu viele Sendungen über Verschwörungstheorien.« Ich verdrehte die Augen und versuchte meine Finger unter den Rand der Klappe zu schieben, doch vergeblich. Vielleicht gab es auf der anderen Seite eine Art Riegel oder so. Während ich neben der Falltür hockte, versuchte ich die Vorstellung aus meinem Kopf zu bekommen, dass Grace in jener Nacht genau dasselbe getan hatte.

»Na komm, es wird langsam spät. Darüber können wir uns morgen immer noch Gedanken machen.« Liam nahm meine Hand, und ich ließ mich bereitwillig führen. Es war eine willkommene Abwechslung, ausnahmsweise mal von einem lebenden Menschen geleitet zu werden. Den Ratschlägen eines Geistes zu folgen, hatte mich bislang nicht viel weitergebracht.

Zu dritt stiegen wir hinauf in die kühle Oktobernacht. Wir hatten vielleicht nicht gefunden, wonach wir suchten, aber wir hatten immerhin einen flüchtigen Blick auf die Bruderschaft werfen können. Doch bei allem, was ich heute Abend gesehen hatte, kam mir die Befürchtung, dass die Bruderschaft, wenn sie wirklich in Grace' Tod verwickelt war, dafür gesorgt hatte, dass die Wahrheit für immer verloren wäre.

Kapitel 44

Ich nahm an, wenn dieses geheime Tunnelsystem tatsächlich existierte, müsste man es auf den Originalplänen der Schule finden können. Unglücklicherweise waren ausgerechnet diese Seiten über die PB in den Büchern der Bibliothek herausgetrennt worden, und im Buchhandel waren die Bücher nicht mehr zu bekommen. Diese Geheimgesellschaften waren verdammt gründlich.

Es gab nur eine einzige Person, der ich genug vertraute, um sie danach zu fragen, daher lauerte ich Dorothy nach der Schule in der Bücherei auf. Ich fand sie an ihrem üblichen Wachposten beim Eingang, von wo aus sie das gesamte Geschehen im Blick hatte.

»Hallo, Kate. Dich sieht man hier auch nicht während der normalen Öffnungszeiten, wie?«, fragte sie lächelnd.

»Haha. Nur um eins klarzustellen, ich bin *Ihretwegen* hier.«

»Ach wirklich? Und was führt dich zu einer alten Sicherheitsangestellten wie mir?«, fragte sie amüsiert.

»Ich schreibe gerade eine Facharbeit über die Geschichte der PB, und den Gerüchten nach waren Sie hier mal Geschichtslehrerin.«

Dorothys Lächeln verebbte. »Mir fällt gerade ein, dass ich drüben im Hauptgebäude noch was erledigen muss.«

»Kein Problem. Ich komme mit.«

Wir traten hinaus in die Oktobersonne und gingen über den geklinkerten Weg zurück zum Hauptgebäude.

»Also … waren Sie echt mal Geschichtslehrerin? Wann haben Sie den Beruf gewechselt?«

»Das ist eine lange und komplizierte Geschichte.«

Okay, die Sache gestaltete sich schwieriger als erwartet. Mein aktuelles Ziel bestand darin, möglichst viel aus Dorothy herauszubekommen, daher dachte ich an Seth, den Großinquisitor persönlich, und fragte mich: »Was würde Seth an meiner Stelle tun?« Die Antwort war simpel. Er würde einfach noch mehr Fragen stellen. Besser noch, er würde dieselbe Frage immer wieder anders stellen, bis er seine Antwort bekam. Ich versuchte es aufs Neue.

»Hat man Sie etwa rausgeworfen?«

Ihre Augen zuckten in alle Richtungen, als wollte sie sichergehen, dass uns niemand belauschte.

»Nein, man hat mich nicht rausgeworfen! Ich arbeite schließlich noch hier, oder?«

»Nichts für ungut, aber eine Stelle als Sicherheitsangestellte, ist das nicht irgendwie ein Rückschritt?«

»Das kommt ganz auf die Sichtweise an«, erwiderte sie.

Okay, so kam ich nicht weiter. Die Frau war verschwiegener als die CIA. Es war an der Zeit, mit härteren Bandagen zu kämpfen.

»Vielleicht wurden Sie ja von einer frauenverachtenden Geheimorganisation namens die Bruderschaft rausgeekelt?« Ich zwang mich zu einem leisen Lachen für den Fall, dass sie keine Ahnung hatte, wovon ich redete – so konnte ich meine Frage notfalls als Scherz abtun.

Dorothy erbleichte und sah sich erneut um, sodass ich das Gefühl hatte, ich wäre in einem James-Bond-Film oder so.

»Ich habe keine Ahnung, wovon du redest, Kate.« Es klang, als hielte jemand ein Scharfschützengewehr auf sie gerichtet.

»Schon kapiert. Aber vielleicht können Sie mir wenigstens sagen, wo ich die Baupläne der Schule finden kann? Ich hab's schon in beiden Büchereien versucht, aber ich kann einfach nichts finden. Es geht mir darum, ob es hier vielleicht unterirdische Gänge ...«

»Tut mir leid, Kate. Da kann ich dir nicht helfen«, fiel Dorothy mir ins Wort.

Inzwischen hatten wir das Geschichtsgebäude erreicht und standen vor dem Alumni-Saal, der Station 6. *Respice, adspice, prospice.* »Betrachte die Vergangenheit, die Gegenwart, die Zukunft.«

Dorothy blieb vor den Fotos der Ehemaligen stehen und legte die Hände auf meine Schultern.

»Tut mir leid, dass ich dir nicht weiterhelfen kann, Kate. Du solltest die Sache auf sich beruhen lassen.« Und dann, so schnell, als hätte ich es mir eingebildet, zwinkerte sie mir zu. »Ich habe noch einiges zu tun. Pass auf dich auf. Manchmal muss man eben auf dem Absatz *kehrtmachen*.«

Na großartig. Echt hilfreich, Dorothy. Und vielen Dank auch an Grace, die mir dieses unmögliche Unterfangen aufgehalst hatte. Ich meine, was trieb ich hier eigentlich? Diese Geheimgesellschaften mochten zwar existieren, aber selbst wenn sie wirklich in Grace' Tod verwickelt waren, konnte ich es ihnen noch lange nicht beweisen. Und wer würde mir schon glauben, wenn ich plötzlich so irres Zeug faselte? Ich würde nur wie eine verrückte alte Verschwörungstheoretikerin klingen. Oder wie Seth in sechzig Jahren.

Ich drehte mich um und betrachtete die Bilder an der Wand: Schüler vergangener Zeiten. Und plötzlich sah ich es.

Das Foto von Josephine Reynolds, versehen mit einer Metallplakette, die sie als leitende Architektin der Schulzusammenlegung von Pemberly und Brown würdigte. Im selben Moment fiel mir das Buch wieder ein, das ihre Verdienste hervorgehoben hatte. Ich fuhr mit dem Finger über die Buchstaben ihres Namens und lies meinen Blick über den Text der Gedenktafel schweifen. In metallenen Lettern entdeckte ich zwei Namen: Alistair und Porter Reynolds. Ihre beiden Enkel.

Ich schätze, damit war Dorothys Augenzwinkern wohl geklärt.

Logischerweise würde mir Alistair nicht gerade nützen, da er selbst in der Bruderschaft war und irgendwie in diese ganze Sache verwickelt schien. Aber ich erinnerte mich noch daran, wie Porter seinen Bruder angemault hatte, er solle ihn zum Gitarrenunterricht fahren. Irgendwie hatte ich das Gefühl, dass sich die Sache bei ihm ganz anders verhielt.

Danke, Dorothy. Hallo, Porter.

Kapitel 45

Glücklicherweise mussten wir nicht lange suchen, um Porter in der Mittagspause aufzustöbern. Der Gute saß wie immer an seinem angestammten Platz unter einer der riesigen Eichen im Hof. Sein struppiges Haar fiel ihm tief ins Gesicht, während er die Töne von John Lennons »Imagine« auf der Gitarre zupfte. Der schrägen Melodie nach zu urteilen, schien sich der Gitarrenunterricht noch immer nicht auszuzahlen.

Dennoch ließ sich Porters kleiner, aber ergebener Fanclub aus Erstis offenbar nicht abschrecken, denn die Mädchen hatten sich im Halbkreis um den Baum geschart und nickten seufzend zum Takt der Musik. Man konnte ihnen nur zugutehalten, dass sie sich nicht auch noch bei den Händen fassten und schunkelten.

»Ich wette, John Lennon dreht sich gerade im Grab um«, flüsterte Liam.

»Ne, der freut sich bestimmt, dass die Typen mit seiner Musik immer noch Mädels aufreißen«, erwiderte ich.

»Stimmt. Porter soll sich nur vor Yoko in Acht nehmen. Mit der ist nicht zu spaßen.«

Der Song ging endlich zu Ende, und Porter verkündete seinen

Fans mit einem schleimigen Grinsen, dass für heute Schluss sei. Die Mädels schmollten und kicherten und versprachen, morgen wiederzukommen.

Seth streckte mutig die Brust raus. »Okay, dann will ich mal mein Glück versuchen.« Sein Gesichtsausdruck wirkte entschlossen. Er hatte darauf bestanden, als Erster mit Porter zu reden, weil er ihm Nachhilfe in Mathe gab.

Liam und ich sahen zu, wie Seth sich der singenden Sensation der PB näherte, zu reden begann und ausladende Gesten mit den Armen machte. Porter reagierte zunächst verwirrt, dann verärgert und schließlich abweisend.

Seth trottete zurück zum Hauptgebäude, wo Liam und ich ihn auf einer Bank erwarteten. Er zuckte mit den Schultern und trat mit der Spitze seines Turnschuhs in den Rasen.

»Ich hab's versucht, aber er sagt, er weiß nichts über seine Oma. Nichts zu machen.«

Ich dachte an *Nativitas* und an die Szene zwischen Grace und Porter im See und fand, dass dies zwei gute Gründe waren, weshalb ich die Situation sehr viel souveräner handhaben würde als Seth.

Ich öffnete die obersten Knöpfe meiner Bluse, rückte meine »Mädels« ein bisschen höher, löste meinen Pferdeschwanz und fuhr mir mit der Zunge über die Lippen. Dann warf ich einen Blick auf Liam und Seth. »Ich übernehme!«

Seth starrte mich an wie ein rotköpfiger Fisch mit offenem Maul, und Liam schenkte mir ein trockenes Grinsen. »Zeig's ihm, Baby«, sagte er lachend.

Ich ging zu Porter, der gerade seinen Gitarrenkoffer zuschnappen ließ, und räusperte mich.

Als er sich erhob, sah ich, wie sein Blick über meine Beine wanderte, an meiner Brust verweilte und schließlich bei meinen Augen ankam.

»Oh, hi Kate!«, sagte er mit flirtendem Blick. »Ich hab mich schon gefragt, wann du's dir anders überlegst.«

»Na ja, nach dieser einzigartigen Interpretation von ›Imagine‹, wie könnte ich dir da widerstehen?« Ich boxte ihm spielerisch gegen die Schulter und hätte mir für die alberne Geste am liebsten in den Hintern getreten. Extrem peinlich, auch wenn es sich nur um einen zweitrangigen Casanova handelte.

Er nahm meine Hand und hob sie an seine Lippen.

»Das ist mit Abstand das Netteste, was ich heute zu hören bekommen habe.«

»Krieg dich wieder ein. Ich hab nicht behauptet, dass es mir gefallen hat. Außerdem ist es nur ein Song.« Ich klimperte kokett mit den Wimpern und hoffte, dass er darauf stand, ein Mädchen erobern zu müssen.

»Es ist *nie* nur ein Song«, erwiderte er und fuhr sich mit der Zunge über die Lippen. Igitt. Vielleicht lief das Ganze ein bisschen *zu* gut.

»Wie auch immer … ich wollte dich nur was fragen … ich arbeite da gerade an einem Projekt über die Geschichte der PB, und deine Großmutter hat doch die Gebäude entworfen, soviel ich weiß?«

»Schon, aber leider ist sie tot, also kannst du sie wohl schlecht fragen, es sei denn, du stehst auf Séancen.« Er schnappte sich seinen Gitarrenkoffer und ging aufs Gebäude zu. Ich folgte ihm.

»Tut mir echt leid.«

»Muss es nicht. Sie war 'ne verrückte Alte, total paranoid wegen allem und jedem. Als Kind hatte ich eine Scheißangst vor ihr. Unter uns gesagt, ihr Tod hat mich nicht gerade erschüttert, als ich fünf war.«

Wir gingen an Liam und Seth vorbei, die wie zwei abgelegte Liebhaber auf der Bank saßen. Ich spürte Liams geballte Aufmerksamkeit auf mir und wusste, dass er Porter bitterböse Blicke zuwarf. Es war echt unfassbar, dass Porter es nicht mal bemerkte, aber ich schätze, wenn das Gehalt des Vaters dem eines Steve Jobs gleicht, kann es einem wohl egal sein, ob einen die Leute anstarren oder nicht.

Als wir das Gebäude betraten, hielt Porter mir die Tür auf.

»Also … ich kann in der Bücherei keine brauchbaren Informationen finden. Und ich würde die Geschichte der Gebäude gern besser verstehen, vor allem, wie sie zur Zeit der Zusammenlegung umgestaltet wurden. Habt ihr nicht vielleicht noch ein paar alte Skizzen? Irgendwas, das mir helfen könnte?«

Porter blieb stehen und starrte mich an – besser gesagt, er starrte meine »Mädels« an.

»Kann schon sein, dass von dem alten Kram noch was auf dem Dachboden rumfliegt. Willst du vielleicht nach der Schule vorbeikommen und ein bisschen rumstöbern?«

»Echt? Das wär total cool. Danke!«

»Dann haben wir wohl ein Date, Kate«, sagte er augenzwinkernd.

»Cool. Ich bin spätestens um vier bei dir.«

Ich machte auf dem Absatz kehrt, um den Jungs die gute Nachricht zu überbringen, und rannte geradewegs in sie hinein.

»Oh … hi. Ich hab gute Neuigkeiten …«

»Wir haben's schon gehört. Du hast ein Date, stimmt's?« Liam klang sauer.

»Genau, du hast ein Date«, wiederholte Seth.

»Und wenn schon. Der alte Kram seiner Großmutter könnte wertvolle Hinweise enthalten. Ich bin mir sicher, dass sie selbst ein

Mitglied der …«, ich sah mich um, ob uns irgendjemand zuhörte, »… Schwesternschaft war.«

»Meinetwegen, aber wir kommen mit.« Liam verschränkte die Arme vor der Brust.

»Genau. Wir lassen dich auf keinen Fall mit diesem Schwerenöter auf dem Dachboden allein.« Seth imitierte Liam und verschränkte ebenfalls die Arme.

Warum fühlte ich mich nur mit einem Mal unterlegen?

Um ehrlich zu sein, nahm ich dieses theatralische Armkreuzen und Beschützergehabe gern in Kauf, wenn ich dafür die Sache nicht allein durchziehen musste. Irgendwie hatten meine Ritter in rostiger Rüstung etwas an sich, das mir regelrecht Lust machte, für sie die holde Jungfrau zu spielen.

Kapitel 46

Die Reynolds lebten in einer jener prunkvollen historischen Villen, die einst Familien wie den Rockefellers oder den Mittals gehört hatten. Als Liam den Jeep in die Einfahrt lenkte, wurde ich nervös. Immerhin war Porter der jüngere Bruder von Alistair, dem Mitglied einer Geheimgesellschaft, die möglicherweise für den Tod meiner besten Freundin verantwortlich war. Wenn er zu Hause war, würde ich keinen Fuß über die Schwelle setzen, so viel stand fest.

Aber ich wusste, dass Liam die ganze Sache abblasen würde, wenn ich mir irgendetwas anmerken ließe, daher zwang ich mich zu einem strahlenden Lächeln.

»Bereit?«, fragte ich.

»Mehr oder minder. Willst du nicht vielleicht deine Bluse zuknöpfen?«, fragte Liam.

»Sieht doch gut aus.«

»Ja, sieht doch gut aus …«, wiederholte Seth mit entrückter Stimme.

»Irgh, okay. Ich mach sie ja schon zu.«

Gemeinsam marschierten wir in Richtung Eingang und in eine andere Zeit. Vier römische Säulen ragten links und rechts in die

Höhe, und zwei marmorne Löwen bewachten das Eingangsportal. Über den riesigen Doppelflügeltüren prangte ein verschnörkeltes schmiedeeisernes *R*, und selbst die Klingel wirkte prunkvoll antik. Einzig die Überwachungskameras über den altertümlichen Wandleuchtern ließen erkennen, dass wir uns im einundzwanzigsten Jahrhundert befanden.

»Wir werden beobachtet«, flüsterte ich und nickte mit dem Kopf in Richtung Kamera, während ich auf den Klingelknopf drückte. Ich hoffte inständig, Alistair würde uns nicht kommen sehen. Einen Moment später öffnete sich ächzend die riesige Tür, und vor uns stand Porter.

Er schien verwirrt. »Kate?«

»Hi! Ich hoffe, es macht dir nichts aus, dass ich meine Freunde mitgebracht habe. Die beiden sind ... ähm ... in meiner Arbeitsgruppe. Liam und Seth. Tolles Haus, übrigens.«

Die drei wechselten ein typisches Jungennicken, und Porter ließ uns widerwillig herein.

Im Innern war das Haus noch beeindruckender als von außen. Wer auch immer die Innenräume gestaltet hatte, war der Geschichte jedes einzelnen Raums treu geblieben, sodass ich beim Eintreten das Gefühl hatte, leibhaftig in die Vergangenheit zu reisen. Na ja, zugegeben, in jeder Ecke befanden sich Bewegungsmelder, und zahlreiche Überwachungskameras folgten jeder unserer Bewegungen, aber ansonsten war das Ganze echt beeindruckend.

»Du hast gar nichts von einem Gruppenprojekt gesagt«, flüsterte Porter lautstark, während er uns einen Flur entlangführte, in dem prunkvolle Gemälde hingen, die eigentlich in ein Museum gehörten.

»Oh, sorry. Hab ich wohl vergessen.« Ich musste mich extrem zusammenreißen, um nicht mit offenem Mund rumzurennen, während ich die Kunstwerke bestaunte. Ich stupste Liam an, der ebenso beeindruckt schien wie ich. Er schüttelte ehrfürchtig den Kopf.

Porter führte uns in einen Gebäudeteil, der vermutlich mal als Personaltrakt gedient hatte. »Auch egal. Hier geht's rauf auf den Dachboden.« Eine Treppe, die längst nicht so beeindruckend war wie die große Freitreppe am Eingang, führte uns hinauf in den zweiten Stock. »Der ganze alte Kram meiner Oma ist da oben. Aber Finger weg vom Schmuck, okay? Meine Mutter dreht sonst am Rad.«

Vorsichtig stiegen wir die wackelige Treppe zum Dachboden hinauf. Es roch nach Holz und Schimmel, und als wir oben ankamen, umfing uns trotz des kühlen Oktobernachmittags eine feuchte Hitze.

Ich hockte mich hin und studierte den Dachboden. Er war mit allem möglichen Krempel vollgestellt. Alte Hutschachteln, kaputte Möbel und abgetragene Kleidungsstücke säumten die Wände des beengten Raums.

»Wo sollen wir anfangen?«, fragte Seth und zog erst mal eine Tüte Fruchtgummis aus der Tasche.

»Keine Ahnung, aber wir machen uns besser an die Arbeit«, sagte Liam. Er stürzte sich auf einen Karton in der Ecke und rümpfte die Nase, als er einen vertrockneten Hochzeitsstrauß hervorfischte.

Wir durchsuchten Kiste um Kiste von Gerümpel. Ich fand Liebesbriefe, abgetragene Handschuhe, einen Kimono, einen Haufen alter Fotos, aber nichts über die Pemberly Brown.

»Wie wär's hiermit?«, fragte Liam und zog einen alten Plan des Campus aus einem Karton. »Da hat jemand was reingezeichnet.«

Seth und ich kletterten vorsichtig über die Balken hinweg zu der Stelle, wo Liam saß. Ich fuhr mit dem Finger über die Seite.

»Der stammt anscheinend noch aus der Zeit vor der Zusammenlegung. Sie hat ihn vermutlich benutzt, um den neuen Campus zu skizzieren«, sagte ich.

Seth verlor das Interesse und wandte sich erneut dem Koffer zu, in dem er gerade herumgewühlt hatte. Ich gab Liam einen Klaps auf die Schulter.

»Vielleicht beim nächsten Mal«, sagte ich scherzhaft. Er verdrehte die Augen.

»Hey, Leute, guckt mal«, rief Seth. »Kokosnüsse!«

Seth schnallte sich einen Kokosnuss-BH um und band sich ein Baströckchen um die schlanke Hüfte. Als er auch noch anfing, Hula zu tanzen, griff ich in den nächstbesten Karton und bewarf ihn mit einem platten Fußball. Seth duckte sich, und der Ball knallte gegen ein Regal und ließ allerlei nutzlosen Kram herabregnen.

»Vorsicht, Lowry«, quiekte Seth.

»Alles okay da oben?«, drang Porters Stimme von unten durchs Gebälk.

»Ähm, ja. 'tschuldigung!«, rief ich zurück.

Seth beugte sich vor, um mein Chaos zu beseitigen, aber einer der umgefallenen Gegenstände erregte seine Aufmerksamkeit.

»Ich glaub, ich hab hier was gefunden!«, rief er.

Vorsichtig kam er zu uns rüber, eine lange weiße Papprolle in der Hand.

»Seht mal«, sagte er und hielt uns das Ende der Rolle entgegen.

Das Wappen der Schwesternschaft.

»Nicht übel«, sagte Liam lächelnd.

»Mach schon auf, mach auf!«, rief ich.

Seth riss die Kappe herunter und zog mehrere riesige Bögen Papier heraus. Bauzeichnungen.

»Oh, wow, das müssen sie sein«, hauchte er. »Komplett! Die

Pläne des gesamten Campus! Das da ist das neue Hauptgebäude und hier sind die Gebäude der Unterstufe.«

»Was sind das da für Linien?«, fragte Liam. Er zeigte auf irgendwelche Röhren, die das Gelände der Oberschule durchkreuzten.

»Hmm … lass mal sehen, weiß auch nicht so genau. Vielleicht irgendwelche Rohre oder so?« Seth blinzelte die Unterlagen an und drehte sie herum, um die Bedeutung der Linien zu ergründen.

»Und was haben die Wappen zu bedeuten?«, fragte ich. Über den säuberlich gezeichneten Linien befanden sich an willkürlichen Stellen winzige Wappen.

»Was meinst du?«, fragte Seth, der immer noch von den geheimnisvollen Röhren abgelenkt war, die das Gelände kreuz und quer durchzogen.

»Da zum Beispiel, neben dem Uhrturm.« Ich zeigte auf das Wappen. »Und da ist noch eins, neben … was ist das? … oh, die Aula. Und hier, an der Kapelle.«

»Das sind die Stationen. Die markieren die Stationen«, sagte Liam.

Er hatte recht. Jede der zwölf Stationen war mit einem Wappen versehen. Doch in der Mitte des Campus befand sich noch ein weiteres, größeres Exemplar des pemberlyschen Wappens.

»Wenn das die Stationen sind, was soll dann das hier sein?«, fragte ich und zeigte auf das große Symbol.

»Keine Ahnung … vielleicht Deko oder so?«, erwiderte er.

»Tunnel!«, verkündete Seth triumphierend. »Leute, die Linien da, das sind Tunnel!«

Ich schnappte ihm die Pläne aus der Hand, um einen genaueren Blick darauf zu werfen.

»Wenn das tatsächlich Tunnel sind, dann führen sie alle zum selben Ort, dem großen Symbol in der Mitte.« Ich dachte einen

Moment nach, und plötzlich ergab das Ganze einen Sinn. »Dann müssen die Stationen so etwas wie … Eingänge sein … um in das Tunnelsystem zu gelangen.« Ich hielt inne, um meine Gedanken zu sortieren. »Und das große Wappen in der Mitte … das muss auch für etwas stehen. Das befindet sich bestimmt nicht ohne Grund im Zentrum.«

Wir starrten einander an und versuchten, die neu gewonnenen Informationen zu verarbeiten. Und plötzlich, als hätten wir uns vorher abgesprochen, flüsterten wir alle:

»Das Hauptquartier.«

Na ja, genau genommen flüsterten nur Liam und ich »Hauptquartier«. Seth flüsterte das Wort »Nest«. Wir verzogen das Gesicht.

»Hast du da gerade ›Nest‹ gesagt?«, fragte Liam kopfschüttelnd.

»Warum denn nicht? Das Nest der Schwestern oder so? Ich wette, die nennen das so. Das geheime Schwesternnest. Oder so ähnlich.« Seth zuckte mit den Schultern.

Ich fing an zu lachen, doch ein lautes Poltern auf der Treppe unterbrach mich. Porter steckte seinen Kopf in den vollgestopften Raum.

»Schnell! Meine Mutter ist da. Ihr müsst hier raus. Wenn sie mitkriegt, dass ich euch in dem alten Kram hab rumschnüffeln lassen, bringt sie mich um.«

Seth rollte die Pläne zusammen und steckte sie zurück in die Röhre, als plötzlich ein kleinerer Zettel zu Boden segelte. Ohne zu zögern, griff ich danach und steckte ihn mir in die Tasche.

»Porter? Alistair? Ich bin zu Hause! Jungs? Wo steckt ihr?« Eine dünne Frauenstimme drang zu uns herauf.

»Kommt schon, Leute. Beeilung. Lasst alles so liegen.« Porter schob uns die uralte Treppe hinunter und drängte uns in sein Zimmer.

»Porter? Wo steckst … Oh, hallo, ich wusste gar nicht, dass du Besuch hast.« Mrs Reynolds steckte den Kopf ins Zimmer und lächelte uns freundlich an.

»Ja, nur 'ne Lerngruppe, Mom.«

»Oh, wie nett. Ana kocht gerade. Wollt ihr drei vielleicht zum Essen bleiben?«

»Nein, danke. Wir müssen dringend los. Stimmt's, Jungs?« Ich sah Seth und Liam an, die eifrig nickten.

»Also, vielen Dank für deine Hilfe, Porter. Bis dann.« Ich konnte es mir nicht verkneifen, ihm zuzuzwinkern. Es war einfach *zu* verlockend.

Liam musste meine kleine Geste bemerkt haben, denn er verdrehte die Augen und packte meinen Unterarm, um mich zur Tür zu schleifen.

»Jetzt werd nicht gleich übermütig. Höchste Zeit, nach Hause zu gehen.«

Kapitel 47

Sobald ich die sichere Zuflucht meines Zimmers erreicht hatte, zog ich den zerknitterten Zettel aus meiner Rocktasche. Ich strich ihn auf meinem Schreibtisch glatt und knipste die Lampe an. Dann setzte ich mich hin, um einen genaueren Blick auf den Zettel zu werfen. Es war eine Liste mit dreizehn Stationen und ihren lateinischen Inschriften.

Ich fragte mich, ob wir mit unserer Vermutung über das Hauptquartier wohl recht hatten, ob es unter dem Campus wirklich eine geheime Station 13 gab. Ich schüttelte angesichts dieser Möglichkeit den Kopf. Allein der Gedanke an ein unterirdisches Versteck voller Geheimnisse gab mir das Gefühl, mich in irgendeinem bizarren Film zu befinden. Das Ganze klang eher nach Hollywood als nach Pemberly Brown. Aber während ich den Finger langsam über die dreizehnte Station gleiten ließ, kam ich ins Grübeln.

Wenn es das Hauptquartier wirklich gab, führten die Stationen dann tatsächlich in den Untergrund? Und was war mit der Bruderschaft? Wir hatten die Jungs gestern aus dem Tunnel kommen sehen. Sollte das heißen, dass sich die beiden Gesellschaften das Tunnelsystem teilten? Falls ja, waren sie vielleicht gar nicht verfeindet. Oder die Bruderschaft hatte inzwischen die Führung übernommen. Wenn man diesem VerschwörungsFan glauben konnte, wechselte die Macht regelmäßig die Seiten.

Das Brummen des Handys unterbrach meine Gedanken. Im richtigen Moment bekam ich eine neue E-Mail.

An: KateLowry@pemberlybrown.edu
Gesendet: Donnerstag, 18:15
Von: GraceLee@pemberlybrown.edu
Betreff: (kein Betreff)

Station 13 ist der gesuchte Ort.
Den Schlüssel birgt jedes lateinische Wort.

War es nicht irgendwie seltsam, dass ich mich bereits an diese geisterhaften Botschaften gewöhnt hatte? Sie verpassten mir nicht mal mehr eine Gänsehaut. Vielleicht war das ja ein Zeichen, dass Grace in Wirklichkeit gar kein Geist war.

Ich verdrängte den Gedanken. Das war doch lächerlich, und außerdem musste ich mich auf meine Aufgabe konzentrieren. Es gab tatsächlich eine Station 13, ein Hauptquartier, bei dem alle Gänge zusammenliefen – das Herzstück der Geheimgesellschaften.

Den Schlüssel birgt jedes lateinische Wort.

Ich musste also irgendeinen Schlüssel finden, um hineinzugelangen. Eine Art Passwort. Ich war extrem nah dran und doch meilenweit entfernt.

Aber ich musste notgedrungen irgendwo anfangen. Immerhin hatte ich diesmal Seth und Liam, die mir dabei halfen. Ich nahm den vergilbten Zettel in die Hand und ließ den Blick über meine Lieblingsstation schweifen, den Uhrturm.

Tempus edax rerum. »Die Zeit verzehrt alles.« Ich starrte die uralten Worte an und suchte nach einer versteckten Botschaft, einem geheimen Schlüssel. Doch ich fand nichts als die Worte einer toten Sprache.

Das versprach interessant zu werden.

***

Am nächsten Tag saßen wir drei nach der Schule im Erdgeschoss des Uhrturms und drehten mehr oder minder Däumchen.

»Vielleicht sollten wir lieber in den Keller gehen. Ich meine, wenn es hier eine Geheimtür gibt, dann ist sie wohl am ehesten unten«, sagte ich und stieg die Treppe hinunter.

Seth stürmte an mir vorbei. Sobald er den Keller erreicht hatte, machte er sich daran, die uralten Mauern von oben bis unten abzutasten, wie eine Art rotköpfige Spinne.

»Wonach suchst du eigentlich, Seth?«, fragte ich.

»Es muss hier irgendwo einen Auslöser geben, den wir drücken müssen, um die Geheimtreppe freizulegen.« Seine Hände waren buchstäblich überall; fast fegte er ein Bild von den »Hütern der Zeit« herunter.

Die Hüter der Zeit oder *Vicis Custodis* waren nicht mehr als eine weitere Tradition der PB. Jedes Jahr wurde ein Schüler des Abschlussjahrgangs zum Hüter der Zeit ernannt. Ehe man den Uhrturm modernisiert hatte, musste der Hüter der Zeit zu Beginn des neuen Schuljahrs hinauf in den Turm klettern und die Uhr stellen. Doch inzwischen handelte es sich nur noch um eine formelle Ehrung, verbunden mit einem Collegestipendium und einem Foto im Innern des Uhrturms, auf dessen verschnörkeltem Rahmen die Inschrift *Ab Aeterno*, »Seit Anbeginn der Zeit«, zu lesen war.

Als wir noch in der Unterstufe waren, sind Grace, Maddie und ich oft hierhergekommen, um uns die Reihen von Oberstufenschülern anzusehen, die so erwachsen und feierlich wirkten. Es waren überwiegend Jungs, ziemlich schnuckelige Jungs sogar, wie wir fanden. Meist verloren wir uns in wilden Spekulationen, wer mit wem ausgegangen war und wer wohl aus unserem Jahrgang zum *Vico Custodio* ernannt werden würde. Die Erinnerung an uns drei hätte mich traurig stimmen sollen, aber ich war zu beschäftigt, um darüber nachzudenken.

»In der E-Mail stand: ›Den Schlüssel birgt jedes lateinische Wort.‹ Es muss hier irgendwo einen geheimen Schlüsselkasten geben oder so. Vermutlich mit einer lateinischen Inschrift drauf«, sagte ich. »Wie man ihn im Garten verstecken würde oder so.« Ich krabbelte auf allen vieren über den Boden und suchte nach dem geheimen Kasten.

»Ich glaube kaum, dass die es uns so leicht machen«, erwiderte Liam, den Blick auf die Fotos gerichtet. »Ich meine, wenn es hier irgendwo eine Kiste mit einem Schlüssel gäbe, könnte ihn doch jeder finden, oder?«

Er lächelte nachsichtig, und ich kam mir irgendwie albern vor, weil ich den Hinweis mit dem Schlüssel so wörtlich genommen hatte. Als er mir auch noch zuraunte, »vielleicht beim nächsten Mal«, spürte ich, wie mir die Röte ins Gesicht schoss. Ich klopfte mir die Knie ab und boxte ihm spielerisch gegen die Schulter.

Plötzlich sprang Liam auf. Er bewegte sich so schnell, dass ich vor Schreck zusammenzuckte.

»Was ist los? Kommt jemand?« Seth klang panisch.

Ohne ein Wort zu sagen, nahm Liam die Bilder der Reihe nach von der Wand und stellte sie vorsichtig auf den Boden. Er fuhr mit den Fingern über das Mauerwerk und drückte hier und da dagegen.

»Den Schlüssel birgt jedes lateinische Wort, stimmt's?«, fragte er, während er ein weiteres Foto abnahm. »Die lateinische Inschrift am Rahmen. Das muss es sein.«

Ich rannte zu ihm und nahm ebenfalls Bilder von der Wand. Doch nachdem wir das Mauerwerk hinter jedem der Fotos genauestens inspiziert hatten, waren wir genauso schlau wie vorher. Hinter den Rahmen befand sich nichts außer Ziegeln und Mörtel – kein Schlüssel, kein Passwort, keine Antwort. Nachdem wir auch das letzte Bild wieder aufgehängt hatten, schlug ich mit der Hand gegen die Bronzeplatte, die den Uhrturm als Station 2 markierte. Weniger in der Hoffnung, dass es mir Glück brächte, sondern vielmehr aus schierer Verzweiflung.

Denk nach, Kate. »Jedes lateinische Wort enthält den Schlüssel.« Was sollte das bedeuten? Ich fuhr mit dem Finger über die erhabenen Bronzebuchstaben, während Liam eifrig den Boden abklopfte und horchte und Seth weiterhin versuchte, mit den Fingern Ziegelsteine aus der Wand zu ziehen. Und mit einem Mal kam mir die Erleuchtung. Die Inschrift *Tempus edax rerum* bestand aus einzelnen Buchstaben. Vielen Buchstaben.

Wenn ich sie neu anordnete, konnte ich Wörter bilden, Passwörter. Ich drückte auf das *T* in »*Tempus*« und tatsächlich, der Buchstabe gab klickend nach, wie die Tasten einer alten Schreibmaschine. Nur dass er unglücklicherweise stecken blieb. Ich versuchte ihn mit meinen nicht vorhandenen Fingernägeln herauszuziehen, doch das *T* wollte sich nicht rühren.

Frustriert trat ich einen Schritt zurück, weil ich vermutlich gerade unsere einzige Chance hineinzukommen zerstört hatte, indem ich wahllos auf einen Buchstaben drückte. Doch mit einem Mal sprang der Buchstabe ebenso unerwartet wieder heraus. Er hatte die Eingabe gelöscht! Es schien zwar mehrere Sekunden zu dauern, aber der Mechanismus, der den Zugang zum Tunnel kontrollierte, schien die Eingabe immer wieder zurückzusetzen, bis man ihm die richtige Buchstabenkombination lieferte.

»Hey, Leute!«, rief ich und studierte die lateinische Inschrift mit zusammengekniffenen Augen. »Ich glaube, ich weiß, wie wir da reinkommen.«

Seth und Liam stürzten an meine Seite, gierig nach einer Erklärung.

»Man kann die Buchstaben eindrücken, und wenn man die richtige Kombination erwischt, öffnet sich vermutlich irgendeine Tür.«

»Wie jetzt? Wir müssen die richtige Reihenfolge erraten, oder was?« Seth dehnte seine Finger, um sich schon mal fürs Tastendrücken aufzuwärmen.

»Nein, ich glaube eher, wir müssen mit den Buchstaben sinnvolle Wörter bilden. ›Den Schlüssel birgt jedes lateinische Wort‹«, sagte ich mehr zu mir selbst als zu den anderen. »Zumindest würde ich das so interpretieren. Wir können's nur versuchen.«

»Turm, Aura, Raum, Rast und aus.« Liam hatte die ganze Zeit keinen Ton gesagt, doch plötzlich spuckte er wahllos Wörter aus, die sich hinter der lateinischen Inschrift verbargen, als hätte er sein Leben lang nichts anderes gemacht. Seth und ich starrten ihn mit offenem Mund an. »Was? Ich bin eben gut im Rätseln.«

Ich drückte die entsprechenden Buchstaben, um Liams Wörter der Reihe nach einzugeben. Fehlanzeige. Die Buchstaben blieben stecken und sprangen wieder heraus, ohne uns den geringsten Hinweis auf eine Falltür zu liefern. Wir machten anscheinend irgendetwas verkehrt. Ich hoffte nur, das Lösungswort war englisch. Ich war zwar gut in Latein, aber so gut nun auch wieder nicht.

Zeit, Zeit, wiederholte ich im Kopf, während ich an den Uhrturm dachte. Das Passwort hing vermutlich mit dem Thema Zeit zusammen. Und mit einem Mal, als würde die Tafel vor meinen Augen aufleuchten, sah ich ein neues Wort, Buchstabe für Buchstabe. D-A-U-E-R. Zeit war die ewige Dauer – das musste es sein!

Jeder der Buchstaben rastete ein, und als ich das *R* drückte, hörte ich, wie neben Seth' strahlend weißen Pumas eine Klappe aufsprang. Einen Moment zuvor war sie noch mit dem Steinboden eins gewesen, doch jetzt trat sie mit einem Mal deutlich hervor. Ich konnte es kaum glauben. Wir drei fielen auf die Knie und hoben den Rand der Klappe an, um in die Dunkelheit darunter zu spähen. Ich knipste meine Taschenlampe an, atmete tief durch und hoffte auf das Beste.

Wir betraten die Unterwelt.

Während wir die Treppe hinunterstiegen, wurde ich von den Räumlichkeiten geradezu überwältigt. Antike Wandleuchter leiteten uns den Weg, und die Absätze meiner Stiefel klapperten auf den ausgetretenen Steinstufen der alten Treppe. Ringsum war die Luft feucht und uralt. Es war wie in einer anderen Welt.

»Sagt mal«, flüsterte ich. »Könnt ihr das glauben?«

Seth fuhr mit den Fingerspitzen über die rostfarbenen Ziegel, die uns von allen Seiten umgaben.

»Nein«, antworteten beide wie aus einem Mund.

Das Pflaster unter unseren Füßen funkelte – kristallisiertes Gestein, das den sanften Schein der Kerzen reflektierte. Ich sah, dass sich der Tunnel wenige Meter vor uns gabelte, und wünschte mir, wir hätten die Baupläne mitnehmen können.

»Wo wollen wir langgehen?«, fragte ich.

»Keine Ahnung. Ich hab völlig den Überblick verloren«, antwortete Liam und blieb für einen Moment stehen, um sich zu orientieren.

»Ich finde, wir sollten geradeaus gehen«, sagte Seth.

»Ist ja witzig, ich hätte gesagt, lasst uns rechts abbiegen«, erwiderte ich. »Aber ich liege meist falsch, wenn es um Richtungen geht. Also weiter geradeaus.«

Während wir dem gewölbten Tunnel folgten, wurde mir plötzlich flau im Magen. Ich meine, wir liefen hier unter der Schule lang, ohne jede Orientierung oder die Möglichkeit, uns zu verteidigen, falls wir geschnappt würden. Und wir waren ummauert von Ziegelsteinen – niemand würde unsere Schreie hören oder unsere Leichen finden, wenn es dazu kommen sollte. Grace war unter der Erde gestorben – würde es uns genauso ergehen? Die Mauern schienen mir immer näher zu rücken. Ich saß in der Falle.

»Ich muss hier raus«, sagte ich atemlos. »Lasst uns umkehren.«

Ich stützte mich an der Wand ab und versuchte tief durchzuatmen. In diesem Moment wünschte ich mir nichts sehnlicher, als irgendwo anders zu sein, überall, nur nicht hier. Selbst auf dem unbequemen Holzstuhl in Dr. Depris Büro, auf dem mir immer der Hintern einschlief. Ich rannte zurück in die Richtung, aus der wir gekommen waren. Als ich die Weggabelung erreichte, hatte ich plötzlich völlig die Orientierung verloren.

»Kate, warte!«, riefen mir die Jungs im Flüsterton hinterher, aber ich konnte nicht stehen bleiben. Ich rannte spontan nach links und reckte den Hals, in der Hoffnung, am Ende des Tunnels ein Licht oder sonst was zu entdecken. Doch ich fand nur eine Treppe, die noch weiter in die Tiefe führte, und ich war mir absolut sicher, dass wir bislang keine Treppe hinaufgestiegen waren. Ich hatte die falsche Richtung eingeschlagen. Mein grauenhafter Orientierungssinn hatte mal wieder im ungünstigsten Moment zugeschlagen. Ich setzte mich auf die oberste Stufe und ließ meinen Kopf zwischen die Knie sinken.

Liam und Seth eilten links und rechts an meine Seite und wetteiferten darum, den Arm um mich zu legen. Liam gewann.

»Alles okay. Hier unten kann man leicht Platzangst bekommen«, sagte er. Er strich mir das Haar aus dem Gesicht und fuhr in kreisenden Bewegungen über meinen Rücken. Ich blickte zu ihm auf, um sicherzustellen, dass er es war, der mich berührte. In dem Moment fiel mir auf, dass Seth überhaupt nicht mehr neben mir saß.

»Hey, Leute!«, rief Seth vom Fuß der Treppe, ohne zu uns aufzublicken. »Das Nest … oder Hauptquartier oder was auch immer!«

Liam half mir auf, und gemeinsam stiegen wir die Treppe hinunter. So weit ich den Gang überschauen konnte, hingen links und rechts Porträtaufnahmen junger Frauen an den Wänden. Die Fotos in unserer Nähe schienen die ältesten zu sein, insofern nahm ich an, dass die Bilder am Ende des Gangs neueren Datums waren. Jedes der Mädchen war in Weiß gekleidet und trug eine Kette mit einem Anhänger. Es war der gleiche, wie Cameron ihn gefunden hatte oder der mir in Naomis Spind in die Hände gefallen war.

»Sieh mal«, sagte Liam und deutete auf eine der Halsketten. »Dasselbe stand mit Kreide auf den Boden geschrieben, als …« Er verstummte. Vermutlich bemerkten wir es im selben Moment – die Bilderrahmen der neueren Fotos am Ende des schmalen Gangs waren zerschmettert.

»Warum sollte jemand so etwas tun?«, fragte ich. Das Ganze war umso seltsamer, da alle Bilder ordentlich aufgehängt waren. Nicht eines von ihnen hing schief, und doch waren sie systematisch zerstört worden.

Als wir den Fuß der Treppe erreichten, standen wir mit Seth vor einer schweren Holztür. Über einem gotisch anmutenden *S* war eine prunkvolle Krone in die Tür geschnitzt worden. Das Wappen. Die Tür war eine lebensgroße Darstellung des pemberlyschen Wappens, dem Symbol der Schwesternschaft.

Unter dem *S* prangte eine Bronzetafel, auf der in erhabenen Buchstaben die Worte *Audi, Vide, Tace* standen. Leider war die wunderschöne Tür entstellt von einem riesigen *B*, das jemand darübergemalt hatte.

»Ich schätze, wir befinden uns nicht mehr auf dem Territorium der Schwesternschaft …«, mutmaßte ich.

»Nein, das sieht mir eher nach einer feindlichen Übernahme aus«, stimmte Seth mir zu.

»Das erklärt wohl auch, warum Alistair aus dem Tunnel kam.« Liam fuhr mit dem Finger über die rote Farbe des Buchstabens. »Scheinbar haben sie die Feindseligkeiten nicht aus der Welt geschafft.«

»Den Schlüssel birgt jedes lateinische Wort«, sagte ich zur Erinnerung, vor allem zu Liam. Seth und ich traten ein Stück zurück, während Liam die bronzenen Buchstaben aufmerksam betrachtete und seine stillen Wunder wirkte.

Doch als wir den dumpfen Aufprall einer Klappe hörten, wirbelten unsere Köpfe herum.

»Lasst uns abhauen!« Ich stürzte die Treppe hinauf und sprintete den Gang entlang, in der Hoffnung, mein Team diesmal sicher nach draußen zu führen. Im Augenwinkel sah ich die Lichtstreifen der Wandleuchter vorbeifliegen und musste unwillkürlich an einen Song denken, den ich mal in Liams Auto gehört hatte, von Lichtern, die einem den Weg nach Hause weisen.

Das Ende des Tunnels lag direkt vor uns. Wir rannten die Stufen hinauf und trafen auf eine Tür, diesmal mit einem Griff. Als sich meine Finger um das schwere Metall schlossen, betete ich innerlich, die Klappe möge nicht verriegelt sein. Ich drückte dagegen. Noch nie in meinem Leben war ich so erleichtert gewesen, eine Tür offen zu finden. Die Klappe schlug mit einem schweren Laut um, und ich spähte vorsichtig hinaus, ehe ich ans Tageslicht trat. Wir waren in Sicherheit. Fürs Erste.

Kapitel 48

An Schlafen war in dieser Nacht mal wieder nicht zu denken. Meine Erinnerungen an die Tunnel und die Geheimnisse hinter der geschnitzten Holztür ließen mich einfach nicht in Ruhe. Ich hatte das Gefühl, endlich alle Puzzleteile vor mir zu sehen, und konnte sie doch nicht richtig zusammensetzen. Mir war klar, wenn ich das Bild erst einmal vollständig vor Augen hätte, würde ich die Wahrheit über Grace' Tod kennen. Und sobald ich sie kannte, würde es endlich Gerechtigkeit geben.

Ich rutschte am Kopfende des Bettes hoch und schob mir ein Kissen in den Rücken. Und da war sie. Mondlicht fiel durch das Fenster herein und erhellte ihre Silhouette, während sie reglos auf der Fensterbank saß. Wie üblich hatte sie mir den Rücken zugekehrt. Ihre Beine waren unter dem wohlvertrauten Uniformrock an den Körper gezogen, und ihr glattes dunkles Haar fiel ihr lang über den Rücken. Seltsamerweise verspürte ich keine Angst, nur Neugier. Vielleicht war ich ganz einfach zu müde, um Angst zu haben.

Ich wagte kaum zu atmen, als ich die Bettdecke vorsichtig beiseiteschob und meine Beine langsam auf den Boden stellte, um möglichst kein Geräusch zu machen. Mit ausgestreckten Armen trat ich auf sie zu. Ich wollte sie berühren. Sie spüren. Um endlich herauszufinden, ob sie echt war oder nur ein Streich meiner Fantasie. Doch als ich kurz davor war, ihre Schulter zu streifen, öffnete ich die Augen.

Ich war nicht mal in der Nähe des Fensters, ich lag in meinem Bett. Anscheinend war ich wohl doch eingeschlafen. Ich drehte mich auf die Seite, schob eine Hand unter meine Wange und starrte zum Fenster. Sie war verschwunden. Oder vielleicht war sie auch nie da gewesen.

Doch mein Zimmer war plötzlich heller als zuvor, erleuchtet vom Mondlicht und meinem Computerbildschirm. Ich schob die Bettdecke zurück – diesmal tatsächlich – und tapste auf Zehenspitzen zu meinem Schreibtisch. Ich hatte eine neue Nachricht.

An: KateLowry@pemberlybrown.edu
Gesendet: Freitag, 01:30
Von: GraceLee@pemberlybrown.edu
Betreff: (kein Betreff)

Du hast die 13 gefunden.
Doch unsere Zeit ist abgelaufen.
Kehre am Abend des Balls zurück.
Allein.
Ich werde dich erwarten.

Ich las mir die letzte Zeile durch und hatte plötzlich Schmetterlinge im Bauch. Ich musste mich ernsthaft ermahnen, dass es hier um Gerechtigkeit ging und nicht um eine unmögliche Wiederauferstehung. Doch so sehr ich mich auch bemühte, ein winziger Funken

Hoffnung blieb. Ein Funken, der in jenem Teil meines Gehirns wohnte, der ausschließlich von Gefühlen gesteuert wurde. Gelegentlich hatte ich diesen Funken sogar genährt und ein kleines Feuer entfacht. Ich hatte mir eingeredet, dass alle Welt sich irrte, dass die Beerdigung eine Farce gewesen sei und Grace immer noch lebte und nur darauf wartete, von mir gefunden zu werden.

Ich hatte keine Ahnung, was mich im Hauptquartier erwartete. Ich wusste nicht einmal, wie ich hineinkommen sollte. Aber ich würde einen Weg finden. Ich würde ihn finden, weil Grace mich darum gebeten hatte. Und ich würde allein gehen, denn das war es, was Grace wollte.

Kapitel 49

Wäre ich ein ganz normales Mädchen gewesen, hätte ich garantiert Stunden damit verbracht, mir das perfekte Kleid und die passenden Accessoires für den Homecoming-Ball herauszusuchen. Wäre ich ein normales Mädchen gewesen, hätte ich rechtzeitig einen Termin beim Friseur gebucht, um mir zusammen mit meinen besten Freundinnen die Haare machen zu lassen; und dann wären wir zu jemandem nach Hause gefahren, hätten uns um den besten Platz vorm Spiegel gerangelt und uns beim Auftragen von Kajal und Glitzergel halb kaputtgelacht. Wäre ich ein normales Mädchen gewesen, hätte ich Schmetterlinge im Bauch gehabt und mich gefragt, was mein Date wohl für eine Ansteckblume mitbrächte und ob er mir zum Abschied einen Gutenachtkuss geben würde.

Doch ich war nun mal kein normales Mädchen.

Daher verbrachte ich den Samstag meines ersten Homecoming-Balls damit, aus den Buchstaben *Audi, Vide, Tace* neue Wörter zu bilden, um eine umfangreiche Liste möglicher Passwörter zu erstellen. Diesmal konnte ich Liam nicht um Hilfe bitten, da Grace mich aufgefordert hatte, allein zu kommen. Außerdem bestätigte mir mein Gefühl, dass ich das hier allein durchziehen musste. Einigermaßen zuversichtlich steckte ich die gefaltete Liste in mein Handtäschchen und beschloss, mich auf mein zweitwichtigstes Problem zu konzentrieren. Was sollte ich anziehen?

Ich zog zunächst mein pinkfarbenes, schulterfreies Kleid an, das ich zuletzt vor zwei Jahren auf dem Schulball getragen hatte. Es biss sich nicht nur mit meiner Haarfarbe, ich war zudem wohl gewachsen, denn es ging mir kaum noch über den Hintern. Versuchsweise drapierte ich Grace' Perlenkette auf unterschiedliche Weise um meinen Hals, um den Blick nach oben zu lenken. Aber vergeblich. Der Schlampen-Look passte vielleicht zu Hollywoodsternchen und Mädels an dunklen Straßenecken, aber ich entschied mich, zu meinem ersten Homecoming-Ball doch lieber einen etwas dezenteren Ton anzuschlagen.

Nachdem ich das pinkfarbene Kleid wieder ausgezogen hatte, tauchte ich in die Tiefen meines Kleiderschranks ein und fischte ein Kleid heraus, das ich anlässlich der Neujahrsgala getragen hatte, zu der mich meine Eltern letztes Jahr mitgeschleift hatten. Ich beugte mich vor und stellte begeistert fest, dass mein Hintern züchtig bedeckt blieb. Dann setzte ich mich aufs Bett und wartete auf meine beiden Dates.

Ich hatte durchaus Schmetterlinge im Bauch, allerdings nicht wegen der Frage, welcher meiner beiden Ballpartner mich wohl küssen würde. Ich war viel zu sehr damit beschäftigt, das Passwort zum unterirdischen Versteck einer Geheimgesellschaft zu knacken, um dort meine tote beste Freundin zu treffen.

Ich war definitiv kein normales Mädchen.

Als es an der Tür klingelte, stürmte ich die Treppe hinunter, so schnell mich meine sagenhaften goldenen Pumps trugen. Liam und Seth standen mit peinlich betretener Miene auf der Veranda. Im Grunde hatten wir uns entschlossen, als Gruppe zu gehen, um die Aktivitäten der Brüder und Schwestern im Auge zu behalten, aber ich muss schon zugeben, diese Dreiecksgeschichte ging mir gewaltig auf die Nerven.

»Wow, du siehst …«, begann Seth, aber ihm schienen die Worte zu fehlen.

»… echt sexy aus«, beendete Liam den Satz. »Ich glaube, das Wort, nach dem du suchst, ist sexy.«

Ich schwöre, ich bin eigentlich nicht der Typ, der reflexartig mit »Was, das olle Ding?« reagiert. Aber mein olles Kleid war nun mal zufällig ein kleines Schwarzes. Grace' Perlenkette ergoss sich tief in mein Dekolleté und betonte den Schnitt des hauchfeinen Materials. Ich schätze, manchmal klappt das mit dem »mühelos schön« wohl wirklich. Gut zu wissen.

Nach einem unendlich peinlichen Fotoshooting mit meinen Eltern und den Allens (Mrs Allen konnte gar nicht aufhören, zu heulen und sich die Nase zu putzen), stiegen wir drei in Liams Jeep – ein ungleiches Trio auf dem holperigen Weg zur Pemberly Brown.

Seth' Anzug war ungefähr zehn Nummern zu groß (bildete ich es mir nur ein oder hörte ich die Stimme seiner Mutter: »… er *soll* ein bisschen zu groß sein, Liebling, damit du was Ordentliches zum Anziehen hast, wenn du zu den Vorstellungsgesprächen fürs College musst. Ich hab das Gefühl, dass du bald noch mal einen Schuss tust …«), und seine wirren roten Locken hatte er mit einem ernst zu nehmenden Männerprodukt gezähmt. Liam hingegen trug einen perfekt sitzenden Drei-Knopf-Blazer aus Cord und dazu eine dunkle Jeans. Er sah aus, als wollte er zur Eröffnung eines angesagten Clubs in New York City gehen anstatt zu einem Schulball.

Aber als Seth mir die Beifahrertür öffnete und Liam die Hand ausstreckte, um mir herauszuhelfen, musste ich unwillkürlich lächeln. Ich konnte gar nicht anders, als mich gerade aufzurichten und mein

Haupt ein wenig höher zu tragen, während ich neben den beiden herging. Seth war für mich wie ein Bruder, den ich nie gehabt hatte. Mal davon abgesehen, dass er ständig mit mir ausgehen wollte.

Und Liam erinnerte mich daran, wie es war, glücklich zu sein, auch wenn ich deswegen manchmal Schuldgefühle bekam. Seine Berührungen verpassten mir eine Gänsehaut, und ich verspürte ständig dieses Gefühl von »Ich muss diesen Typen küssen oder ich sterbe«. Klingt vielleicht ein bisschen melodramatisch, stimmt. Aber es war das schönste Gefühl auf Erden.

Vor der Doppelflügeltür der Turnhalle blieb ich stehen, blickte hinab zu Seth und auf zu Liam und hakte mich bei den beiden ein. Wir waren da.

Als wir durch die Tür traten, war der Ball bereits in vollem Gange. Die meisten Mädchen trugen nahezu nichtexistente Kleider, die vermutlich mit doppelseitigem Klebeband fixiert waren, um noch im jugendfreien Bereich zu bleiben; um den Hals trugen sie die abgelegten Krawatten ihrer Ballpartner. Die Jungs waren bereits auf dem besten Wege, ihre Hemden durchzuschwitzen, und ihre Blazer lagen achtlos auf dem Boden.

Wenn man brasilianischen Karneval mit jugendlichen Hormonen anreichert, bekommt man eine Mischung aus halb nackten Mädchen, die aussehen wie minderjährige Prostituierte, und aufgegeilten Jungs, die sich den Mädchen an den Hals werfen, in der Hoffnung, ein Opfer zu finden, das betrunken (oder auch nuttig) genug ist, um ihnen tiefere Einblicke zu gewähren. Von beidem gab es mehr als genug! Kurz gesagt, es war der Albtraum aller Eltern. Das sollte sich die Schulleitung vielleicht zu Herzen nehmen, wenn sie das nächste Mal blindlings einen von Beefanys oder Taylors Themenvorschlägen akzeptierte.

Wir suchten uns einen Platz auf der Tribüne, die wie ein riesengroßer Karnevalswagen dekoriert war, und beobachteten das Homecoming-Debakel aus sicherer Entfernung.

»Wurde die High Society schon gesichtet?«, fragte Seth und nippte mit besorgter Miene an seiner Bowle.

»Nein. Ich glaube, das künftige Königspaar ist noch nicht eingetroffen.« Ich brauche wohl kaum zu betonen, dass Alistair und Taylor als Ballkönig und Ballkönigin unserer Jahrgangsstufe nominiert waren. Was mich persönlich betraf, freute ich mich schon auf den Eröffnungstanz des Paares. Ich war mir zu annähernd hundert Prozent sicher, dass die beiden einander hassten. Annähernd.

»Doch, dahinten«, sagte Liam. »Neben dem Schild ›Bourbon-Street‹.«

Ich folgte Liams Blick und entdeckte Taylor und ihr Gefolge. Sie trugen alle das gleiche Kleid in unterschiedlichen Farben. Taylors war babyrosa. Mit ihrem weißblonden Haar, das sie zu einem niedrigen Knoten hochgesteckt hatte, erinnerte sie mich an eine Ballerina. Beefany hätte keinen grelleren Kontrast setzen können. Sie überragte Taylor in einer türkisfarbenen Version des gleichen Kleides, das ihre olivbraune Haut und ihren dunklen Typ hervorragend betonte.

Maddie, in einem knallroten Kleid, stand mit hängenden Schultern und verschränkten Armen daneben und sah aus, als wollte sie am liebsten im Erdboden versinken. Die übrigen Mädels trugen Orange, Gelb und Lila. Sie sahen aus wie ein Schwarm exotischer Vögel. Und wie ich diese Vögel kannte, war es nur eine Frage der Zeit, bis sich der Saal in ein Alfred-Hitchcock-Szenario verwandeln würde.

In diesem Moment sah Taylor mich geradewegs an. Es kam mir fast vor, als könnte sie meine Gedanken lesen.

»Bradley und Alistair sind auch gerade gekommen.« Liam deutete mit dem Kopf in Richtung Doppelflügeltür. Die beiden verstanden wirklich was von einem stilvollen Auftritt. Jeder von ihnen hatte zwei Ersti-Mädels dabei, an jedem Arm eins. Die beiden wirkten ziemlich zufrieden mit sich selbst.

Ich sah, wie Naomi Taylor mit dem Ellbogen anstieß und auf ihren Bruder zeigte. Taylor warf einen flüchtigen Blick in besagte Richtung und überquerte umgehend die Tanzfläche. Beefany und drei weitere Vöglein flatterten ihr hinterher. Ich schätze, selbst Highschool-Vögel bewegen sich am liebsten in Schwärmen.

»Na kommt. Lasst uns mal 'ne kleine Runde drehen.« Ich zerrte meine beiden Dates von der Tribüne, und gemeinsam schlängelten wir uns in Richtung Bourbon Street. Ich wollte unbedingt aus nächster Nähe mitbekommen, was sich da am Hofe abspielte.

Mein Blick war so fixiert auf Taylors entschlossenen Marsch in Alistairs Richtung, dass ich Schulleiter Sinclair erst bemerkte, als ich buchstäblich in ihn reinrannte.

»Oh! Entschuldigung.« Ich spürte, wie mir die Farbe aus dem Gesicht wich, als ich seinem scharfen Blick begegnete.

»Wie schön, Sie heute Abend hier zu sehen, Ms Lowry. Ich wollte mir gerade eine Erfrischung besorgen. Möchten Sie mir nicht ein bisschen Gesellschaft leisten?« Sein Lächeln machte mich nervös.

Ich wechselte einen flüchtigen Blick mit Liam und Seth, doch im Grunde hatte ich keine Wahl.

»Ähm, ja. Klar.« Ich wickelte mir Grace' Perlenkette um den Finger, ließ sie wieder los, wickelte sie erneut auf und dachte an Elisa Moore und ihre unglückliche Schwester Abigail. Der Bruder des Schulleiters war freigesprochen worden, doch ich hatte keine Ahnung, was ich glauben sollte. Ich war mir nicht mal sicher, ob es mir jemals gelingen würde, die Wahrheit unter all den jahrzehntelangen Lügen aufzudecken.

Widerwillig folgte ich dem Schulleiter zum verlassenen Büfett und überlegte hastig, wie ich das hier am besten über die Bühne bringen konnte.

»Nun, Ms Lowry, ich muss zugeben, dass ich mir in letzter Zeit ein wenig Sorgen um Sie gemacht habe.«

Diese Richtung gefiel mir gar nicht.

»Ähm, ehrlich? Warum?« Es war eine gefährliche Frage, und sobald ich sie ausgesprochen hatte, konnte ich das bittere Bedauern auf meiner Zunge schmecken.

Der Schulleiter goss sich ein Glas Bowle ein. »Wie ich höre, haben Sie eine unserer ehemaligen Schülerinnen besucht. Elisa Moore, die arme Seele. Sie hat völlig den Verstand verloren, als ihre Schwester sich das Leben nahm.«

»Ich, ähm … muss jetzt wirklich zurück zu meiner Begleitung …«

»Kein Grund, nervös zu werden. Wir sind hier unter Freunden.« Er deutete in Seth' und Liams Richtung, die auf der anderen Seite der Tanzfläche auf mich warteten. »Ich mache mir nur Sorgen. Mir scheint, Sie haben sich da in irgendetwas verrannt.«

»Aber wie heißt es doch so schön: *Veritas Vos Liberabit.* Die Wahrheit macht frei.« Ich zwang mich zu einem strahlenden Lächeln.

»Sei bitte vorsichtig, Kate. Du magst es vielleicht nicht glauben, aber ich will nicht, dass noch einer Schülerin etwas zustößt.« Er lächelte, doch seine Augen blieben davon unberührt.

Elisas zerbrechliche Gestalt trat mir erneut vor Augen, und ich dachte an Sinclairs Bruder, den berühmten Leichtathletikstar, den man bequemerweise freigesprochen hatte. Ganz zu schweigen von Schulleiter Sinclairs eigenem Namen, der im brownschen Herz an der Wand stand. Die Bruderschaft hatte ihre Finger scheinbar überall im Spiel. Es hing alles irgendwie miteinander zusammen.

»Wissen Sie was? Nach all meinen Erfahrungen an der Pemberly Brown habe ich inzwischen ganz gut gelernt, auf mich selbst aufzupassen. Aber ich weiß Ihre Fürsorge zu schätzen.«

Ich bluffte nicht. Ich fühlte mich stark. Ich wusste, was ich zu tun hatte, um endlich die Wahrheit herauszufinden und Grace zu retten. Doch als ich die Tanzfläche überquerte und mich zurück in die sichere Gesellschaft von Liam und Seth begab, war ich froh, dass ich es nicht allein tun musste.

Kapitel 50

»Das war echt peinlich«, erzählte ich meinen treuen Verbündeten und versuchte, meine Stimme möglichst gelassen klingen zu lassen. Liam schüttelte nur den Kopf, und Seth sah aus, als würde er sich gleich in die Hose machen.

»Der Typ kann einem echt Angst machen«, sagte Seth mit weit aufgerissenen Augen.

»Von wegen Angst *machen*. Der Typ *hat* Angst.« Liam nahm meine Hand. »Zum ersten Mal wird er von mehr als einer Person in die Enge getrieben. Es ist leicht, eine Einzelperson zum Schweigen zu bringen, aber mit drei Leuten gleichzeitig fertig zu werden, ist schon bedeutend schwieriger.«

Ich blickte zu ihm auf und lächelte.

»Dabei haben wir nicht mal was in der Hand.« *Wartet nur ab, bis ich endlich den Beweis habe, dass die Bruderschaft in alles verwickelt ist.*

Liam lächelte zurück. »Hey, hast du vielleicht Lust …«

»Oh, *wow*!«, fiel ich ihm ins Wort. »Ist das etwa …« Ich deutete in Richtung Eingang.

»Cameron?«, beendete Liam den Satz. Unter normalen Umständen hätte ich mir Sorgen gemacht, dass sich Liam und ich in eines dieser unausstehlichen Paare verwandelten, bei denen einer die Sätze des anderen vervollständigte, aber an diesem Abend war ich froh, dass Liam den Namen aussprach, den ich selbst nicht über die Lippen brachte.

»Was zum Teufel macht der hier?«, fragte Seth. »Und wo hat er die ganze Zeit gesteckt?«

»Keine Ahnung, aber wir werden es herausfinden«, sagte ich und stand auf.

Gemeinsam bahnten wir uns einen Weg durch die Menge, um Camerons forschem Schritt zu folgen. Er hatte eindeutig eine Mission, und die Menge schien seine Entschlossenheit zu spüren, denn sie teilte sich vor ihm wie das Rote Meer. Er blieb neben Taylor stehen, packte ihren Arm und wirbelte sie herum, damit sie ihn ansah. Ihr rosa Kleid schwang ihr dabei hübsch um die Beine.

Wir versteckten uns hinter einer Laternenattrappe und beobachteten die Szene.

»Wir müssen reden«, sagte Cameron, während er sich hektisch umsah.

Beefany trat spontan zwischen die beiden und verteidigte ihre Königin. »Oh, Cameron. Du bist wieder da!« Sie legte den Kopf schräg und seufzte melodramatisch. »Tut mir leid, aber du musst wohl oder übel später mit Taylor plaudern. Wir haben gerade etwas Wichtiges zu besprechen. Ganz schlechter Moment.«

Cameron packte Beefany am Arm und zog sie zu sich heran, bis ihre Gesichter nur noch wenige Zentimeter voneinander entfernt waren.

»Ich muss mit ihr reden. Und zwar sofort«, wiederholte er.

»Na schön. Dann schieß mal los«, erwiderte Beefany, als würde sie die ganze Situation langweilen.

»Unter vier Augen.«

»Nein. Was auch immer du ihr zu sagen hast, kannst du genauso gut hier sagen. Vor allen anderen. Taylor wird nirgendwo mit dir hingehen.« Beefany nickte ihrem Publikum zu.

»Wenn euch das lieber ist. Bitte. Ich bin eure Lügen und Drohungen satt. Ich weiß, dass ihr drei in der Nacht dort wart. Ich hab gesehen, wie ihr zusammen abgehauen seid«, erklärte er. Maddie trat einen Schritt zurück und sank in sich zusammen wie ein zusammengeknülltes Blatt Papier.

Ich war mir nicht sicher, wie viele der Anwesenden wohl wussten, von welcher Nacht er sprach, aber ich hatte das Gefühl, der ganze Saal schnappte kollektiv nach Luft.

»Ich habe keine Ahnung, wovon du sprichst, Cameron«, sagte Taylor leise.

Mit ihrer scharfen, lauten Stimme übernahm Beefany erneut das Wort. »Geht's dir wirklich gut, Cameron? Vielleicht sollte ich besser einen Lehrer rufen. Mir scheint, die Drogen schlagen dir allmählich auf den Verstand.«

Cameron packte Taylor an den Oberarmen, und ich sah, wie sich zwei wütend rote Flecken um seine Finger herum bildeten. Er fluchte, und ein Tropfen Spucke funkelte im wirbelnden Stroboskoplicht.

»Ich will wissen, was in der Kapelle passiert ist. Ich hab ihre Einladung gesehen.«

Taylors eisige Augen weiteten sich für einen Moment und zeugten von Angst, vielleicht sogar Schwäche.

Beefany schritt umgehend ein. »Maddie!«, rief sie. »Hol sofort den Schulleiter! Cameron ist offensichtlich high. Er braucht dringend Hilfe.«

Maddie war wie erstarrt. Vermutlich fühlte sie sich hin- und hergerissen zwischen der Pflicht, ihrer Anführerin zu gehorchen, und dem Drang, klammheimlich in der Menge unterzutauchen. Doch ehe sie sich entscheiden konnte, war Sinclair bereits im Anmarsch.

»Cameron, du hast hier nichts verloren.« Gewaltsam löste er Camerons Finger von Taylors Arm. »Wir haben einiges zu besprechen, Junge. Lass uns diese Unterhaltung an einem privateren Ort fortführen.«

»Bringen Sie ihn hier weg«, sagte Taylor in einem Ton stiller Autorität.

»Das reicht, Ms Wright. Ich kümmere mich darum.« Der Schulleiter schleifte Cameron aus dem Saal, während sich um sie herum eine Menschentraube bildete. Die beiden gingen an uns vorbei, und ich hörte wie der Schulleiter zischte: »Ich dachte, ich hätte mich deinen Eltern gegenüber klar genug ausgedrückt. Diese Schule ist kein geeigneter Ort mehr für dich, Cameron.«

Ich wandte mich Seth zu. »Hast du das gerade gehört?«

Seth nickte. »Ich hatte also recht. Er war wirklich bei ihm zu Hause.«

Plötzlich riss Cameron sich los und rannte zurück zu mir.

»Lass sie nicht damit durchkommen.« Seine Stimme klang erregt.

Völlig erstarrt beobachtete ich, wie der Schulleiter herumwirbelte, Cameron am Arm packte und ihn erneut zum Ausgang führte. Er ging mit einem Mal tief gebeugt, als wollte er sich vor den Blicken voller Mitleid und Abscheu schützen, die ihm seine Freunde und Feinde zuwarfen.

Ich spürte, wie mir Tränen in die Augen stiegen. Irgendwie saßen wir beide im selben Boot. Wir verfolgten dasselbe Ziel. Die Wahrheit. Vergeltung.

Es gelang mir, Seth und Liam zu entwischen, um Cameron und

Sinclair zu folgen. Als ich die beiden endlich einholte, betraten sie gerade den Verwaltungstrakt.

»Ich habe immer versucht, dich zu beschützen. Ich weiß, für jemanden wie dich ist so etwas sicher schwer nachzuvollziehen, aber es gibt an dieser Schule altehrwürdige Traditionen, die nicht so einfach gebrochen werden können. In jener Nacht ist ein tragischer Fehler passiert, aber wir können es nicht ungeschehen machen. Und es würde niemandem etwas nützen, wenn die Wahrheit ans Licht käme.« Der Schulleiter hielt Camerons Arm weiter gepackt.

Ich klammerte mich an den Ausdruck »altehrwürdig«. Das Wort »Ehre« war so klein und unscheinbar, doch es sagte unendlich viel über Sinclairs Beziehung zur Bruderschaft aus. Mit dem Brand an sich hatte er vielleicht nichts zu tun, aber er hatte der Bruderschaft den Rücken gedeckt und ihre Geheimnisse die ganze Zeit über vertuscht.

»Sie haben keine Ahnung, was in der Nacht passiert ist. Es war deren Schuld ... die haben ...« Camerons Gesicht war vor Verzweiflung verzerrt. Am liebsten wäre ich zu ihm gerannt, doch stattdessen hielt ich mich hinter den Spinden sicher versteckt. »Ich hab versucht, es Ihnen zu erklären. Ich hab sogar versucht, es der Polizei zu erklären. Ich sollte Grace an dem Abend in der Kapelle treffen.«

»Ich weiß, was in jener Nacht passiert ist, Cameron. Du bist derjenige, der das Ganze nicht versteht. Die Situation ist sehr viel komplexer, als es auf den ersten Blick aussieht.« Die Stimme des Schulleiters verklang, als die beiden in seinem Büro verschwanden. »Du bist hier nicht länger Schüler. Es ist vorbei.«

Ich war wie gelähmt – zu feige, um ins Büro des Schulleiters zu rennen, doch klug genug, um zu wissen, dass es ohnehin keinen Unterschied gemacht hätte. Außerdem hatte ich eine Verabredung mit einem Geist.

Kapitel 51

Liam und Seth kamen in den Verwaltungstrakt gestürmt, als ich gerade davonrannte.

»Was machst du hier? Du solltest nicht allein herumlaufen. Du bist eine wandelnde Zielscheibe!« Liam packte meine Hand und schleifte mich zurück zum sicheren Ballsaal.

»Jetzt krieg dich wieder ein. Es ist nichts passiert. Es geht ihr gut.« Seth beäugte kritisch Liams Hand und überlegte vermutlich, ob er einschreiten sollte.

Ich befreite meine Finger und brachte ein wenig Abstand zwischen mich und Liam. »Mir geht's gut. Ehrlich. Ich wollte nur Camerons Meinung hören, mehr nicht.«

»Und?« Liam zog fragend die Augenbrauen hoch.

»Nichts und. Cameron wurde genauso manipuliert wie wir. Er weiß auch nichts Genaueres über die Nacht … Keine Ahnung, irgendwie ist das alles total verwirrend. Sinclair steht anscheinend immer noch mit der Bruderschaft in Verbindung.«

»Ach ne, echt?« Seth' Sarkasmus beeindruckte mich.

Wir betraten die Turnhalle, und ich spürte, wie Panik in mir aufstieg. Keine Ahnung, ob es an der Hitze lag, die von der tanzenden Menge ausging, oder an der grellen Dekoration, die regelrecht auf mich einzustürzen schien, aber mir wurde das alles irgendwie zu viel. Dabei war es gerade mal halb neun.

Liam musste den panischen Ausdruck in meinen Augen bemerkt haben, denn er nahm unerwartet meine Hand.

»Komm, lass uns tanzen.«

Ich zögerte, weil ich unsere Nachforschungen kläglich scheitern sah. Dann warf ich einen Blick auf Seth. »Ich weiß nicht so recht …« Ich hatte nicht nur das Gefühl, die ganze Welt würde über mir zusammenbrechen, ich hatte zudem ein schlechtes Gewissen, Seth einfach so stehen zu lassen.

»Ne, ne, schon in Ordnung. Heute ist schließlich Homecoming. Natürlich musst du tanzen!« Seth schenkte mir ein mattes Lächeln. »Außerdem hab ich schon hundertmal mit dir getanzt. Weißt du noch, in der Unterstufe?«

»Wie könnte ich das vergessen?« Seth hatte mich immer zu den längsten und langsamsten Songs aufgefordert, die es überhaupt gab. Ich richtete meinen Blick auf Liam und dann zurück auf Seth. »Okay. *Einen* Tanz. Aber nur wenn *wir* beide danach zusammen tanzen, einverstanden?«

Seth grinste, und all meine Sorgen wegen Sinclair, der Schwesternschaft, der Bruderschaft und selbst dieser verdammten Tunnel traten mit einem Mal in den Hintergrund.

Eine Stunde lang tanzten wir fast ununterbrochen. Es war zwar nicht gerade so, wie ich mir mein erstes Homecoming immer vorgestellt hatte, aber es war schon ziemlich nah dran. Und besser noch, es machte mir sogar Spaß.

Ich behielt Beefany, Taylor, Maddie und deren »Schwestern« sowie Alistair, Bradley und deren »Brüder« weiterhin im Auge, doch keiner von ihnen machte Anstalten zu verschwinden.

Schließlich legte die Band eine Pause ein, und ich sah, wie sich der Homecoming-Hofstaat auf die große Krönungszeremonie vorbereitete. Ein kurzer Blick auf mein Handy bestätigte mir, dass es halb elf war. Fast an der Zeit zu verschwinden.

Und dann sah ich sie – ihren vertrauten Karorock und ihr schwarzes Haar. Das Mädchen schlüpfte durch eine Seitentür hinaus in die kühle Nachtluft. Ich sah mich um, ob außer mir sonst noch jemand den Geist bemerkt hatte, und entdeckte Maddie. Sie hatte ihr Gesicht der Eingangstür zugewandt, doch als könnte sie meinen Blick spüren, drehte sich plötzlich um und sah mich an.

Ich legte den Kopf leicht schräg und lächelte, aber Maddie nickte nur und wandte sich ab. Ich schätze, das Mädchen im Karorock hatte sich wohl zwei Menschen ausgesucht, die es verfolgte.

Mein Handy vibrierte in der Tasche meines Kleids, und ich zog es hastig hervor, in der festen Überzeugung, eine weitere E-Mail erhalten zu haben. Doch diesmal war es eine SMS von einer unbekannten Nummer.

Dir läuft die Zeit davon.

Mein Magen verkrampfte sich bei den Worten. Hektisch lies ich meinen Blick durch die überfüllte Turnhalle schweifen, um herauszufinden, wer die Nachricht wohl geschickt hatte. Doch es war aussichtslos. Die Leute tanzten, lachten und plauderten. Was auch sonst.

Liam musste mich aufmerksam beobachtet haben, als ich die SMS las. »Was ist los?«, fragte er, während er sich die Haare aus dem Gesicht schüttelte.

»Ähm, nichts.« Meine Gedanken wanderten zurück zu der Nacht des Lagerfeuers und dem Moment, als ich mit Bradley auf der Bank gesessen hatte, während die Kapelle in Flammen aufging. Ich durfte denselben Fehler nicht noch mal machen. Ich musste hier weg. Ich musste zu *ihr*.

Ich hatte ein ziemlich schlechtes Gewissen, weil ich Liam und Seth nichts von meinem nächtlichen Treffen mit Grace verriet, aber diese Sache musste ich allein durchziehen. Grace wollte es so. Und wenn ich den beiden davon erzählte, würden sie mich niemals gehen lassen.

Aber ich brauchte zumindest ein Sicherheitsnetz, nur für den Fall der Fälle. Also tippte ich: »Bin im Hauptquartier. Kommt mich suchen, wenn ich in zwanzig Min nicht zurück bin. Muss das allein durchziehen.« Dann speicherte ich die Nachricht als Entwurf. Mir war klar, dass Liam niemals zwanzig Minuten warten würde, daher nahm ich mir vor, die Nachricht erst dann zu senden, wenn ich das Passwort zum Hauptquartier geknackt hatte. Nur für den Fall, dass ich Verstärkung brauchte. Eine Welle von Schuldgefühlen brach über mir zusammen, als ich daran dachte, was nun kommen würde, doch ich konnte es nicht ändern.

»Ich muss mal kurz zur Toilette«, erklärte ich Seth und Liam. Als beide lautstark protestierten, spielte ich meinen Joker aus. »Mir wird das alles ein bisschen viel. Grace hätte heute Abend dabei sein sollen, aber sie ist es nicht. Ich brauche mal einen Moment Pause, um das Ganze zu verarbeiten.« Ich hätte ein schlechtes Gewissen haben sollen, weil ich Grace als Ausrede missbrauchte, aber irgendwie hatte ich das Gefühl, sie würde mich verstehen, vielleicht sogar ermutigen.

Seth entglitten alle Gesichtszüge, und Liam wirkte besorgt.

»Willst du darüber reden?«

»Ich kann nicht. Gebt mir eine Minute, okay?« Beide murmelten, ich solle mir Zeit lassen. Ich verließ den Saal und hoffte, dass es die richtige Entscheidung war, die beiden zurückzulassen.

Sobald ich in den Hof trat, zog ich meine hochhackigen Schuhe aus und rannte so schnell ich konnte zum Uhrturm. Ich verspürte einen plötzlichen Rausch von Mut, als die kühle Nachtluft in mein Haar griff und meine nackten Füße auf den geklinkerten Pfad schlugen. Was auch immer mich im Untergrund von Pemberly Brown erwartete, ich war zu allem bereit.

Kapitel 52

Wie ein Profi bewegte ich mich durch den Uhrturm und das darunterliegende Labyrinth von Gängen. Ich hatte nicht einmal Zeit, mich vor Grace' Geist zu fürchten – oder was auch immer mich im Hauptquartier erwarten mochte. Ich wollte einfach nur ankommen, das verdammte Passwort herausfinden, sämtliche Puzzleteile zusammensetzen und die Schwesternschaft, Bruderschaft oder Sonst-was-schaft ein für alle Mal hochgehen lassen.

Als ich endlich vor der geschnitzten Holztür stand, glänzte meine Haut vor Schweiß und mein Atem ging stoßweise. Mein Haar hatte sich gelöst und hing mir in einem wirren Knäuel im Nacken. Meine sagenhaften goldenen Pumps hatte ich irgendwo längs des Weges fallen lassen, und meine Füße waren wund und dreckig.

Doch während ich vor dem Symbol der Schwesternschaft stand, nahm ich das alles nur am Rande wahr. Das blutrote Erkennungszeichen der Bruderschaft prangte immer noch an der Tür, und ich fragte mich instinktiv, ob ich wirklich das Richtige tat. Doch mir blieb keine Zeit für Zweifel.

Audi, Vide, Tace. »Höre, siehe, schweige.« Mit zitternder Hand griff ich in mein Täschchen und holte die Liste möglicher Passwörter heraus. Ich versuchte es zuerst mit »Idee« und tippte jeden Buchstaben sorgfältig ein. Nach drei Sekunden sprangen mir die Buchstaben wieder entgegen. Ich war ein wenig entmutigt, weil es das mit Abstand beste Wort war, das ich mir überlegt hatte.

Als Nächstes versuchte ich es mit »Diva«, »Tau« und »CIA« (ja, im Ernst). Die Buchstaben rasteten ein und sprangen wieder heraus. Wieder und wieder. Verzweifelt ging ich alle Wörter auf meiner Liste durch und versuchte es sogar mit ein paar Fantasiewörtern. Nichts. Ich schickte ein Stoßgebet zum Himmel und flehte um einen Geistesblitz. Ich musste dringend da rein, um die Sache zu beenden.

Und in diesem Moment fiel es mir auf. Einige der Buchstaben glänzten mehr und sahen abgenutzter aus als die anderen. Das »d« in Audi, das »i« in Vide und das »e« in Tace. D-I-E. Nichts. Ich starrte die Buchstaben erbost an, kämpfte gegen Tränen der Frustration, trat zweimal gegen die Tür, und dann sah ich es. E-I-D. Das perfekte Passwort für eine Geheimgesellschaft. Eid, Schwur, Schweigegelübde. Es diente dazu, die Schwesternschaft geheim zu halten. Ich drückte die Buchstaben der Reihe nach ein und hörte, wie das Schloss aufsprang.

Meine Arme brannten, als ich die schwere Tür aufstieß und gegen eine Wand aus Dunkelheit anrannte. Ich zog mein Handy aus der Tasche und rief die gespeicherte SMS auf; dann tippte ich das Passwort ein, das Liam und Seth brauchen würden, um hineinzukommen, und drückte auf Senden. Im schlimmsten Falle wüssten sie zumindest, wo sie meine Leiche finden würden. Die Vorstellung verpasste mir eine Gänsehaut, aber ich war bereit. Ich war weit gekommen. Zugegebenermaßen zögerte ich ein wenig, ehe ich die schwere Tür zufallen ließ und damit auch noch das letzte Licht aussperrte, aber es war mir schlichtweg unmöglich, die Tür aufzuhalten und gleichzeitig nach dem Lichtschalter zu tasten.

Die Tür knallte hinter mir ins Schloss, und ich benutzte mein Handy als Taschenlampe, um unbeholfen nach dem Lichtschalter zu suchen. Als meine Hand die Stelle fand, legte ich einen der Schalter um und erwartete fast, dass irgendjemand »Überraschung!« riefe. Doch der Raum war menschenleer.

»Grace?«, rief ich. »Grace, ich bin's!«

Stille. Obwohl ich mutterseelenallein war, spürte ich, wie meine Wangen vor Scham erröteten. Wie hatte ich nur so naiv sein können? Hatte ich wirklich geglaubt, sie würde mich nach all der Zeit hier erwarten? Hatte ich es trotz der Zeitungsartikel, der Beerdigung und all der Besuche bei Dr. D. etwa immer noch nicht kapiert? Grace war fort, tot, begraben.

Ich kniff die Augen zu und rieb mir die Schläfen, um die Kopfschmerzen zu vertreiben, die sich von der Mitte meiner Stirn sternförmig ausbreiteten. Ich konnte einfach von hier verschwinden und zum Ball zurückkehren, die ganze Sache ein für alle Mal abhaken. Aber was würde dann aus Grace werden? Oder aus dem nächsten Opfer? Ich war zu weit gekommen. Ich musste beenden, was ich begonnen hatte.

Langsam öffnete ich die Augen, und der Raum nahm erneut Gestalt an. Die Decke war überraschend hoch und verlieh dem Raum ein luftiges Gefühl, obwohl ich mich mindestens fünf Meter unter der Erde befand. Der Parkettboden glänzte, und Kirschholzpaneele bedeckten sämtliche Wände, außer der zu meiner Linken, die von einem riesigen Aktenschrank verdeckt wurde. Üppig gepolsterte Sofas und ein riesiger Flachbildfernseher erinnerten mich eher an einen luxuriösen Kellerraum im Haus eines Mitschülers als an das unterirdische Versteck eines Geheimbundes.

Na schön, ich war hier, und was nun? Sollte ich den riesigen Aktenschrank durchwühlen oder einfach hier warten, bis irgendwer oder irgendwas hier eintrudelte?

Mehrere Sekunden verstrichen, in denen ich mit zitternden Füßen auf dem kalten Holzboden stand. Wem wollte ich eigentlich etwas vormachen? Ich konnte mich unmöglich aufs Sofa setzen und tatenlos darauf warten, dass etwas passierte. Stattdessen machte ich mich daran, das zu tun, was ich am besten konnte: rumschnüffeln.

Die Schubfächer des Aktenschranks waren eine wahre Fundgrube an Informationen. Ich entdeckte sämtliche Lösungen zu Tests der vergangenen Schulwochen und sogar zu Prüfungen, die bis zu vier Monate in der Zukunft lagen. Ich entdeckte endlose Listen von Ehemaligen, die eine der renommierten Eliteuniversitäten besucht hatten, sowie deren aktuelle Kontaktdaten. Ich fand sogar fünf, sechs verschiedene Versionen der SAT- und ACT-Einstufungstests fürs College sowie Lösungen der AP-Examen für alle möglichen Fächer.

In einem der Schubfächer fand ich zahlreiche Ausgaben von Calvin Markwells Buch. Als ich das Kapitel über die Stationen durchblätterte, stellte ich fest, dass alle Seiten intakt waren. Die nächste Schublade enthielt einen fetten, abgegriffenen Wälzer, der einem Lexikon glich. Hierin befanden sich alle Informationen über die Rituale, Zeremonien, Traditionen, Handzeichen, Pläne, Passwörter und Schwüre der Schule.

Und dann gab es da noch die Schülerakten. Jede Mappe war mit einem Abschlussjahrgang markiert, die bis ins Jahr 1950 zurückreichten, dem Jahr der Zusammenlegung von Pemberly und Brown. Jeder Schüler, der je die PB besucht hatte, war einzeln aufgeführt, einschließlich seiner biografischen Daten, Spindkombination und, im Falle der neueren Akten, E-Mail-Adresse einschließlich Passwort, Benutzername des PB-Netzwerks einschließlich Passwort und sogar PIN-Nummern zur Abfrage von Handymailboxen und SMS-Nachrichten.

Eine der Schubladen enthielt zahlreiche Akten mit belastenden Fotos. Mädchen, lediglich mit BH und Slip bekleidet, standen nebeneinander in einer Reihe, die Gesichter zu Boden gewandt. Die Bilder wirkten extrem erniedrigend, und ich fragte mich, wie jemand der Meinung sein konnte, dass diese Schwesternschaft es wert war, eine solche Demütigung über sich ergehen zu lassen. Doch dann fiel mir ein, dass ich mich auf dem Territorium der Bruderschaft befand. Kein Wunder, dass die beiden Gesellschaften verfeindet waren. Der Inhalt dieser Akten ging weit über die Antworten zu irgendwelchen Quizfragen hinaus.

Plötzlich stolperte ich über die Akte von Abigail Moore, dem Mädchen, das vor vielen Jahren auf mysteriöse Weise ums Leben gekommen war. Behutsam zog ich die vergilbten Seiten aus der Mappe und versuchte mit zusammengekniffenen Augen die schnörkelige Handschrift zu entziffern.

Es war das Protokoll zu irgendeiner Sitzung aus dem Jahre 1971. Mehrere Seiten handschriftlicher Notizen handelten von Elisa Moore, Abigails Schwester, die offenbar etwas wusste, das die Bruderschaft zu Fall bringen konnte. Einige Stellen erwähnten sogar ihre unglückliche Schwester Abigail, die es gewagt hatte, ein Mitglied der Bruderschaft der Vergewaltigung zu bezichtigen. Die Brüder hatten sie mit ihren Schikanen in den Tod getrieben, doch mir war weiterhin unklar, ob sie sich das Leben genommen hatte oder ob es ihr genommen worden war. Vermutlich eine Mischung aus beidem, dachte ich bei mir, und ein eiskalter Schauer lief mir über Arme und Beine.

Während ich gegen meine Wut ankämpfte, glitt mein Blick über die anderen Schubfächer. Es waren so viele, eine ganze Wand voll. Wie viele Akten von Mädchen waren wohl in diesem Raum weggeschlossen? Wie viele Namen deckten sich mit denen der Gedenksteine im Park? Und wichtiger noch, wo war Grace' Akte?

Ein Geräusch hinter der Tür ließ mich aufschrecken. Ich hörte das dumpfe Pochen rennender Schritte. Hastig steckte ich die Mappe zurück in den Schrank und reckte den Hals in Richtung Eingang. Die Schritte näherten sich, rissen ab, und im nächsten Moment hörte ich das Klicken des Schlosses.

Die schwere Tür öffnete sich ächzend, und als Erstes entdeckte ich ihren rosafarbenen Rock. Dann erblickte ich Taylor (mit Krönchen und allem Drum und Dran), die auf Zehenspitzen durch die Tür trat und ihre Schuhe in den Händen hielt. Ihre Augen bohrten sich tief in meine. Statt überrascht zu wirken, sah sie mich an, als hätte sie geradezu erwartet, mich hier zu treffen.

»Du hast es also geschafft, Kate«, sagte sie nüchtern. »Du hast es tatsächlich geschafft.«

Kapitel 53

Irgendwie klang ihre Stimme fremd, und mir wurde bewusst, dass sie zum ersten Mal seit unserem Treffen bei Maddie, am Tag nach *Spiritus*, persönlich mit mir sprach. Ansonsten hatte stets Beefany das Wort für sie übernommen.

»Setz dich. Ich weiß nicht, wie viel Zeit wir haben«, sagte Taylor und ging zur Couch.

»Warte mal, woher wusstest du, dass ich hier bin?«, fragte ich verwirrt. »Hast du etwa auch eine E-Mail von Grace bekommen?«

»So ähnlich.« Taylors Blick ging unruhig zwischen mir und der Tür hin und her. »Ich weiß nicht, wie ich es dir schonend beibringen soll, also sag ich es dir ganz einfach. Es gibt keine E-Mails von Grace.«

Bevor ich auch nur die Chance hatte, das Gesagte zu verarbeiten, flog erneut die Tür zum Hauptquartier auf.

»Kate, Gott sei Dank! Ich hab dich rechtzeitig gefunden.« Es war Alistair Reynolds.

»Was? Was ist hier los?« Ich war mehr als verwirrt.

Taylors Ausdruck verfinsterte sich. »Was soll das werden, Alistair?«

Er eilte mir zur Seite und nahm meine Hand. »Ich versuche nur, sie vor dir zu retten. Sie weiß zu viel. Stimmt's, Taylor? Hattest du etwa für heute Nacht ein weiteres Feuer geplant?«, fragte Alistair wütend, während er mich zur Tür zog und nach der Klinke griff. Fassungslos schüttelte ich den Kopf und wandte mich erneut Taylor zu.

»Er lügt, Kate. Glaub ihm kein Wort!« Ihre Augen traten merklich hervor. Sie wirkte zunehmend panisch.

Das Wort *Lüge* hallte mir durch den Kopf. Wie sollte ich jemals die Wahrheit herausfinden?

»Ach was, Taylor? Dann hast du ihr also von den E-Mails erzählt?«, fragte Alistair höhnisch.

»Was ist mit den E-Mails?«, fragte ich und entzog Alistair die Hand, um zu Taylor zurückzugehen.

»Ja, Taylor, was ist mit den E-Mails?«, wiederholte Alistair.

Taylor betrachtete ihre frisch lackierten Fingernägel. »*Ich* habe sie verschickt«, flüsterte sie.

»Lauter, Taylor! Ich glaube, sie hat dich nicht gehört«, fuhr Alistair sie an.

»Ich habe die E-Mails verschickt.« Sie sprach langsam und blickte erneut zu mir auf. »Ich hatte keine andere Wahl. Ich brauchte jemanden, der die Wahrheit aufdeckt, aber ich konnte es nicht selbst tun. Es hätte die Schwesternschaft in Verruf gebracht, und niemand hätte mehr etwas mit mir zu tun haben wollen. Was in jener Nacht passiert ist … zerfrisst mich bei lebendigem Leib. Ich war der Meinung, dass du uns vielleicht helfen kannst, das zurückzuerobern, was uns rechtmäßig zusteht.« Sie durchbohrte Alistair mit ihrem Blick. »Aber ich habe mich anscheinend geirrt.« Als sie mich erneut ansah, hatte sich ihr Blick verändert. Die Eisprinzessin war zurückgekehrt.

»Weißt du, Kate«, begann Alistair, um mir alles haarklein auseinanderzupflücken, als wäre ich ein Kleinkind, »es ist alles Taylors Schuld. Sie hat dich angelogen, dich glauben lassen, sie sei deine tote beste Freundin. Sie war in der Nacht für die Vereidigung der neuen Schwestern verantwortlich. Sie hat die Kerzen angezündet, die die Kapelle in Brand gesteckt haben, und sie ist diejenige, die Grace ins Kellergeschoss geschickt hat, um dort zu sterben. Wer weiß, wozu sie noch fähig ist.«

»Lügner!« Taylor warf die Hände in die Luft und schrie aus voller Kehle, dem Zusammenbruch nahe. »Ich hab das Feuer nicht gelegt; ich weiß nicht mal, was Grace überhaupt da unten gemacht hat. Sie war spät dran, wie alle anderen auch. Und du warst nicht mal dabei! Woher willst du das überhaupt wissen?« Sie fing an zu weinen.

»Die Kapelle war versiegelt. Der einzige Weg rein oder raus führte durch die Tunnel. Und da war überall Rauch.« Taylor erstickte fast an den Worten. »Wir haben kaum noch nach draußen gefunden.«

Das Adrenalin rauschte mir durch die Adern und entzündete jeden meiner Sinne. Mein Ohren pochten, meine Füße brannten, und mein Magen verkrampfte sich von dem Geruchsgemisch aus Taylors Parfum und Alistairs Aftershave. Irgendetwas passte hier nicht zusammen.

Du warst nicht mal dabei! Woher willst du das überhaupt wissen? Ich wiederholte die Worte in meinem Kopf. Taylor irrte sich. Alistair war sehr wohl dort gewesen. Liam hatte ihn gesehen.

»Sie hat das Feuer gelegt. Sie hat sich selbst in Sicherheit gebracht und Grace vergessen.« Alistair richtete sich zu seiner vollen Größe auf. »Ich glaube kaum, dass *du* sie einfach so vergessen hättest, Kate.« Er wandte sich zum Gehen. »Kommst du jetzt, oder was?«

Der ganze Raum fing plötzlich an, sich zu drehen. Mir wurde

das alles zu viel. Angeblich hatte niemand verletzt werden sollen, und doch hatte Taylor meine beste Freundin im Keller der Kapelle sterben lassen? Alistair war nicht dabei gewesen, und doch hatte Liam ihn im Wald wegrennen sehen? Taylor war regelrecht hysterisch und erstickte fast an ihrem eigenen Atem, während Alistair ungeduldig, doch selbstsicher im Türrahmen stand.

Ich konnte keinem der beiden glauben. Ich wünschte mir sogar, ich hätte überhaupt nichts von alledem gewusst. Ein Unfall wäre so viel leichter zu akzeptieren gewesen. Ein Feuer zu legen und jemanden dem sicheren Tod zu überlassen? Das ging einfach nicht in meinen Kopf. Schlimmer noch, Alistair hatte recht. Es bestand nicht der geringste Zweifel, dass ich die Kapelle niemals ohne Grace verlassen hätte, wäre ich nur rechtzeitig dort gewesen. Zum millionsten Mal seit ihrem Tod brach eine Welle von Schuldgefühlen über mir zusammen. Das Ganze war ebenso meine Schuld.

»Ich war's nicht, Kate«, schluchzte Taylor. »Ich hab das Feuer nicht gelegt. Ich hab keine Ahnung, wie es passiert ist, ich weiß nur, dass die Bruderschaft in der Nacht Zugang zu den Tunneln hatte. Irgendjemand hat sie reingelassen.«

Sie rieb sich die Augen und zeigte auf Alistair. »Es ist jemand gestorben, aber du und deine Brüder, ihr interessiert euch nur *hierfür*.« Sie deutete auf den Raum und bekam einen Schluckauf.

Ich versuchte mir Grace' letzte Minuten vorzustellen und das Puzzle zusammenzusetzen, um endlich die Wahrheit zu durchschauen. Und in diesem Moment fiel es mir ein. Cameron. Wie passte er in das Rätsel? Er hatte sich mit Grace treffen sollen. Im Keller der Kapelle. Als das Feuer ausbrach, war sie nicht wie die anderen geflohen, sondern musste im Rauch nach ihm gesucht haben. Doch Cameron war nicht wie vereinbart dort gewesen.

Alistair log.

»Du lügst«, flüsterte ich. »Taylor hat Grace nicht im Keller zurückgelassen. Grace hat versucht, Cameron zu finden.«

Taylor blickte zu mir auf, ihre blauen Augen groß und rot verquollen.

Alistair lachte. »Du glaubst diesem bekifften Loser also mehr als mir?«

»Zufälligerweise ja und …« Doch ehe ich ihm vorwerfen konnte, in jener Nacht im Wald gewesen zu sein, wurde ich vom Klicken des Türschlosses unterbrochen. Alle drehten den Kopf in Richtung Eingang.

Maddie trat ein.

Sie schien kein bisschen überrascht, uns alle hier zu sehen. Ich fragte mich allmählich, wer wohl sonst noch alles Zugriff auf Grace' E-Mail-Konto hatte. Und auf meins. Ich schätze, das erklärte auch, warum Taylor die Mails in Rätseln verfasst hatte.

Alistair erbleichte, als er Maddie sah. »Was willst du denn hier? Hast du etwa auch vor, Kate vor Taylor zu retten?« Sein Blick schien sie anzuflehen, das Spielchen mitzuspielen.

»Ich bin hier, um endlich die Wahrheit zu sagen«, erwiderte Maddie leise. »Das Ganze hat sich schon viel zu lange hingezogen.«

Alistairs Miene gefror.

Taylor schnaubte verächtlich. »Was redest du da für einen Quatsch, Maddie? Was willst *du* schon wissen? Du warst an dem Abend gerade mal zur Initiation eingeladen.«

Die vierte Einladung. Sie gehörte also Maddie. Ich stellte mir vor, wie die letzte cremefarbene Karte das mysteriöse Wappen vervollständigte.

»Lass es, Maddie. Du weißt, dass Taylor an allem schuld ist. Ich habe das ganze Jahr über versucht, dich zu beschützen.« Alistairs Stimme klang zunehmend panisch.

Maddie blieb unsicher bei der Tür stehen. Ihr dürrer Körper wirkte erschöpft, gebrochen.

»Maddie?«, fragte ich mit dünner Stimme.

»Es ist meine Schuld, dass Grace tot ist«, sagte sie und starrte auf ihre Füße. »Die Bruderschaft hat die Liste mit den Neuvereidigungen gefunden. Alistair hat mich angesprochen, bevor ich die Einladung zur Initiation überhaupt hatte.«

Ihr Blick zuckte bei den Worten zu Alistair, doch dann sah sie rasch zu Boden.

»Er meinte, es reicht, wenn ich ihm sage, wo das Initiationsritual stattfinden soll. Ich weiß nicht mal, warum ich's getan habe. Vermutlich dachte ich, wenn Alistair mich plötzlich mag, verwandle ich mich in einen anderen Menschen.« Sie schüttelte den Kopf und starrte weiter zu Boden. »Ich weiß nur, wenn ich ihm nicht geholfen hätte, wäre Grace noch am Leben.« Tränen rannen ihr über die hohlen Wangen.

Alistair stieß einen Fluch aus und begann unruhig im Raum auf und ab zu gehen.

Maddie starrte stumm vor sich hin, während ihre Tränen ungehemmt flossen. Dann richtete sie den Blick plötzlich auf mich. »Taylor war in der Nacht dabei, aber sie ist unschuldig. Alistair hat außerhalb der Kapelle ein Feuer gelegt. Der Brand sollte unter Kontrolle bleiben – nur eine kleine Ablenkung, um uns aus der Kapelle zu vertreiben, damit er sehen konnte, wie wir in die Tunnel gelangen. Sein Plan ging auch zuerst auf, bis plötzlich die ganze Kapelle in Flammen stand. Aber er hat es trotzdem geschafft, ins Hauptquartier einzudringen. Und ich hab Grace für immer verloren.« Die Tränen quollen ihr unaufhörlich aus den Augen. Sie fielen hart und nass auf ihr Kleid und sammelten sich auf dem glänzenden Parkett zu ihren Füßen.

»Sie hätte nicht mal dort sein sollen. Er hat gesagt, sie würde nicht kommen. Die anderen Brüder sollten euch irgendwie aufhalten, euch fernhalten … von alledem. Aber als ich zum Lagerfeuer zurückkam, da haben plötzlich alle geschrien … und sie war nicht mehr da. Ich wollte sofort die Wahrheit sagen.« Ihre Worte wurden von einem Schluckauf begleitet. »Aber er hat mir gedroht, mich zu beschuldigen. Er hat mir die Einladung weggenommen und gesagt, das wäre der Beweis, dass ich dort gewesen wäre, und dass ich sie umgebracht hätte. Ich hatte Angst. Ich konnte nur tun, was er von mir verlangt hat.«

Taylor verzog das Gesicht. »*Du* warst das also. *Du* hast sie reingelassen. Deinetwegen haben wir alles verloren.« Sie sagte die Worte in einem Flüsterton, von dem ich Gänsehaut bekam.

»Es tut mir so leid«, wisperte Maddie. »Aber ich hab keine Angst mehr. Es ist mir egal, was mit mir passiert. Ich will nur, dass die Wahrheit endlich rauskommt.«

»Und du glaubst mit ›Es tut mir leid‹ würdest du irgendetwas ändern? Und was meinst du überhaupt mit Wahrheit? *Welche* Wahrheit?« Taylor sprang auf und stürzte sich auf Maddie. Doch Alistair trat dazwischen.

»Nicht so schnell. Jetzt, da die Tatsachen offen auf dem Tisch liegen, sollten wir uns erst mal hinsetzen und reden.« Alistair packte Taylor am Arm und zog sie von Maddie weg. Sie ließ sich widerstandslos auf die Couch sinken, ihr Kampfgeist mit einem Mal erloschen. Alistair hingegen ging weiter auf und ab.

»Es spielt keine Rolle, was ihr zu wissen *glaubt*. Wann kapiert ihr endlich, dass nichts, was ihr behauptet, irgendeine Rolle spielt?« Die Schweißperlen liefen ihm übers Gesicht. Seine Stimme klang sicher, doch sein Verhalten wirkte extrem nervös.

»Also, wir sollten Folgendes tun. Wenn wir diesen Raum gleich verlassen, gehen wir zurück zum Ball, und keiner wird das Thema je wieder anschneiden. Maddie und Taylor, ihr wisst, was hier abläuft. Natürlich könnt ihr die Klappe aufreißen und allen erzählen, dass ihr in der Nacht da wart und dass *ich* es war, der das Feuer gelegt hat. Aber dann steht euer Wort gegen meins. Und wir wissen wohl alle, auf wessen Seite sich die Polizei oder Sinclair stellen wird.«

»Die haben den Fall als Brandstiftung eingestuft«, fiel ihm Taylor ins Wort. »Wir haben ebenfalls unsere Quellen bei der Polizei, Alistair. Die wissen, dass der Brand gelegt wurde. Du kannst die Sache nicht ewig vertuschen.«

»Und vergisst du dabei nicht etwas? Was ist mit mir? Warum sollte ich die Klappe halten, nachdem du meine beste Freundin umgebracht hast?«, fragte ich. Ich wusste, es war dämlich. Ich hätte ganz einfach den Mund halten sollen, aber ich war es leid zu schweigen. Ich war diese ganzen Geheimnisse und Lügen unendlich leid. Außerdem hatte ich den ganzen letzten Monat damit zugebracht, Beweise gegen die Bruderschaft zu sammeln. Auf meiner Liste standen Elisa, der Schulleiter, Liam. Und mein Notizbuch war voll von Indizien.

»Ich muss schon sagen, Kate, du überraschst mich. Du hast dich trotz all der Drohungen nicht unterkriegen lassen. Und dann diese geisterhaften E-Mails. Hast du wirklich geglaubt, die wären von Grace? Taylor kann zwar überzeugend sein, aber so überzeugend nun auch wieder nicht.« Ich spürte, wie ich vor Scham errötete, und Taylor ließ den Kopf sinken, vermutlich aus dem gleichen Grund.

»Sogar Bethany hat mir unfreiwillig in die Hände gespielt, indem sie Gilmour zum Schweigen gebracht hat, um die Geheimnisse der Schwesternschaft zu schützen, nachdem Taylor so kläglich versagt hatte. Damit hat sie mir die Arbeit deutlich erleichtert.

Aber auch das spielt keine Rolle mehr.« Ich dachte an Liam und Bethany und daran, wie weit die Lügen reichten.

Alistair griff in die Tasche seines Blazers und zog eine Einladung heraus. In kalligrafischer Schrift las ich meinen eigenen Namen. Es war die Einladung, die Seth und ich im brownschen Herz wiedergefunden hatten. Ich kniff verwirrt die Augen zusammen. Wo mochte er die herhaben? Wir hatten sie gerade erst gefunden.

»Kommt sie dir bekannt vor? Sag deinen Eltern, sie sollen sich eine bessere Alarmanlage zulegen. Ich hab auch ein kleines glitzerndes Büchlein gefunden. Ist das etwa dein Detektivbuch oder so?« Mein Notizbuch, meine Beweise. Er war in unser Haus eingebrochen und hatte alles gestohlen. Die Hitze schoss mir in die Wangen.

»Damit kommst du nicht durch. Sinclair wird euch vielleicht decken, aber die Polizei muss sich unsere Aussagen anhören. Immerhin sind wir drei gegen einen.«

Alistair lachte und wischte sich mit dem Unterarm über die Stirn.

»Netter Versuch. Nur schade, dass Bradley aussagen wird, dich um Viertel nach sieben an der Kapelle gesehen zu haben, kurz bevor das Feuer ausbrach. Du hast doch wohl nicht geglaubt, dass er echt auf dich steht, Kate? Wir wollten dich nur fernhalten, wie all die anderen auch.«

Ich dachte an Naomi, die ebenfalls spät dran gewesen war – genau wie ich. Vermutlich hatte man sie ebenfalls abgelenkt. Maddie und Taylor waren die Einzigen, die sie für ihren Plan gebraucht hatten. Ich fragte mich, wer wohl dafür verantwortlich gewesen war, Grace aufzuhalten. Cameron hatte gesehen, wie sie sich mit irgendwem unterhalten hatte. Aber es wunderte mich nicht, dass sie sich von so etwas nicht aufhalten ließ. Sie hätte Cameron niemals versetzt. So impulsiv sie auch manchmal gewesen war, Grace hatte stets zu ihrem Wort gestanden.

Ich öffnete den Mund, um etwas zu erwidern, doch mir fehlten die Worte. Alistair schien dieses Problem nicht zu kennen.

»Leg dich ruhig mit mir an, Kate. Ich hab kein Problem damit, die Geschichte so zu verdrehen, dass du am Ende diejenige bist, die Grace in den Keller der Kapelle geschickt hat.«

Ich warf einen Blick auf Maddie, deren schmächtiger Körper zur Salzsäule erstarrt war, und auf Taylor, die zusammengesunken auf dem Sofa kauerte. Es war vorbei.

Doch dann hörte ich ein Geräusch. *Klick, klick, klick. Pop.* Ich wandte mich abrupt zur Tür. Gott sei Dank hatte ich diese SMS verschickt. Und tatsächlich, im nächsten Moment kamen Liam und Seth ins Hauptquartier gestürmt.

Meine treuen Ritter waren endlich eingetroffen.

Kapitel 54

Alistair reagierte instinktiv. Das zweimal tägliche Lacrosse-Training schien sich bezahlt zu machen, denn er drängte die Jungs mühelos beiseite und verschwand im Tunnel, noch bevor sich irgendwer rühren konnte.

Liam sah mich prüfend an. »Geht's dir gut?«

»Ja, alles okay.«

»Gut. Bleib hier.« Und damit sprintete er zur Tür hinaus und Alistair hinterher.

Ich blieb eine Sekunde lang sitzen und sprang dann auf. Um nichts in der Welt würde ich hier rumsitzen und Däumchen drehen, während Liam und Alistair im Tunnel miteinander kämpften. Ich musste einschreiten.

Ich stürzte auf die Tür zu, doch Seth stellte sich mir in den Weg.

»Kate, das ist zu gefährlich.« Er hob die Hand wie ein deplatzierter Schülerlotse.

»Ich weiß, aber es ist immer noch besser, als hier rumzusitzen und zu warten. Er hat mir alles geklaut. Alle Beweise, die ich gesammelt habe. Ich muss sie mir zurückholen.« Meine Stimme klang schrill, verzweifelt. Jetzt, da alles einen Sinn ergab, durfte ich Alistair nicht einfach so davonkommen lassen.

»Gut, dann komme ich eben mit!« Er setzte seine härteste Miene auf. In dem Moment wusste ich, dass Seth mir jederzeit helfen würde, die abscheulichsten Drachen zu töten, die sich mir in den Weg stellen mochten.

»Du musst hier die Stellung halten. Bitte! Tu's für mich«, sagte ich. Er warf einen Blick auf Maddie und Taylor. »Ich muss das tun, Seth.« Meine Hand lag bereits auf der Türklinke.

Er schüttelte den Kopf. »Okay, aber sei vorsichtig und nimm das hier mit!« Er packte eines der Schwerter, die neben der Tür an der Wand hingen.

Ich musste lachen. Die Vorstellung, mit einem Schwert durch unterirdische Tunnel zu rennen, war einfach zu komisch, aber ich nahm es trotzdem. Als Mädchen konnte man nie vorsichtig genug sein. Außerdem war ich bereit, meinen ersten eigenen Drachen zu töten.

Ich konnte die Jungs vor mir auf dem Gang hören, also folgte ich dem Geräusch und hoffte, die beiden rechtzeitig einzuholen, um Liam zu retten und meine Einladung zurückzuerobern. Die Wandleuchter wiesen mir den Weg. Meine nackten Füße klatschten auf den Boden, doch die Stimmen entfernten sich immer mehr, je länger ich rannte. Ich musste irgendwo falsch abgebogen sein. Plötzlich hörte ich erneut Schritte und beschleunigte mein Tempo, doch mit einem Mal wurde mir klar, dass das Geräusch nicht länger von vorn kam – es kam von hinten. Ich wurde verfolgt.

»Kate, ich weiß, dass du da bist.« Alistairs Stimme hallte durch den schmalen Gang und entfachte einen Schrei in meiner Kehle. Ich schaffte es mit Müh und Not, ihn zu unterdrücken, und stürzte um die nächste Ecke, um mich gegen die feuchtkalte Mauer zu drücken. Mein Herz trommelte so laut, dass ich seine Schritte kaum noch hörte.

»Es ist sinnlos, sich zu verstecken. Ich kenne diese Tunnel in- und auswendig.«

Die Schritte näherten sich der Stelle, wo ich stand. Ich atmete tief ein und raffte allen Mut zusammen, von dem ich nicht mal wusste, dass ich ihn besaß, um im nächsten Moment hervorzuspringen und Alistair das zitternde Schwert unter die Nase zu halten.

»Scheiße«, zischte er und hob die Hände. »Ganz ruhig, Kate. Tu nichts, was du hinterher bereust.«

Ich ließ das Schwert einen Zentimeter sinken, doch er duckte sich darunter hinweg und versuchte, es mir zu entreißen. In dem verzweifelten Versuch, mich zu verteidigen, riss ich das Schwert wild durch die Luft und spürte, wie die Klinge auf etwas Weiches traf. Alistair fasste sich an den Bizeps und ließ die Einladung fallen. Sie schwebte vor meinen Füßen zu Boden. Während ich das Schwert weiter auf Alistair gerichtet hielt, bückte ich mich und griff danach.

Fluchend tastete er seinen Arm ab, um die verletzte Stelle zu untersuchen. Seine Finger waren blutrot, und eine dunkelbraune Linie zeichnete seinen Ärmel dort, wo ich ihn getroffen hatte. Er sank in die Hocke und sog zischend die Luft ein, offenbar vor Schmerz.

»Du sagst allen die Wahrheit, oder *ich* werde es für dich tun!« Ich stand drohend über ihm, doch ich ließ das Schwert ein wenig sinken. Angesichts seiner Schmerzen vernachlässigte ich meine Deckung. Ein fataler Fehler. Er warf sich gegen meinen Bauch und stieß mich wie eine Stoffpuppe zu Boden. Das Schwert flog mir aus der Hand und knallte etwa einen Meter von uns entfernt gegen die Wand.

»Wehr dich nicht, sondern hör mir endlich zu! Du wirst noch alles verderben«, zischte er.

»Du. Tust. Mir. Weh …« Ich hatte Mühe, die Worte auszusprechen, da sein volles Gewicht auf mir lastete. »Damit kommst du nicht durch.« Meine Lungen hatten das Gefühl, zerquetscht zu werden.

»Geh von ihr runter!« Maddies Stimme hallte mir in den Ohren. Sie klang stark und selbstbewusst, auch wenn sie beileibe nicht danach aussah.

Urplötzlich fühlte ich, wie Alistairs Gewicht nachließ; ich konnte endlich wieder frei atmen. Rückwärts krabbelte ich gegen die Wand, um möglichst viel Abstand zwischen uns beide zu bringen.

Maddie hatte sich das zweite Schwert geschnappt. Es zitterte in ihren Händen.

»Du willst wohl deinen Ruf retten, wie?«, fragte Alistair und ging festen Schrittes auf sie zu. »Einmal Verräter, immer Verräter, stimmt's, Maddie?« Er stürzte sich auf sie, schlug ihr das Schwert mühelos aus den Händen und drängte ihren Körper gegen die Wand.

»*Deinetwegen* werde ich nicht alles verlieren«, zischte er. Seine Stimme war durchtränkt von Hass und Angst.

Ich durfte keine Sekunde länger warten. Hastig sah ich mich nach einer anderen Waffe um als dem Schwert. Ich hatte Alistair bereits versehentlich mit der Klinge verletzt und wusste, ich würde es nicht absichtlich tun können. Mein Blick wanderte nach oben und fiel auf die Bilder an der Wand. Hastig stand ich auf und hob mühevoll einen der schweren Rahmen herunter, um ihn unbemerkt zu Alistair zu schleppen, der seine Finger immer noch in Maddies dünne Arme grub.

Ihre Augen weiteten sich erschrocken, als sie mich sah. Mit angestrengter Miene hievte ich den Rahmen hoch. Maddie kniff die Augen zu und drehte ihr Gesicht zur Seite, als ich ihn Alistair über den Kopf schlug. Er sackte wider Erwarten nicht sofort zusammen, und ich fragte mich, ob der eine Schlag überhaupt ausreichte. Doch dann kippte sein Kopf zur Seite, und er sackte mit einem dumpfen Knall zu Boden.

Maddie rieb sich die Druckstellen an ihren Armen, und ich ließ den schweren Rahmen fallen. Gemeinsam starrten wir Alistairs reglosen Körper an, der zusammengesunken vor unseren Füßen lag. Dann rannten wir, ohne ein weiteres Wort zu sagen, den Gang hinunter. Als wir um die Ecke bogen, sah ich Liam, der in der Nähe einer der Falltüren zusammengesunken am Boden lag. Ich hockte mich neben ihn.

»Liam.« Ich rüttelte seine Schultern. »Liam! Wach auf.«

Als ich ein Seufzen hörte, atmete ich erleichtert aus. »Gott sei Dank!«

Er drehte sich auf den Rücken, und im selben Moment bemerkte ich den großen blauen Fleck, der sich um sein linkes Auge herum bildete.

»Dein Auge.« Er griff nach meiner Hand, und ich half ihm, sich aufzusetzen. »Tut das sehr weh?« Ich legte meine Finger an seine Wange, um die Haut sanft zu streifen.

»Mir geht's gut. Alles okay«, sagte er und hob seine Hand, um meine Finger zu berühren.

Ich warf einen Blick auf Maddie, die verlegen neben uns stand und nicht wusste, wo sie hinsehen sollte. »Ich helfe dir aufzustehen, okay?«, sagte ich. »Wir müssen hier weg. Alistair ist vorerst ausgeschaltet, aber wir müssen die Polizei rufen und ihnen sagen, wo sie ihn finden können.«

Ich drückte mich hoch und half Liam auf die Beine.

»Was ist mit Taylor?«, murmelte Liam angeschlagen.

»Ich hab sie die Treppe zum Uhrturm rauflaufen sehen«, erwiderte Maddie, während sie uns ein Zeichen gab, ihr zu folgen.

»Ihr habt sie einfach gehen lassen?« Liam schüttelte den Kopf, um seine Gedanken zu ordnen.

»Lasst uns das später klären. Wir müssen erst mal hier weg.« Ich nahm seine Hand, und gemeinsam folgten wir Maddie, die uns fachkundig durch das Tunnelsystem führte, bis wir auf eine weitere Falltür trafen. »Der Alumni-Saal«, sagte sie mit einem Nicken in Richtung Klappe. Liam stieg als Erster die Treppe hinauf und drehte sich fragend um, als ihm keine Schritte folgten.

»Ich komme in einer Minute nach«, erklärte ich. Als er sich immer noch nicht rührte, fügte ich hinzu: »Ist schon okay. Ich brauche nur einen kurzen Moment.« Zögerlich stieg er die Treppe hinauf. Ich wandte mich Maddie zu. Sobald sie meinem Blick begegnete, füllten sich ihre Augen mit Tränen. Ich ballte die Hände zu Fäusten und fand irgendwie den Mut, das auszusprechen, was ich so dringend aussprechen musste.

»Grace ist also wirklich tot, oder?«, fragte ich mit brechender Stimme.

Maddie fing an zu weinen. Riesige, stumme Tränen. »Ja.« Irgendwie schien sie mir mit einem Mal kleiner als vor all den Jahren, als wir uns das erste Mal getroffen hatten. Ich war mir nicht sicher, ob sie meine Umarmung erwidern würde, aber ich nahm sie dennoch in die Arme. Wir blieben eine Weile so stehen und weinten um all das, was wir verloren hatten, einschließlich uns beiden.

»Du brauchst dringend Hilfe, Maddie«, sagte ich und meinte damit mehr als ihre offensichtliche Essstörung. »Versprich mir, dass du dir helfen lässt.« Sie nickte an meiner Schulter und wich ein Stück vor mir zurück, um sich die Tränen abzuwischen. »Und wir müssen die Polizei rufen.« Ich sah sie an und hoffte, das Mädchen, das ich einst so gut gekannt hatte, war immer noch irgendwo dadrin. War immer noch in der Lage, richtig und falsch zu unterscheiden.

»Ich hab sie schon angerufen. Es ist vorbei«, sagte Maddie leise.

Ich wischte mir ebenfalls die Tränen weg und spähte an ihr vorbei, um ein letzten Blick in den Tunnel zu werfen. Vor uns lagen noch weitere Hindernisse, die vermutlich höher waren als die, die wir bislang überwunden hatten; ich musste weiterhin stark sein. Meine Einladung zur Aufnahme in die Schwesternschaft ruhte zerknittert in meiner Handfläche. Ich musste beenden, was ich begonnen hatte.

Als wir das Ende der steilen Treppe erreichten, streckte mir Liam den Arm entgegen und packte meine Hand. Sein starker Griff war beruhigend, und meine Auseinandersetzung mit Alistair verblasste bereits zu einer Erinnerung.

Wir rannten quer durch den Alumni-Saal, und ich schlug routinemäßig gegen die Bronzeplatte von Station 6. *Respice, adspice, prospice.* Ich hatte gerade einen Blick in die Vergangenheit geworfen und kehrte nun in die Gegenwart zurück. Über die Zukunft würde ich mir morgen Gedanken machen.

Kapitel 55

Am nächsten Morgen wurden meine Eltern und ich auf die Polizeiwache bestellt, um dem zuständigen Beamten gegenüber eine offizielle Aussage zu machen.

Detective Livingstons Büro war übersät mit Akten und losen Zetteln, und dennoch fiel mir der Pemberly-Brown-Aufkleber an seiner Pinnwand sofort ins Auge.

»Bitte nehmen Sie Platz. Kann ich Ihnen irgendetwas zu trinken anbieten?«

Mein Vater rieb sich die Augen und fragte nach einer Tasse Kaffee.

»Für mich nichts. Ist das da Beweismaterial?«, fragte ich und deute auf den Aufkleber.

Er lächelte.

»Leider nein. Ich habe 1997 meinen Abschluss an der PB gemacht.« Detective Livingston schob einige Zettel auf seinem Schreibtisch zurecht. »Lassen Sie mich kurz skizzieren, warum wir heute hier sind.«

»Wir sind davon ausgegangen, dass Kate eine offizielle Aussage machen soll«, erwiderte Mom, die mühelos von ihrer Rolle als Mutter auf die der Rechtsanwältin umschaltete.

Ich ging die Ereignisse der letzten Nacht im Geiste noch einmal durch: wie ich das Passwort zum Hauptquartier geknackt hatte, wie Alistair uns allen drohte, wie ich ihm mit dem Schwert versehentlich den Arm aufgeschlitzt und schließlich meine Einladung vom letzten Jahr einem Polizeibeamten überreicht hatte. Nie im Leben hätte ich gedacht, dass ich der Typ Mädchen bin, der sich auf der Jagd nach Beweisen in einen Schwertkampf stürzen würde. Aber ich hätte ebenso wenig gedacht, dass ich mal in einem Polizeirevier einem Beamten gegenüber eine offizielle Aussage machen müsste.

Ich schätze, ich wusste nicht mal so richtig, was für ein Typ ich überhaupt war.

»Kate.« Detective Livingston sah mir direkt in die Augen. »Ich muss dir leider mitteilen, dass Alistair Reynolds Anzeige gegen dich erstattet hat.«

Ich war völlig platt, sprachlos, unfähig zu reagieren. Meine Handflächen fingen an zu schwitzen, und ein dumpfer Schmerz pulsierte in meinen Schläfen. Das konnte nicht sein. Es musste sich um einen Fehler handeln.

»Moment mal.« Mein Vater setzte sich aufrecht hin und stellte seine Kaffeetasse unsanft auf den metallenen Schreibtisch des Detectives. »Was genau werfen Sie unserer Tochter vor?«

»Mr und Mrs Lowry, ich weiß, das ist sicher ein Schock für Sie …«, er sah mich dabei an, »… aber Alistair wurde letzte Nacht im Uniklinikum wegen einer Stichwunde behandelt. Er behauptet, Kate habe auf ihn eingestochen.«

»Kate, was ist an der Geschichte dran?«, fragte mein Vater. Die Falten seiner gerunzelten Stirn schienen von seinem ganzen Gesicht Besitz ergreifen zu wollen.

»Kate, was genau ist letzte Nacht passiert?«, fragte meine Mutter mit zusammengekniffenen Augen. Ich spürte, wie der Rückhalt meiner Eltern ins Wanken geriet. Meine Mutter rutschte ein bisschen näher zu meinem Vater – weg von mir.

»Er hat mich angegriffen! Ich hab mich nur verteidigt!«, rief ich, mit einem Mal in die Defensive gedrängt. »Hat Alistair vielleicht auch erwähnt, dass er das Feuer gelegt hat, bei dem meine beste Freundin gestorben ist?« Ich stand bei den Worten auf, doch mein Vater zog mich zurück auf den Stuhl.

»Kate, wir sollten hier keine Behauptungen aufstellen, die wir hinterher bereuen«, bemerkte Detective Livingston und wandte sich erneut seinen Unterlagen zu.

»Ich werde garantiert kein Wort bereuen! Was ist mit der Bruder- und der Schwesternschaft? Was ist mit deren Schuld an Grace Lees Tod? Die haben sie umgebracht!«

»Kate, ich muss dich bitten, dich zu beruhigen. Detective Sanchez hat letzte Nacht alle Aussagen zu diesen sogenannten Geheimgesellschaften aufgenommen, aber um ehrlich zu sein, konnten wir keinerlei Hinweise auf irgendwelche Aktivitäten einer solchen Gruppe an der Pemberly Brown finden.«

»Dad!« Ich war kurz davor zu verzweifeln. »Ich hab ihm selbst erklärt, wo die Tunnel hinführen … ich hab ihm Beweise geliefert … die Einladung, das Wappen, all das.«

Der Detective sah meine Eltern an. »Mr und Mrs Lowry, wir sind allen Informationen nachgegangen. Kates vermeintliche Hinweise führen ins Nichts, und Schulleiter Sinclair hat uns versichert, das sich unter der Schule nichts anderes befindet als ein paar alte Kanalrohre.«

»Natürlich behauptet er das! Er ist einer von ihnen!« Und dann fiel mir Alistairs Kommentar über die Polizei wieder ein. *Die Bruderschaft hat einen langen Arm.* »Sie sind auch einer von denen, oder? Ist das der Grund? Dass Sie Ihre dämliche Geheimgesellschaft schützen wollen?«

»Kate, das reicht.« Mein Vater legte seine Hand auf meinen Unterarm. »Du hast genug gesagt.«

»Ich denke, damit wären wir fürs Erste fertig. Ohne weitere Beweise steht Kates Wort gegen Alistairs, und ich fürchte, nachdem sie ihn letzte Nacht angegriffen hat, wird ihr Wort nicht viel gelten.«

»Und was ist mit Maddie und Taylor?« Ich machte mir nicht mal die Mühe, den Detective anzusehen; ich richtete die Frage direkt an meine Eltern. »Die beiden werden meine Aussage bestätigen.« Ich war verzweifelter denn je. Ich konnte einfach nicht glauben, dass das alles passierte, und schlimmer noch, dass der Detective recht hatte.

Ich hatte keinerlei Beweise. Nichts. Die vergangenen Wochen waren reine Zeitverschwendung gewesen. Die einzigen Indizien, die mir noch blieben, belasteten mich und die Schwesternschaft. Die Polizei hatte mir sogar die Einladung abgenommen, die ich von Alistair zurückerobert hatte; vermutlich hatten sie sie bereits verbrannt.

»Liebling, Maddie ist sehr krank«, begann meine Mutter. »Ich habe mit Mrs Greene gesprochen. Maddie wird für eine Weile in eine Einrichtung gehen, wo man ihr helfen kann. Sie ist keine glaubwürdige Zeugin.«

Detective Livingston sah mich lange und eindringlich an, und zu meinem Entsetzen beugte er sich vor, um meine Hand zu ergreifen.

»Kate, ich weiß, dass du deine Freundin vermisst und dass du dir wünschst, ihr Tod wäre mehr als ein tragischer Unfall, aber genau das war es: ein Unfall.«

Ich zog meine Hand zurück und warf einen Blick auf meine

Eltern. Beide nickten bestätigend. Mir wich alle Farbe aus dem Gesicht. Ich war wieder ganz am Anfang.

»Vielen Dank für Ihr Verständnis, Detective. Wir wissen Ihr Engagement sehr zu schätzen. Wie können wir die Sache wieder in Ordnung bringen?«, fragte mein Vater.

»Die Reynolds haben nur ungern Anzeige erstattet, insofern bin ich zuversichtlich, dass sie bereit wären, die Anzeige zurückzuziehen. Aber Kate muss mir versprechen, dass sie damit aufhört, solchen Unsinn über Geheimgesellschaften zu verbreiten. Das ist gefährlich.«

Ich schwieg.

»Kate?«, fragte meine Mutter. »Hast du gehört, was Detective Livingston gesagt hat?«

Ich schwieg weiter, doch meine Mutter wiederholte ihre Frage nicht.

»Detective«, sagte mein Vater und stand auf. »Bitte sagen Sie den Reynolds, dass wir für alle medizinischen Kosten, die aus der Situation entstanden sind, aufkommen werden.« Er schüttelte die Hand des Detectives, und meine Mutter erhob sich ebenfalls.

»Wenn wir nichts von Ihnen hören, können wir also davon ausgehen, dass die Anzeige zurückgezogen wurde?«, fragte meine Mutter.

»Ja. Ich melde mich, falls sich irgendetwas ändert«, erwiderte der Detective.

Schweigend verließen wir die Polizeiwache. Ich sah die stummen Fragen, die sich auf den Lippen meiner Eltern bildeten, doch sie sprachen sie nicht aus. Nach allem, was passiert war, konnte ich nicht glauben, dass das Ganze so enden sollte.

Ich hatte das Spiel gespielt, das Rätsel gelöst und trotzdem verloren.

Kapitel 56

Auf der Rückfahrt versank ich in einem Nebel aus Depressionen. Ein wohlvertrautes Gefühl. Fast so, wie in eine gut eingetragene Jeans zu schlüpfen. Wenn ich zu Hause ankäme, würde ich Grace' Perlenkette zurück in die Erinnerungskiste legen und sie in den hintersten Winkel meines Kleiderschranks verbannen. Ich hatte versagt; ich verdiente ihre Kette nicht.

Aber ich war nicht mehr derselbe Mensch wie vor einem Jahr. Ich war durch die Hölle gegangen, und wenn ich dabei etwas gelernt hatte, dann, mich nicht kampflos geschlagen zu gegeben. Mir stand ein weiterer Kampf bevor. Der Nebel fing an, sich zu lichten.

Nachdem ich eine einstündige Moralpredigt meiner Eltern über die Notwendigkeit eines Neuanfangs über mich hatte ergehen lassen – einschließlich der Drohung, mich zweimal wöchentlich zu Dr. D. zu schicken –, war ich bereit, ihren Rat anzunehmen. Da mir anscheinend niemand glaubte, musste ich die Dinge eben selbst in die Hand nehmen und stichhaltige Beweise ranschaffen. Einmal mehr.

Ich gab meinen Eltern eine Stunde Zeit, um sich abzuregen, dann schnappte ich mir meine Schultasche, ging die Treppe hinunter, hielt mir mein Handy ans Ohr und tat so, als würde ich mit Seth telefonieren. Instinktiv schlang ich mir Grace' Perlenkette wie eine Telefonschnur um den Finger. Mein Vater blickte zu mir auf und zog die Augenbrauen hoch.

»Wart mal kurz. Ich muss erst fragen.« Ich legte meine Hand über das Handy. »Dad, kann ich mit Seth in die Bücherei gehen?«

Er seufzte und schüttelte den Kopf. »Sag Seth, dass du ihn zurückrufst.«

Nicht gerade die Antwort, die ich erwartet hatte. Ich tat, als würde ich auflegen, und stellte meine Schultasche ab, um mich in den Sessel neben meinem Vater fallen zu lassen.

»Kate, heute Morgen musste ich mir anhören, dass meine Tochter in irgendeinen Messerkampf verwickelt war, und jetzt willst du mal eben mit Seth in die Bücherei gehen?«

Ich klimperte lange und intensiv mit den Wimpern.

»Ich will dir ja vertrauen. Ich will, dass du in die Bücherei gehst und ganz normale Dinge tust, die Teenager eben so tun. Aber wie soll ich das?«

Ich zwang mich, ihm in die Augen zu blicken. Ich wollte ihm die Wahrheit sagen, hatte sogar mehrfach versucht, meinen Eltern die Wahrheit zu sagen, aber es war absolut sinnlos. Niemand glaubte mir.

»Ich bin bereit, noch mal von vorn anzufangen, Dad. Ich will ja selbst wieder normal sein.« Die Lüge hinterließ einen bitteren Nachgeschmack auf meiner Zunge.

»Dann ruf Seth zurück«, sagte er und legte seine Hand auf meine.

Ich küsste ihn auf die Wange und führte zum zweiten Mal an diesem Tag ein fingiertes Telefonat.

Es kostete einiges an Überzeugungskraft, aber ich bestand

hartnäckig darauf, zu Fuß zu gehen, statt mich von meinem Vater bringen zu lassen. Es war ein ziemlich langer Fußmarsch, aber ich sehnte mich nach frischer Luft. Ein beißender Wind streifte mein Gesicht und meine Hände und erinnerte mich daran, dass noch kälteres Wetter im Anmarsch war und in wenigen Wochen mit eiskalter Faust zuschlagen würde. Der Himmel war strahlend blau, und die nackten Zweige der Bäume sahen aus, als hätte man sie in den Himmel geritzt.

Als ich die grünbraune Rasenfläche vor dem Hauptgebäude der Schule überquerte, wusste ich, ohne mich selbst zu sehen, dass meine Wangen vor Kälte gerötet waren. Ich war bereit, mir eine kleine Pause fernab der frischen Luft zu gönnen … vorausgesetzt, ich käme hinein.

Entschlossen rannte ich die Treppe des Uhrturms hinunter. Ich hatte all meine Beweise über die Geheimgesellschaften verloren, aber das spielte keine Rolle. Ich würde einfach noch mal von vorn anfangen. Grace war die Mühe allemal wert. Ich tippte das Wort D-A-U-E-R ein und erwartete, das befriedigende Klicken der Geheimtür zu hören. Doch das Einzige, was hier *klick* machte, waren die Buchstaben, die der Reihe nach wieder heraussprangen und mein Versagen betonten. Ich versuchte es wieder und wieder. Nichts, nichts, nichts.

Ich ging hinüber zu der geheimen Falltür, doch ich fand nur glatten Steinboden. Der Zugang zum Tunnelsystem war entfernt worden oder hatte sich schlichtweg in Luft aufgelöst. Es war fast so, als hätte der Eingang nie existiert.

Ich bekam kaum noch Luft. Hatte ich mir das Ganze wirklich nur eingebildet? Die Polizei musste über alles Bericht führen. Vielleicht konnte ich sie davon überzeugen, mir meine Beweise zurückzugeben. Die anderen Eingänge waren mit Sicherheit nicht versiegelt. Ich kannte die einzelnen Stationen in- und auswendig, insofern würde es mir bestimmt gelingen, an einer anderen Stelle einzudringen. Ich schnappte verzweifelt nach Luft und hatte das Gefühl, Alistairs Gewicht erneut auf mir zu spüren. Ich konnte den Triumph in seinen Augen fast sehen.

Verzweifelt tastete ich nach der geklinkerten Wand und stützte mich daran ab, um langsam zu Boden zu sinken. Das hier war eine jener Situationen, in denen ich Dr. Depris berüchtigte Auszeit-Methode anwenden konnte, und diesmal ließ ich mich voll und ganz darauf ein. Ich schloss die Augen und blendete meine Erinnerungen eine nach der anderen aus, bis die Welt um mich herum verschwand und sich eine außergewöhnliche Ruhe in mir ausbreitete. Es funktionierte tatsächlich. Wer hätte das gedacht?

Als sich mein Puls und mein Atem einigermaßen beruhigt hatten, stieg ich hinauf ins Erdgeschoss des Turms. Hinter mir näherten sich schwere Schritte, doch ich drehte mich erst um, als ich vom Sonnenlicht umfangen wurde. Am Kopf der Treppe warf ich einen Blick zurück, doch da war niemand.

Ich stürzte aus dem Turm und rannte um die Ecke. Diesmal begegnete ich tatsächlich jemandem. Allerdings niemandem, mit dem ich gerechnet hätte.

Sondern Ms D.

»Kate! Alles in Ordnung? Ich hab von dem Vorfall im Tunnel letzte Nacht gehört.« Ihr Gesicht war sorgenvoll verzogen, ihre Lippen zu einer schmalen Linie zusammengepresst.

»Mir geht's gut. Es ist nur …« Ich weiß selbst nicht, woher sie kamen, aber plötzlich strömten mir die Tränen der Frustration nur so über die Wangen. »Ich hab alles verloren, Dorothy. Ich war so kurz davor … ich hätte sie fast erledigt. Aber ich habe verloren.«

Ihre starken Arme zogen mich in eine feste Umarmung. »Schon

gut, Süße. Die kämpfen nicht mit fairen Mitteln – das haben sie noch nie, und das werden sie auch nie. Aber das heißt nicht, dass wir uns geschlagen geben. Ich habe selbst lange und hart gekämpft. Und ebenfalls verloren.« Sie deutete auf ihr Sicherheitsabzeichen. »Aber ich kämpfe weiter. Jeden Tag, Kate.«

Ich nickte und wischte mir die Tränen aus dem Gesicht. Sie hatte recht. Das Ganze war noch lange nicht vorbei. Für mich hatte der Kampf gerade erst begonnen.

Kapitel 57

Ich hatte so lange auf der Verandaschaukel gesessen, dass mir von dem harten Holz der Hintern wehtat. Als ich den Jeep in die Einfahrt biegen sah, versuchte ich zu lächeln. Versuchte, ganz normal zu wirken und mich darüber zu freuen, ihn zu sehen.

Glücklicherweise machte Liam es mir leicht. Als er mit einem Strauß pinkfarbener Gerbera aus dem Auto sprang, verwandelte sich mein aufgesetztes Lächeln in ein echtes.

»Ich dachte mir, du kannst bestimmt eine kleine Aufmunterung gebrauchen«, sagte Liam, während er mir die Blumen überreichte. Das Veilchen an seinem Auge war immer noch dunkellila. Ich würde nie vergessen, wie er nach seiner Auseinandersetzung mit Alistair bewusstlos im Tunnel gelegen hatte.

Ich atmete den frischen Duft der Gerbera ein und versuchte, das alles zu vergessen.

»Danke. Die sind perfekt. Meine Lieblingsblumen. Woher wusstest du das?«

»Wusste ich nicht. Aber sie haben mich irgendwie an dich erinnert. Außerdem waren es die Einzigen im Supermarkt.«

»Komm, setz dich zu mir«, sagte ich und rutschte zur Seite.

Liam legte seinen Arm um mich, und ich ließ den Kopf an seine Schulter sinken, um seinen Geruch einzuatmen. »Und … wie kommst du so klar?«

»Ich kann das alles einfach nicht fassen. Ich meine, wie kann so was überhaupt sein? Kann die Polizei es sich wirklich erlauben, drei Zeugenaussagen zu ignorieren?« Ich spürte, wie mir vor Wut erneut Tränen in die Augen stiegen. Wie hatte ich Grace nur so enttäuschen können?

»Keine Ahnung. Aber diese Geheimgesellschaften haben anscheinend gute Kontakte, insofern kann es schon sein.«

»Die müssen dafür büßen.« Ich rollte Grace' Perlen zwischen den Fingern hin und her.

»Du musst dich in Zukunft da raushalten. Die sind zu gefährlich.« Er sah mir tief in die Augen, und in diesem Moment wurde mir bewusst, dass er mich wirklich sah – nicht nur meine Augen, meine verrückten pinken Haare oder vielleicht die nahezu unsichtbare Linie von Sommersprossen auf meiner Nase, sondern *mich*. »Ich will nicht, dass sie dir etwas antun.«

»Ich bin noch mal zum Uhrturm gegangen.« Ich mied Liams Blick.

»Sag mal, hast du sie noch alle? Wie konntest du allein dahingehen? Das soll wohl ein Witz sein, Kate! Willst du, dass sie dich umbringen?« Sein Gesicht war knallrot, und er schlug meine Hand beiseite, als stünde sie in Flammen.

»Ich habe versucht, in den Tunnel zu kommen, aber sie haben den Eingang versiegelt. Es war fast so, als hätte es ihn nie gegeben.«

Liam erstarrte und blickte mich entsetzt an, alle Wut mit einem Mal verflogen.

»Im Ernst?«

»Im Ernst. Versiegelt. Ich hab keine Ahnung, wie ich da reinkommen soll. Ich hab sogar noch andere Passwörter ausprobiert, alle, die mir eingefallen sind. Nichts.«

»Du musst mir eines versprechen.« Er stand von der Schaukel auf und sah mir tief in die Augen.

»Versprich mir, dass du dich von denen fernhältst.« Er brauchte keine Namen zu nennen. Wir wussten beide, von wem er sprach.

»Ich weiß nicht … Ich meine, ich kann doch nicht einfach …« Ich dachte an Ms D. und daran, wie hart sie vermutlich in all den Jahren gekämpft hatte. Aber Liam starrte mich so eindringlich an, dass ich wusste, wenn ich ihm jetzt widersprach, würde er mich verlassen und keinen Blick zurückwerfen. Nicht, weil ich ihm nichts bedeutete, sondern weil ich ihm zu viel bedeutete.

»Okay, okay, ich verspreche es. Fürs Erste.« Ich hatte das Gefühl, Liam wollte protestieren, doch dann nickte er und wandte den Blick ab.

Ich trat auf ihn zu und drückte meinen Körper gegen seinen, während sich seine Arme um meinen Rücken schlangen. Mein Kopf schmiegte sich perfekt an seine Brust, und ich versuchte mir das Gefühl einzuprägen, wie sein Kinn an meinem Scheitel ruhte. Er duftete nach Seife und Pfefferminz, und als seine Finger meine Hand streiften, wusste ich, es war so weit. Ich würde Liam Gilmour küssen.

Er hob ein wenig den Kopf und blickte auf mich herab, und einen Moment lang blieben wir einfach so stehen. Ich betrachtete den Reißverschluss seiner Fleecejacke, ehe ich zu ihm aufblickte. Und mehr war nicht nötig. Er beugte sich zu mir herunter, und als unsere Lippen sich endlich berührten, spürte ich, wie die Traurigkeit des vergangenen Jahres von mir abfiel. Wenn auch nur für einen kurzen Moment.

Seine Lippen waren zärtlich, aber bestimmt, und mir wurde bewusst, dass dies der Augenblick war, auf den ich seit Wochen gewartet hatte. Die Gerechtigkeit hatte sich mir entzogen, aber das hier war zumindest etwas.

»Hey Leute, alles klar?«

Oh Gott, bitte sag, dass das nicht wahr ist! Ich kannte diese Stimme, und wenn ich die Augen öffnete, würde ich ohne Zweifel von einem roten Lockenkopf und einem gigantischen Grinsen überfallen werden.

»Oh. Hi, Seth.« Liam lächelte auf mich herab.

»Warum redet eigentlich kein Mensch von der Bruderschaft oder Schwesternschaft? Haben die das Ganze etwa vertuscht? Ich weiß noch, damals bei den Ermittlungen über Skull & Bones, da …«

Seth deutete auf die Schaukel und setzte sich genau dorthin, wo ich eben noch mit Liam gesessen hatte. Er war kurz davor, eine seiner sagenhaften Geschichten zum Besten zu geben, aber dazu hatte ich echt keinen Nerv. Nicht, nachdem ich Liam gegenüber dieses Versprechen gemacht hatte.

Ich hob meine Hand in der Hoffnung, ihn zum Schweigen zu bringen. »Ich kann jetzt echt nicht darüber reden, okay? Es kommt mir vor, als hätte ich Grace noch mal verloren.« Ich hasste die Tatsache, dass meine Stimme bei den Worten brach. »Ich brauche jetzt erst mal ein bisschen Zeit zum Nachdenken.«

Als ich die Worte aussprach, wurde mir bewusst, dass sie stimmten. Das Ganze war noch nicht vorbei. Noch lange nicht. Aber ich konnte momentan nicht daran denken, welcher Kampf mir als Nächstes bevorstand. Noch nicht. Ich musste zuerst um Grace trauern, sie gehen lassen.

»Oh, ja klar. Tut mir leid.« Seth blickte betreten drein, und ich bekam ein schlechtes Gewissen. Er hatte immer felsenfest zu mir gehalten, als kein anderer mir auch nur die Uhrzeit genannt hätte. Ich musste mehr Geduld mit ihm haben.

»Nein, *mir* tut's leid. Es ist nicht deine Schuld …« Ich verstummte.

»Wir wollten gerade los, einen Kaffee trinken. Hast du vielleicht Lust mitzukommen?« Liam warf mir einen fragenden Blick zu, doch ich nahm es ihm nicht übel, dass er Seth einlud. Immerhin hatte ich meinen Kuss bekommen.

»Ähm … danke, aber ich lass euch lieber allein. Ich meine, ich will nicht das dritte Rad am Wagen sein und …«

»Ach, komm schon, du bist kein drittes Rad. Außerdem werden wir dich schon noch früh genug wieder los.« Liam grinste mich an, und mein Herz machte einen Satz.

Mein Lächeln reichte plötzlich bis über beide Ohren und zeichnete mir Lachfältchen um die Augen. Es war ein absolut dämliches Grinsen. Meine Gesichtsmuskeln waren schon lange nicht mehr so beansprucht worden; ich wunderte mich, dass sie überhaupt noch funktionierten.

Mit einem Mal musste ich an das Foto von Grace, Maddie und mir denken. Auf dem Bild hatte ich ganz genauso gelächelt, wie fast den ganzen Sommer über. Ich konnte es nicht verhindern, dass mir erneut Tränen in die Augen stiegen. Obwohl ich sie vehement zurückblinzelte, sammelten sie sich immer wieder und hingen schwer an meinen Wimpern. Ich hob das Kinn, um gegen die Schwerkraft anzukämpfen, damit sie wenigstens an Ort und Stelle blieben. Aber es half alles nichts. Sie quollen über und bahnten sich einen Weg zu meinen Mundwinkeln.

Als die Tränen partout nicht versiegen wollten, war ich froh, dass Liam und Seth sich der Straße zuwandten und leise miteinander sprachen, um mir die Möglichkeit zu geben, in Ruhe um

Grace zu weinen. In diesem Moment war mir extrem bewusst, wie viel ich verloren hatte. Doch mir war auch bewusst, wie viel ich gewonnen hatte. Liam und Seth waren die Art von Freunden, auf die man sich wirklich verlassen konnte. Freunde, die ein Leben lang bleiben.

Kapitel 58

Ich betrat Dr. Depris Sprechzimmer mit mehr belastenden Problemen als bei meinem ersten Besuch vor etwa einem Jahr. Und doch fühlte ich mich irgendwie leichter.

Depri: Gut siehst du aus, Kate.

Ich: Danke.

Depri: Das Leben meint es wohl gut mit dir? (Dr. D. legte den Kopf schräg, als könnte er es selbst kaum glauben, eine solche Frage zu stellen.)

Ich: So einigermaßen. (Ich war in einem unterirdischen Geheimgang angegriffen worden; die Polizei hatte meine Beweise vernichtet, nach denen ich wochenlang gesucht hatte; und die Geheimgesellschaften, von deren Existenz ich überzeugt war, hatten sich urplötzlich in Luft aufgelöst. Aber davon mal abgesehen.)

Depri: Nun, Tatsache ist, dass es den allerwenigsten Menschen permanent gut geht. (Er tippte zweimal mit dem Kuli auf den Tisch, als wollte er seine Aussage betonen.)

Ich: Ja, das hab ich inzwischen auch gemerkt.

Depri: Insofern ist »einigermaßen« in Wirklichkeit ziemlich klasse.

Ich: Ähm … ja. (Obwohl ich es ungern zugab, wusste ich, dass er recht hatte. Ich hatte zwei tolle *lebendige* Freunde gefunden, vielleicht sogar einen *festen* Freund. Mein Leben war wirklich ziemlich klasse.)

Depri: Und was ist mit Grace? Deine Eltern haben mir von dem jüngsten Zwischenfall erzählt. Ihr Tod war ein Unfall, Kate. Du kannst nicht dein Leben lang nach einem Schuldigen suchen.

Ich: Ist mir schon klar. (Schließlich hatte ich den Schuldigen längst gefunden. Jetzt musste ich nur noch einen Weg finden, um ihn zur Strecke zu bringen. Kein Unfall war je nur ein Unfall.)

Depri: Ich bin stolz auf dich, Kate. Du hast wirklich viel durchgestanden.

Ich: Das kann man wohl sagen.

Kapitel 59

Zwischen mir und meinem Laptop bestand so etwas wie eine Hassliebe.

Nach allem, was in letzter Zeit passiert war, überwog mal wieder der Hass. Aber ich schluckte meinen Frust runter und klappte den Bildschirm auf, um meine E-Mails abzurufen.

Im Posteingang befanden sich mehrere neue Nachrichten, aber nur eine, die es wert war, gelesen zu werden.

An: KateLowry@pemberlybrown.edu
Gesendet: Sonntag, 14:43
Von: GraceLee@pemberlybrown.edu
Betreff: (kein Betreff)

Danke.

Warme Tränen kullerten über meine Wangen. Ich war verblüfft, dass ich überhaupt noch welche hatte. Nach allem, was passiert war, nach all den Hinweisen, denen ich mühevoll nachgegangen war, in der Hoffnung, meine beste Freundin wiederzubekommen, nach all den Versuchen, mein gebrochenes Herz zu kitten, saß ich einfach nur da und weinte. Ich weinte um Grace, und ich weinte um mich selbst. Ich weinte sogar um Maddie. Erst als die Tränen versiegten, war ich in der Lage, die E-Mail erneut zu lesen.

Tief in mir drin wusste ich, dass die Worte von Taylor waren. Dennoch sah ich erneut das Mädchen im Karorock vor mir, das mich in den vergangenen Wochen geleitet hatte. Und in diesem Moment wurden die Worte zu Grace' Worten. Die letzte Botschaft einer Freundin, die ich für immer verloren hatte.

Ich schnappte mir mein Lieblingsfoto von Maddie, Grace und mir, steckte es in die Tasche meines Parkas und zog ihn an. Trotz der hauchdünnen Schneeschicht holte ich mein Fahrrad aus der Garage. Mir war nicht danach, mich von irgendwem fahren zu lassen, daher hoffte ich, dass die Straßen frei genug wären, um zu radeln.

Während der Fahrt pfiff mir ein beißender Wind um die Ohren und ließ meine Augen tränen. Zum Glück hatte ich es nicht weit. Meine Reifen schlitterten ein wenig, wenn ich um eine Straßenecke bog, und noch mehr, wenn ich bremste, aber immerhin kam ich ohne Sturz ans Ziel. Ich lehnte mein Fahrrad gegen eine der riesigen Eichen und ging über den frischen Schnee hinüber zu Grace' Grab.

In liebevoller Erinnerung an Grace Elizabeth Lee, geliebte Tochter und Freundin. »Selig sind, die reinen Herzens sind, denn sie werden Gott schauen.«

Ich fuhr mit den Fingern über Grace' Namen und griff in meine Jackentasche, um den Bilderrahmen herauszuholen. Ich stellte ihn neben einen Strauß frischer Blumen und betrachtete das Mädchen, das ich einst gewesen war.

»Ich vermisse dich, Grace. Ich werde dich immer vermissen«,

flüsterte ich. Zur Abwechslung kam ich mir mal nicht albern vor, weil ich mit einem Geist sprach. Nachdem ich mir die Tränen weggewischt hatte, stand ich auf und wandte mich zum Gehen.

Ein Stück von mir entfernt stand Taylor. Sie hatte den Kopf gesenkt, um meine Privatsphäre zu respektieren, und zupfte nervös an den Fingern ihrer Handschuhe.

»Hallo.« Meine Stimme brach, und mir wurde bewusst, dass ich nicht nur geweint, sondern auch den ganzen Tag so gut wie nichts gesagt hatte.

Taylor blickte zu mir auf und ließ die Hände sinken. »Ich habe ihnen die Wahrheit gesagt.« Sie ballte ihre behandschuhten Hände und öffnete sie wieder. »Ich meine Detective Livingston. Ich hab ihm alles erzählt, von Alistair und dem Feuer und so. Er hat sich alles notiert und sich bei mir bedankt und gesagt, dass Unfälle nun mal passieren. Dass man manche Dinge nicht kontrollieren kann. Und dann hat er mich nach Hause geschickt. Das war's.«

»Und was ist mit Maddie?«, fragte ich.

Taylor wischte sich unter der Nase her.

»Soweit ich weiß, hat man sie auch nach Hause geschickt.«

Wir blieben einen Moment lang stehen, ohne etwas zu sagen, dann nickte ich und ging zu meinem Fahrrad.

»Ähm, Kate?« Taylors Stimme zitterte ein wenig. »Ich wollte dir das hier noch geben.« Sie streckte mir einen cremeweißen Umschlag entgegen und wandte sich zum Gehen. Als ich die Karte herauszog, erblickte ich das inzwischen wohlvertraute Wappen – das Symbol gemeinsamer Geheimnisse, Einigkeit, vielleicht sogar zweiter Chancen.

Der Zeichner hatte das Wappen der Schwesternschaft mit dunkelrotem Wachs sorgfältig in die cremeweiße Karte geritzt. Ich fuhr mit dem Finger über die Zeichnung. Sie war makellos glatt. Perfekt.

Auf die Rückseite hatte Taylor in Druckbuchstaben die Worte »Besser spät als nie« geschrieben.

»Warte«, rief ich ihr hinterher. Taylor blieb stehen, doch sie drehte sich nicht um. »Danke für das Angebot, aber ich will nicht aufgenommen werden. Ich muss erst mal ein paar Dinge für mich selbst klären.« Ich schob die Karte zurück in Taylors behandschuhte Hand und ging zu dem Baum, an dem mein Fahrrad lehnte.

»Kate!«, rief Taylor. Ich drehte mich um und sah direkt in ihre strahlenden Augen. Sie waren glasig vor unvergossenen Tränen. »Es tut mir so leid. Wegen Grace, meine ich.« Sie zupfte am Ärmel ihrer Jacke. »So hätte es nicht kommen sollen.«

Ich starrte auf die gefrorene Erde und versuchte mit fester Stimme zu antworten. »Ja, das ist mir inzwischen auch klar.«

Taylor drehte sich um und ging auf das Friedhofstor zu.

Ohne Grace würde mein Leben nie wieder so sein wie früher. Ich warf einen letzten Blick auf die drei lachenden Mädchen auf dem Foto und wusste, *ich* würde nie wieder so sein wie früher.

Aber ich war endlich bereit, der neuen Kate eine Chance zu geben. Sie hatte es verdient.

Wem kann man noch trauen, wenn nicht der besten Freundin?

Elizabeth Woods
CARAS SCHATTEN
Aus dem amerikanischen
Englisch von
Anja Hackländer
288 Seiten
ISBN 978-3-8339-0109-6

Als Kinder haben sich Cara und Zoe ewige Freundschaft geschworen. Inzwischen sind beide 16 Jahre alt und leben schon lange in verschiedenen Städten. Doch plötzlich steht Zoe vor Caras Tür. Cara nimmt sie überglücklich bei sich auf.
Zoe ist wieder da, ihre einzige Vertraute. Doch irgendwie benimmt sie sich seltsam. Und dann stirbt plötzlich Caras Erzfeindin ...

»WOW. Einfach nur wow. Ich stehe unter SCHOCK. Ich habe GÄNSEHAUT. Mir läuft es kalt den Rücken runter. Das war einfach gruselig.« LESERSTIMME AUF GOODREADS.COM

Baumhaus Verlag